フェリシア、私の愚行録

ネルシア
福井寧＝訳

幻戯書房

目次

第一部

第二部

第三部

第四部

ロゴ・イラスト――丸山有美
装丁――小沼宏之[Gibbon]

フェリシア、私の愚行録

私をこんな馬鹿な女にした神々が悪いのです。

私の大切な作品よ
あなたの身に起こるのはこんなことです
残念だけどあなたには何の価値もありません
でも買ってもらえるのだから構わないでしょう

勇気をもって最後まで読んでもらえるでしょう
ひどいあばずれ女は
あなたを焚刑《ふんけい》に処すのが習いです
でも賢明な女は笑い飛ばすでしょう

第一部

第一章　作品のサンプル

「えっ、本当に（私には前からお気に入りの男性が何人かいますが、その一人にこの前言われました）体験談を書いて出版するつもりなんですか」

「ええ、そうなんですよ。よくある一種の気の迷いのようなもので、突然その気になったの。私の性分はご存知でしょう。したいと思ったことをしないのはつまらないのよ。すべてを言わなければならないの。自分から楽しいことを諦めるなんてありえないのよ」

「では小説の材料がたくさんあるんですか」

「たくさんあります。私がした馬鹿なことを次々ひけらかしてやるの。新任の大佐が満足気に閲兵式の日に連隊を行進させるように。別の言い方をすれば、払い戻したお金に受領書を出した守銭奴が、すぐにお金を数えて秤《はかり》にかけるようにね」

「それは大変だ。でもここだけの話、何のために書くんですか」

「自分で楽しむためよ」

「それに世界を憤慨させるためだろうよ」

「デリケート過ぎる方は私が書いたものをわざわざ読まなければいいのよ」

「読まざるをえないでしょう。だってあなたの暮らしぶりといえば……」

「さあ頑張って、悪口を言って。でも責めても無駄よ。駄文を書きたいのよ。それに私を不機嫌にするつもりなら……」

「あらあら、脅迫ですか。どうするつもりなんだい」

「ちょっとしたプレゼントよ。私の本にあなたへの献辞を載せます。あなたにね。扉に名前と肩書をはっきり書いてやるわ」

「そいつはひどいな……じゃあ前言撤回するよ、フェリシアさん。ええ、僕は間違っていた。ちょっと鈍いもので、あなたが書こうとしているような本がどれだけ世の中の役に立つか最初はちゃんとわからなかったんだ」

「それはよかった。今はあなたに満足よ」

「それではこの本を誰か他の人に捧《ささ》げていただけるものと思っていいでしょうかね……」

この人の怯《おび》えぶりは面白いものでした。ここでいいことを思いついて大笑いしてしまいました。笑いはみんなに伝染するものです。涙は特に女性に伝染します。侯爵は（この人は侯爵だったのです）私がどうしておかしそうにおなかをひきつらせて笑っているのかまだわかっていなかったのに、一緒に笑いました。そこで理由を教えてやらなければなりませんでした。

「考えたんだけど（と私は言いました）、目的達成のためにあの手この手を使わなければならないものだとすれば、その目的はおわかりでしょうけど、私は知り合いの男性全員からお金を脅し取れそうね。今あなたにしたように、献辞を書くと言って脅迫したら。そんな目に遭いたくないというのなら、私の気紛《きまぐ》れ次第、それぞれの能力次第で、どんな嫌なことでも私が言う通りに引き受けなければならないの。さっきのあなたのように、私の本に投資してくれない人はそうなるのよ。どうかしら。これでどういうことになると思いますか。あなたの意見はどうなの。私の収穫はかなりのものになるんじゃないかしら」

「見事な計算高さです。みんなかわいそうだなあ。あなたのことはよく知っているから、きっとあなたは今考えた楽しそうな計画を実行せずにはいられないでしょうね。僕たちはみんな金を脅し取られるんだ」

「侯爵はお怒りですか」

「とんでもない。それを証明するためにすぐに償いをいたしましょう……」

そうしてくれました。

「でも（その後で私は言いました）、このおかしなアイデアがちゃんと成立するためには、私がもう若くもなくて美人でもなくなっている必要があるとは思わないかしら。だって今はまだありがたいことに私は何も人に無理強いする必要がないんですから」

「それとは程遠いですね」

「それにもし私が年寄りで醜くなったとしたら、私が献辞をするはずの人たちも年をとってしまっていて、お金を巻き上げるにしても相手はほとんど支払不能の病人ばかりになってしまいそうね」

「実際誰に本を捧げるつもりなんですか」

「恋多き若者たちに捧げます。私が馬鹿なことをするのが大好きなことをあなたも知っているけど、そんな愚行の愛好家たちに捧げるのです。そして捧げていただける感謝のしるしはすべて受け取ります」

「それはますますいいね。それが単刀直入ということだ。それでは僕はその本を一部予約しよう。予約の前払いをしておきますよ」

そうしてくれました。

私の境遇をうらやむ作家の数はいかばかりでしょう。私は前払いをしてもらえますが、哀れな作家たちはほとんどの場合脱稿後に自分の作品からいくらかでも報酬を得るのに大変苦労するものなのです。

第二章　言葉少なに多くを語る章

小説[001]は主人公の描写から始まるのが習いです。私は正直に書きたいと思っていますが、それでもこれは小説風に見えてしまう書き物なので、慣習に倣って私がどんな人間か読者のみなさんにお伝えしたいと思います。

謙虚な性分なもので、自分のことをやたらと褒めそやすわけにはいきませんから、私のことをよく知っているみなさん、私のことが大好きで私のことを称《たた》えてやまないみなさんに私のことを代わりに話してもらいましょう。全員一致の判断は、私がこの時代でいちばん美しくて可愛い女性だということです。それでもこの人たちには思い込みがあるかもしれません。他のみんなと比肩することには同意しますが、凌駕《りょうが》したいとは思いません。それにまた、私の顔つきほど均整がとれていると同時に優美な顔つきが世にも稀なるものであることは論を俟ちません。英国美人のすらりとした腰つき、可愛いフランス女の優美さ、スペイン王女の高貴な物腰、フィレンツェやナポリの美女の婀娜《あだ》な立ち居振る舞いをすべて持ち合わせているのは私だけなのです。周知のことですが、私の黒い大きな目には強烈な魅力があり、どんなに冷たい男性も酔わせ、どんなに浮気な男性でも虜《とりこ》にします。私の髪はその長さ、色合い、豊かさが他に見られないようなものです。肌の色と若々しさは筆舌に尽くしがたいものです。誰よりも美しいエナメルの歯は人の目を奪います。それにもしこの歯で噛まれたら絶対に傷が治らないのではないかと恐れられています。闘志と純潔が人々の記憶に残る精悍《せいかん》なジャンヌ・ダルクの胸ですら私の胸より固くはなかったでしょうし、優しいアニェス・ソレル[002]の胸ですら私の胸より白くはなかっただろうと気難しい目利きでも考えます。その他のものについては最低でもこの胸と釣り合ったものです。それでもこういった世にも稀な美点は単なる幸運な偶然の結果でしかないので、自慢しようとは思いません。たぶん自分で育てた他のたくさんの長所について見栄を張る方がもっともらしいと言えるでしょう。たとえば私はとても絵が上手で、さまざまな楽器を弾きます。私の歌は人を魅惑し、優美な女神のように踊ります。乗馬が驚くほどうまく、飛び立つ雉《きじ》を撃ち損じることは滅多にありません。でも私が幸福なのはこういった才能のおかげなのかしら。生まれつきの性分を技術によって極めた才能があって……いけない、危うく馬鹿なことを言うところでした。

第三章　欠かせない前置き

愛の女神ヴィーナスは海の泡から生まれましたが、この女神とよく似た魅力と性分をもつ私も海の真ん中で生まれました。でも私の出生は全く勝利のときではありませんでした。母は恐ろしい海戦の只中、山のような死体と瀕死《ひんし》の人々の中で私を産みました。私たちは勝利者側の兵士に捕らえられ、フランスに上陸するなりこの男は母親から私を引き離しました。こうして私は名もない愛の果実を引き取る残酷なまでに慈悲深い館で暮らすという不運に身を任せることになったのです。子供の頃私が育った場所の名前はお知らせしなくてもよいでしょう。この十二年のことは割愛します。これは存在しない方がよかった時間で、そこで私は迷信に満ちた教育[003]を受けたのです（幸運なことに、この教育のせいで私が生まれつき備えていた良識が歪められることはありませんでした）。絶え間ない退屈、屈辱的な隷属、程度が低い日課に、私のデリケートな心は全く慣れることがありませんでした。当時の私の不運はこのようなものでした。それでも私は、不衛生な住まいやひどい食べ物にもかかわらず、目に見えて美しくなっていきました。生れつき憂鬱には縁がないけれど、それでもこれは堪《た》えがたい生活だと感じるようになりましたが、このときとても幸福な出来事が訪れて突然自由になったのです。事情はこうでした。

ちょっとした資産家家庭の出身の好青年が、最近貴族に格上げになった家の娘に夢中になり、相手の方もこの青年のことを同様に激しく愛しました。そこから一人の子供が生まれました。これは家族の妨害を恐れる恋人たちがよく用いる手口ですが、この場合はうまくいきませんでした。二人が相手にしていたのは高慢で信心深いおかしな人々で、この二人は結婚しなければならないということに全く賛成しなかったのです。娘は修道院に入れられました。絶望した恋人は逃亡してあちこちさまよいましたが、ようやくローマに身を落ち着けると、そこで優れた素質を涵養《かんよう》して少しのうちに手だれの画家になりました。恋人は分娩中に亡くなったと聞かされていました。実際出産はとても危険なもので、両親は娘が死んだという噂《うわさ》をわざと流していたのです。それでもこの娘は何とか出産を切り抜けたのですが、その結果もう子供を産めないという、欠陥としては都合のいい後遺症が残りました。

しかしこの令嬢の両親は亡くなり、もらったばかりの貴族の称号を支えるべきただ一人のおめでたい息子も、まもなく両親に続いてお墓に入ってくれたのです。修道生活をしていた娘は、勇気をもって宗教入りを断り、包括受遺者となって還俗《げんぞく》しました。この女の迫害に宿命も飽きていました。これとほぼ同時に、永遠に失ってしまった、たぶん死んだのだろうと思っていた恋人を宿命はこの女のもとに返したのです。二人は再会に感激して結婚しました。二人の幸せに欠けているのは、二人の愛の結晶を再発見することだけでした。この子供は生まれてすぐに私と同じ施療院に連れてこられたのですが、二人が探しにやってきたときはもう亡くなっていました。偶然二人は私を見かけて、私の美しさに興味を惹かれました。私のことを二人は哀れに思い、実の子供の代わりに私のことがほしいと言いました。

母親は絶対に子供を産めないので、もう損失が埋められないからです。私には何の係累もなかったので、私を手放すことに異論はありませんでした。私はこの新婚夫婦についていきました。この夫婦は真心をもって私のことを大切にしてくれて、二人は本当の親のように大切な存在になりました。

第四章　移住

衆目を集めるような才能をもった芸術家は小さな田舎町で場違いな存在です。ここで画家は劣った存在で、冬を過ごしにやってくる裁判官や下級貴族よりも劣っているだけでなく、少ない収入で暮らす小市民、弁護士、公証人、証書管理人、さらには検事と比べても劣っているのです。一言で言うと、石工が建てた味気なくてもお金はかけてある建物の扉や鎧戸《よろいど》に色をつける下塗り職人と同程度の存在なのです。

シルヴィーノは（これが私を養子にとったおじさんがイタリアで名乗っていた名前で、結婚して立派な領地の主になったのに、おかしなことにこの名前を捨てませんでした。おじさんと呼ぶ理由は、私はもう年の割りに大きく、シルヴィーノはまだ三十歳、奥さんは二十四歳なので、私が姪《めい》ではなくて娘だと言うと年をとったように思えると二人が考えたからです）、つまりシルヴィーノはパリに居を定めようとまもなく奥さんに提案しました。とてもよく尽くして世間付き合いをしていたけれど、屈辱を受けることがときどきあってそれをとても気にしていたので、妻は喜んで同意しました。たとえば、家への訪問をわざと避けられることがありました。シルヴィーナが姿を現すと、出くわさないように娘を遠ざける人がいました。人が会いに来ることはあっても、娘も一緒に連れてくる人はいなかったのです。家にいないと言わせた後でわざわざ姿を見せる人もときどきいました。これもみんな結婚前にできたあの呪わしい子供のせいでした。小さな田舎町で名誉は極めてデリケートなものなのです。知識、上品さ、才能、趣味のよさ、礼節などは田舎では全く完璧と程遠いものですが、それを犠牲にしても名誉が大切なものだと思われているのです。

引っ越しは全部早速手配してもらいました。シルヴィーノはあまり仕事に熱心ではなかったけれど、それなりの体裁を整えないわけにはゆきませんでした。私たちは出発しましたが、馬鹿な同胞との別れを惜しむことはなく、それと同じく惜しまれることもありませんでした。

第五章　読者には退屈かもしれなくて申しわけない章

遠くからやってきたよそ者によくあることですが、一人でパリに来て数カ月で正しい判断をしようとする人は、地元に帰るとこの首都はとても退屈なところだと主張するものです。こういう人には納得できないでしょうが、パリに到着してすぐに目にしたものすべてが私はたいそう気に入りました。何の苦もなく活気や喧騒《けんそう》に慣れたのです。何もかもが美しく、この頃はまだ魔法の庭園や宮殿などについて聞いたことがなかったけれど、もしこのとき知っていたら遊歩道がそれと同じくらい信じられないほどきれいなものに見えたかもしれません。シルヴィーノは知識豊かで趣味がよく、妻にもそうなってほしかったので、あらゆるジャンルの面白いことを全部私たちに教えてくれました。楽しみながら学べるような道順で案内して、その道中は必ずさまざまな芸術家に同伴してもらうようにしました。シルヴィーノはイタリアでたくさんの芸術家と知り合っていて、私たちはその芸術家たちとよく会っていました。しばらくの間、付き合いがあるのはいろいろな芸術家夫婦だけでした。余談ですが、ご存知ない方のために言っておくと、本物の芸術家はたいがい社交的で見目もいいものです。たとえば芸術家は芸術家同士でうまくやっていて、それは作家と比べものになりません。作家とは反対に、退屈な芸術家でもしゃべりすぎて退屈させるようなことはほぼありません。みんないくらかは才能をもっているので、入口でふるいにかけられて、真剣な考えでもすべて面白おかしいものになり、才気に富んだ優れたものになるのです。

私は家族がいないひとりぼっちのときに偏見[004]を身につけませんでした。偏見は生まれつきの趣味嗜好《しこう》が育つのを妨げるものです。そこでこのときから人に要求されることがまっさらな状態ですんなり受け入れられました。この頃から良識をもっていたので、よい教育には効用があると実感できたのです。先生をつけてもらいました。シルヴィーノが完璧に話すイタリア語、デッサン、ダンス、クラブサンを熱心に勉強しましたが、特に熱を入れたのは歌です。生まれつきひときわ優れた歌の才能があり、進歩が速いので恩人夫婦は喜びました。可愛らしいフェリシアを救ってやったと自画自賛をやめませんでした（二人は私にこのフェリシアという名前をつけることにしました。もし私の一存でどうにかなるものだったとしたら、この名前を一生守り続けたでしょう[005]。これは至福という意味の名前ですが、どこをどう見てもこの名前は私にふさわしかったようです）。

第六章　本当のこと～流行に導かれて～旧弊というもの

可愛いキューピッド、小説に書いてあることとは違って、あなたはずっと同じものを幸せにするようにはできていません。あなたはずっと子供のままで決して大人になれないのです。愛の運命は死んで生まれ変わることです。何世紀も前から経験が証明していることですが、愛の炎は簡単にともり、それと同じくらい簡単に消えてしまいます。愛が長い間心を支配していてそれが変わらないように見える場合、それは執着や無関心によるものです。本当は倦怠《けんたい》や嫌悪が愛に取って代わっているのに、あなたがそれに愛を名乗らせているというのもよくあることです。

　優しいシルヴィーナは結婚の絆《きずな》を結んだときまだそんなことがあると疑ってもいませんでしたが、これに驚いてはいけません。修道院では情熱が永遠に続くものと信じることができて、この幻影があるだけまだましなのです。しかし俗世では周囲に快楽や娯楽がたくさんあり、素敵な男たちに気を惹かれるので、シルヴィーナが遅からず認めなければならなかったことは、愛していると信じている対象に忠実でいるためには、ときにかなり無理な努力が必要だということでした。夫は妻よりも人間の弱さをよく知っていたので、自分の浮気な傾向に抵抗しませんでした。自分が愛する人の夫として、ときには独占的に妻を熱愛することもできましたが、その前に多くの不貞を犯していたのです。いろいろ試してみたいという気持ちは心の中に眠っていただけで、まもなくこの気持ちが目を覚ましました。可愛い女友だちはあまり真面目ぶることができないもので（パリではこういう女性はもう流行りではありません）、シルヴィーノは仕事上魅力的な美人のモデルによく会って見惚《ほ》れていました。こういった女性たちのせいでシルヴィーノの奥さんはすぐに嫉妬と愛が入り混じった感情をもつことになったのです。シルヴィーナが一度ならず疑いようもなくはっきりと目にしたものは、偏見をもった人々が愚かにも屈辱と呼ぶものでした。シルヴィーノがあまり自分の振る舞いを気をつけて隠そうとしないので、妻にも同じことをしてもいいよと勧めているようでした。でもシルヴィーナがこういった勧めを利用しようと決めるには長い時間が必要でした。それはこういうわけだったのです。感受性が強い人は必ず何かに夢中にならなければならないもので、修道院にいたシルヴィーナは敬虔な信者になるよりしょうがありませんでした。俗世に戻ったもののあらゆる種類の快楽に食指が伸びてしまう質《たち》のシルヴィーナは、まだ自分の救済のことを気にかけていました。一言で言うと、シルヴィーナは霊的指導者を選んだのです。この手の人間は愚かにもいくばくかの信頼を与えてしまう美しい女性の心を奪うことに長《た》けています。シルヴィーナの先生は神の名において震え上がらせ、悔悛者《かいしゅんしゃ》の女を自分のものにすることに熟練していました。この男はあらゆる俗世のものから女を遠ざけて自分だけで面倒を見るようにし、女の愛欲がついに爆発するという自分にとって都合のいい瞬間を利用しようとしていたのです。そうすれば他の男みんなにかなり嫌気が差した女が、宗教を語る誘惑者の腕に飛び込むことになるでしょう。この男はちゃんと見通しを立てていたのです。優しい心をもったきれいな若々しい女だが、浮気な夫に不満をもっていて、世間には知られていない女で、子供をつくれない女。つまりシルヴィーナをこの腹黒い男は自分のものにしようとしました。聖職者にとってはおいしそうな肉塊です。

「気をつけなさい」この男は絶えず繰り返しました「世界は罠《わな》に満ちている。特にパリには気をつけなさい。パリは地獄の首都なのです。敬虔な魂の持ち主はこの街を歩くたびに悪魔の罠に身をさらすことになります。罠は花のようにきれいなものの姿をして数多く隠れているのです。危険な愛に用心しなさい。あなたの罪深い夫の浮気は全能の神に捧げなさい……あなたは大変に美しい。あなたの夫が自分のもちものにどんな価値があるか理解できないだなんて全く許しがたいことだ。少なくともご主人は宗教を信じているのでしょうね」

「いいえ、残念なことに」シルヴィーナは答えました「まさにローマの地であの盲人は宗教を馬鹿にするようになったのです。あらゆる宗教の勤めと宗教に専心する人を軽蔑しています」

「不敬者め、無神論者め」(偽善者は答えました)「あの男の愛撫《あいぶ》に身を任せるのはおやめなさい。大罰を受けることになりますよ。この神に見放された男と交流をもつのを拒むような口実を考えなさい」

「ああ、でも私にとっては辛いことです……愛しているんですよ」

「ではあなたの魂はどうするんだ、この不幸な女め！」

第七章　霊的指導者とシルヴィーナの友人とお知り合いになる章

　パリでは可愛い女の子はもう十三、四歳頃から注目されることがあります。このころ耳にし始めていた褒め言葉の意味をこの年頃の私にもし解《と》き明かすことができたとしたら、これは欲望による賛辞なのだと簡単にわかったことでしょう。でも私は習いごとに必要な知性をもっていた一方で、色恋については比較的に鈍感だったのです。好きですと言われたら素直に私も好きですと答えていました。でも好きというこんなにありふれた言葉にもっと面白い定義があると思っていなかったのです。つまり私は全く何も知らなかったのです……幸運な偶然のおかげで突然はっきり理解することがなかったら、たぶんずっと何も知らない嘆かわしい状態のままだったでしょう。

　一年後、ちょっとしたお金の問題でシルヴィーノは地方に戻らなければならなくなりました。シルヴィーノがいなくなるとすぐにその妻はこれまでの習慣と全く違う生き方を始めました。もう観劇に行くことも、散歩も、着飾ることもありません。大きなボンネット、分厚い肩掛け、真面目そうな服をひけらかして、徐々に人付き合いを避けて人を遠ざけるようになりました。私たちは教会に入り浸るようになりました。私はなんと退屈だったことでしょうか。ベアタン師[006]は司祭、神学者、私のおばの告解師で、最初のうちはときどき家に来るだけでした……それからもう少し頻繁に来るようになり……それから毎日来るようになり……それから自分がいるときには他の人を部屋から締め出せるようにしたのです。私も余計な存在で、隣の部屋に下がっていました。ある日、おばと慎み深いベアタンがこんなに秘密めかしていったい何をしているのか知りたくなって、鍵穴をふさいでいる手前の小さな鉄片を幸運にもずらすことができました。まるで部屋にいるのと同じくらいはっきり二人の姿が見えたので大喜びしてしまいました。でもなんという驚きでしょう。悔悛者の女の足元にいるご立派な神学者は、顔色を生き生きとさせ、目を輝かせ……つまりそれまで私が知っていたのと全然違う顔つきだったのです。夢を見ているのかと思いましたが、男は手に情熱的な口づけをしていました。その手は女が自ら委ねたもののようでした。男はとても熱心に頼んでいました……何を頼んでいるのかはわかりませんでしたが、弁舌をふるっているようで、身振りはさらに切迫した思いに突き動かされているようでした。男は大胆にも片手を肩掛けの下に滑らせ……もう一方の手はさらにぶしつけにいきなりさらに……下の方をまさぐったのです。

「化け物め」突然叫びが聞こえると男が閨房《けいぼう》から出てきて、怒り狂って剣を抜きました「破廉恥《はれんち》も極まれり。信じやすいこの方にここまでつけこむとはなんという恥知らずか。くたばれ、悪党」

偽善者の目からは激怒の閃光が発していましたが、それでも自制しないわけにいきませんでした。美しい悔悛者がもう気を失っていたのです。ひどく間が悪い闖入者《ちんにゅうしゃ》の名前はランベールといい、シルヴィーノと仲がいい彫刻家で、おばを熱心に口説いていました。これはベアタンが特に厳重に家から締め出していた男の一人でした。ランベールはこの日、どうやったのかわからないけれども家に忍び込んでいたのです。それでもシルヴィーナが気絶して神学者は救われました。気遣いができる男は敵を殺すよりも先に愛人を助けるものです。でもランベールは、女友だちに手当

てをしながら、実に礼儀正しい言葉で、すぐにここから出て行くよう裏切り者に命じないわけにいきませんでした。聖職者が代わって助けようとすると、大きな平手打ちを二発、ふくよかな頬に厳しくお見舞いされました。このびんたのおかげで、自分はちっぽけな理由しかもっていないのにしっかりした理由をもった人に反対してはならないとわかったようです。

男がカロッタを探してマントを着ている間に、私は階段の方に先回りして、その狼狽《ろうばい》した姿を見て存分に楽しんでやろうと思いましたが、これは無駄なことでした。こいつはもう仮面を着け直していたのです。私に優しく挨拶し、まるで何ごともなかったかのような冷静さを装っていました。

大事な鍵穴に戻ってくると、激しく言い争っているのが見えました。シルヴィーナは涙を流し、罵りの言葉を口にしていました。ランベールはその足元で興奮して話し、この不当な反感を和らげようとしていました。二人の会話は長くなりましたが、何とか和解して終わりました。今度はランベールが手に口づけし、何度も懇願を繰り返すとようやく両頬を差し出してもらえました。こうして仲睦《むつ》まじくなってから二人は別れました。

第八章　少し前の章と重なるけれども読んだ方がいい章

年端がいかない人の頭はちょっとしたことで動転するもので、私はまんじりともせずに夜を過ごしました。向こうみずなベアタンの計画は何か目的をもっているようでしたが、それは何だったのかと考えていたずらに頭を悩ませました。ベアタンが平手打ちを食らったのはとても面白かったけど、もうちょっと待ってくれたらよかったのにと思って残念でした。たぶん今度はベアタンが閉め出しを食らうことになるのでしょう。残念なのは、ベアタンがおばと対面しているところを見るチャンスがもう期待できなくなったことでした。

でもさんざん悩んだ末に思いつきました。この確実な手段を用いると、知りたくてたまらないことがわかるのではないでしょうか。私のダンスの先生は体格がいいハンサムな青年で、柔らかい物腰で、優しい敬意をもって私に接していました。ベルヴァルは私の全き信頼を得ていたのです。この人が打ち明け話にふさわしいと信じ、きっと神学者がどういう意図をもっていたのかを余すことなく説明してくれると思いました。近道は平手打ちのことを一緒に笑うことでした。いつでもおしゃべりは無駄にならないものです。

このおしゃべりの計画は都合よく運びました。シルヴィーナはこの日私の授業全部に立ち会っていたけれど、ちょうどベルヴァルの授業だけには立ち会いませんでした。手紙を書かなければいけないそうで、たぶんベアタンに書くのでしょう。それにベルヴァルはこざっぱりしていて、たとえ人を口説いたりしても、信仰がある人にも大目に見られていました。そのためベルヴァルは疑われていませんでした。ともかくシルヴィーナは私たちを二人きりにしたのです。

鍵穴を覗《のぞ》いてシルヴィーナがペンを手にとったのを確認するとすぐ、私は本題に入ろうとしました。それでもこの前日にしたおかしなことがいくつかはっきり記憶に浮かんできて、つい大笑いしてしまいました。なのにベルヴァルは、一緒に面白がるだろうと思っていたのに、全く笑っていませんでした。反対に少し顔色が暗くなるのがわかって、私はむっとしました。

「どうしたんですかベルヴァル先生、この話はあまり面白いと思えませんか」

「すみません、お嬢さん……とても変わった話ですね」

「おばの足元のあの人は傑作だったのよ」

「ええ、そうでしょうとも。こういったけだものは……とても不器用なのです……はい、とても滑稽だっただろうと思いますよ」

「でも先生は心から笑っていませんけど」

「考えていたんですよ……続けてください……きっと面白かったことでしょう」

「最高でしたよ」

「足元にいたと言いましたか。私が今こうしているように」

「その通りよ」

「それでおばさまは座っていたと」

「こういう感じで」(と言って私は座りました)

「なるほど。それであの男は片手を……ここに置いていたと」(悪党は私の胸に手を置きました)

「ええ。でもベルヴァル先生、たぶんそうやって真似をする必要はないんじゃないかしら」

「それはまた。変なことを考えないでください、全く他意のないことですから。それで先生のもう片方の手は……どこかな？」

「もう、ベルヴァルさん、なんてことを！」

実はこのダンサーは一瞬のうちに、神学者がシルヴィーナにしたのと同じところに手を入れていたのです。私はこんな勝手なことをされると思っていませんでした。男の手が一度も近づいたことがないところをこの男は思うままに触っていました……私は怒ろうとしましたが、こずるい好色漢の口がいきなり私の口をふさぎました……舌が、指が……これまで知らなかった感覚に私の全身が陶酔し溺れていきました……ああ、すごい、次はどんなことになるのかと思ったのに、このときおばがベルを鳴らしたのです……ベルヴァルは一瞬のうちに立ち上がって身なりを直しましたが、何度も私のことを押して私に正気を取り戻させなければなりませんでした。私はメヌエットを弾き始めました。でも生気を失った重い身体の下で、脚ががくがく震えていました。顔は深紅に染まっていました。シルヴィーナはすぐに姿を現しましたが、それでも私には落ち着きが取り戻せませんでした。先生の落ち着いたふりの方もあまり堂に入ったものではありませんでした……おばは翌日ベルヴァルの家に人をやって私の手紙を取り戻し、もう二度と家に来ないでくださいと言いました。二人は疑われていたのです。それでもシルヴィーナは慎重で、はっきりしない証拠しかないからか、私のことより自分のことで手一杯なのか、私のことを責めたり質問したりしませんでした。シルヴィーナは数日後に私に新しいダンスの先生をつけましたが、本当にひどい醜男《ぶおとこ》でこれは全く問題になりませんでした。

第九章　あまり面白くないけど無駄ではない章

ランベールはこうして人を追い払ってからは家に来ることを許されていました。シルヴィーナはランベールに毎日会っていましたが、神学者が訪問したときの満足とは程遠い様子でした。でもこの二人の男は比べものにならない存在でした。ベアタンは司祭の人相で、もったいぶった物腰と窮屈な所作だけど、実は顔色がよく、そこそこのものだったかもしれません。しかしランベールは本当にハンサムで、からだつき、脚、風貌は最高のものでした。気持ちよい微笑みを浮かべ、目の輝きは生き生きとした優しいものです。一言で言うと、パリ一のハンサムな色男の一人であるシルヴィーノの妻がベアタンと浮気して夫に不貞を働くのは許されないことです。でもランベールによいあしらいをするのは全く別の話でした。ランベールならどんなにつんつんした冷たい気取った女でも征服できるとうそぶくこともできたでしょう。シルヴィーナは熱しやすい女なのに、ランベールには興味を惹かれないなんていうことがあるでしょうか。

　ランベールが来ているからといって私のことを追い払うようなことはまだありませんでしたが、私はわざと姿を隠すことにしました。何度もおばは私のことを呼びましたが、最後には私がいないことに慣れてしまいました。シルヴィーナがランベールにだんだん打ち解けていくのが私にはわかりました。ランベールはシルヴィーナの先生よりも気持ちが細やかだけれども、気がはやっていることでは同様でした。私はこの状況から日に日に多くのことを学んでいきました。短い間に全授業を終えてしまいそうでしたが、突然シルヴィーナが気紛れを起こしていつものお芝居をやめ、ランベールが一種の閨房にした小部屋で芝居を続けることにしたのでそういうわけにはいきませんでした。二人が移動してしまったので、私は欠けている知識を手に入れられなかったのです。二人が新しい隠れ家で何をしているのか見ようとしたけれど無駄でがっかりしました。

　それでも僧服の男の代わりに楽しいランベールがいつも来るようになって、おばはがらりと変わりました。髪を整えて着飾り、沈んだ顔をするのをやめて陽気さを取り戻していました。もう以前のようにミサを聴くことがなくなり、まもなく全くミサに行かなくなりました。ないがしろにしてきた知り合いに会いに行きましたが、それにはたくさん嘘をつかなければなりませんでした。ずっと具合が悪かったことにしなければならなかったのです。「姪に聞いてください」と言われると、私は全く臆面もなくおばは重い病気だったと言い張りました。信じるひとも信じないひともいました。でも今日の人間はどんなに信じられない言いわけでも大目に見て聞き分けるものなのです。しばらく人付き合いを断たれたからといって仲違《たが》いするのはもう世のならわしではありません。

シルヴィーノが戻ってきて、すべてが上首尾に運びました。ランベールは一家の友人になりました。おばがこれほど上機嫌でこんなに人付き合いがいいのはかねてなかったことです。

寝取られ男よ、不倫は善良にして不幸な君主なのです。不倫の国は広大で、数え切れないほどの臣下がいます。寝取られたおかげで幸せになってもいいという人はみんな、それぞれの仕方で幸せにしてもらえます。それなのにほとんどの人は恩知らずで、寝取られたことを祝福しないで呪うのです。なんと愚かなのでしょう。シルヴィーノはよっぽど不倫の真価をちゃんと認めていました。家に戻ってきてから妻が自分に対してとても愛想がいいので、ついに幸運にも寝取られ男の一人になれたのだとシルヴィーノは確信し、そのせいで不機嫌になったりしないようにしました。ベアタンは平手打ちのことを忘れていなかったので、まもなくデリケートな状況を生むことになります……しかしそのときこの素晴らしい夫は知性……寛容の精神を示したのです……シルヴィーノは大変に粋な男で、見事に振る舞いました。私はあなたの讃辞を書くことで、現在と未来の寝取られ男が良識をもってあなたの真似をするようにさせられたらいいと思っているのです。

第十章　嘘のようだが本当の章

イタリアから来たばかりの芸術家二人と友人のランベールが食事に招かれていました。私たちは大変に陽気でした。おばと私の前で少し遠慮を忘れた男性陣が鋭い気の利いた言葉を繰り出すので、私たちは涙を流して笑いました。ここで水を差したのが使い走りのもってきた手紙でした。おじ宛の手紙でした。

「みなさん」（手紙を読みながら二、三回首を振っていたおじが言った）「これは匿名の手紙です。奥さんについて書いてありますよ。ごらんなさい」

その口調は全く恐ろしいものではありませんでしたが、紙を渡すその顔つきから不吉な前兆が読み取れました。シルヴィーナは手紙を読む前から震えていましたが……最後まで読めませんでした。不吉な手紙が手を滑り落ち、顔が急に蒼白になりました。気絶してしまったので、みんなで急いで助けようとしました。

「なんでもないよ」（おじはこう言ってコルセットを緩め、夫でありながら、妻の見事な二つの丸いものが目利きの仲間の目に見えるようにしました）。

一人は気付け薬の小瓶を渡し、もう一人はぱたぱた手を叩《たた》いていました。ランベールだけはこの事件にやきもきしているために木偶《でく》の坊のようにしていて、シルヴィーノは意地悪くそれをからかっていました。それでもシルヴィーナは美しい目を開き、夫の口づけととても優しい言葉のおかげでようやく安心しました。みんな食卓に戻りました。シャンペンを数杯あおるように飲むと病人は回復しました。そこでシルヴィーノは、妻を安心させて友人に事情を知らせるために口を開きました。

「みなさんとても驚かれたに違いありません。三人の中でだいたい事情がわかっているのはランペール君しかいないでしょう。実はこういうことなのです。ごらんのように妻は魅力的です。妻が愛されても私は驚きません。だって夫の私がまだ恋をしているのですから。私がいない間に妻は誰か思いを寄せている人から不興を買ったに違いありません。そこであることないことを私宛の手紙に書いてきて復讐《ふくしゅう》しようというのです……かなりひどい話が書いてあるので頭を抱えこむ夫もいるでしょうね。でもそんな風にプライドばかり高い人は恥ずべき頓珍漢な人間で、私はそんなに心が小さくありません。この手紙には熱を上げた愛人が妻のところに通いつめていたと書いてあります。気兼ねなくこの情熱に応えるために妻は人付き合いを絶ち、娯楽も断ったそうです。一言で言って、疑いなくこの裏切り者（こう呼ばれています）は思いを晴らしたに違いないということです。これはスキャンダルだと叫び、妻を罰するように私に勧めているんです。この人は……でもみなさんはこういった貴重な意見に対してどうしたらいいと思いますか」

「私が思うに（外国人の一人が言いました）、奥さんには恥ずべき疑いをかけられるようなところがないでしょう……」

「正直な意見です（シルヴィーノが言葉を遮った）。あなたはどう思いますか（ともう一人に聞きました）」

「私も同じ意見です」

「ではランベール君は」

「そうだね、シルヴィーノ君、話はよくわかった。でもいつものように歯に衣を着せずに話してほしいのかい。きっとその匿名の無礼な男が告発しているのは僕のことなのだろう。君が向こうにいる間に何度も奥さんに会ったことは否定しないよ。でもまず第一にそれは君の命令だったんだ。君は僕が奥さんを誘惑できるのならそうしたと思うのかね」

「そんな話をしているのではないよ。この世ではみんな自分にできることをするものだ。君は自分でいいと思ったことをしたのだろう。妻についても同じことで、そんなことは気にしないし、全く聞くつもりはない。何を言おうとしたんだ、最後まで言えよ」

「そうだね、僕が言いたかったのはこういうことだ。魅力的な女性に毎日会うというのは危険なことで、その危険を冒したがためにその夫には承服できないようなことを心に感じることがあったとしても、僕は君の友人なのだから、少なくとも君に苦情を言われるようなことはしないように気をつけただろうね。君に手紙を書いた人は大げさだよ。疑いの根拠が卑劣な嫉妬だけだ。奥さんは君のことを心から愛しているし、僕は君のことを本当に大切に思っている。この事件は僕のせいにされようとしているようだが、もし僕が君に助言できるとすれば、君が復讐すべき相手は不名誉とやらについて話して君に対する礼を欠いた男だけだというのが僕の意見だ。幸福な夫婦の和を乱し、完璧な友人を仲違いさせようなんていうおぞましい計画を思いつくような人間なのだからね」

「ランベール君、この胸に触わってくれたまえ。君は賢い意見を言って僕の心を見抜いてくれたよ。ああ、いつか運よくこの憤慨している先生の襟首が捕まえられるとしたら、まっとうな人間が匿名の告発のために暴力的な解決方法をとるようなことはないんだから、そんなことを期待してはいけないと教えてやりたいよ。でもきっと妻がこの詐欺師の名前を知らせてくれると思う」
「筆跡でわかります」シルヴィーナが言った「きっと私がこの手紙を見るなどとは思わなかったのでしょう」
「ためらわないで言ってごらん。それが誰で、どこに住んでいる男か。罰を与えて君の恥をそそがなければならない。筆跡がわかるとはよかった」
「軽はずみなことだったと思いますが、実はこの呪わしい男から何通か手紙を受け取ったんです。それでもその人は私によこした手紙を書くような立場にない人で……」
「そのような立場にない人だって」ランベールが口を挟みました「たぶんわかったぞ。ひょっとして神学者先生のベアタン氏ではないのか」
「その人です」
「ベアタン先生というのは君の霊的指導者か」(ランベールとシルヴィーノが口々に叫びました)
「ああ、なんてことだ。覚えていろよ」(一人が言いました)
「そいつとは会ったことがあるぞ」(もう一人が言いました)
そしてランベールは、ある日こやつが暴力を振るっている現場を襲い、シルヴィーナに頼まれて平手打ちを二発食らわせて追い払った顚末《てんまつ》を語りました（これが事実の適切な伝え方でした）。夫はこの行動を大変褒めました。

「家から閉め出されたことの仕返しをしようとして」シルヴィーノは言った「このえせ信心家は今度あなたを中傷しようとしているんだね」

「そうなんだよ」

「やくざもの、ひどい男だな」

「司祭とはそういう輩《やから》なのだよ」

みな口々に話していました。それから全員一致の決定で、悪党はこの二重の裏切りのために速やかに厳重に罰せられなければならないことになりました。

第十一章　陰謀

「いいことを思いついた」(シルヴィーノが言いました)「絶対にベアタンのしっぽをつかんでやるぞ。聞いてくれ。妻がこういう手紙を書いたらどうだろうか。『夫は怒り狂っています。私が不貞を働いたと確信した夫にしかるべき扱いを受けました。私を陥れたのはあのがさつなランベール、神聖な宗教の使者に対する敬意をもたないあの悪党以外にありえません。でも先生の態度はあまりに弱気ではなかったでしょうか。最近の出来事全部の直接の原因は先生です。だからこのことについて私は先生のことを恨みに思って当然だと思います。それでも先生のことが忘れられません。先生に会わずにはもう生きていけないのです。先生にびんたを張った男からまたひどい仕打ちに合うのではないかと恐れています。こんなにも心細い中で、慎み深く慰めになるベアタン先生以外に私には頼りになる人がいません。だからどこかで……こっそりお会いできないでしょうか。一緒に相談してこんなに困った状況ではどうしたらいいのか一緒に決めてもらうことはできないでしょうか』もし妻がだよ、こんな手紙を神学者に書いたとしたら、この男は罠に向かって突進してくると思うんだ。こう考えてほくほくしてしまうだろう。自分の告解者の女が騙《だま》された上に、自分から会おうと言ってくるからには、愛の証で償いをしてもらうしかない。そうでもしてくれなければ喉から手が出るほど欲しがっている助言はやれないよと」

この思いつきを聞いてみんな喝采しました。

「シルヴィーナはちゃんと手伝ってくれなければならないよ」(シルヴィーノは続けた)「君が醜悪なベアタンへの復讐のいちばんの関係者なんだからね。しっぽをつかんだら……残りのことは僕らがするよ」

「あなたたちに任せるわ」シルヴィーナは答えた「ひどい偽善者はみんな永遠に滅んでほしい。偽善者のことをちょっとでも信じてしまったからこんな目に遭ってしまったけど、もう二度と信用しません。私はとても不幸でしたが、それは身から出た錆《さび》でした。全く罪のない快楽まで否定するような暴君をこの家に招いてしまうなんて、そんな必要は全然なかったのに。それもよりによってあんなひどい化け物を」

「もう考えるな」(口づけをして優しいシルヴィーノは言いました)「これでこれから前よりも賢くなれるだろう」

その場でベアタンに手紙を書く計画を実行しました。シルヴィーナが恨みに思うのももっともでした。復讐したいという気持ちによって女はいつも才能を発揮するもので、シルヴィーナはいかにも自然な気を惹く表現を使って手紙を書きました。どんなに狡猾《こうかつ》な聖職者にもこの手紙に罠が隠れていると疑えなかったでしょう。ベアタンは愚かにもこの罠にかかりました。翌日の夕暮れどきにポン＝トゥールナン〔チュイルリ庭園とルイ十五世広場、女王の宮廷、シャンゼリゼの間の交通の便をよくするために一七一六年に建設された橋〕に来るようにお願いし、そこからおば自身がシャイヨへと連れて行くことにしました。ここに私たちは秘密の別荘をもっていたのです。ベアタンは条件を飲みました……とても熱がこもった返信だったので、シルヴィーナに幸せにしてもらえるものともう安心しているのがわかりました。

シルヴィーナが時間通りに到着すると、指示した場所に幸せなベアタンがいました。田舎風の服を着て、髭《ひげ》を剃《そ》ったばかりで、髪をいくらかよく整えていました。世俗の人よりも身なりに気をつけていて、違いといえば丸く刈った髪とトンスラだけといった風のエレガントな聖職者がよくいますが、ベアタンはこの種の聖職者ではありませんでした。ベアタンは前に言ったように司祭でした。それでもうおわかりでしょう。

さて、ベアタンは馬車に乗っておばの隣に座っています。おばはとてもその気があるように見せかけて、夫が数日の予定で出かけたところなので、もし他にすることがなければ明日までシャイヨで過ごせると言いました。このとき破廉恥漢の興奮はもうブレーキが効かなくなりました。両目が情欲に輝き、天にも昇る心地で、完全な至福の予感をもう味わっています。二人はようやく村に到着しました。車を送り返すと、幸運な先生を人目を忍んで家に導き入れました。

でも洞察力豊かな霊的指導者はこんなに贔屓《ひいき》にされているというのに、どうしてこの隠れ家のことを知らなかったのでしょうか。なんともはや。旅に出発する前のシルヴィーノがこっそり抜け出してこの隠れ家に来ていて、妻もベアタンに対する陰謀の折に初めてこの秘密の隠れ家の存在を知らされたのです。こんなにおあつらえ向きの隠れ家があると知っていたら、先生は告解者の女にその隠れ家を見せてくれと頼んで、きっとここに来ていたことでしょう。でもこれでは大違いです。今日この隠れ家にやってきたけれど、不吉な前兆が垂れ込めています。自分から罰を受けに飛び込んでいっているのです……でもかわいそうだとは思いません、罰を受けるようなことをしたのですから。

第十二章　前の章の続き～ベアタンの凋落

一方では欲望と憎悪がそれぞれ別々に計算をしていました。それと同時に他方では軽蔑と悪意が協力して悪いベアタンをやっつける計画をしていました。シルヴィーノ、ランベール、外国人二人、絶対にみんなし一緒にいたいと思った私が、シャイヨまで立役者のすぐ後ろをつけて行き、裏門から入りました。二人が一階にいたので、私たちは音を立てずに二階に上りました。

おばは別荘全部をちゃんと見回らなければならないし、軽食の材料を見つけなければならないと口実を言って、私たちのところにやってきて相談しました。シルヴィーナがしばらくベアタンをじらして助言を聞くふりをし、それでもやましさを感じているふりをして、最後にベアタンにすべてを許すように見せるということに決まりました。特に夕食をとらずにベアタンが床につくようにさせなければなりませんでした。家にあると思っていた食糧はもう食べてしまっていたけれど、見つかったらいけないので、念のために買い物に外に出たり人を使いに出したりしないことに決めたからです。シルヴィーナは全くそつなく意地悪にすべてを実行に移しました。先生はこのときあちらの方の食欲で頭が一杯だったので、随分すんなりと食事を抜くことに同意しました。欲望の力はものすごいものです。食いしん坊の先生の食欲をものともしないんですから。これは愛の奇跡のうちでいちばん小さなものというわけではありません。

ついにベアタンは至福の極みに達したと思いました。シルヴィーナとベッドを共にしてもよいという許可を得て天にも昇る心地になったのです。それでもシルヴィーナは死にかけの羞恥心を守ろうとして、二人が幸福を成就するのは明かりがあるところではない方がいいと言いました。

「姦通《かんつう》は」シルヴィーナは言いました「闇の中でさらに大胆になるものです。恥ずかしすぎると快楽の邪魔なのです。特に二回目のことを考えてセーブして快感を増すようにするのは悪いことではないのよ」

恋するベアタンは条件を飲み、信用してしまって手探りでシルヴィーナに付いて行きました。

ついに幸運のベッドに入りました……ベアタンは燃え上がってやきもきしています……告解者の女はまだ抵抗していて、ためらって腕の中に来ようとしません……でもなんと不運なことでしょう……ああ、罪深いベアタンにはどこに隠れようとしているのでしょうか。五人の男が突然姿を現したのです。暗いランタンで火をつけて一瞬のうちに何本もの松明《たいまつ》に火がともりました。おかしなシルヴィーノと恐るべきランベールが剣を輝かせ、二人の呪いの言葉が家に響き渡ります。

「つかまえたぞ、恥ずべき姦婦め」（夫は叫び、妻の胸元に剣の切っ先を突きつけます）

「復讐するんだ」（友人のランベールが今度は叫びます）

「君の名誉を汚して僕を中傷した悪党を今引き渡してやる。どこだ。おお、おぞましさもきわまれり。ベッドの中だ、君のベッドに寝ているぞ」

「やめろ、ランベール」（シルヴィーノが口を挟み、役回り上必要な真面目なふりができなくなってきた妻から手を放しました）「やめろ。裏切り者の血を流す喜びを君に譲るわけにはいかない」

　私はこの場面を何とか言葉で描写しようとしていますが、その場にいなかった人にはなかなかどんな風だったのかわからないでしょう。言葉が足りなくて、ベアタンの恐怖、全身全霊で同時に感じていたものすごい動揺が表現できません。私は事実に忠実に話すことにしているので言わないわけにいきません。気持ち悪いとお思いになるでしょうけれど、不幸な先生はシルヴィーノの寝床を文字通りに汚してしまっていたのです。それでも外国人の友人が許しを請い、怒った友人たちから武器を奪うことに最初から話が決まっていたのでそのようにしました。でもそれと同時にこの友人は罪人が命については安心できるようにするような意見を開陳しました。決して人の妻を寝取ったりできない状態にしようというのです。友人の一人は自称外科医で、この場ですぐに手術ができると言い、運がいいことに必要な器具を持参していました。この条件でランベールとシルヴィーノは命を助けてやることに同意して、生きた心地もしないほどに震え上がった患者をベッドから引きずり出し、ではこいつを手術しようと言って他の部屋に連れて行きました。そこでベアタンが受けた屈辱はとても辛いものでした。性悪のシルヴィーナは涙を流して笑っていたのです。それでもシルヴィーナはこの男のためにとりなしてやろうと思いました。シルヴィーナがお願いすると、私もそれに同調し、みんな同意したのでさらに減刑されることになり、ベアタンをたっぷり鞭《むち》打ってから放免してやることに決めました。この宣告は今度こそ最後の判決でした。結局、告解者の女を誘惑した男、匿名の手紙の出し主は、裸でサロンの柱に手足と腰を縛りつけられて、大きなお尻を私たちの復讐に差し出しました。私たちはこの祝福されたお尻をとことん痛めつけてやったのです。鞭はたくさん持ってきていました。最後の一本がぼろぼろになるまで罪人の背中を鞭打ちました。罪人は自称外科医に脅されているので、叫び声を上げようともせずにじっと耐えていました。身体の他の部分が痛めつけられても、人生の幸福の四分の三以上をなすものが救えるというのなら、みんな罰を受け入れるしかないでしょう。

先生に鞭打ち刑をちゃんと与えると、みんな落ち着いたようでした。服を全部返しましたが、ひどく汚れてしまったシャツも忘れずに返したので、ベアタンはそれを着なければなりませんでした。それから通りまで送って行き、みんなが松明をもって、丁重に別れの挨拶をしました。

第十三章　何かの始まりを告げる章

きっとおわかりだと思いますが、私と一緒に暮らしていたみんなはあまり私に対して厳しくなくて、気兼ねがなくなっていました。私はもうしっかりした人間として扱われていたのです。二人はきっと私を養子にとったときに何か期待を抱いていたでしょうが、私は実際その期待を上回っていたのです。私はシルヴィーナと同等の存在で、その夫は私の父親代わりでありおじ代わりだったのですが、それでも父親のような重々しい調子で話したりしませんでした。お楽しみがあると私は必ず加えてもらって見聞を広めました。残りは自分の頭で補って、まだまだ狭くて足りない私の人生哲学に合わせて考えていました。ランベールをはじめとした友人たちが家に入り浸っていました。シルヴィーナはあちこちで男を幸せにしていましたが、同時に夫のことも気遣っていました……思いやりをもって愛想よく夫の愛人とモデルに接していたのです……繰り返しても繰り返しすぎるということはありません。幸いなるかな、寝取られ男よ！

シルヴィーノは奥さんの財産のおかげで、働くとしても画家としてのよい評判のためにだけ働けばよく、あまり絵を描くことがありませんでしたが、その絵はどれも素晴らしいものでした。得意分野は歴史で、肖像画はあまり描きませんでした。そもそも生まれがよくて、教養があって豊かな知性をもち、とても人付き合いがよく、女性に好まれているだけでなく男性にも人気がありました。親しい友人の中には貴族も何人かいましたが、これは生まれつき愛し愛されられるのが常の人々でした。貴族といえば不幸にも友情を知らず、敬意と畏敬の念しか人に感じさせないというわけではないのです。シルヴィーナは少し頭が弱くてあまり教育レベルが高くなかったけれども、それでもこの家に魅力を加えていました。陽気な女でいつも変わりがありませんでした。シルヴィーナの顔つきは一風変わったもので、いわばその気がなくても気を惹き、どことなく居心地を悪くするけれど、いつでも新しい情熱に火をつけてしまうだけでなく、絶頂に達して消えた情熱もよみがえらせるものでした。夫その人がシルヴィーナに反撃して驚かせることもありました。そんなときシルヴィーナは夫に全身を捧げました。こういうやり方だったのです。でもこのような愛の発作はすぐに収まるもので、二人はそれぞれ退屈しのぎに浮気をして、単調な二人だけの結婚生活に刺激を与えていました。

この家では愛の女神ヴィーナスがこんなに熱心にかしずかれていたので、ほぼ当然のことながら、その空気が私にも伝染することになりました。友人たちとの会話を耳にしたり、何やら疑わしいことを垣間見たり、尾籠《びろう》な絵やスケッチをこっそり見たりしたおかげで、生まれつきの気性が育っていきました。もう知識がたっぷりあって、守り神に求められることなら何でもしてやろうと思っていました。私はただ人生の幸福なチャンスだけを求めていたのです。私の人生には何もないと感じ始めていました。シルヴィーナは愛人に囲まれて、どの男を幸せにするかを自分で決め、都の選りすぐりの色男の中から男を選んでいました。哀れな私は、私のことをまだ子供だと思っている男に薄っぺらな口説き方をされたり、色事の素人につまらない口説き方をされたりするだけで、そういう人はときどき面白味のない告白をしてきたり、気取り過ぎの手紙を送ってきたりするのでした。私はかねてよりまともな考え方をしていたので、思いつめた恋心というものが受け付けられなくて、この恋心に基づいた言動が嫌いでした。私がいつも心に思い描いていたのはあの優しいベルヴァルのことでした。ベルヴァルが最初から本題に入ったのは理にかなったことで、他の男なら百年もかかりそうなところから単刀直入に始めたのです。こういうわけで私は口説き言葉になど何の興味もありませんでした。虚栄心を満たすために手紙を受け取っていたけれど返事もしないことがよくあり、もし返事してやるとしても、それは手紙を書いてきた間抜けをこっぴどくからかうためでした。それでもときにはこう考えずにいられませんでした。

「いったい私には何が足りないのかしら。愛したくてしょうがないのに、口説かれても全部断ってしまっている。私が期待しているのは本物の幸福の瞬間だけで、手が早いベルヴァルがやろうとしたことだけだ。それでもあのダンサーに恋しているとは思えないわ」

ベルヴァルが調子に乗ってしてきたことのおかげで覚えてしまった甘い快楽が習慣になってしまっていました。でも快感が頂点に達したとき、ベルヴァルのことはどうでもよくなっていました。私の好色な想像から溢れ出した欲望を満たしてくれるような人の姿は頭の中になかったのです。

第十四章　面白い出来事

焼けつくような猛暑の夜に恐ろしい嵐があり、雷鳴がとどろき雹《ひょう》が降りました。まんじりともできず、あまりに暑いので毛布を投げ捨てて汗だくのシャツを脱ぎました。夜明けの頃に嵐は収まりました。ひどい夜だったのでこのとき一つ埋め合わせをしようと思いました。自分のことを喜ばせてやるのが上手になっていて、あの甘美な手遊びを何度も繰り返しました。数多くの修道女の退屈を紛らし、未亡人を慰め、上品ぶった女や醜女《しこめ》の気休めになるものです。ようやく正気を取り戻したかどうかという頃に、ベッドの向こうの扉が静かに開く音が聞こえました。このとき私はとても変な姿勢だったので、姿勢を変えても絶対何か疑われるに違いありませんでした。そこで思いついたのは狸寝《たぬきね》入りで、少しだけ薄目を開けてこんなに朝早く部屋に入ってきたのはいったい誰なのかを見ようとしました。シルヴィーノその人でした。私の姿が目に入ったときの最初の反応からそれがどんなにうれしい驚きだったかがわかりました。私はパリスの目の前の美の三女神のような姿でした。あおむけで左腕に頭を乗せ、その手のひらで顔を半分隠していました。脚は、片脚をほぼ真っすぐにし、膝を少し曲げた片脚を広げて、私の身体のいちばんの秘密の場所が見えていました。さっきそこをたっぷりお祝いしてくれた手が太腿《ふともも》の横で力を失っていました。シルヴィーノは扉のところでこの姿をしばらく見ていたけれど、好色な画家はこの姿を見事だと思ったことでしょう。そろそろとベッドの方にやってきたので、私は今度目を全部閉じなければなりませんでした。眠っていることを疑われたくなかったのです。すぐ近くまで来ました。「なんて美しいんだ」とシルヴィーノは言い、それと同時に私は生え揃い始めた和毛が口づけされるのを感じました。まさかこんなに変な触られ方をするとは思っていませんでした。私は身震いして、考えるよりも先に身体が動いて姿勢を変えました。シルヴィーノは口を開かないわけにいきませんでした。

「フェリシア」(少しどぎまぎしていました)「休んでいるところを邪魔してごめんよ。でもあんなひどい嵐が過ぎた後にどうしているか、気分が悪くなっていないかと思って様子を見にきたんだ。それにベッドが乱れているので病気になったらいけないと思って、近くに来ないといけないと思ったんだ。何かかけないと」

実際私にシーツをかけてきて、ぎこちなさそうに整えましたが、このぎこちなさは全く好都合なものでした。両手で上手に私の身体を触ってきたのです。私は大変感謝しているふりをしました。シルヴィーノは私に優しくしようとしてさらに自分でシャツを私に着せました。こうして私を甘やかして、またこっそりおこぼれをちょうだいしていましたが、私はそれがちっとも嫌ではありませんでした。シルヴィーノの目が燃えていました。私が何をしてほしいかわかってくれたのかしら。でも口づけを一つしてくれただけでした。それでもおじとしてはちょっと際どいものでした。私も口づけを返しましたが、これも姪としてはちょっと際どいものだったと思います。シルヴィーノは出て行こうとしました……ためらいました……私は期待していました……シルヴィーノは本当に行ってしまいました。

第十五章　女性が自ら進んで同意しないようなことを告白する章～多くの女性に活用することをお勧めしたいシルヴィーノの一風変わったお話

読者のみなさんは私を非難していることでしょうし、きっと私はその非難に値します。でもみなさんもよくご存知のように、愛欲と好奇心は女の名誉とやらにとって実に危険な敵なのです。この二つのせいで、いかにも賢い女が道に迷って、全くもてないような男の腕に身を任せることになるのではありませんか。

この種の驚くべき話はたくさん知られていますし、知られていないものも多いでしょう。私は賢さを自慢することがありませんでした。自然に身を任せ、自然の秘密を全部知りたいと思っていた私は、シルヴィーノに口説かれたら抵抗できなかったでしょう。反対に全く口説こうとしてこなかったので残念でしたが、自分で運命を決することはできないものなのです。私の大切な処女を奪うのはこの人の役回りではありませんでした。

この出来事の数日後、シルヴィーノは熱心な芸術愛好家の英人貴族の親友の頼みを聞くことにしました。一緒に二、三年程の旅に出かけてヨーロッパ諸国を回り、芸術家にとって面白い珍品や骨董品を掘り出そうとせっつかれていたのです。

シルヴィーナはとても悲しそうでした。夫はなんとか慰めて、シルヴィーナのことを知り合いに託しました。私の方は、ある日シルヴィーノと二人だけで話すことになりました。シルヴィーノが私に聞かせた話はおおよそ以下の通りです。

「フェリシア、今日でお別れだけど、僕がいなくても問題ないと信じているよ。貧しさを恐れる必要がなく、美しい顔で、知性と才能をもった君は、もう幸福の道を歩み始めている。自分でこの道を歩み続けなさい。君は男にちやほやされるだろう。優しい男はたくさんいる。でもできるだけ誰にも熱を上げないようにしなさい。完全な愛なんて幻想なんだ。現実に存在するのはずっと続く友情と瞬間的な欲望だけだ。愛というのは友情と欲望が心の中で結びついて同じ対象に向けられたものだが、この二つは結びつけられたいとは思っていないんだ。欲望は普通移り気なもので、対象を変えないと消えてしまう。欲望を堪《こら》えたり再燃させようとしたりすると、友情はそれで苦しむばかりだ。欲望はいちばん熟したときに摘まなければならない果物のようなもので、一度木から落ちたらもう元に戻せない。激しい恋愛感情は感じないようにしなさい。必ず不幸にするものだから。穏やかな快楽の中でのんびり暮らしなさい。適度な贅沢《ぜいたく》や芸術からは穏やかな快楽が生まれるもので、お互いに惹かれることがあったら君の気が向くままに満足させてやればいいんだ。シルヴィーナは僕の手ほどきで前の極端な性格が今は快楽の方に向くようになったので、君の邪魔をすることはないだろう。君はもうシルヴィーナと同等の存在だが、そのうち越えてしまうだろう。若い上に才能と知性が勝っているのだから。シルヴィーナに対する振る舞いには気をつけなさい。シルヴィーナと僕のお世話になったということを絶対に忘れてはいけない。でも恩を忘れるなんて不届きなことを君がするわけがないと信じているから、それについては何も言わなくていいだろう。よい選択をしなさい。苦痛が快楽よりも多そうならそちらには行かないようにしなさい。うんざりする前にやめておきなさい。色恋において不幸になったり退屈したりしないためには騙し騙されしなければならないものだから、美しい幻想はあまり抱かないようにしなさい。必ず禁欲しなければならなくなるようなものには絶対に深入りしないようにしなさい。上手に体面を繕って、君の変わり身を見せつけたら不幸になるかもしれない人には本当の姿を見せないようにしなさい。今君に話しているようなことを、女性すべてに早いうちから話しておいた方がいい。それでも多くの女性にとってこの原則は濫用しない方がいいものだろう。女性が生まれてきたのは愛し愛されることのためだけのようだ。それなのに誰も女性がどのようなものであるのかについての真実を女性に言わないのだ。女性に求められているのは自分との辛い戦いだ。男性に抵抗するように求められているのだが、それは滑稽な話だ。後回しにしている間に青春時代が過ぎて薔薇がしおれてしまう。そういうわけで恋愛するべき時期には気取り過ぎで、色恋に目覚めたときにはもう魅力がなく、後の人生は後悔に苛《さいな》まれて、本当の人生を生きなかったことになる女性がほとんどなんだ。一言で言って君に必要なのは愛と愛の快楽だ。快楽についてはいつも目先を変えるようにしなさい。でも快楽に惑わされないようにして、若いうちに薹《とう》が立った後のことを考えて、忘れずに財産を蓄えなさい。このアドバイスを忘れないようにしなさい。このアドバイスに従うのはわけもないことだから、これを踏まえて世渡りすることにするなら、間違いなく君はこの時代を代表する幸せな女の一人になれるよ」

「よくわかったかい」

「とてもよくわかったわ」と言って私はおじに抱きつき、教訓を深く噛みしめていることを身をもって示しました。

「うれしいです」と私は続けました「おじさんの考えが私が元々もっていた考えとこんなに似ているなんて……」

おじは私を遮って、年齢が釣り合わない上に、家族関係にある者との恋愛には重大な偏見があるのでそういうわけにはいかないけれど、そうでもなかったら自分から願い出て、私に愛の喜びの最初のレッスンをする最初の人間になりたかったと言いました。

「でも」おじは続けた「権威をもった者がその権威に従う者と関係をもったら、それはいかがわしいものになる。そんな話をしなくても、君は頑張って僕に善意を示そうとするかもしれないが、その善意を利用してもいいとちょっと僕には思えないよ。君は最初の蕾《つぼみ》を愛によって摘むべきなんだ」

　私はこう答えそうになりました。

「私は尊敬して感謝しているおじさんに最初の蕾を摘んでほしい」

　でもシルヴィーノはずっと真面目な役回りを演じていました。私もそうせざるを得ない雰囲気で……結局私には何も言えませんでした。

第十六章　もっと倣う人がいてもよい好例～流行好きの高位聖職者の素描

　世の夫の中には、奥さんのおかげで富裕になったのに、奥さんから自由を奪って恥じない人がいます。家で奥さんに不足な思いをさせているけれど、自分自身が無一文の状態でこの家にやってきていて、貧困から這《は》い出す資格もなかったのです。こんな人は公平で気遣いができるシルヴィーノから学んでください。自分の今の生活が妻のおかげで存在する色男はこのように振る舞うべきなのです。

シルヴィーノは妻を置いて旅に出るとき、全権を放棄して、妻を財産管理人にして権利をすべて妻に託しただけでなく、旅に同行してもらう見返りにと言って旅仲間が前払いしてくれた千ルイ[007]も妻への贈り物にしました。英国人が気前よく前払いしてくれたことや芸術家が財産にこだわらなかったことに驚いた読者はきっとごく一部でしょう。

私たちは生活に余裕があり、二人の好事家はお金をたんまりもって出発しました。こういうわけでみんなほぼ満足してお別れしました。

おばの才能といえばうまく家を切り盛りすることでした。とはいえ、家では支出を控えるようにしていたとはいっても、当初の調子を続けたらすぐに破産するところでした。そこでシルヴィーナは決心して何人か愛人をつくり、気前よく払ってもらって家計の足しにしたのです。こうした理由によってシルヴィーナは愛人を選んでいました。

太ったアメリカ人がシルヴィーナのために大枚はたいて三カ月の間どんちゃん騒ぎをしたので、まだ破産の心配がありませんでしたが、このとき私たちはローマ時代の戦車を駆る戦士のように素早く某猊下《げいか》を捕らえました。この人は自分の教区では農民にしか知られていませんでしたが、パリの美女でこの人を知らないものはなく、その中には深くお知り合いになっている人もいました。愛らしい司教さんは教会に身を捧げたい世俗の女にぴったりなものです。それに引き換えで手に入るものが何かを考えたら、身を捧げない人がいるものでしょうか。でもベアタンのような人もいますよね。ベアタンのような男の厄介になるような悲しい羽目になることは田舎でもなければありません。それもかなりのど田舎ですよ。

猊下は魅力的な顔つきのとんでもない伊達男で元気があり、士官時代と変わらず潑剌として、いつも陽気で満足していて、快活で知性がほとばしるようでした。本当の年よりも十歳若く見えました。実際多芸多才な人で、守備範囲が詩、文芸、芝居、芸術、科学などに渡り、才能があり、お楽しみ、流行、ばか騒ぎを得意としていました。シルヴィーノの作品に評判がよいものがあったおかげで猊下と知り合えました。猊下はシルヴィーノの絵を買い、画家の妻の魅力の虜になり、姪の歌声の甘美な響きに魅せられました。この姪はもう都でも屈指の歌声で知られていたのです。まもなく猊下は私たちと切っても切れない存在になりました。

新しいものに夢中になると古いものは忘れてしまうものです。そういうわけで猊下が来るとランベールさんの居場所がなくなりましたが、それでも良識をもったランベールはもめごとを起こしませんでした。自分の時代が終わったことに気づくと、わきまえて紳士的に元の立場に戻りました。前と比べると家にいることは少なくなりましたが、それでも心遣いがなくなるわけではなく、控え目な存在になったものの私たちに対して冷たくなることもありませんでした。今回のシルヴィーナの心変わりは珍しく心からのものでしたが、ランベールはそんなシルヴィーナを困らせることもなく、猊下に嫌な思いをさせることもありませんでした。もしランベールがもう少し無遠慮に振る舞っていたなら、きっと猊下は嫉妬を感じたことでしょう。そもそもランベールは面白い人で決して煩わしさを感じさせないので、私たちの家でお楽しみがあるとほぼいつもやってきました。それにランベールが猊下の後でときどきおこぼれにあずかることがなかったとは誰にも言えないでしょう。

艶《あで》やかなシルヴィーナに熱を上げてたっぷりお金を注ぎ込んだ時期が過ぎると、猊下は突然それまで全く気にしていなかった私の存在に気づいたようでした。どうしてこの可愛い子供にもっと前に注目しなかったのかと悔やんでいるようでした。この新芽は木の隣で育っていたのですが、これまで猊下はこの子供の教養だけを楽しみにしていたのです。

第十七章　猊下の善意〜折り悪しき出来事

「フェリシア、本当のことを言うと」私が独りのときに司教は言いました「君はもうここにいるべきではないんだよ。今は美人のおばさんが君の邪魔になっている。でもそのうちお転婆の君の方がおばさんの邪魔になるだろう。ここは一つ私が割って入って、二人を引き離してやらなければならない。私は信用のある人間なので、私がよかれと思ってする助言は全部実行してもらえるんだ。君を遠くに連れていきたいと思うんだ。どう思う。そろそろ私は教区くんだりまで行ってそこで何カ月か過ごさなければならないことになっている。町にはお楽しみの材料がないと私は感じたのだが、劇場があり、まあまあの楽団もある。私を助けると思って主席歌手になってくれないか。君の才能とその可愛い顔にふさわしい給金はもらえないよ。その顔だけで世界中の歌手全員と釣り合うくらいなのだが。でも私がその埋め合わせをして、あのシベリアのようなところでパリとだいたい同じぐらいお楽しみがある裕福な暮らしをさせてあげるよ。笑ってるね。私の善意をからかい半分で聞いているのかな。さては私が君からの感謝のしるしとしてどんな見返りを望んでいるか疑っているのかな。自信をもって話しなさい、フェリシア。君はもう子供ではないんだ……ちゃんとした友人を大切にもてなしたいと思うのなら、それをためらわせるようなものは何もないと思うよ。この友人は君にとってよいことしか望んでいないんだ。君自身が楽しみたいと思う間だけ楽しませてあげたいだけなんだよ。わかってもらえるかな。司教の祭服は仰々しいかな。もしかしてちょっと怖いのかな……でもこの服の下は男なんだよ……オペラ座のハンサムなダンサーの洒落た服の下に男がいるのと同じことだ……もし……男がどんなものか……君が知っていたら……世俗の人間と私たちの間には……何の違いもないと……教えてあげられるのに……」

　私はまだ経験が足りなかったので、この言葉はちょっと強烈でした。さらに居心地が悪くなってしまったのは、猊下がこの言葉を言いながら大胆に激しく触ってきたからです。ぼんやりわかっていたけれど、慎み深い女ならはっきり抵抗しなければならないところだったでしょう。でも私がとても恐れていたのは自分らしくない役をぎこちなく演じることでした。そこで手をつかんで猊下の膝が私の両膝の間に入ってこないようにしたりはせずに、ふざけて猊下の指にただ軽いしっぺを食らわせるだけでした。でもしっぺごときに尻込みして瑞々《みずみず》しい手つかずの美しいものに触れるのを諦める人がいるものでしょうか。悪党はそれがおふざけだとちゃんと理解しました。しっぺがちょっと痛かったとしてもそれに怒るようなことはせず、大変陽気にことを続け、あちこち好きなところに触って面白がっていました。まもなく猊下は私の小さな身体を全く自由にしてしまったので、今度こそ私は猊下を脅しつけなければならない

と思ったけれど、それでも笑いながら「おばさんが帰ったらすぐに言いつけてやるから」と言いました。

「ははは、おばさんは素晴らしい人だよ」と猊下は言って大笑いしました……

それから猊下がとても無遠慮なキスをしてくると、私も口を半開きにして笑いました。

当時の正直な気持ちと同じくらい正直な気持ちでお話しようと思います。無邪気に言いますと、猊下が私に激しく感じさせてくれたものは、似たような状況でベルヴァルが感じさせてくれたものと同じものでした。しかも今回は前回よりも深入りしたのです。私は少しぼうっとしていて、うまいことに直感からとても都合のいい姿勢で椅子の端に腰掛けていたので、猊下はその姿勢を利用しました。もう何かとても硬いものが私に少し痛みを感じさせていました……でも突然控えの間で音が聞こえて、私の征服者は攻撃をやめざるをえませんでした。居住まいを正す時間もないくらいでした……それはシルヴィーナその人で、みんなと一緒に帰ってきたのでした。ちょっとでも私たちの見た目に気をつければ、猊下と私がわけもなくこんなに興奮しているわけではないといとも簡単に気づいたでしょうが、何にも気づいていないようでした。

第十八章　愛の気紛れ

司祭は邪魔者の音が聞こえて強く眉をしかめましたが、人々がやってきた頃には見事に落ち着きを取り戻していました。「おやおや、どうしたわけで甥《おい》っ子がご婦人がたと一緒に帰ってきたのかな」と猊下は可愛らしい色男に話しかけました。シルヴィーナとドルヴィル夫人（この頃あまり会っていなかった新しい女友だち）が一緒にいました。この若者の答えは、僕はドルヴィル夫人のことはよく知っていたけれど、運がいいことに今日シルヴィーナと知り合いになって、散歩の後で夕食をごちそうになることになったというものでした。紳士的な司教はしきたりに従って食事に同席してもいいかと聞きましたが、ここは自分の家のようなものなのにそれを忘れたかのようでした。猊下は一晩中気さくで陽気で、とても面白い話をしてくれたので、ドルヴィル夫人とシルヴィーナは涙を流して笑いました。若者と私の方は真剣な風情でぼんやり見つめ合っていました……お互いを探り合っていて、何を言ったらいいのかもわからないままでした……食卓では向かい合っていて、二人ともほとんど食べませんでした。このとき私は足が伸びてきて私の足と会話を試みようとしているのを感じました。私はこのいたずらな足の持ち主の顔に微笑みかけましたが、この顔は情熱的な表情で私を見つめていて、私は興奮してしまいました……ああ、二時間前には猊下がいちばんの美男子だと思っていたのに、素敵な甥っ子が現れてからの猊下は私にとって変わり果てた存在でした。

十九歳の美青年を思い浮かべてみてください。端正な顔つきで高貴な容貌の、はしこい優しい目をした男です。その肌の色は絶世の美女にも劣らないものでした。美の女神が描いた額を想像してください。その額を褐色の比ぶもののない美しい髪が縁取っています。すらりとして、優雅な物腰で、これを近衛《このえ》部隊の小さな制服が際立たせています。すらりと伸びた見事な足。でもいくら言葉を並べても猊下の類稀《たぐいまれ》なる甥っ子を完全に描き切ることはできません。比類なきデーグルモン騎士、これがこの人の名前でした。美しい目、美しい歯、可愛い微笑み、ちょっと動いただけでも素敵ね。他にもたくさんの美点があるけれど、それはすべて精神的なもので、ペンでも絵筆でも表現できないのです。

この比類なき男はこのとき幸運なドルヴィルのものでした。ドルヴィルは流行の先端を行く若い美女で、いろいろな意味で愛されるにふさわしい女性だったのに、馬鹿なことをしなければとても浮気な愛人を捕まえておくことができませんでした。この男が数カ月前からドルヴィルと一緒にいてやっているのは、ただ一万エキュ〔アンシアンレジーム下で用いられていた通貨単位で、一エキュは三リーヴル、一ルイは八エキュに当たる〕以上の借金を払ってもらったからでした。この散財家の家族はうんざりしてしまってなかなか支援金を送ってこないものだから、ドルヴィルはこの男のどんなわがままでも聞いてやっていたのです。それでもドルヴィルは細やかさ、洞察力、処世術を欠いていたわけではありません。のぼせやすいデーグルモンがもう私の若い身体を思って燃えているのにドルヴィルは一目で気づきました。私の方でもこの男に惹かれていて、シルヴィーナも絶えず熱い流し目を送って、この男を誘惑したいと思っているのがわかったのです。これが全然気に入らなくて、ドルヴィル夫人はすぐさま猊下で手を打って仕返しすることに決めました。騎士は愛人ドルヴィルもシルヴィーナも猊下も眼中になかったので、ドルヴィルが司祭を誘惑するには好都合でした。猊下は新しいものに目がないので、待ってましたとばかりに誘惑に応えました。猊下の心は激しく燃え上がりましたが、ドルヴィルが飛びついてこなかったとはいえ、すぐに猊下のことを幸せにしてあげると期待させるように思わせぶりだからこそさらに激しく燃え上がったのでした。

第十九章　何が現実には起こらなかったのかがわかる章〜夢

こういう状況は滅多にあるものではないので、ずいぶんもめごとが多かっただろうと思われるかもしれません。幸運なことに今の世の中にはそんなに興奮しやすい人はいないけれど、私たちの中に頭にかっと血が上るような人がいたら大変だったでしょう。相容《い》れない情欲があちこちでぶつかりあって、どれほど多くの復讐、裏切り、不幸が生まれたことでしょう。裏切られた女は当然恩知らずの男に苛立《いらだ》って、がみがみと叱りつけたのではないでしょうか。剣や毒を使って復讐して、もしかしたら最後には男と刺し違えるなんてことになりかねないのではないでしょうか。司教はいくらよくしてやっても浮気な女を落ち着かせておくができなくて、手が早い甥っ子に失礼なことをされました。少女は二人の間にあったことを考えると自分のものであるはずだったのです。それなのに司教はこの三人に泥を塗られてしまいました。こんな司教は女を侮辱し、素行不良を理由にして甥を幽閉し、高僧にありがちなやり口で少女のことを無理やり自分のものにすることもできたのではないでしょうか。おばは私の方が贔屓にされているのに怒って私を家から追い出すこともできたのではないでしょうか。こうやって私のことを手っ取り早く厄介払いすると、私は不幸の中で猊下に助けを求めるしかなくなるけれど、猊下の方では私のことを責めたてることになるという寸法です。デーグルモンはといえば私のことが手に入れられなかったことで自分のおじに対して憤慨し、シルヴィーナに付きまとわれることになるでしょう。あるいは牢屋《ろうや》に入れられて、最低のひどいことをしなければならない状況に追い詰められるかもしれません。でも幸運なことにこんなことは全然起こらなかったのです。猊下は新しい情婦を置いて帰るところでしたが、このときはもう翌日どうしたらいいか心得ていました。シルヴィーナは（騎士はシルヴィーナのために何やら用事を買って出ていました）、猊下に忘れないでほしい、約束を疎かにせず言った通りにまたすぐに来てくださいとお願いしました。この取り決めは私にとって大変具合がいいものでした。そつがない騎士は明日来たときに間違いなく私と話す時間を見つけるか、そうでなければ優しい言葉を書いた手紙を渡してくれるでしょう。たとえ何があろうと、デーグルモンのためにことを簡単にし、自分にできる限り退屈なお決まりのやりとりはなしにしようと心を決めていました。

この夜夢を見ました。美しい庭に花で飾った蜂の巣があり、この巣の周りをとても変わった蜜蜂の群れがぶんぶん飛び回っていました。蜜蜂は猊下が話をしながら私の目を喜ばせて触らせてくれた物体と全く同じ形をしていました。猊下はこの物体を何かもっと重要なお仕事のために使おうとしているようでした……私はこの虫のおかしな形に見とれていましたが、知らないうちに虫は猊下の持ち物の大きさになり、蜂の巣の部屋の狭い入り口に次々と突進していって、中に入ろうと無駄な努力を長い間していました。ところが紫色の羽の蜜蜂が中に入り込もうとして少しだけ蓋を上げたとき、青と赤銅色の羽の蜜蜂がその瞬間を利用して下から潜り込んで蜂の巣に突撃し、それからしばらくの間その周りを飛び回ると、その蜂の巣をいきり立った蜜蜂の群れに引き渡し、蜂の巣は群れに飲み込まれてしまいました。

第二十章　ハンサムな騎士が素晴らしい人に見える章

素敵なデーグルモンは時間に正確で、それはシルヴィーナと私の期待以上でした。次の日正午すぐに私たちの家に姿を現したのです。シルヴィーナはまだベッドにいました。私は部屋でクラブサンの授業を受けていました。

もう知識を身に着けていた私はかなりよく知っているソナタを弾きました。でも騎士が近くにいるので動揺してしまい、この曲は注意力を必要としているのに注意散漫になって指がもつれ、先生の気分をひどく損ねてしまいました。生徒の才能によって自分が優れた教師であることを示せたらよかったのでしょうが、玄人はだしの音楽家ということで通っている男の前でそうできなくて悔しかったのでしょう。先生はバイオリンのパートを弾いていました。

「先生、バイオリンを渡してください」好人物の騎士が言いました「私が伴奏しましょう。先生はお嬢さんを手伝って落ち着かせてあげてください」

騎士が手にしたバイオリンは、さっきまで先生が弾いていたときは少しキーキーいっていたのに、すぐさま甘美な音を奏でました。突然甘い戦慄に襲われましたが、この戦慄は清らかなメロディーが五感を捕らえて感じさせるもので、おかげで私は音楽に集中できるようになりました。私たちは最初からソナタをやり直しましたが、これは私にとってそれまでで最良の演奏になりました。デーグルモンの伴奏は正確なもので、このジャンルにふさわしい表現をし、完全に模倣したので、私はうっとりしてしまいました。もしその前から私がデーグルモンにのぼせていなかったとしても、このときに私は恋してしまったことでしょう。私の演奏がデーグルモンに与えた影響も同様でした。ときどきため息をつくのが聞こえ、この心の高まりがさらにデーグルモンの演奏を見事にし、顔つきがさらに優美になりました。

シルヴィーナは騎士が到着したことを知らされてまもなく起きてきましたが、しどけない状態が可愛らしいので、これは媚態《びたい》で欲望を刺激しようとする策だとわかりました。見事な金髪がシニョンからはぐれて真っ白な首にほつれかかっていました。リネンのガウンをちゃんと閉じていないので胸がほとんど見えていて、十六歳のときはこれほど美しい胸ではなかっただろうと思われました。肉づきのよい白い腕には手袋をしていませんでした。短いタイトな一枚布のスカートがお尻を撫《な》で、腿を撫でていたけれど、これがとてもそそるプロポーションで、さらにスカートのおかげで抜群のスタイルの脚が引き立っていたのです。私は可愛くて少し先手を打っていたから、二人とも欲しがっているものをこのときのシルヴィーナと競い合うことができましたが、そうでもなければ不戦敗だったでしょう。デーグルモンはシルヴィーナが言われて当然の賛辞を山程言いました。でも褒め言葉の合間には私のことを見ていたのです。デーグルモンの目は、この人以外では見たことがないような目で、私に優しく優しく話しかけていました。

「素敵なフェリシア、今僕が言っている褒め言葉は全部あなたのものなのです。おばさんとは機転を利かせて話しているだけだけど、僕の心はあなただけのものなのです」

騎士は用事を済ませました。報告が終わると忘れることなく次の用事を言いつけましたが、これで騎士の最初の任務が満足の行くものだったということがわかりました。私たちは騎士の音楽の才能を優しく褒め称えました。先生が太鼓判を押して言うには、幸運にも私たちは王国中でも数少ない技術をもった愛好家に出会えたということでした。こんなことを聞いたら、この新しい友人が暇なときには必ず私たちに才能を披露してほしいとお願いするしかないでしょう。おばは飽きることなく私たちの演奏を聞いていましたが、私たちもまた飽きることなく合奏して、演奏を完全に調和させながら、私たちは今このように二つの音をぴったり合わせているけれど、まもなくこれと同じように二人の心が燃え上がって融け合い一致するだろうとお互いに想像していました。

デーグルモンを引き止めて食事に誘いました。おばが私と同じぐらい自分に惹かれていることに騎士はちゃんと気づいていました。そういうわけで、愛嬌たっぷりなのかそつがないのか、食事中にはずっとおばの方を贔屓にしているような素振りをしていました。これはどういうことかと考えないで済んだのは、騎士がときどきちらりと私を見て、ライバルにお世辞を言っているのはただ騙すためなんだということをわからせてくれたからです。それに、私のポケットにはもう何か手紙が入っていました。この大切な手紙をもっているというだけで、手紙を開いたらそこには私が読みたいことがちゃんと書いてあるともうわかっていたのです。

第二十一章　取り決め〜不都合なこと〜不安

ようやく食事が終わると、私は走って帰って部屋に閉じこもりました。そこで心臓をドキドキさせ、顔を真っ赤にし、手を震わせて、大切な手紙の封を切りました……手紙には最高に情熱的な愛が語る言葉が六行の中にすべて書いてありました。足りないのはあの永遠の熱い愛の誓いだけで、幸運にも生まれて初めて恋文の中でこの言葉に出くわさなかったのです。これがこの恋人に対する私の高い評価を決定づけることになりました。私はすぐに次のように書き流しました。「あなたの素敵なお手紙に何と返事をしたらいいものでしょう。あなたのことを考えて数え切れないほど何度も読み直しました。ええ、騎士様、あなたの贈り物を熱く受け取ります。すぐに証明してみせますが私は全くあなたのものなのです」この手紙を渡してもおばは気づきませんでした。ほぼすぐにおばは小部屋に行きましたが、騎士がこのときとばかりに私に頼んだのは、帰るのをやめたので私の部屋に忍び込ませてほしい、部屋に衣装箪笥《だんす》があるのに気づいたから、僕が箪笥に入ったら後ですぐに鍵をかけに来てほしいということでした。私はもうこの人に何も断れませんでした。虜になっていたのです。

それでもシルヴィーナが突然お芝居に行きたくなって、新しい劇がどういうものか見たいと言うので、二人の素敵な計画はおじゃんになるところでした。しかし頭のいいデーグルモンは口実をつくってついて来なくてもいいようにしたのです。カジュアルな服装は言いわけになりませんでした。シルヴィーナ自身が着飾っていなくて、栅付きの桟敷席に直接行くつもりだったからです。でもデーグルモンはすぐ思いついてどうしても反故《ほご》にできない約束があると言い、急いで帰って少し身繕いをしなければならないということにしました。小間使いがシルヴィーナに簡素なドレスを着せようとしたとき、デーグルモンは苦もなく私の部屋に忍び込み、衣装簞笥に入りましたが、それは全く居心地が悪いというわけでもなかったようです。私はついて行きましたが、そうやって閉じ込めるのは嫌でした。空気が足りなくなって窒息するのではないかと私は恐れていました。でもデーグルモンの愛は激しすぎて、私のような引っ込み思案はできませんでした。欲望に駆られて、私を安心させるような言葉を次々に思いつきました。二人が交《か》わした口づけはそれまで一度もされたこともしたこともないようなもので、この幸福な序曲の後のお楽しみは夜までお預けにすることにしたのです……私はデーグルモンを閉じ込めました。

いつまでも続くように思えるお芝居のことを私は心底から呪いました。お芝居が成功作だということに怒っていました。私にとっては不幸の極みであることに、桟敷席を出ると女友だちがいて、家に食事に来て趣味がよく合う人々と合流するようにとシルヴィーナにお願いしてきたのです。できることならこの間の悪いパーティー女をぶん殴りたいところでした。それでもこの女について行きました。真夜中にさらなる不幸が訪れました。ゲームをすることになっ

たのです。おばはトランプ遊びをすることにしました。でも私は暗い気分でいることを咎《とが》められていて、食事中も不機嫌にしていたので、それを激しい頭痛のせいにして痛みを訴えたところ、善良なシルヴィーナはトランプをやめて、私を家に連れて帰りたいと言いました。

帰宅途中に頭痛が治まってきたので、何か夜に食べるものがほしいとお願いしました。部屋に鶏肉、ワイン、果物をもってきてもらいました。夜向けに髪を直してもらいましたが、あっという間に小間使いを厄介払いできて、ようやく一人になりました。扉の閂《かんぬき》を閉め、衣装簞笥へと飛んでいきました……でもなんということでしょう。騎士が気絶していたのです。真っ青なので私は一瞬ぎょっとして、騎士が死んでしまったのではないかと思いました……胸が締めつけられ、目から二筋の涙が滝のように流れました。大切な恋人を胸にかき抱き、その顔に私の熱い顔を合わせ涙を流しました……デーグルモンはようやく意識を取り戻し、何度もげほげほとむせました。美しい目がかすかに力なく開きます……私のことがまだよくわからないみたい……

「ここはどこだ（デーグルモンは死にそうな声で言いました）。あなたなのですか（熱く続けます）あなたなのですか」

今度はデーグルモンが私を抱き締め、熱い口づけを浴びせてきました。二人はしばらくの間ぼうっとして、言葉では言い表せないうっとりするような状態で我を失っていました。騎士はようやく生気を取り戻しました。空気と少しの休息、そして特に私の熱い愛の証明のおかげで、デーグルモンは生き返ることになったのです。美しい薔薇色がようやくデーグルモンの顔に戻ってきました。さっきは死を意味する百合のような顔色を見てあんなに怖かったのですが。

第二十二章　どうやって切り抜けたものかわからない章

ここで読者にいんちきをして、恥ずかしいことを書かないことにしてもいいでしょうか。この夜に何が起きたかを書かないことにしてもいいものでしょうか。オウィディウス[008]の筆をもってしてもこの夜の苦痛と快感を描くのは難しそうですが、これを省略するわけにはいきません。私は正直に語ると決めたので、そんなつまらないごまかしはできません。困った出版社がここは原稿が抜けていましたなどと誰も信じないようなことを言わなければならないような事態に私はさせたくありません。きっとかなり不十分なものになるでしょうがお話ししましょう。一年前から思わぬ邪魔が入ったばかりにしょうがなく守ってきた秘め所がありましたが、愛欲が私の身体を支配していて、これを奪おうとする敵の肩をもちました。この秘め所がついに奪われたのです。

これから訪れようとする瞬間は焦《じ》れに焦れた欲望がずっと求めてきたものだったのに、いわくいいがたい不安が垂れ込めて突然私を襲いました。デーグルモンは急いで私の服を脱がせました。それはそれは大変に上手な手付きでした。邪魔になりそうなものをすぐに全部脱がせてしまっていました。私の身体中の魅力に雨霰《あられ》のように口づけを降らせてきました。それでも私は固まっていたのです……まだ痛みも快感も感じていませんでした。心が宙吊りになって何もできなくなっているようでした……私はこれから訪れようとする瞬間の前で尻込みしていて、それが欲しいのに恐れていたのです……私にはニュアンス豊かな喜びを感じることができませんでしたが、好色な恋人はその喜びを熱狂して味わっていました。デーグルモンは私を静かに導いて愛の女神ヴィーナスが待っている祭壇に連れていき、そこで私は犠牲に捧げられることになっていたのです。ああ、この人はいったいどこから情熱に満ちた賞賛の言葉を引き出して、私の美しいところすべてにくまなく浴びせているのでしょうか。ようやく私は全く何も感じない状態を脱しました。数々の口づけに甘くくすぐられて、麻痺《まひ》していた感覚が目を覚まします。火がついてしまいました……私の心は私の中に溢れてこようとする心を求めました。優しく激しくしてくる……でもひどい障害が立ちふさがりました。鋭い痛みが甘い喜びを台無しにするのです……二人は欲しくてやきもきしました……でも無駄なことでした。二人には幸福が仕上げられません……私は機械的に殉教者の道具に手をやり、身震いしました。二人がもくろんだのはとても不可能なことだったようです。真っ赤な血が私の傷口から流れています。戦闘中に不具になった不運な人のように、いっそ殺してくれと征服者にお願いしても無駄なことです……デーグルモンは三回も私の言うことを聞こうとしました……三回も私はひどい責め苦に挑戦しました……そのたびにこの犠牲の儀式の遂行を諦めなければならなかったのです。

ああ、誰よりも優しい恋人よ。あなたの涙を覚えています。私はあなたの美しい目から流れる涙を舐《な》めていましたが、このときさっきまでその目で輝いていた欲望の炎を悲しみが消し去っていました。そしてあなたはなんと私の血を集めていたのです。これまででいちばん大切な勝利のしるしを永遠に自分のものにしたいのだとあなたは言っていました。でもあのときあなたはどういう慰めを私に伝えようとしていたのでしょう。私はその慰めをまだ知らなかったのです。もしこれが他の傷だったらそんな慰めも受け入れることができたでしょうが、この傷ばかりはそういうわけにいきません。でもそれからあなたのおかげで私はそんなちょっとしたやましさを克服できて、官能の豊かな源を発見しました。

それでも私たちは万事休すの状態でした。

「結局こういうことなのね。絶対にうまくいかないのよ」こう言って私は溢れる涙を流していました……でも激しい苦痛は収まってきていました。しばらく休むと、私の方からあなたを誘ってもっとするように言います。とても苦しいのにそれでも少し甘い感覚が混じり合っているのを感じていました。この感覚が欲しくて私は勇気を奮い起こしました。

「お願い」(猛《たけ》り狂う官能に狂乱して私は叫びました)「お願い……もう一回やってみて。これで死んでしまうなら死んでもいい。でも合体しましょう……」

そして二人で協力して身体を動かし、愛によって力具合と頃合いを合わせてあの壁を破りました……あなたは快感で死にそうだったけど、私は痛くて死にそうでした。

なんということでしょう。祝婚歌の作者は自分では快楽の手ほどきなどしたこともないのに、初めての愛の喜びを熱く歌っているのです。愛のない結婚をした哀れな娘は男に機械のように容赦なく耕され、名誉をかけて残酷な義務を果たしたのに、翌日には馬鹿な両親にからかわれることになるのです。ああ、もしこういった人々がどんなに痛いのか知っていたら……(そんなことはなかったという夫婦についてはしょうがありません)本当にもしそれを知っていたら、絶対にわざわざあんな悪い冗談や滑稽な褒め言葉を言ったりはしないでしょうに。そう、処女喪失の日には処女を失った女にせいぜいお悔やみの言葉しか言えないのです。

第二十三章　前の章の続き

「なんてひどい人なの」(痛みがひいて話せるようになると私はぐったりしたデーグルモンに言いました)「つまり恋人の誓いはこんなにひどい痛い思いをさせるためだったというわけなのかしら」

デーグルモンは熱い口づけで私の口をふさぎ、さっき征服しようとしてあんなに辛い仕事をした持ち場を動かず、そのまま続けているとまもなく苦痛に続けて快感がやってくるということを私にわからせようとしました。その言葉を一瞬信じましたが、この快い幻想は束の間しか続きませんでした。でも私はこの幸せな闘士のことを愛していたので、急いで手にしようとしている二度目の勝利の冠を奪おうとすることができませんでした。私は最後までこのひどい力業を耐えつづけました……男を気持ちよくしていると考えるとうれしくて、自分では全然気持ちよくなくてとても痛いけれど、それがほんの少しだけ苦しみの埋め合わせになりました。まもなく頑張りが倍になり、喘《あえ》ぎ声が熱くなって情熱的に嚙みつかれて、騎士がもう一度至上の幸福を迎えようとしていることがわかりました……熱い奔流が流れ出して私を打ちのめしました……でも私には快感のきらめきが見えるか見えないかという感じでした……私の責め苦は終わり、この責め苦をもたらした男の力も尽きました。哀れな騎士はもう恐るべき存在ではなく、力を失ったようでした。このとき私は信頼を取り戻して男を腕に抱いて胸に圧《お》しつけ、快感の中でぐったりした男の嗚咽《おえつ》をすべて喜んで受け入れました。苦しみはもうなかったことにしていました。私は本当に喜んでいたのです。私にとってこんなに大切な人が自分のものであると感じ、さっき収めた年貢はおかしなものだけれど、不幸な私たち女性が払わなければならないと自然の声が決めたもので、これを払った後は、官能の広大な畑で私は好きなだけ収穫しようといていたのです……私は恋人の完璧な肉体を両手でうっとりと撫で回していました。この人からたっぷりもらったものに心からのお返しをしたのです。男はまもなく正気を取り戻しました。とても優しい会話をしてしばらく過ごしました。それから眠くなり、二人は心地よい眠りに身を委ねました。眠りの神モルフェウスは面白がって、愛の女神ヴィーナスが配置した幸せな姿勢のままに二人を眠らせました。

　この善き女神は私が眠っている間に、血まみれの犠牲の儀式の間にはお預けにしていた喜びを私に二度与えてくれました。騎士はすぐに目を覚ましたので、この甘美な一時を大切にして、うまい具合に軽くくすぐって私を興奮させようとしましたが、それでも私を起こさないように気をつけていました。この色っぽいいたずらがうまくいったのにすぐに気をよくして、三度目の幸福を手にしようとしたのです……でも騎士がやろうとするやいなや、痛みで唸《うな》って私は目を覚まし、身をかわして騎士を叱りつけ、その野蛮な行いを責めました……でもなんということでしょう、私は騎士のことを哀れに思ったのです。疑いようもなく欲望が激しすぎたのです……騎士の苦悩にはほだされました……騎士の心臓が私の片手の下でときめいているのはかわいそうでしたが、もう一方の手の中ではいきり立った一物が熱く震えていました。

「フェリシア」（悲しくも人懐っこい声で騎士は言いました）「僕が野蛮だと言って責めないでくれ……君の方が野蛮なのだから」

優しく愛撫して落ち着かせようとしました。私は最初手を使って恐ろしい計画を思いとどまらせることしか考えていなかったのですが、すぐにこの手が一種の特効薬になることに気づきました……握っているものの動きに手の動きを優しく合わせてやりました……こうして手でしてほしいとお願いするのは憚《はばか》られるようなことを自分から手でしてしまったのです。これは新発見でした。

「これはすまない」動揺が隠せない可愛らしい騎士は落ち着きを取り戻して、なんとかこの優しい手をきれいに拭こうとしました。「すまない、君は命の恩人だよ」

私は笑わずにいられませんでした。とても重大なことのように言われたけれど、私には全然何でもないことだったのです。それでも私はこの言葉を利用して条件を認めさせ、もう朝まで何もさせないということに決めました。二人は眠りました。目を覚ますと大切なデーグルモンはもう隣にいなかったけれど、そうとは知らずに私はそちらの方に手を伸ばし、今度は挑戦に応じられると言うつもりだったのです。これが欲望の結果なのでしょうか。これでは全く理窟が合いません。期待が裏切られたと気づき、こんな風に良俗を重んじて馬鹿を見た自分が腹立たしくなりました。もし私が良俗を気にしていなかったら、優しさの塊のような男はきっと朝まで帰らずにまた私に対する情熱を証明してくれたはずです。私はおなじみの手段に頼りました。欲望が尽きるまでして、また眠りに戻りました。

第二十四章　色男は泊まった家に忘れ物をしてはいけないと教える章

十時に来る予定の先生が到着するまで休ませてもらいました。このときは何も不安を感じていませんでしたが、寝ている間に部屋が少し整理されていて、残した食事が片付けてあって、床に散らかしていた服がまとめてあることに気づいていました。シルヴィーナの目の前で、私は二つ続けて授業を受けましたが、ちゃんと顔を見ていなかったので暗い表情に気づきませんでした。二人だけで昼食をとりましたが、シルヴィーナは私をどういう目に遭わせようとしているのかおくびにも出しませんでした。でも食器を下げるとすぐに怒りが爆発しました。私が見たのは恐ろしい顔と目つきでした。

「この悪餓鬼め」(私の片腕をつかんで、怒って引っ張ってシルヴィーナは言いました)「さあ、昨夜何をしたのか言いなさい」

雷でもこれほど怖くはなかったでしょう。私は真っ青になり……気分が悪くなりそうでした。

「ごまかさずにおっしゃい。事実を教えてほしいんです。すぐに過ちを白状なさい。さもないと今ここからしかるべきところに放り込んでやります。そこでゆっくり恥ずべき破廉恥行為を悔いて泣き暮せばいいのよ」

私はためらいませんでした。こんな脅しにあって、死ぬよりも恐ろしい不幸が一瞬のうちにまざまざと脳裏に浮かびました。シルヴィーナの膝に口づけ、涙で濡らしました。

「なんということでしょう、おばさま」(悲しみで一杯で、はっきりものが言えませんでした)「もし私がどんな過ちを犯したのかご存知なら、それを自分の口から言わせるような恥ずかしいことは勘弁してください」

「破廉恥娘、お前の過ちはどうでもいいのです。あまりにも明白でお話になりません。けしからぬ共犯者の名前を今すぐ告白しなければならないのです。今朝私が見つけたこの時計は誰のものですか。破廉恥行為で汚れた、壊れたベッドの上にかけてありました。ベルヴァルのことをずっと前から疑っていたけれど、もしかしてあの小悪党がついに……」

「ベルヴァル先生ですって、おばさま」(私は懺悔《ざんげ》していたのにちょっとかちんと来て言いました。「ベルヴァル先生のわけがないでしょう」と言いたいくらいでした)

「じゃあ誰なのよ」(シルヴィーナは早く知りたい上に頭がかんかんで、私は腕が痛かったです)

「それはおばさま……」

「それは?」

「騎士様です」

「デーグルモンさんなの」

「はい、おばさま」

「恩知らず！」

これと同時に私は一気に突き飛ばされて倒れそうになり、時計が床に落ちて壊れました。そうして怒り狂ったシルヴィーナは長椅子に倒れ込み、頭を傾《かし》げて握りこぶしを両目に当て、数分の間一言も言わずにそのままでいました……

私は打ちひしがれて部屋の片隅に立ち、涙で目を一杯にしていましたが、溢れさせることはできませんでした。いったいどういう目に遭うのか震えながら待っていたのです。おばは暗い考えに沈んでいるけれど、この後どうするつもりなのでしょうか。扉が開き、「デーグルモンの騎士様のご到着」という声が聞こえました。名前が聞こえるとすぐに入ってきて、あっという間にすぐそばに来ていました。少し注意をして私の目を見たら、すぐにこの場での自分の存在は場違いであること、特にひとり悦に入った態度はこんなに危機的な状況に全く似つかわしくないことに気づいたことでしょう。でもデーグルモンはおばがぼうっとしているのが不思議だとばかり気にしていました。おばは椅子を立たずにほとんど顔をデーグルモンの方に向けることもせず、鋭い目つきで一瞬にらみつけましたが、すぐに顔を背けました。結局デーグルモンは愕然《がくぜん》として私の方を見ることになりました。私が顎で時計の残骸の方を示すと、デーグルモンもそちらの方を見て、何があったのかを理解しました。

「何をぐずぐずしているんですか」(シルヴィーナは出し抜けにデーグルモンの方を向いて言いました)「ぐずぐずしないでさっさとお帰りなさい。部屋の様子を見れば自分がお呼びでないことぐらいわかるでしょう。私の信用を裏切った上にさらに侮辱したいんですか。私が悲しんでいるの見るのがそんなに楽しいんですか。昨夜はお楽しみだったようですけど、そのお相手は何も言わないようね。この子がずいぶんお世話になったみたいね。この子のことをとっても幸せにしておやりになったのではないかしら」

デーグルモンは世慣れた人間なので、この叱責に対して意地悪な返しをしたりはしませんでした。そもそも自分が犯した二つの過ちがなかなか償うのが難しいものであることがわかっていました。一つは自分のうっかりで二人が愛し合ったことをばらしてしまったことです。もう一つはさらに重大な間違いで、この女をたぶん取り返しがつかないぐらいに怒らせてしまったことで、その恨みが必ずしも私がしたことだけのせいではないとデーグルモンにはわかっていました。そこでシルヴィーナに吐きたいだけ小言を吐き出させ、自分ではしゅんとして後悔している人を上手に演じていました……それでも私は気づいたのですが、デーグルモンはだんだん自信を取り戻してきていました。シルヴィーナは口では怒っているけれど、デーグルモンを見る目にはもう怒りの色が見えなかったのです。この日のデーグルモンはいつにも増して素敵でした。素晴らしい趣味の凝った服、見事な髪、手間を惜しまない飾りつけによって、その美しい顔が見たことがないほどさらに優美なものになっていました……デーグルモンはうまく頃合いを選んで、怖いシルヴィーナの前にひざまずくと、自分だけが悪いのだと告白し、衣装簞笥のことを細かく物語りました。でもデーグルモンが信じさせようとしていたのは、もし思いもしないときに閉じ込められなかったら、あなた方が外出している間に、自分の本当の望みを成就するのにもっといい場所に隠れられたのにそうできなかったということでした。さらに続けて言うには、もしフェリシアが夜の身繕いをしなければならないと思わなかったら、衣装簞笥の中で気絶して死んでいたかもしれないということでした。感謝の気持ちに目が眩《くら》んで、フェリシアの同情を悪用して目的を達成しようとしたけれど……フェリシアはその目的のことなどつゆ知らず、それが何かわかったときにはもうフェリシアには身を護《まも》ったり助けを呼んだりする時間がありませんでした。つまりフェリシアの身に降りかかったことを自分の手柄にできるのはシルヴィーナさんしかいなかったのです。こんな言いわけを聞いて、稀に見る美男子の語り口にほだされ、自分でも騙されたいと思うものだから、知らず知らずのうちにシルヴィーナの怒りは和らいでいきました。罪深い男が両手でシルヴィーナの片手をとって口づけで覆っても、その手を引っ込めようとしませんでした。この悪党の目がこれこそ真実なのですと語る声が聞こえていたのです。

「どうして私のことを悪く思うのですか。あなたこそが僕の過ちの理由なのに。僕が不意を襲おうとしていたのはあなたなのです。そうできなかった僕はもう不幸の極みなのですよ」

第二十五章　猊下が見事な和解の精神を発揮する章

ここに猊下が現れたら、私は本当に何がなんだかわからなくなるところでした。そういうわけで時を置かずして猊下が到着したのです。騎士が入ってきた後、扉を閉めていませんでした。騎士のおじの到着が告げられることは一度もありませんでした。猊下は素早くて、いつも爪先立ちで歩いて全く音を立てないのですが、そういうわけで私たちを不意打ちし、甥がシルヴィーナの足元にひざまずいているところを悪気もなく見てしまいました。まだ自分が見られないうちにこの二人のことをしばらく見て、私に小さく合図をしました。私はとても混乱していたので、猊下の姿が見えてもそっちに行って挨拶しようとしていませんでした。そこで他のみんなは猊下が来ていると知らなくて、ようやく猊下が話し始めて気づいたのです。

「見事だ、我が甥っ子よ」(ちっとも気にしていない様子で言いました)「おめでとう、奥様。あなたもデーグルモン流のことをしてやってください。正直言って、この悪党はうまいことやりましたよ」

自由闊達《かったつ》な猊下以外のみんなは唖然《あぜん》としていました。

「でもわからないな」(と聖職者は続けて肘掛椅子に座りました)「いったいそのあなた方三人の顔は何ですか。まさかこれは悲劇のリハーサルではあるまいね。そこには泣いている人がいるし、こっちには浮かない顔の人がいる。でもこの甥っ子は……正直言って、この男の役はどういう役なのか全然わからないよ。この男の面持ちはあまり悲劇的じゃないねえ。なのに全体を見ると、ここでは誰も満足していないようだ」

シルヴィーナがまもなく謎を明かして、全部打ち明けました。猊下はその話があまり面白いとは思っていないようでした。

「ええ、おじさん」ずるがしこい甥は白々しいことを言います「その通りですが、ご覧のようにこの方はこんなに美しいのですよ。僕の立場ならおじさんも同じことをしたでしょう」

「もちろんだよ」

「何ですって、猊下、かたぎの人の家に隠れて……」

「それはその通りですね、これはちょっと子供っぽい」

「おじさん、このつれない仕打ちを見てくださいよ。この女、この冷たい女のためだけに、僕はこんなきわどいやり方を選んだというのに」

「おやおや奥様、これはまた奥様が怒っているというのにこいつは困ったことを言うものですなあ」

「まあ、何をおっしゃるの、騎士様。紳士が女性の家に招かれていて、その女性のことを思っているのなら、いくらでも他にしようがあるのではなくって」

「いくらでもですか」

「甥っ子よ、お前は許してもらったんだよ……これはどうしたものか、困っているのはかわいそうなフェリシアだけになってしまったじゃないか。みんなの間をとりもつのが私の役目らしいね。ちょっとこの扉を閉めて、どうか私の言うことを聞いてくれ。おいで、美しいルクレチア[009]」(と猊下は続けて、私のことを優しく呼び、膝に座らせました)「みんな、この出来事に絶望してはいけませんよ。デーグルモンさんは幸せな盗賊で、内心ではこんなことになって喜んでいます。いとも簡単に盗みを働きましたが、盗んだものはどんなに嘆かれても返せないようなものです。よかったではないですか。うっかり者が運よくまんまとうまいこと人違いをして花を摘み取ったのです……この花は本来なら長い間優しく熱心に尽くした後でようやくご褒美としてもらえるものだったのでしょうが」(それから聖職者は肩を

少しすくめました）
私は当惑していたものの、猊下を怪訝《けげん》な目で見るしかありませんでした。こう言いたかったのです。「猊下、あなたの考え方が、最初の愛の証は長い間熱心に尽くしたことに対する報酬でなければならないというものだなんて思ってもみませんでしたよ……」
猊下は続けました。
「奥様の方は、短い説明をお聞かせすれば落ち着いてもらえるでしょう。あなたは美人で快楽を好んでいます。目の前に快楽があるのに自分から進んでその快楽を追い払ったりしますか。そんなことはしませんよね。だったらこの娘は許せるでしょう。この子は愛の秘密を知ってしまいました。これから自分で生きていくことにしてもいいのではないですか。この才能と可愛い顔があれば、あなたの援助なしで生きていけるかもしれません。世界の財宝すべての鍵を手にしていると言ってもいいのではありませんか。この子を遠くにやっても罰にならないでしょう。それに私はこの子を自分の庇護《ひご》下に置くつもりなのです。だから私のことを信じてください。この子のことを許してあげて、友だちになりなさい。前に二人が友だち以外の関係だったことは忘れたらいいのです。二人はお互いのことが好きなんですよ。自分の人生を生きて、この子にも好きな人生を生きさせなさい。さあ、和解の口づけをなさい……そうです……心をこめて……もっと心から……素晴らしい、目をえぐり合うよりもずっといいだろう。さっき私が来たときにはそうしかねない様子だったが。今度は甥っ子のことを何とかしなければならないな。甥が愛しているのは奥さんなのですよ。あなたの部屋に忍び込めなかったのでやけになって、女の子の方と寝てしまったのです。この不幸な出来事はあなたにとっていいことではないですか。あなたはデーグルモンに何か償いをしてやらなければなりません。私を信じてください。優しい気持ちをもって、優しくしておあげなさい。甥はもっと熱心にお願いしなければなりませんか」

「ああ、おじさん、ああ、奥さん」(快活な騎士は叫び、順に猊下とシルヴィーナに口づけをしました)

「お待ちなさい、甥っ子よ、まだ最後まで話していないから……お前はそのつもりがなかったことを女の子にしてしまった。その女の子は全然同意していなかった。その女の子はか弱く無知なのにかまわず強姦してしまった。だからこの子はお前のことをおぞましい男だと思っているはずだ。それにこの子にはお前よりもまっとうな人間が必要だ。監督が必要だし、後からまた恨み言を言われるような場合に守ってやらなければならない。だから私がこの子を引き取ることに二人とも異議を唱えないでもらえるだろうか……私たちは二組のおしどり夫婦のように生きてゆくのです。みんなが満足できるように私は最善を尽くします。さらにここで決めたことをできるだけ長く続けるようにしましょう」

第二十六章　前の章の続き~報われた猊下

猊下の話が終わり、私たちは唖然として黙ったままでした。シルヴィーナは驚きの極みで、目を見据えて口をぽかんと開け、今聞いたことは本当なのかと考えているようでした。騎士は順繰りにみんなの顔を見て、自分ではどういう顔をしたらいいのかと思いました。その目はシルヴィーナにこう言っているようでした。「なんと僕は幸せなのでしょうか」。おじさんには、「おじさんの親切は僕にはもったいない」。私には、「今のところは様子を見て、後で二人で会うことにしよう」。

私は私で猊下の笑顔に不思議そうな目を向けました。でも私はもうあの好意的な感情を猊下に対して抱いていませんでした。一昨日猊下が始めなければならなかったことに騎士がけりをつけてしまったのです。私は甥と会うようになって知識をつけたので、おじの方はお役御免になっていたのです。不当ではあるけれど、もう普通の男にしか見えませんでした。

かなり長い沈黙がありました……沈黙を破ったのはまた猊下でした。

「さて」猊下は言った「どうすることにしましょう。どうしますか」

「おじさま」抜け目のない悪党がすぐ答えました「おじさまの提案に何も言わずに同意させてもらえるようなとりえを僕は持ち合わせておりません。ただ奥様を愛しているのです」

そして真面目な立場の媒酌人に敬意を払わなければならないのに、あえてとても戦闘的な口づけをシルヴィーナの口にしましたが、シルヴィーナは「ちょっと待って」(それでもまんざらでもなさそうでした)「猊下の望みはそんなことではないと思いますが……」

「奥様、お言葉ですが、私は何も望んでなどいません。勧めているのです……」

「でも猊下の立場では結局どうお考えですか」

「このろくでなしは可愛いと思いますよ。たぶんこの男は自分で言っているようにあなたのことを本当に愛していて、あなたはそのうちこの男に夢中になるのではないかしら」

「でも騎士様のような地位の男性は……面倒事がないというわけにはいかないでしょう……それにドルヴィルさんも……」

「まあ、あの人は絶対に今さらこの男をあなたと奪い合いたいなどと思うわけがありませんよ。信じてくださってかまいません。あの人はもうこの男の顔も見たくないんです。なんて都合がいいことでしょうね……」

「そんなことがありえるの」（シルヴィーナが口を挟んだけれど、目の色を変えたので本心がわかってしまいました……）

「さて」（聖職者はいたずらっぽい微笑みを浮かべて答えました）「騎士よ、自分の道を進みなさい。お前の問題はこれからいい方に向かうよ。今度は残っている私の問題を解決しよう。二組に別れようか」

これと同時に猊下は肘掛椅子を滑らせ、もう一組のカップルに背を向けて、だいたいこんなことを私に言いました。

「謀ったな、この性悪娘。甥との話を偶然とやらのせいにしているが、私はまさか騙されないぞ。お互いが好きになって、二人で計画したんだ。さあ、そうだと言いなさい」（私は何も言いませんでした）

「責めているわけじゃないんだよ」（猊下は続けました）「でも私は悪い役回りだと思わないか。この問題で私はずっと少し損をしているのではないかな。じゃあ言ってごらん、埋め合わせに何をしてくれるつもりかな」（私はとても困っ

ていました）

簡単に説明しましょう。愛する恋人のことをこんなにさっさと裏切るのには抵抗があるけれど、とんでもなく危機的な状況から救ってくれたことでとても感謝していたので、猊下にはお預けにしようという決心ができませんでした。そこで機会をつくってもらえるなら、すぐにでも猊下を喜ばせられるような感謝のしるしを全部差し上げますと約束しました。

優しい心のセンチメンタル屋[010]のみなさん、厳しい道徳の先生のみなさん。弱い私を許してください。きっとみなさんは眉をひそめていることでしょう。私の方でもみなさんのちまちましたお小言を許して、みなさんのことを哀れに思って馬鹿にするにとどめておきます。

再びみんな一緒になって、夜遅くまで共に過ごしました。夕食はとても陽気なものでした。たっぷりお酒を飲み、騎士様がシルヴィーナに対する新しい役をとても上手く演じているので、私はいかばかりかの嫉妬を抱きました。これは猊下にとってよいことで、私はまた猊下に対する親しみを取り戻していました。猊下は満足だったにちがいありません。

夕食の後で、猊下は私たちの合奏を聞きたがりました。私たちの演奏は全く申し分のないもので、どうやら猊下は大変に喜んでいるようでした。それでもときどきあくびをし、特にシルヴィーナは音楽に飽きたようで、そろそろ休みたいと言いました。そこは私の部屋でした。私と小間使い以外は帰ってしまいました。床に就きましたが、私はちょっと悲しく不機嫌でした。

だいたい一時間ぐらいした頃、まだ全然眠っていなかったのですが、部屋の扉が静かに開く音が聞こえました。常備灯のおかげで猊下だとわかりましたが、実に謎めかして忍び込み、扉を閉めると錠前をかけました。猊下の出現は全然うれしくありませんでした。ほとんど官能を求める気分ではなかったのです。まずもう一度痛みに苦しむだろうと考え、猊下相手にそれを我慢する勇気がありませんでした。容赦を求めましたが、約束を思い出すように言われました。それでもちょっとだけ安心しました。聖職者は服を脱がずに、たぶん十五分程度でも愛想よくしてもらいたいとしか思っていないようだったのです。そこでそんなに嫌がらずに心を決めました。猊下の口ときれいな両手が邪魔するものもなく駆け巡ります。猊下の手管は、何も要求しないけれども少しずつすべてをものにするというものでした。もう軽い前奏の段階で私の身体には火がついていました。目を閉じました。不安が続くどころか、はっきり欲望が目覚めてしまいました。猊下が私の口に口を張りつけてきて気持ちよく嚙みついてくるので、私は格好をつけずにそれに応えました。もう自制が効きませんでした。無理やりされるのが怖かったけれど、それよりも先に快感の絶頂が訪れ、愛の喜びでとろけた私は少ししか苦を感じませんでした。意識を取り戻したとき、私は恋する聖職者に完全に支配されていました。とても軽い痛みしかなくてうれしい驚きを感じました。この痛みはまもなく甘く溶けるような感覚に凌駕され、これが徐々に大きくなっていって、私は我を失ってしまいました。そのとき私はただ自然の本能だけによって、口づけに口づけを返し、力に対して力を返しました。猛り狂う陶酔が速度を緩めたとき、いくら猊下が幸せだったとしても、その幸せは私の幸せに及ぶものではありませんでした。

第二十七章　飛ばして読んでも話の道筋を見失うことのない類の論考

人生哲学を組み立てるのは簡単です。特に人生哲学を組み立てたいと思っているときに、その原則を支えるような経験を早いうちにした場合は。私は最初からシルヴィーノの賢明な助言を実践できるような状態でした。実際私にはよくわかっていた通り、社会を動かす複雑な力関係があって、この力関係のために生じるさまざまな出来事に上手く適応できないと、いつも人を傷つけたり、自分の方が傷つけられたりするものです。

家でよい教育をするために決して外泊をすることはないのだと言って、猊下は帰っていきました。ひとりになるとすぐに私は深いもの思いに沈んでこう考えました。『優しいデーグルモンを愛しているけれど、今あの人がシルヴィーナの腕の中にいると考えてもそれが拷問のようで耐えられないということはない。でももしそうだったとしたら私はどうなっていることだろう。それに猊下に対してひどいことをすることになっただろう。一昨日はしたいことをさせたのに、今日はうってかわって上品な女を演じたとしたら。確かにその後でハンサムな騎士に出会って、夢中になってしまったことは事実だけど。その逆に騎士が素敵な誘惑をしてきているのにそれを断ったとして、何かいいことがあったかしら。騎士のおじさんと一種の先約があったことは本当だけど。つまり私は嘆かわしい娘になってしまったということなのかしら。昨日はとても優しい男に抱かれて、とてつもない欲望を満足させてあげたけど、さっきはそれなりに魅力がある別の男と本物の快感を味わった。生まれつきの自然の本性からするとこのように共有されるのはよいことだったけど、実際はこのような行いを偏見をもった人々と厳しい約束事を押しつける細やかな愛を重んじる人々が罰している。この約束事はいろいろな規則から成り立っているけれど、あまり自然にかなっているとはいえないこの規則がつくられたとき、間違いなく何らかの欠陥が紛れ込んだということだ』そしてこれから未来に起こることを二つの可能性に分けて考えてみました。この二つの可能性のうちのどちらかを選ぶとそれぞれの未来があるはずですが、私はきっと二つのうちのよい方を選んでいたと思います。私が抵抗した場合を考えたとき（これは私の考え方と全く違うものでした）、そこから生まれる未来は障害、憎悪、嫉妬、良心の呵責《かしやく》としか考えられませんでした。逆に私が欲望に屈した場合を考えると、そこから生まれる未来はこれと反対にとても楽しげなものに見えました。騎士、猊下、シルヴィーナに対して嫌な役どころを演じずに、私はみんなを上手くとりなし、自分のことも上手くとりなすことができたのです。結局私は自分自身にとても満足でした……他のみんなについてはどうかというと……だいたい満足でした。だってまだちょっといらいらする嫉妬を完全に乗り越えられるほどの哲学的な考え方ができていなかったのです……ハンサムな騎士が優しいライバルの腕の中にいる姿をまざまざと思い描いていました……もし猊下が家に帰らなかったらまだよかったでしょう……きっと猊下は私に手を貸して、頭にとりつく考えを忘れさせてくれたでしょう。それでも眠りの神が私のことを哀れに思ってやってきて、悩みを終わらせてくれました。

第二十八章　不意打ち〜説明〜快楽

目覚めは世にも心地よいものでした。聞こえてくる声に気持ちよく身震いすると、誰かが口元に話しかけてきているのでした。

「美少女フェリシアは眠っているのかい」

天使のような手が生まれかけの二つの半球を愛をこめて握っていました……つまりこれは優しい騎士で、おばの部屋からやってきて私との間はどういうことになったのかお伺いを立てようというのでした。剣呑《けんのん》に突き返そうとしても無駄で、騎士の愛撫の力には勝てませんでした。本当に嫌がっていたとしてもこの愛撫には勝てなかったでしょう。私はこの愛すべき浮気者のことを全く嫌がっていたわけではありません。実際そうしなければならなくてどうしようもなくて浮気者になっただけなのですから。

「何をしに来たんですか」(それでも私はこう言いました。シルヴィーナとの間の取り決めについて気にしていないと思わせたくなくて、ちゃんと私に熱を上げなくてもかまわないと思わせないようにしたかったのです)「気持ちよかったと報告しに来たのですか。うれしいことに向こうの部屋でしたことは気持ちよくて、この前よりも痛くなかったとか？」

「愛する人」(と騎士は答えましたが、動揺して涙を流していました)「そんなことを言って僕を責めるとはなんて残酷なんだ。反対に慰めてもらわなければならないのに。僕がどうして気持ちよくなれたと思うんだ。せっかく君のおかげで誰よりも幸せな男になったというのに、あっという間にその幸せが乱されたんだよ。シルヴィーナ以外のどんな女に、君が受け入れたばかりの恋人を自由にできるだろうか。この男が生きているのは君のためだけで、君の大切な気持ちを自分のためにとっておきたいということしか考えていないんだよ。フェリシア、もっと公平になってくれ。確かに僕は浮気したけれどそれは罪のないもので、辛い犠牲だけど絶対払わなければならなかった犠牲なんだよ。これは君が安心できるようにさせて、僕がこの家に続けて来られるようにするためのものだったんだ。そうでもしなければ僕はもうこの家から閉め出されるところだったんだよ」

それからこういう話をしました。おじが部屋に下がるとすぐ、シルヴィーナはもったいぶらずに燃え上がるような情熱を僕に告白した。それでどうしてもシルヴィーナと一夜を過ごすのを避けられなかったんだ。実際、シルヴィーナは身体が若々しい上に楽しくて愛想がよいので、フェリシアのことを愛していない人なら、誰でも真剣に愛するに値する女だろうね。僕はちょうどいい年頃なので精力が無尽蔵で、つい最近フェリシアが陶酔に溺れるのを見て淫らな想像力が掻《か》き立てられていたからいいものの、そうでもなければ力業を期待している女性とことに及ぶのは危険だったただろう。それでも運よくちょうど難しいバランスがとれて、下手にして恥ずかしい思いをすることもなく、上手にやりすぎて危険を冒すこともしなかった。手短に言うと、僕はずいぶんセーブしたんだ。だって君に復活戦を挑みたいし、あの女が癖になったらいけないからね。なにしろとてもごうつくばりという感じなんだ。だから愛想のよさもある程度にとどめておいて、君のためだけに優しさをとっておいたんだよ。この言葉はすべて全く正直でたぶん本当だったのでしょう。愛しているものだから、もう可愛い浮気者が言っていることは本心だと私は決めてしまっていました。私が騎士にとって大切な存在だという事実が全く変わっていないと聞いて大喜びしました。その優しい好意に私は目を輝かせて応えたので、騎士の不安は吹き飛んでしまいました。急いで近くに来させると、すぐに騎士は新しい恋人に出し惜しみしたものを私の腕の中で出し尽くし、想像できる限りの快感を隅から隅まで味わわせてくれました。二人は心地よい疲労にぐったりしたままお別れしました。お別れの前にこれからは暇があったらいつでも二人で陶酔に溺れようと約束しました。この日私はこの陶酔にどれだけの価値があるのかわかってしまったのです。

第二十九章　猊下の礼節～事態を進展させない妙な会話

でも私はやましく感じていました。デーグルモンはシルヴィーナについて正直に告白したので、きっと私の方でもおじさんについて告白してあげてもよかったのでしょうが、何も言わなかったのです。「私は絶対そんなことをしない」と自慢する女は必ずいつかそんなことをしてしまうもので、隠しごとをするのは女におあつらえ向きの欠点だからなのでしょうか。偏見や他の多くの卑小さを捨てた後でもこの欠点が残るものなのでしょうか。いずれにせよ、騎士は帰って行きましたが、私は猊下との間の出来事を知らせていなかったのです。次回は知らせたものか知らせないものかと悩んでいたときに、聖職者から手紙とかなり重い包みが届きました。とても趣味がいい小さなボンボン入れと見事な腕時計が入っていました。猊下が言うには、フェリシアの腕時計を盗んで帰ったが、その時計の時間を信じていたら二時間も遅れて家に着いたので、私がいつも時間を守るのに慣れていたみんなは大変憤慨してしまった。悪いことをしたと悔やんで、急いで時計を返そうと思ったけれど、実際に返したのはフェリシアの駄目な時計ではなくて、ずっと正確な時計の方だ。これがあれば不正確な時計のせいで起きる不都合なことが防げるだろう。たとえば違う時間に約束したおじと甥がどこかで鉢合わせしたりしないようにできる。でもよい時計がなくても二人の出発と到着をかなり正確に調節できたようだが。手紙は徹頭徹尾おふざけとからかいでした。猊下は手紙の末尾で、宮廷で二週間過ごすことになったと知らせていました。その間甥っ子のことを悲しませないでやってほしいと私に頼んでいます。でも私とデーグルモンに嘆きの種をまいたのは猊下の方ではありませんか。腕時計は最高級の装身具でした。エナメル細工のアイデアと仕上げは他と比べようがないものでした。縁飾りはブリリアントカットのダイヤモンド、蓋を開けるボタンはかなり大きなダイヤモンド二個で、さらに鎖にはとても美しいリングがついていて、この高価な贈りものは礼儀の範疇《はんちゅう》を越えたものでした。これは侮辱だと私は思いました。ある意味で猊下は私がしたことに対してお金を払おうとしたということになるのですが、私はその反対に、猊下がしてくれたことに対するお返しをしたと考えていたのです。

猊下がどういうことをしたかをどうやってシルヴィーナに知らせようかと思っていましたが、シルヴィーナの方から近づいてきたので、大した苦もなくその贈り物を見せることができました。

「フェリシア」(シルヴィーナは言いました)「ついに私に従っているのが嫌になって、私の裏をかいたのね。これからは見張っても無駄ということなのでしょう。これからは自分の好きなように生きることにして、私の好意を悪用しないようにしなさい。ここだけの話だけど、これからは世話を見なくてもよくなってほっとしています。お前を見ていると優しい気持ちになるので、それで世話をしなければならないという義務を感じていたけど、私たちは血がつながっていないのだから、理由はその気持ちだけだったのよ。だからお前はこれから自由です。でも、これは私の買いかぶりじゃないと思うけど、お前は私たちと別れようなんて思っていないでしょうね。私はお前がそこにいるのが当たり前だと思っているし、今はシルヴィーノがいないから、もしお前が今出ていったとしたら、その寂しさは埋められないと思うの。万が一お前に何か大きな遺産が転がり込むようなことがあれば、そのときは私は権利を手放します。もし権利があるとしても、その権利の根拠は私の愛着でしかないのですから。でもその日までは一緒に暮らしましょう。猊下がおっしゃったように、本当の友だちになって、主従関係はなかったことにしましょうね。お前の友情が正直なもので、私のことをちゃんと信用してくれればそれでいいのよ。私の友情は本物だということの証拠を今から言います。実は、昨日お前に対して怒ったのは、最初は形の上でのことでしかなかったのだけど、それが本当の怒りに変わってしまったの。だってお前の口から聞こえたのは、よりによってあの騎士様とうっかりことに及んだということだったからなのよ。そのうちわかるでしょうけど、私は騎士のことを愛しているし、それと同じくらい向こうでも私のことを愛しているようです。あの人はお前のことを抱いたけど、それは勘違いによるもので、私にはとても辛いことです。私が心配していたのは、二人がしたお楽しみは、私の愛にとって大きな打撃だけど、まさかこれは二人で相談して計画したことではないだろう、私がお近づきになりたいと心から思っている人に対してお前が抜け駆けしたんじゃないかということなの。一つお願いだけど、フェリシア、ハンサムな騎士を私のものにさせてくれないかしら。騎士は私のことが大好きなのよ。疑いないわ。偶然お前を抱くことになったけど、騎士にはそれで十分だと思うの。これからお前には騎士に対して無関心にしてもらってほしいし、私は騎士を私の虜にするつもりだから、お前には邪魔しないでほしいのよ」

シルヴィーナはこのように本心をぶちまけましたが、私はあまり面白くありませんでした。それでも私は少し意地悪くごまかしてその場をしのぎました。私が保証したのは、本当にシルヴィーナには騎士と幸せになってほしいということでした。おばさんとは全く同意見だし、もし私が騎士に対して愛を抱いているとしても、それは騎士が私に対して抱いている愛以上のものではないと言いました。人は得てして自分が信じたいことを思い込むものです。シルヴィーナは私が言ったことを自分の都合のいいように解釈し、私に長々と感謝して、ずっと友だちでいようと熱心に繰り返しました。シルヴィーナのことを傷つけたくないので、本当はこういうことだと説明しようとはしませんでした。それでも騎士に夢中だということを謎めかして言って私は面白がっていました。でも私の真意が理解できなくて、騎士は私に対して関心をもっていないのだとシルヴィーナはますます信じ込んでしまったのです。シルヴィーナが最後に言ったのは、お前は騎士のおじとお近づきになるべきで、あの人はお前のことを真剣に考えているようだということでした。

「猊下のことはよく知っています」(とシルヴィーナは言いました)「しっかりしていて、よい心をもった魅力的な顔をした人です」

「それにとても気前のいい方です」と私は遮って言いました「こういう愛の告白をしてきたのですよ」と言って贈り物を見せました。シルヴィーナは感激しました。

「これはまあ」シルヴィーナは続けて言いました「猊下はお前に任せたわ。こういう男のことを愛して幸せにしてあげなければならないのよ」

ここでドルヴィル夫人ご到着という声が聞こえました。シルヴィーナは真っ青になりました。ドルヴィル夫人は全く穏やかで友好的な雰囲気で入ってきて、遠慮せずに夕食に呼ばれに来たのだと言いました。

第三十章　ハンサムな騎士に興味がある人はその話題がたくさん聞ける章

「シルヴィーナさん、その浮かない顔はどうしたのよ」とドルヴィル夫人は言いました。いつもと比べて出迎えが冷たかったのです。「どういうことなのよ。可愛いきざ男のせいで私たちの仲が悪くなるとでもいうんですか。むくれるのは私があなたにあの男を譲ることにしたかどうかがわかった後でもいいじゃないの。さあ、機嫌を直して。いい知らせをもってきたのよ。まず最初に、あなたにお譲りすることに決めました。名士デーグルモンに破滅させられ裏切られる名誉は心からあなたにお譲りします。次に、猊下のこともお返しします。猊下はもったいなくも私に目をかけてくださったので、あなたから横取りするのも面白いかもとちょっと意地悪に考えていたけど。でもあなたはそんな目に遭ってもしょうがなかったの。昨日あの素敵な牧師を見たわよ。あの人は私たちみたいな牝《めす》山羊に頭を刈られている方が、馬鹿なキリスト教徒の子羊の群れを導くよりもお似合いよね。こんなにちゃんとした人を騙すわけにはいかないんだけど、今私は懐がすっからかんだから騙すしかないのよ。そういうわけで猊下は諦めて、ロシアの王子の方をとらなければならない。最近私においしい話をしてきたの。私はお金がない。もう気取っている場合じゃなくて、誰かと折り合いをつけるしかない。そういう理詰めの部分と気まぐれの部分が半々ね。ともかく私はルーブルが必要で、それもたくさんほしい。猊下からあなたはかなりお金を搾りとったけど、私にとっては通りすがりの存在でよかったの。あなたには悪いけど、もういらないのよ。さて、私にとってはお払い箱の騎士様の手綱《たづな》をこちらではどうやって操るつもりなのかしら。だってあなたたち二人ともなんでしょう。慎ましやかなフェリシアも……」

　慎ましやかなフェリシアは見事に真っ赤になり、悔しくて死にそうでした。でもドルヴィルはただ面白がりたがっているだけで、若い二人が意気投合したことについて悪気もなくからかい、変わったライバル関係があるものだと冗談を言いました。それでも私たちを安心させようとして言うには、もしデーグルモンがあんなにずるくなくて、特に女性に貢がせるというひどい欠点がなかったら、女性がみんな夢中になるのはわかるということでした。それから二人が知り合って熱く愛し合った次第を微に入り細にわたって語りました（でもデーグルモンのような男に熱く愛されていいると信じ込む女がいるものでしょうか)。この類稀な男をものにするためには、健康と自由を回復させてあげなければならなかったのだそうです。しばらく前から経済状態がよくなくて、デーグルモンには健康も自由もなかったのです。

「私が思うに」ドルヴィルは続けました「騎士は間違いなく名誉を重んじる人で、もし奉仕してもらえるならばそれに対して心底から深く感謝します。女性が自分のせいで破滅したとしても、その女性は騎士のためというよりも自分自身のために破滅したのだろうと想像するような自惚《うぬぼ》れはもっていません。それにたぶんかなり細やかな心をもっていて、自分のせいでかかったお金をいつか全額返そうと思っているのでしょう。でもそれまではしっかり吸い取るつもりなのです。善行に対しては善行をもって報いるべきと考えず、何も大切にせず、やることが全くでたらめなのです。やってくる馬鹿な女は全部自分の道づれにします。しかも馬鹿な女はひっきりなしにやってくるものなんですよ。燃えるように激しい愛を見せかけるこずるい技ならお手の物で、唯一無二の肉体をもち、普通の男四人でもかなわないほどに肉体を酷使しても平気です。信じられないような速さで、疲れを知らない精力で世の中を駆け回っているのです。破廉恥なほどに落ち着き払って偽りの言葉を撒《ま》き散らしていますが、その言葉の効果は自分でよくわかっているのです。この未曾有の成功に酔いしれて、騎士は目の前に口を開けた深淵へと盲滅法に突っ走っているのです。その情熱は限界も歯止めも知らないものです。騎士が私のものだったのは一昨日の話よ、シルヴィーナ。今日はあなたのもの。明日はまた誰か他の女のもの。私ほどこの男と長く付き合わなくて済む女に幸あれ」

ひとりきりになると、私はこの褒め殺しの演説からためになることを引き出してこう考えました。「もしデーグルモンさんがさっき話に聞いたような人なら、私は自分だけを愛してくれないと傷ついてしまうような質ではないけれど、そのためにデーグルモンさんが不幸を感じるということはないはずだ。でも自分で満足できるうちは、私は騎士のことを愛していたい。それでも不満を感じそうになったら、そうなる前にそのことをちゃんと本人に知らせよう」

第三十一章　騎士がおじさん同様に和解の精神をもっていることを示す章

私たちはデーグルモンが来るものと思っていたのですが、ドルヴィル夫人が心配して言うには、自分がここにいるとわかったらデーグルモンは部屋に入ってきたがらないのではないかということでした。そこでデーグルモンが現れたら、身内の者だけで騎士様のことをお待ちしておりましたと言わせるようにシルヴィーナにお願いしました。

我らが主人公は夕方にやってきました。その装いを見ただけで、人に気に入られたいという気持ちが人一倍強いことがわかりました。少し顔が赤くなったのはドルヴィル夫人と会うことを期待していなかったからですが、そのために神々しいまでの美しさになりました。昔プリアモスのハンサムな息子パリス[011]はライバル同士の三人の女神と居合わせることになり、その状況のせいで妙に困ったことになりました。たぶん騎士の困惑もそれと負けず劣らず大きなものだったでしょう。りんごだけが問題だったらやすやすと切り抜けられたでしょう。もし騎士がりんごを三人の女に分け与えたら、それが十人でもいいでしょう、女はみんなこれは自分に対してだけ公平な審判であって、ライバルにりんごをやったのは騎士が礼儀正しいからだと思うことでしょう。でもここでは騎士自身を与えることが問題になっていたのです。私たち三人が誰も不満をもたないようにするにはどうしたらいいのでしょうか。

　ドルヴィル夫人は間違っていませんでした。騎士はずるく、ずるさそのものでした。私たちは貫くような目で騎士が本当は三人のうちの誰がいちばん好きなのかを見抜こうとしましたが、それは無駄なことでした。騎士はドルヴィル夫人を相手にとても上手に立ち回りました。夫人は騎士に代わる次の男を見つけたと言ったのですが、騎士は夫人が新しい付き合いを始めるのには大賛成だと言いました。大切なものを失ったと痛感しないわけではないけれど、とてもよくしてもらったのに自分はそれに値する人間ではないと言わざるをえないからだということでした。それから大変勇敢なことだけれど、公認の愛人の役をいただきたいとシルヴィーナに言いました。この気持ちが心からのものだということをシルヴィーナが全く疑っていないのは簡単にわかりました。でも特に私に対してこの悪魔は誘惑の天賦の才能の最後の切り札を使ったのです。騎士の美しい目はあまりに雄弁でした。その目が何を語っているかははっきりわかりましたが、私にはもうその雄弁な言葉を信じるわけにはいきませんでした。それでもやはり騎士のことを熱く愛していたのです。私は言伝《ことづて》を見つけて大喜びしました。騎士がこっそり滑り込ませたもので、それには騎士が画家のところに行ってきたのだと書いてありました。フェリシアに頼まれた肖像画は僕にそっくりになりそうだと言うのです。そんなことがありうると私は思っていませんでした。最後には、愛と焦燥で死にそうだ、今すぐにでも君と二人だけで話したいと言っていました。私こそ愛と焦燥で一杯なのよ。私はもうこの男の真心に期待していませんでした。愛するために真心は必要ないのがこの男だと教えてもらったからです。私は世界でいちばん美しいものが欲しくてたまらなかったのです。未来のことは考えず、現在を楽しむこと以外はもう望んでいませんでした。それでシルヴィーナの要求をできるだけ私にとって不利ではないものにしたいと思いました。やっぱりシルヴィーナと分け合わなければならないのは悔しかったのです。それでもこう期待して気持ちを落ち着けました。ドルヴィルが言っていたこともあるし、騎士は別にシルヴィーナに熱くなっていなくて、猊下が帰ってくる。この猊下は私よりもシルヴィーナにずっと向いている。だからそのうちシルヴィーナの気の迷いは晴れて、騎士を私のものにできるのではないか。だって騎士はシルヴィーナよりもずっと私に向いているんだから。

第三十二章　前の章の続き〜田舎への出発

心の利害がこんなにもつれていたのに、どうやって折り合いをつけることができたのでしょうか。この危険な喧嘩《けんか》の火種、これほど多くの愛欲の対象である大切な人は結局誰のものになるのでしょう。事態はこのように解決したのです。騎士は私たち三人みんなのものであり続けました。あるいは誰のものでもなかったのかもしれません。どちらでも同じことでした。まだドルヴィル夫人にとても惹かれていると騎士は何とかして信じ込ませました。自分のことを出入り禁止にせずに、死ぬまで友人でいさせてほしいとお願いしたのです。私は後で知ったのですが、この悪党は追い払われたということを決定事項にしたくなくて、ドルヴィル夫人はロシアの王子と契約を交わしたばかりなのに、またそのご贔屓にされていたのです。シルヴィーナの方は新しい愛人にちっとも巨額の贈与ができないので、あまり愛されていることに自信がもてなくなりました。でも大してお金を払わずにデーグルモンを手放さずに済んだのです。デーグルモンにとってもこの家に相変わらず訪問が許されるのならそれはもってこいの話でした。もしある意味で気に入られていなかったら、もうこの家に来られなくなっていたでしょうから。それにシルヴィーナは扱いが楽でした。いろいろな理由からまさにこの時期にちゃんと口説いておいた方がいい騎士のおじがいたからです。私は自分の価値がわかっていました。自分の強みがわかっているので、二人のライバルに勝つのは決まりきったことだと思っていました。実際いちばん愛されていたのは私だったのです。それをちゃんと証明してもらっていたからよかったものの、そうでもなければもっと要求していたでしょう。まるでアンタイオス[012]のようにデーグルモンはいつも私に対しては精力を回復したのです。シルヴィーナが夜に長い時間をかけて手にするものは少しだけでした。私の方は日中にたっぷりもらい、それも時間をかけずに不意打ちでかすめとっていたのです。それだけ私たちの幸福も増しました。

　こうして数週間が過ぎ、猊下が宮廷に参上しなければならないときがやってきました。猊下からはよく手紙が来ていました。ついにある日、猊下はこう知らせてきました。前に提案したように、教区の楽団の主席歌手をフェリシアにやってもらうことが決まり、かなりよい給金も約束させた。しばらく違うところで暮らしてみるよい機会だから、これを逃さない方がよいだろう。そもそもこの流謫《るたく》の地のような寂しいところでは、君たちに一緒にいてもらわないといけないのだ。猊下のもう一つのお願いは、友人のランベール氏を雇って連れてきてほしいということでした。これは今大聖堂と司教館をいくらか改修しようとしているのでそれを担当してもらうためと、私たちが田舎で暮らす家をもっと立派なものにするためでした。最後に、私たちの感謝を期待してか、可愛い甥っこも連れていくということでした。これは騎士が絶対に望んでいたことでした。それは騎士が私のことを愛せる限りの力をもって愛しているからだけでなく、家族に許してもらうことも期待していたからなのです。もし騎士がパリを離れておじの庇護下にあるのを見ると家族の考えが変わるかもしれないと思ったのです。このおじは実のところは快楽を愛する人間ですが、見た目が派手ではないので、この人がいればあの粗忽者《そこつもの》もちゃんとしてくれるだろうと家族が考えると思ったのでしょう。

おばも私も猊下には何も断るつもりがなく、ランベールはシルヴィーナに何も断るつもりがありませんでした。この芸術家は相変わらずシルヴィーナにとても惹かれていたのです。そこで私たちは猊下の家にみんなで向かうと約束しました。猊下は出発しました。私たちはその数日後に後を追いました。みんな田舎のことははっきり嫌がっていたけれど、これはかなり楽しいことになりそうだと思ってグループで出発し、結局旅立ちも楽しく道中も絶えず陽気だったので、長い道のりが私には全く退屈ではなく、疲れも感じませんでした。

第一部の終わり

第二部

第一章　読んでもらうと中身がわかる章

「これはまずいね」(この本の冒頭に出てきた人が批判しました。この第二部を書き始める前に第一部を渡していたのです)「まずいよ。全くうまくない。こんな話には誰も興味がないんだけどわからないかな。自分のありのままの姿を描いていると言うのだろうけど、こんなにあけすけに話したら自分に不利なことしかないんですよ。若い娘が恥知らずにどんな小さな機会でもつかまえて他人のした馬鹿なことを物語り、自分でも馬鹿なことをするだなんて、誰も見たくないんです。女性は抵抗しなければならないことになっていて、もし身を任せるとしてもそれは最後の最後でなければならないんです。完璧な愛を紡ぐなんてことがとてもできそうにない人でも、快楽とは苦労を重ねたがゆえの快楽であり、障害があってこそ愛の喜びに本当の価値が与えられるものだと主張するものなんですよ」

「お黙りなさい、侯爵様」(大切な作品が批判された作者はいらいらするものだと言いますが、こういうことかと思って答えました)「見当違いですよ。私は興味を惹こうとしているのではないんですよ」

「それならしかたありませんね」

「褒めてもらおうとしているわけでもありません。私の品行は全然称賛に値しませんから。人生哲学からは何か成果が期待できるものですが、ときどき自分で自分のことを幸せにしてあげられたときにこれがその成果なんだと思うだけのことです。流派をつくろうなんて気持ちは全くありません」

「そのつもりのように見えますが」

「私と同じ手合いの女はいつの時代にもいました。今の時代にもいるし、後世にもいなくなることはありません。なんてかわいそうな人なんだろうと同情してもらうのも私の目的ではありません。私はつねに運命に贔屓にされていたのですから」

「その通りですね」

「それじゃあお金儲《もう》けのためなのかしら。もしお金の必要があるのなら、私の年齢でこの見てくれなら、白い紙を黒く塗るよりもずっと楽で確実なお金儲けの手段があるのではないかしら」

「全くその通りですね。でもそれならどうしてわざわざ書くんですか」

「わざわざですって。前にも言ったけどこれは楽しいことなんです。馬鹿なことにも大切な思い出があって、これが忘れられないようにするのが楽しいの。もしかしたら誰かがこれを読んで面白がるかもしれないでしょう。私と性格が似ているのに臆病すぎる女が、私の例に倣って大胆になって、困難を乗り越えるかもしれません。ベアタンのような男の攻撃を受けている女が、このような輩を信用しないようにして笑い者にするようになるかもしれません。妻の羽根飾り程度のことに気を悪くしがちな夫が、そんなことにいくらか重きを置いたことに赤面し、自信をもって賢いシルヴィーノを見習うようになるかもしれません。セラドン[013]のように純朴な人が騎士を模範にして純粋な恋愛感情を捨てて、滑稽な情熱から逃れられるかもしれません。あなただってこの騎士の考え方を罰するわけにはいかないでしょう。最後に、誰か優しい聖職禄受領者が件《くだん》の聖職者から学んで、僧服を着ていても女性を愛することができ、女性と上手くやってもそれは紳士の精神をおとしめるものではないということに気づくかもしれません。私は駄文を書いて満足するつもりだったけど、こんなことがあったら楽しいおまけになるでしょうね。さらに言うと、貞淑ぶった女や信心深い人はこの本に憤慨するかもしれないし、逆に下品な放蕩者《ほうとうもの》には大した刺激にならないかもしれませんが、それは私にはほぼどうでもいいことです。筋書きが入り組んでいて、奇跡でもなければ話が終わらないことがよくあるような小説が大好きな読者は『クレリー』[014]を嚆矢《こうし》となすジャンルの小説をずっと読んでいてもらえればいいのです。こういう人は事実に基づいた物語を読んでも楽しめません」

反論はありませんでした。私の言うことが正しかったからです。

第二章　どこのどのような人のところに私たちは到着したのか～その人となり

目的地に着く前、最後に馬を替えた場所で、猊下が見張りに立てた人を見つけました。そこから遠からぬ田舎の別荘に連れて行ってくれましたが、そこで猊下が待っていました。私たちは新しい住まいで私たちに仕えることになっている人々に紹介されることになっていました。

私たちが向かった家は年老いた裁判長のもので、これは芸術と芸術家の庇護を人生の信条とする人でした。これがどういう人物なのかは一目でわかりました。玄関の前の階段に姿を現して出迎えをし、シルヴィーナに皺《しわ》くちゃの手を丁重に差し出しました。これを見て騎士とランベールと私は視線を交わし、「まずは変人が出てきたぞ」ということで意見が一致しました。

馬車から降りる手伝いを騎士がしてくれました。ランベールを出迎えたのは猊下で、ランベールの好意のおかげできっとよいことがあるだろうというお世辞を惜しみませんでした。ランベールはとても礼儀正しく答えていたけれど、最低の趣味の装飾をごてごてに飾り立てたおかしな壁面に驚きの目を向けないわけにいきませんでした。猊下はこの芸術家の驚きを見て微笑んでいました。実際、わざわざ大枚のお金を注ぎ込んで、苦労してとても醜い建物を建てていたのです。私たちが横切った二つの部屋には男たちがたくさんいましたが、ようやく女たちが待っている部屋にたどりつきました。私たちを見てうれしかったのか、裁判長夫人は三カンタル〔昔の重量単位。一カンタルは約五〇キロ〕の脂肪の塊を一瞬縦にしましたが、それからまた重々しく安楽椅子に倒れ込みました。裁判長が娘のエレオノールと呼ぶ背の高いお嬢さんが、気取ったお世辞を言って挨拶しました。猊下がランベールを紹介しましたが、何とかまともなことを言ったのは猊下が最初でした。つまり、裁判長夫人はもごもご言い、エレオノール嬢は大げさに話し、その父親は四人分話し、シルヴィーナは少し気後れしていて、騎士と私は笑いたくてしょうがなくて、数人の見物客はパリの美女を見て驚いているようで、誰一人としてまともな会話を始めていなかったのです。

猊下がランベールを紹介した後がようやく騎士の番でした。裁判長夫人は優雅の極みの対応で騎士を出迎えてしなをつくりましたが、これは結構さまになっていました。娘のエレオノールの方は、騎士に話すときも目を伏せていて、縫いものの上で両手を組んだまま中腰になりましたが、義務的な挨拶が済むとすぐに座り直しました。これと同時に大きな馬鹿が口をあんぐりと開けて、エレオノール嬢を見て大きく目を見開き、何を言ったものかと思いあぐねているようでした。エレオノールに続いて騎士が座ると、この男は溜め息をつきました。想像するに、さっき騎士に話したときにエレオノール嬢が呆《あき》れるほど言葉少なだったことには意味があって、この男が聞いているからと思ってたぶん自制したのでしょう。

　私の話は細かいですが、この欠点はどうにも直せなくて、饒舌《じょうぜつ》になってしまいます。このエレオノール嬢がどういう人か書かないわけにはいきません。エレオノールは美しい娘で、確かに少し色黒だけど、この肌の色ならではの魅力をもっていました。身長は普通より高く、美しい目をしているけれどきつい目つきでした。口つきは人を馬鹿にしたような嫌な感じだけど、それでも均整のとれたよい形の口でした。スタイルは最良でしたが、気取っていて芝居がかった物腰のために魅力が少なく感じられました。つまるところ、「この娘はいったい何がいけないんだろうね」と言われるような女がいますが、エレオノールはその一人でした。

　裁判長はだいたいどういう風貌だったかも言っておきましょう。この男は、半端な才能の炎を使いすぎたためかかさかさになっていて、フランス風の服を着たミイラはこのようなものかと思わせました。大きな顔で、ぎょろりとした大きな目が飛び出し、その目の周りにはくぼみが刻まれていました。口は膨らみがなく、鼻は鷲鼻で、顎は尖《とが》り、鼻と顎がくっつかないのが残念だと思われるほどで、そのために気違いじみて見えましたが、知的なそれなりの容貌ではありました。もしこの真面目な裁判長が目につくほどに全身が滑稽でなかったら、このおかしな醜い顔つきにも見慣れることができたかもしれませんが、とてもそういうわけにはいきませんでした。

第三章　滑稽な人々

到着したときには日が暮れかけていたけれど（一年でいちばん日が短い時期でした）、ようやく息をついて十五分もしたかどうかというところに裁判長がやってきました。一刻も早く見事な家を見せてランベールに感心してほしいと思い、この芸術家、猊下、騎士と他の同行者を無情にも引き連れて、続き部屋、地下倉、屋根裏部屋、物置、厩舎《きゅうしゃ》、庭園、温室、犬小屋などを見せて回りました。このお宅訪問は小一時間も続きました。この後、うんざりした猊下は車に乗って、町に帰って床に就くことにしました。私たちは翌日まで引き留められ、夕食の時間までゲームをしなければなりませんでした。

この家のみんなはそれぞれに自惚れがありました。裁判長夫人は、自分が他の女よりも優れていると信じ、堅牢な精神や権謀術数を必要とするものにはすべて首を突っ込みました。芸術一般のことは楽しい気晴らしとみなしていて、たとえば裁判長のように熱心になることなど考えられないと思っていました。でもその反対に抽象的な物事には目がなく、数学や天文学にさえ手を出していました。こういう考え方のため、夫人はオンブル〔スペイン起源のトランプゲームで、ピケと並んで十八世紀のフランスで人気があった。三人でするゲームで、ルールが複雑なことで知られる〕というトランプ遊び、バックギャモン、チェスしかしませんでした。知的で真剣なゲームだからです。他のゲームは自分にふさわしくないもので、弱い女にしか楽しめないものでした。私にわかったのは、普段は裁判長本人かさっき溜め息をつくのが見えた大きな青年が裁判長夫人の重々しい部分を支えているということでした。でも機会があったら違うことを試してみるのが常なので、うっかりチェスができると言ってしまったランベールが、この夜は夫人のお気に入りになるという栄誉と退屈に浴することになりました。顔がはっきり見えない二人の人が交代で裁判長とピケ〔二人でするトランプゲーム。十八世紀に広く行われていたゲームで、十九世紀末まで人気があった〕をしていました。私はエレオノール嬢、シルヴィーナ、騎士、溜め息の男と二十一〔Vingt-un. 現代のブラックジャックと似たトランプゲームで、ゲームの目標は手持ちのカードの点数の合計を二十一点にすることだが、二十一点を超えてはならない〕をしていました。ゲームの間にこの人はカファルドさん〔M. Caffardot. Cafardは「信心家ぶる人」のことで、これをもじった名前〕という名前で、貴族の狩猟者だとわかりました。エレオノール嬢が狩猟に関する質問をたくさんしていたからです。エレオノールはあの貴族の娯楽、英雄の息抜きと言っていましたが、でもこのカファルドさんならさしずめお馬鹿さんの息抜きというところだったでしょう。この陰鬱な人物がエレオノール嬢に思いを焦がしていることは目に見えてはっきりとわかりましたが、エレオノールの方ではこの男のことを大切に扱おうとしていました。この男にしか話しかけず、私たちに話しかけるのはゲームのために絶対に必要なことだけでした。特に騎士については一言の言及さえもありませんでした。ゲームが続く限りは、この誇り高い美人に一瞥《いちべつ》を与えられるという幸運に騎士が浴することはなかったのです。

ようやく夕食になりました。大味な料理がたっぷり、アントルメ〔特に焼きものと果物の間に供される食欲をひきたてるための料理〕は時代遅れ、ワインはまずく、果物は乱雑に並べてある。善良な裁判長がふるまった食事はこのようなものでしたが、それでもふるまい方が気持ちよかったので喜んでいただきました。裁判長夫人はその豊かな肉づきならではの優雅な物腰で料理を給仕しました。エレオノールは騎士の近くに座ったので、まるで苦行でもしているかのようでした。私の隣のカファルドさんも、まるで私が目でにらんだだけで人を殺すという怪物バシリスクであるかのように私のことを見ませんでした。裁判長はランベールと知識を競い合っていました。これでは言い方がうまくありません。ランベールは口を開いていませんでしたが、裁判長が建築、彫刻、絵画、音楽についてあれこれ適当なことを一人で話していました。特に音楽が得意の話題でした。裁判長はこの時代の有名なビオラ・ダ・ガンバ奏者の一人であり、さらに優れた歌手だということでした。この父親からエレオノール嬢は歌の才能を引き継いでいて、これを極めているということでした。

「ご婦人方」(裁判長は言いました)「私は愛好家の中の愛好家で、生半可な愛好家のように心が狭くありません。幸運にもここには比較を絶する女性歌手がいるということで、私たちのためにこの方を選んでくださった猊下の素晴らしい趣味は信頼しております。それはそれとしまして、私にもエレオノールにも自惚れはありません。これからエレオノールに歌わせますが、それはここにとてもかなわないほど優れた歌手が同席なさっていることは重々承知の上でのことです。まず娘は決して勿体《もったい》をつけないところがいいのです」

この決して勿体をつけない親切なお嬢さんがわざわざ歌ってくださったのは、それでも十五分後のことでした……「何だって。どうして私のために歌ってくれないんだ」などなど父親は繰り返しました。フランス音楽という優れたジャンルの擁護者が愛するあの素晴らしい曲、あの歌の才能の試金石を歌ってごらんよ……エレオノールの叫び声が一声聞こえると、私たちはみんな椅子の上で飛び上がってしまいました。裁判長は私たちがもううっとりしているものと信じて、その顔はこう言っていました。

「どうですか。こんな音色は思ってもみなかったでしょう」

「もちろんですとも裁判長、こんなことは誰も思ってもみませんでしたよ」

引きずるような独唱はさらに途中で何度も止まったり、声を張り上げたりしていましたが、それを見ている優しいパパは我を忘れて、わざわざ口を開けてもっと声を張り上げるように示したり、テーブルに指を置いて音を引き伸ばすように指示したりするのでした……この破壊的な曲を聞いているせいで、特にこの歌い方のせいで、私は十回も席を立ちそうになりました……そんなことをしたら唯一無二の歌姫にとってはとんでもない大成功になってしまったことでしょう。でも考え直しました。そうでもなければ、自分の耳を救うためといって、最低に無礼なことをすることになったでしょう……騎士はこの大切な機会にさらに精神を集中して聞いていることを示そうとして、ナプキンで顔を隠していました。ランベールはひどい頭痛に苦しんでいるようでした。シルヴィーナはもう少しうまく体裁を繕っていました。ひどいアリアがようやく終わりました。このときみんな割れんばかりの喝采をしました。私はようやくほっとして、誰にも負けないぐらいの満足を見せました。裁判長は音楽について、本当の才能をもった人は寛大だということなどについて話し、もうとどまることがありませんでした。運がいいことに、私にも手本を見せてほしいと頼むようなことは思いつかなかったようです。

父親のおしゃべりに疲れ、娘の歌にはうんざりし、私たちはあくびしないように顔を歪めていましたが、これは行儀が悪いとも感じていました。裁判長夫人はそれに気づいたけれど、幸運なことに、この人たちがあくびを嚙みしめているのは休息が必要だからだと考えました。夫人は夫が繰り出す美辞麗句を遮って、旅のみなさんはお休みになってもいい時間ですねと言いました。この心遣いに私たちはさまざまな理由から汲めども尽きぬ感謝を示しました。

第四章　テレーズについて、この人が私にした告白について

裁判長の別荘は建築の傑作と呼べるかもしれませんでしたが、全く住むには向かないものでした。見事なまでに下手な飾りつけの続き部屋があったけれど、この部屋をシルヴィーナの割り当てとした後は、いくらか体裁を保って女性を迎えることができる部屋はエレオノールの部屋しかありませんでした。裁判長はどうやら私のために骨を折ってもいいと思ったようで、娘を引っ越させて私にその部屋をあてがったので、それがおかしな人違いの原因になりました。重大な出来事はえてしてとても小さな原因から生じると言われますが、これは本当のことです。

育ちのいい娘は昼も夜も誰かに監視されていなければならないものなので、私が譲ってもらった続き部屋にはベッドが二台あり、小間使いがもう一台のベッドを使うことになっていました。小間使いはテレーズという名前で、出発の数日前に私たちの家にやってきていました。スタイルがよくて背が高く、大変きれいで、活発な機嫌のいい娘でし

た。私たちはテレーズを猊下の召使から引き継ぎましたが、私たちが行くことになっている町の出身でした。家族に再会したいと思っているときに私たちが近く出発することを知り、猊下その人に推薦してもらったのです。まず顔が私たちの気に入りました。テレーズが純潔な乙女ではないことは見ればわかりました。そればかりかそれとは全く違う何かの雰囲気をもっていましたが、私たちにはどうでもいいことでした。整髪が人よりも上手で、とても趣味がよい清潔な衣装をつくるからです。

「この家主家族のことをお嬢様はどうお考えですか」(テレーズはいたずらっぽく笑って、私の髪を夜向けに直しながら言いました)「妙ちきりんな家族でしょう。こんな人たちを見て面白がるだけでもわざわざパリから来たかいがあると思いませんか」

妙な質問だと思ったので、微笑みだけで答えることにしました。テレーズは続けました。

「お嬢様はもしかしたらご存知ないのかもしれませんが、ここは私の田舎で、よく知っているんですよ。私はこの精神病院のような家で三年間働いて……決して私を裏切らないと約束してくださるなら……絶対にお嬢様のことを喜ばせるようなお話ができるのですが……でもお嬢様は信用できるのかしら。こんなにお若いし、お仕えしているのはついこの前からなのですけど」

「続けて、テレーズ。心配しないで言いたいことは何でも私に打ち明けていいのよ。この変な人たちについてよく知りたくてもうたまらないわ。秘密は口外しないから信じてちょうだい。この人たちについてとても面白いことを教えてくれるのね」

「お嬢様はきっと面白がると思いますよ」

「この家の小間使いになったとき（もう五年前になります）、私はまだとても若かったのです。裁判長は見習いをしていた服飾店から私を引きとりました。店の女主人が説くには、私はとても幸せになるだろうということでした。事実、裁判長は友情を注いでくれました。まもなくそれは友情以上になり、愛の言葉を語りかけてきたのです。私はとても困ってしまいました。この男は本当の変態だからです。ともかく女好きなのです。男すらまんざらではないという話で、いつも誰か可愛い従僕がいるのです……でもそれは勝手にやってくれればいいのです。それでもお嬢さんを憤慨させたらいけませんね。私の言うことの中にはきっと……」

「言いなさいよ、テレーズ、私は滅多なことでは憤慨しないのよ。続けて」

「わかりました。裁判長が躍起になって私のことを追いかけて嫌われているうちに、私はいつの間にかエレオノールお嬢様の好意を獲得していて、全く素直な気持ちでエレオノールに愛着を覚えるようになりました。そこでおぞましい父親からはひどい目に遭っていたけれど、エレオノールのためだけにここにとどまることにしたのです。そのうちに二人はとてもよい友だちになり、エレオノールは私にどんな秘密でも打ち明けました。中にも秘密の話は、一年ほど前からエレオノールが若い士官と付き合っているということでした。エレオノール嬢を近くで見守る係の年老いた醜女が二人の愛にとって大変な障害でした。この問題に興味をもってほしいとエレオノールに頼まれたのです。エレオノール嬢の心がどれだけねじれているかがおわかりになると思います。この人が思いついたのは、士官の愛情を引き受けるように私に頼むということでした。士官が私のことを見かけるようにし、私に話しかけさせて誘惑までさせようというのです。一言で言うと、士官を私の小さな部屋に入れるようにして、それから私がこの部屋をときどきエレオノールに貸すという計画でした。この恋人は後々結婚することになっていました。それはおじさんの死後の予定となっていましたが、このおじさんはまだ五十五歳でした。どこも身体が悪くなく、まだかくしゃくたるもので、さらに血気はやる軍人でもありました。甥が地方の裁判長の娘との結婚を考えているなどと疑いでもしたら、大切な甥っ子の腕も足もへし折ったことでしょう」

「エレオノールお嬢様のことを過小評価するつもりはありませんが、少なくとも顔については、私は負けていないと思います。私の方が若いですし、ここだけの話ですけれど、お嬢様は私よりも六歳も年上なのです。それにお嬢様はときどき怒りっぽくて気難しいのです。この士官は熱烈に恋をしていたわけではなく、結局はエレオノールの気分がしょっちゅう浮き沈みすることにうんざりして、私と二人だけで何時間も過ごす機会をよくつくりました。私はエレオノールお嬢様と正反対の気性の持ち主だからです。士官はハンサムで若々しく大胆でした。裁判長が耳にタコができるほどに繰り返していたことは、男を幸せにすることで甘い快感が味わえるということでしたが、もしそれがそんなにいいものなら、裁判長以外の人とそれを試してみたいという気持ちが強くなっていたのです。私が何を期待するようになったかに士官が気づかないはずがありませんでした。士官の方でも私のことがほしいと告白できなかったのは、私がエレオノールお嬢様に告げ口するのではないかと恐れていたからです。ものすごくうぶな男だったのです。つまりこの男が知らなかったことは、絶対に女は自分に不利なことはしないし、可能なときには必ずライバルの女にとって不利なことをするということでした。実際、ある日火がついてしまいました。色男は愛人に対する最大の裏切りを働いて、私のことを贔屓にしたのです。二人ともこうなってよかったと思ったので、私のライバルの女をどうやって騙したらいいものかを真剣に考えることで同意しました。騙すのは全然難しいことではありませんでした。エレオノールの考えは現実離れしていて、自惚れをたっぷりもっているからです」

第五章　テレーズの告白の続き

「女性の中には無関心な態度をとられるともう駄目で、感情的になって、もう愛されていないと感づくやいなや関係を断つような人がいるものです。でも、誇り高そうにしているけれどエレオノールお嬢様はこのような女性ではありません。士官がお嬢様のことを相手にしなくなればなるほど、お嬢様の方はこの男に対する執着をますます強めたようです。確かにこの悪党がしたことはちょっとやりすぎでした。エレオノールの持参金の方は相手にしないというわけにはいかないので、射止めた女を何とか確実に自分のものにしようとしたのですが、法曹嫌いのおじの性格から考えると、それには一つしか手段が残っていませんでした。一言で言うと、エレオノールお嬢様を妊娠させたのです。なのにこの粗忽者ときたらやることが全く汚くて、私にも同じことをしました。私は持参金なんてもっていないし、士官は自分の利益を考えたら私には手を付けない方がよかったはずなのです。私の女主人は私よりも一月早いだけでした。ようやく私が困ったことになったことがはっきりしてきた頃、この子づくり屋はアメリカに上陸する連隊に合流しなければならなくなり、しかももう予定よりも遅れていたのです。ぎりぎりになって、駅馬車に乗って飛んで行きましたが、あまりに急ぎすぎたために肋膜炎《ろくまくえん》になり、亡くなってしまったのです」

「お嬢さんには二人の寡婦がどんなに困ったか想像できますか。それでも私たちは互いに妊娠していることを隠していて、それぞれ自分で何とかしようと考えました。私には確実な方法がありました。もし裁判長にちょっとでも隙を見せたら、間違いなく罠に突進してきたことでしょう。でもこの醜男は考えただけでぞっとするので、どうしてもこの男に抱かれるなんてことはできませんでした。お嬢さんが夕食をご一緒したあのカファルドさんは、ずいぶん前から私の女主人に回りくどい口説き方をしていました。けちな贈りものを使って私を味方にしようとしたことがあったので、士官とこういうことになって以来、私はできるだけこの男に奉仕していました。つまり私たち二人の間には友情が通っていたのです。この図体《ずうたい》がでかい木偶の坊はあんまり馬鹿で、しかも宗教一辺倒の教育のせいであの年で七歳の子供よりもうぶなんですが、もしそうでもなかったら他の男よりもずっとましかもしれませんよ、お嬢さん。かなりがっしりしているでしょう。顔つきはまあまあだし健康そうに見えます。この男の方が裁判長よりもずっと私の計画の実行に向いていると思いました。私が考えたのは、こっちから少しでも歩み寄ればこの馬鹿の方から何か提案してくるでしょうから、そうしたらすぐにうなずけばいいということでした。そうなったらもう、この男が父なし子の面倒を見るしかなくなるでしょう。でも、エレオノール嬢が私と同じことをもちかけていても厳粛な純潔の誓いを破らせることができなかったくらいですから、カファルドが私の誘惑に応えなかったからといって驚くわけにはいきません。しかもこの男はエレオノールにぞっこんで、私の手引きで毎晩エレオノールと数時間過ごしていたのですよ。お嬢さんにこんなことを告白してもいいものでしょうか。こんな男に抵抗されたので、最初はただの打算でしかなかったのに、私は本当にこの男のことが欲しくなってしまったのです。こんな馬鹿な男のためにいろんなことをしてやっているのに相手にされないなんてと考えると、自尊心が傷つきました。裸同然の状態で、寒いからといってカファルドの外套に一緒に入って玄関まで送っていくことがよくありました。でも本当は、こうやって肌のぬくもりを感じさせて、私がどれだけ肉付きがよくて締まりのよい身体をしているかをわからせようとしていたのです。エレオノールお嬢様にはこんなに優しい色男がいてなんて幸せなんでしょうとカファルドに繰り返し言いました。

『お二人はずいぶん長い間二人っきりでいらっしゃいますが、何をなさっているのかしら?』(と私は言いました。ある月夜のことで、月がもう少しよくなるまで待ってほしいと言って引き止めていたのです。カファルドがいつも出ていく扉のところにちょうど月明かりが差していました)『きっと私のご主人様と二人でずいぶん羽目を外しているんでしょうね』

『この私がですか。まあ、それはありませんよ。主の御心によってエレオノールお嬢様と結ばれることが許されないうちは、たとえお嬢様の方から私に身を委ねてくるようなことがあったとしても(そもそもお嬢様はキリスト教徒の感性をおもちなのですからそんなことはありそうにありませんが)、そんな気の緩みを絶対利用するつもりはありませんよ』

『でももしお嬢様がとても優しい言葉をかけてきたらどうします……キスしてきたとしたら……ほら、こんな風に。「大切なカファルドさん、あなたが愛しくて死んでしまいそうです、なんて素敵なひと……」と言って』

『おやめなさい、テレーズお嬢様。なんということですか。そうやって男性にキスするなんてことがありえますか』

それからこの男は唾を吐いて不機嫌そうに口を拭いました。実はフェリシアお嬢様、この一歩を踏み出してしまったので、私はもう遠慮しなくてもいいと思ったのです。そこでお芝居を続けるふりをして、ずっとエレオノールの台詞を言いながら、破廉恥にもボタンを二つ外してやったんです……でもなんて期待外れなの、そこにあるのはだらんとしたもので、ずっと期待していたのにおじゃんになったとわかりました……」

「全くテレーズお嬢さんがしたことは」(私は口を挟みました)「まるでひどいあばずれみたいね」

「お嬢様、そんなことを言われましても」とテレーズは答えましたが、案外平気そうでした「貧しい娘が子供の落ち着き先を探さなければならなくて、そのために子供がつくれるような男が欲しくてたまらないのだから、死に物狂いになって当然なんですよ。人が追い剝ぎになるのは貧しさのせいなんです」

「結局こういうわけで目的は果たせませんでした。このひどい男なら、暴力を振るわれたとここで大声を出して殴りかかってきたりするのではないかと思いました。そこで私は芝居の役を変えようと思い、男を落ち着かせるために、実はカファルド様がエレオノールお嬢様のことだけを思っているとお嬢様に報告するつもりでこういうことをしたのだ、私が確かめたかったのは、私が二人の間に割って入っても問題がないかどうかだけだったのだと言いました。でもこのがさつな男はこれを全く悪くとりました。私の企《たくら》みをエレオノールお嬢様に言わないわけにいかなかったのです。それでお嬢様はちょっとした口実を見つけて、ひどい話ですが、私に暇をくれたのです」

「復讐しようと思って裁判長に手紙を書き、エレオノールお嬢様と士官との関係、カファルドとの関係について、知っていることを洗いざらい知らせました。なのにどうやら見たところでは、この父親はあまり名誉の問題についてあまり敏感ではないのです（いいことですよ、この家族の中では珍しいことですから）。どうやら私の手紙のせいでエレオノールお嬢様は馬鹿な父親に全部告白しなければならなくなったようでしたが、父親の方は全力を尽くして娘を助け、一家の恥が人に知られないようにすることにしたようでした。幸運なことに、私はそのときエレオノールお嬢様が妊娠していることを知らなかったのです。もしこのことを知っていたら、面白がって言いふらして、この深刻な状況をさらに悪化させずにはいられなかったことでしょう。ともあれ私は自分で言った悪口のためにひどい女ということになり、裁判官の請求で監獄に入れられるかもしれなくなりましたが、そもそも出産について考えなければなりませんでした。そこで私はパリへと向かいました。パリではきれいな娘は生活の手段が簡単に見つけられるし、ちっぽけな人々が迫害しようという気を起こしても、それに反対して支援してくれる人がいるとわかっていたからです」

第六章　カファルド氏の勘違い

悪口は嫌いではありません。だって普通は面白いものですから。それでもテレーズの悪口には少し眉を顰《ひそ》めました。臆面のなさに驚いたのです。全然居心地がよくないに違いない家にいったいどうしてわざわざやってきたのかと聞いてみました。テレーズが望むなら町まで行って住むことにしてもよかったのだし、そんな理由があるのなら、町で私たちのことを待つことにしてもよかったからです。

「お嬢様、私がそんなことをするわけがないじゃないですか」(と勢いよく答えました)「私があのひどい人たちと会って嫌な思いをさせる機会を逃すわけがないでしょう。今私が本当に嫌だと思っているのは、私がここにいることも気づかれていないということで、今夜この宿敵をもてなしてしまっているということをあの人たちがまだ知らないということなんですよ。私はみんなのことを憎んでいるんです。お嬢様、間違いなくそのうちエレオノールに仕返ししてやります。特にあのくだらない馬鹿のカファルドには手加減しません。見ていてください、私の子にかけてやるから。絶対に後悔することになるのよ」

この一風変わった会話をしているうちに明かりを消す時間になりました。私たちは寝ることにしました。うとうとし始めた頃のことですが、気がつくとテレーズが立っていて、そっと私の腕を引いて言います。

「お嬢様、面白いところを見てみたくありませんか。起きてください。服を着て暖かくして、窓の方までついて来てください。あの優しいカファルドが庭に来ています。きっと愛するエレオノールがこの部屋にいるのだと思っているのでしょう、いつもの合図をしました。この間抜けを馬鹿にして楽しみましょう。起きてきて、私たちがどんなやりとりをするのか聞いてみてくださいよ」

私はこういういたずらが大好きだし、この男の滑稽さを考えると期待大なので、ちょっと寒いからといって断る気になりませんでした。できるだけのものを着込んでその場に陣取りました。テレーズは少しだけ窓を開けると、カファルドと話し始めました。以下がその会話の中身です。

「そこにいらっしゃるのは素晴らしきエレオノール様ですか」

「ええ、その通りよ、カファルド様。愛しているからこそ申し上げますが、こんな風に健康を犠牲にしてまで愛の証を捧げようとしてはなりませんよ。あなたが愛してくださっていることはもうさまざまなことからよくわかっております。この繊細な心は永遠に感謝で一杯なのです」

「ああ、美しきお嬢様、かような告白を耳にして天にも昇る心持です。でも申しわけありませんが、小間使いのことを気にしなくても大丈夫でしょうか。小間使いはよく寝ていますか」

「ええ、小間使いはもう深く惰眠を貪っています。私がまだ眠っていないのは、我が敬愛する恋人のことを考えていたからなのです。今夜も礼節を尽くしにいらっしゃるのではないかと考えると、きっとそれがうれしくて眠りの訪れが滞ったのでしょう」

テレーズのちんぷんかんぷんな言葉は、演じている役をもっともらしく見せるために必要なものでしたが、私は噴き出しそうになってしまいました。偽エレオノールに手を強く握られて、何とか笑いを堪えました。

テレーズは続けました。

「優しい恋人よ、庭で寒さに震えていらっしゃらないで、こちらに来てはいかがかしら。私もこのざわめく風にもてあそばれるのが辛くなってきました……さあ、いらっしゃい、愛する人、何も怖がる必要はないわ」

「でもお嬢様」

「ためらっていらっしゃるのですか。あなたがそのように及び腰でいらっしゃるなんて、なんと悲しいことでしょうか。私の恋人は、今までに何度もこうして会ってきたというのに、私を傷ものにしてしまうかもしれないという恐れをもしかしたら私以上に強く感じているのでしょうか」

「お嬢様のおっしゃることはわかりますが、でも……」

「私はあなたのような繊細な恋人にふさわしくないのでしょうか。私がうっかり美徳を危険にさらして、自分の評判を傷つけるような女だとでもおっしゃるのですか」

「そんなことは申し上げませんが、お嬢様……でも……おわかりでしょう……若いんですよ……私だって……結局のところは……わかってるんですが……だって私だって並の男で……悪魔に誘惑されたら……でもどうしてもとおっしゃるなら……もし許してくださるのであれば……」

「さようなら、見下げ果てた恋人よ。そんなひどい疑いをもっていらっしゃるということは、あなたはエレオノールの名誉をあまり重んじていないのだとわかりました。エレオノールのことはお忘れなさい。目から鱗《うろこ》が落ちました。エレオノールは誓いを取り消します。あなたもそうしてください。もうお付き合いはきっぱりやめることにしましょう」

このけったいな別れの言葉を三文悲劇女優のように滑稽に勿体をつけて言うと、偽エレオノールは窓を閉めて、相手が何を答えようと聞いてやろうとしませんでした。二人はベッドに戻って馬鹿笑いしました。この夜はもう眠るしかないと思っていました。

でもそうは問屋が卸しませんでした。まもなく見限られたのではないかと不安になって、(そんなことをしたら危険なのはわかっていましたが)カファルドは偽エレオノールに会いに来ることにしたのです。静かに扉を叩く音が聞こえました。

「聞こえましたか、お嬢様」(すぐにテレーズは身を起こして言いました)「お嬢様、あの男がやってきましたよ……入れてもいいでしょうか……お嬢様……」

私は答えませんでした。そこでテレーズは私が眠ってしまったものと思い、油が利いていない扉を開けに行きましたが、この扉は大きな音を立てました。それでもカファルドを部屋に入れました。しばらくすると、この二人を安心させようと思い、これから起こることを聞いて楽しめるように、私は小さな音をたてていびきをかいているふりをしました。

退屈かもしれないので長い前置きの会話は省略します。偽エレオノールは何とかして恋する男カファルドの評価を失うことなく過ちを犯そうとし、カファルドの方は何とかして過ちを犯すまいとして、それでも恋人に見捨てられまいとしていたのです。一人は羞恥心がゆるゆるで、もう一人は羞恥心がひどくぴりぴりしていました。テレーズの役は難しいものでした。カファルドが本物の方のエレオノールに求めていたのは早く結婚することだけでしたが、一つ障害がありました。未来の夫の母親は子供の話を知っていて、こっそりエレオノールに警告していたのです。どうしても息子と結婚すると言うのなら、あの恥ずかしい事件のことを言い触らして、もう誰とも結婚できるという希望がもてないようにしてやりますからねと。エレオノールはそのために結婚に踏み切れなくて何とか引き伸ばそうとしていました。病気で年老いた母親が死ぬか、そうでもなければ息子の方が真面目一辺倒をやめて、いつかその現場を押さえられて結婚しなければならない状況になることを待っていました。しかし老女はしつこく生き続けていました。

カファルドの方は大理石のように冷たいと言うべきか、あるいは神の恩寵《おんちょう》に支えられていると言うべきか、このときまで大切な純潔を悪魔とエレオノール嬢の罠から守り続けていました。

こんな事情を全部知っていたテレーズは、自分だということが絶対にばれないようにして、言行のつじつまを合わせなければならなかったのです。

第七章　テレーズの仕返し

読者のみなさんは心してください。信じられないことをお目にかけますよ……でも楽しいサプライズを無駄にしたらいけませんね。これから読者のみなさんが読むお話はとても信じられないようなお話です。私のことを言うと、もし実際に目にしていなかったら、こんなことがありうるとはなかなか信じられなかったでしょう。そんなお話をこれからします。ときに真実はとても本当と思えないものだったりします[015]。

もうしばらくの前からこの二人はかなり大きな声で話していたので、私は一言も聞き漏らしていませんでした。すると偽エレオノールがまことしやかで微妙な理窟を言い出しました。

「カファルドさんが待ち望んでいる幸せが私のせいでなかなかやってこないと嘆くのはやめてください（と偽エレオ

ノールは言いました)。正直に言うと、確かに私が望みさえすれば、明日にでも父にお願いして、二人の運命を結んでいる誓いに同意を与えてもらい、成就させられるのです。でも私は激しい情熱に燃えているのです。この世でいちばん素敵な人をこの腕に抱くのが結婚のおかげというのは冷たい結末で、とてもこの熱い情熱にかなうものではないのです。私たち二人が結婚するのも、下々の者と同じく、ただのしきたりの問題でしかないのでしょうか。ああ！もし私の愛する人が情熱に我を忘れるような人だったとしたら私はなんと幸せなことでしょう……この情熱のために私はときどき義務、名誉、美徳と呼ばれるあの幻をものともせずに燃え上がることがあるのですよ」

「なんと、お嬢様、何をおっしゃっているのですか、エレオノールさん。聖なる宗教が禁じていることをお忘れなのですか」

「ねえ、あなたの聖なる宗教のことはしばらく置いて、この簡単な質問に答えてくださいませんか。もし私が恥ずかしがっているのにあなたにごり押しされて、ついそれに屈してしまったとしましょう。そのときあなたは私のことを軽蔑しますか……私とは結婚できないと言いますか」

「そんなことはありません……約束は絶対守らなければなりません……誓いを破るのは大罪ですから」

「そうですよね、カファルドさん、私もあなたと同じで、誓いを破ることの敵です。私は溢れんばかりの愛の中で誓いました。私があなたと結ばれて引き離せなくなるようになるには条件があります。それはあなたと私の情熱が試練を受けること。あなたが腕に抱いた後もその恋人を軽く見ないこと。私があなたを腕に抱いた後も欲望を失わないこと。そのために二人で死ぬまで一緒にいたいと願うことなのです。もし結婚して何カ月かしたらお互いのことが嫌になって、結ばれたことを憎むようになったとしたらどうしますか。だったら、もしこの嫌悪感が愛の喜びから生まれるのだとしたら、結婚の儀式の前に危険を冒した方がいいのではないですか。反対に、もし女の名誉を汚すと言われることを私があなたのためにしたとしても、あなたが変わらぬ熱意で私と結婚するという幸せを求めるとしたら、なんとうれしいことでしょう。私の傷つきやすい心にとってどれほど心強いものになることでしょう。もしも誰よりも心が広い恋人に対して、汲めども尽きぬ感謝の気持ちを抱くことができるとしたら……」

この言葉は我らがヨセフ[016]には少し難しすぎた上に、あまりに差し迫った問題だったので、何と答えたものかわかりませんでした……もうこれ以上お待たせしませんが、この奇妙な場面の結末は予想外のものでした。愛欲と自然の力が闘っていましたが、そこに間抜けさも加担して、完膚なきまでに偏見を打ち負かしたのです。この馬鹿は何度もでも、もし、しかしと繰り返しましたが、裏がある愛の言葉を偽エレオノールにささやかれて、ついに意志がくじかれ……我を忘れ……自分がわからなくなってしまい、淫らなテレーズとベッドを共にすることになったのです……こうなったら後はもうこの情熱的な女優の経験と貪欲さにお任せです。

このときは自分の小間使いに無視され、その図々しさがまず頭にきて、怒りが抑えられないほどでした。でもすぐに二人が陶酔してつぶやく言葉の甘い響きに興味が惹かれて、テレーズのことを許してやろうと思いました。私が眠っているものと信じ、仕返しにもってこいのチャンスだと思ったのですから、そのチャンスを利用したのは大目に見られることだと思いました。宗旨変えしたばかりの幸せな男の力業に応えてテレーズが出す声のせいで、私の身体は熱く燃えました。カファルドが恍惚《こうこつ》としてマリア様、聖霊よ、イエス様などと口走るので、大変おかしかったのです。

一言で言うと、この幸運なカップルに感情移入していたので、二人の快感の声を聞いている私の中でそのこだまが何度も鳴り響きました。二人が交わす愛の言葉の甘いささやきを聞き、この愛の戯れはいつまで続くのかと驚きながら、私は眠りに就きました。これが知恵の果実なのです。幸いなるかな、愛の喜びを遅くして知る者よ。

第八章　カファルド氏のキュロットについて

信心で凝り固まったみなさんは、カファルドさんに降りかかった忌まわしい出来事を見て、こんな風に堕落させられるとはなんと恐ろしいことだと思ったことでしょう。これを教訓にして、危険な肉体の衝動には勇ましく立ち向かうようにしましょうね。罪を犯したらすぐに罰がやってくるものだからです。毎日のように天と心を通わせている恵まれた人々はほんの小さな過ちを犯しただけで神様に気づかれてしまうものですが、常習的に罪を犯す人は天の世界で知られていないので、罪深い大それたことしても問題になりません。それに報復の日[017]にも気をつけなさい。報復の日には山のような罪を頭の中で重ねた人が、罪状を書き連ねた長大な目録を滅びの天使に突きつけられて恐れおののくことになるのです。反対に、生きているうちに罰せられた人にとっては（そのおかげで改悛しているでしょう）、恐ろしい裁きの秤は釣り合っていて、永遠の至福の住処《すみか》に造作なく迎えられることになるのですよ。幸せなカファルド、幸せすぎるカファルドには、信仰のつまずきを見せたとたんに善き神が罰を用意していました。

私がちょうど目を覚ましたときに時計が五時を打ちました。疲れた恋人たちの方は寝ていました。二人ともいびきをかいて眠っているのがはっきりわかりました。特に男の方のいびきはぐっすり眠っているときのいびきでした。

『このカファルドさんをぎゃふんと言わせようとしたわけだけど（このとき私は考えました）今回はあんまりうまく引っかかったとは思えないわね。すごい美人と寝たわけだし、心から思っていた相手をものにしたと信じている。確かにこの人の考え方からすればあの世にとっては大きな損失だとしても、少なくともこの世の唯一の幸せの鍵を見つけたことになる。だったら何が不運だというの。テレーズお嬢さん、目的は果たせませんでしたね。結局は愛欲に夢中になって怒りがどこかに行ってしまい、せっかくあなたがおとしめようとして考えた策略のために、カファルドはうまい汁を吸うことになったのよ』

この判断は正しくなかったのかもしれません。そのうち私は間違っていたことがわかります。少なくとも私は見かけだけで判断していたのです。

『でも』(さらに続けて考えました)『もしテレーズが自分の目的を忘れてしまったとしても、カファルドさんのことが全然好きじゃない私には、この男に平和に幸せを満喫させてあげようと考える必要がない。この馬鹿が信仰を裏切ったことを後悔するようなものを何か用意しておきましょう……』

でもいろいろ考えても無駄で、私が考えるようないたずらの種になりそうなものは見つかりませんでした。人に見つかったといって脅かしてやろうかしら。でも逃げれば済む話ね。それに偽エレオノールには予告していないから、ちゃんと手伝ってくれないかもしれない。この罪人の衣装から何か大切なものをちょろまかすのがいちばんいいんじゃないかしら。すぐに手に触れたのがキュロットでした。そこで財布、腕時計、鍵を抜き出して上着のポケットに入れてから、このキュロットを掠《かす》め取りました。そうしてからこんなに大切なものがなくなったことに気づいたらどうなるだろうかと思ってベッドで待っていました。

ところがなかなかいびきが終わりません。結局いらいらしてしまって、テレーズを押したり引いたりして小声で何度もエレオノールお嬢様と呼びました。するとテレーズが間もなくカファルドを起こしました。カファルドはあの女中に情事を見つかってしまった、これはもうおしまいだと思ってベッドから起き上がり、おぼつかない手つきで服をまとめ、長い間キュロットを探しましたが見つかりませんでした。それでも出ていくことにして、靴の金具を引きずってかなり大きな音をたてましたが、扉を閉めるとさらに大きな音がぎいぎい鳴りました。哀れな男はどうやらエレオノールのお付きの老女がつきまとっているのではないかと思っているようでした。さっき声が聞こえたのはあの老女に違いないぞ。これは困った。これでエレオノール様の身に何か起きたらどうしよう。それにどうやってキュロットを取り戻そう。

テレーズも不安がないわけではありませんでした。私のことを全くないがしろにしていたので、厳しく叱られるかそれとも暇を出されるかと覚悟しないわけにいかなかったでしょう。でもテレーズにとって幸運なことに、このときの私には厳しさが足りませんでした。それでこんなに大胆なことをした小間使いに言わなければならないお小言をそこそこにして、言いわけを聞く時間も惜しみ、気がつくともうさっきのいたずらについて打ち明けていました。もうおかしくておかしくて、笑いたい気持ちが抑えられなくなり、一時の不機嫌は跡形もなく消えていました。テレーズは安心して、それは見事ないたずらですねと言いました。でも私たちは歓声を上げたりしませんでした。キュロットを忘れたカファルドが、また呼ばれるまで廊下で待っているかもしれないからです。頭のいい小間使いのおかげですぐにこの邪魔者はいなくなりました。鍵穴のところに行って、小声であのお友だちにこう言ったのです（実際男は鍵穴に耳を張りつけていました）。女中は気分が悪かったそうで、さっき話しかけてきたのは助けを呼ぶためだけだったんです。たぶん何にも気づいていないでしょう。それになくなったキュロットはこの扉を開けて返すわけにはいきません。だって少しでも開けたらあんな音がするんですもの。でも庭に行っていただけるなら、女中が寝ついたらすぐに窓からキュロットを投げてさしあげますよ。

こうして邪魔な立会人を厄介払いした私たちは、あの男がお尻を剝《む》き出しにしたまま庭にいるなんて傑作だ、こんなに激しく風が吹いているのにと思って、もう笑いが堪えられませんでした。それから二人で話し合って、自分たちで面白がってカファルドを苦しめるために、この男が羽目を外したことの見事な証拠を存分に活用しようと決めました。作戦会議の結果、この家を隅から隅までよく知っているテレーズが、本物のエレオノールが寝ている部屋の扉にこっそりキュロットをぶら下げに行くことに決めました。これが私たちの気晴らしでした。とても寒かったのでテレーズは完全装備して真っ暗な廊下を突き進み、おかしな判決の執行に勇んで向かったのです。

第九章　テレーズの報告、それが嘘ではないと証明するために彼女は何をしたか

無鉄砲な小間使いは思っていたよりも長い間帰ってきませんでした。どうして遅れているのかずいぶん心配になった頃にようやく廊下から笑い声と話し声が聞こえました。テレーズは誰かと一緒にいるのだと思いましたが、それでも一人で戻ってきました。好奇心で一杯の私は急いで質問攻めにしました。でもそれには答えず、ケタケタ笑う頭のおかしな女はこう繰り返してばかりいました。

「ああ、これは傑作だわ。とんでもない、おかしな人もいたものね」

私はいらいらしてしまいました。それでもようやくわかったのは、こんなに馬鹿笑いしているのはとてもおかしな場面に出くわしたせいだということでした。ついさっきエレオノールの部屋で、キュロットをもっていったテレーズが盗み聞きしたというのです。

「あの騎士様が」(このおかしな女は言葉も切れ切れに大笑いしていました)「騎士様があそこにいたの……素晴らしきエレオノール様のところにね。それでどうしてかはわからないけど、騎士がエレオノールにずいぶん変なことを言っていたのよ。ぐでんぐでんに酔っ払った男にも、滑稽な道化にもあんな滅茶苦茶《めちゃくちゃ》な話は思いつかないわね。それでも騎士様はあのお嬢さんと一夜を過ごしたのよ。それだけは明らかだわ……騎士様が言っていたことは全部そのことに

関係があったんです。あの二人が寝たのよ！　間違いないわ。お嬢様はどう思いますか。こんな秘密を知ったのに笑わないでいられないでしょう」

「でも」私は遮って言いました「テレーズが言っていることは確かなの？」

「全くもって間違いありませんよ、お嬢さん」

「騎士様がそこにいたと？」

「ええ、騎士様その人です。あの美しい声を聞き間違えるわけがないでしょう。エレオノールお嬢様のことを大切な妻、素晴らしい女神と呼んでいたわ」

「テレーズったら適当なことを（ちょっとかちんと来て私は言いました。私からすると全くありそうにない話だったので信じられなかったのです）」

「まあ、お嬢様ったら」テレーズは笑い続けながら答えました「もし私が言っていることが本当かどうかお疑いなら、起きてついて来ていただけますか。そうしたらわかりますから……」

「そうしなくても他にいい手があるかもしれないけど……」

最後まで言う時間もありませんでした。テレーズは機転が利くので、私が何をためらっているのかを見抜いて、部屋を出て行くともう帰ってきませんでした。代わりに騎士が戻ってきましたが、この人もまた大笑いしていました。

愛していると言いながら浮気な男に腹が立ちました。たった一月ぐらい前からしか付き合っていないというのにもう何度も浮気を犯していたのですから。そこでベッドの中の私のことを手探りで探させることにして、言葉をかけてどこにいるか知らせたりはしてあげませんでした。それでもちゃんと探し当ててくれたのです。あっという間に怒りの半分は消えてしまいました。浮気者の美しい手が胸を触ってきて、天使のような唇が私の唇を襲ってくるのを感じます。でもそのとき私はちょうど顔を背けようと決めていたのです。それでも頑張ってとげとげしさを装い、私のことは放っておいて、大切な妻、素晴らしい女神のところにお帰りになったらと言いました。このように非難しても騎士は全く怒らず、言いわけに時間を使うこともせず、確実なあの手を使ってきたのです。私の怒りは消えてしまいました。

「もっとして、お願い」(息を取り戻すと私は喘ぐように言いました)……

でもこんなぶしつけなお願いをしたことを後悔することになりました。今度は私のことを満足させられないような状態のものに手が触れたのです。

「まいったな (哀れな騎士は悲しそうに言いました) これは馬鹿なことをした罰だよ。こんなに残酷な罰を受けた罪人がいるだろうか。でも愛の女神ヴィーナスは忠誠を誓った信者を長い間見捨てたりしないよ。ついさっき僕が体験した珍しい事件について教えてあげるけど、話が終わる前に呪いが解けるだろう。まさか君は僕のリターンマッチを受けて立つのはごめんだなんて言うような心の狭い女じゃないだろうね」

熱く燃える口づけをして、喜んでことに当たると私は保証しました。二人は官能的な姿で組み合ったままで、呪いが解けたらすぐにことに当たれるような姿勢でしたが、騎士はそのまま語り始めました。その話は次の章でお読みいただきます。

第十章 話しているのは騎士です

「あの辛気臭い裁判長が隅から隅まで家を案内してくれたのだが、あんまりくまなく回るので、まるで僕たちは誰か悪人を探し出せという命令を受けた警察の別働隊なんじゃないかという気がしたよ。この部屋は裁判長の娘の部屋で、上の階の部屋はこの部屋の準備ができるまで客人用の部屋にしているということだったが、そこに僕は迷い込んだんだ。右の部屋は女性用で、男性は左の部屋だ。僕はこの配置をしっかり頭に叩き込んだ。まずシルヴィーナは下の階の見事な続き部屋を使うに違いないと思い、するとフェリシアは当然ベッドが一つしかない狭い部屋に寝ることになると思ったんだ。フェリシアと一夜を過ごすのは幸せなことだが、その幸せを邪魔するものはもう何もないだろうと思って、だいたいみんな寝静まったんじゃないかと思っていそいそと女の部屋があるところに出かけて行った。部屋の鍵を触りながら歩いていった。するとようやく錠前に鍵が挿しっぱなしになっている部屋が見つかって、扉を開けたんだ。誰かが眠っていたけれど、僕がたてた音で目が覚めたようだった……僕はちょっとためらってしまった。『お入りなさい、サン゠ジャン』という声がとてもはっきり聞こえたが、すぐにこれはエレオノールの声だとわかり、このとき全く馬鹿げたことを思いついた。サン゠ジャンだと思われるのは嫌だが、僕がここに訪ねてきたことからどんな一悶着が生まれるのかと思うと面白くて、その場で夢遊病者を演じることにしたんだ。そこで呼びかけには答えずに、低めの声で朗誦《ろうしよう》を始めた。

『この素晴らしい庭に毎朝女神のようなクロエが訪れ、薔薇やジャスミンと誰がいちばん若々しいかを競い合う……何世紀も前からこの魔法の場所で人は愛を語らい誓っている。私たちが祭壇の下で愛を誓う前に……（僕は座った）。ブランデューズの泉[018]よりも透明な泉よ。澄み切った水の中で私の大切な妻が……』

『あらあら、サン＝ジャン』（声が遮った）『とてもお見事だけど、でもそんな優しい言葉はもう十分よ。いったいどういう幸運な偶然のおかげでいらっしゃったのか……』

『偶然は私の選択に預かり知らぬものです。明星よりも明るく輝くあの瞳を見てしまった私にはもう選択の余地がなかったのです』

『あはは、サン＝ジャン様はお上手ね。その才能はいったいどこから湧いてきたのかしら』

『あの方のような才能をもつ人は誰もいない。フェブスは口を利くのも惜しんで、あの方が口を開くとすぐに青白い雲で身を包む……素晴らしき妻、女神のようなクロエ……』

「笑わせないでよ、デーグルモンさん」（私は愛すべき馬鹿な男に言いました。胸に気持ちよくのしかかってきたので、笑うのに邪魔だったのです）「もう我慢できない。『クロエが口を開くとすぐに日はかげり時間は身を包む』なんて。これは無茶苦茶ね……あれ、何をするつもり？　そうね、呪いが解けたみたいね、よかった。でも罪滅ぼしをして、話し終わるまで我慢しなさい。その後で考えましょう。お行儀よくして話すのよ」

「エレオノールがサン＝ジャンに声をかけたことで事情がわかって、想像がつくだろうけど緊張がほぐれたんだ。美女が呼ぶ声が聞こえるとそのチャンスをすぐに利用して、急いでベッドの方に行くとこう言ったのさ。

『あれはまさかあの方の声か。もう忍冬《すいかずら》の揺り籠の中にいらっしゃるのだ。あの歌うような声がこの耳に聞こえた……ああ、大切な妻よ……君なのか……あの方その人だ……なんということだ、こんなにも長く別れていたのに、君の腕は愛する夫の腕を拒むのか。愛よ、婚礼歌よ、燃え盛る炎でクロエの目を照らしておくれ、クロエは誰よりも優しい夫の姿もわからないというのだ』」

「エレオノールは意識がはっきりしていて、夢遊病者が相手ならうまいことができると考えたのか、それとも愛欲が強くてこんなチャンスを無にはできないと思ったのかはわからないが、どんなに危険なことになるかもわからないのに、僕がベッドに入ろうとしてもちっとも断ろうとしなかった。それでもこの期に及んで僕がサン＝ジャンだと本当に勘違いしているなんてことはありえなかった。声を知っているに違いないからね。僕は全く声を変えていなかったんだ。僕は紳士としてことを行った。美女が本当に同意しているのかどうかわからないので、暴力を振るうつもりはなく、まずベッドでは背中を向けて、眠るときのような姿勢をとった。数分後にはいびきをかくふりをしたんだ。まもなくエレオノールが起き上がった。僕は逃げ出そうと準備した。助けを呼びに行くんじゃないかと思ったんだ。でもエレオノールは慎重なので、噂が広がらないようにと扉を閉めて閂をかけただけだった。きっとここで邪魔者に来られたら困ると思ったんだろうね。こういう賢い用心をしてからエレオノールはまた横になった。ここで僕はまた馬鹿なことを言うのがいいんじゃないかと思ったんだ。

『女神のようなクロエ、思い違いから目を覚ましなさい。いかに比ぶもののないエレオノールが美しかろうと、僕の心にとってクロエの素晴らしい姿に勝るものはない。この気高い王女はミネルワとディアナと魅力を競い合っているが、それも無駄なことで、勝利者はクロエだけなのだ……確かに目がくらみ、耳が奪われたことは否定しない。天使のようなクロエ、僕が赤くなったのを見たね。許してほしい、僕は罪深い存在だ……でも僕は何を言っているのだろうか。僕はもう罪深い存在ではない。君の神々しい魅力のおかげで束の間の迷いが消えた。最後にもう一度だけ言わせてほしい。もしクロエの愛する人、その夫でなかったとしたら、僕はエレオノールのために生きることしかできないだろう』」

さっきから笑いたくてしょうがなかったので、ここで二人とも一休みして大笑いしましたが、その後で騎士がさらに言うことには、二回も奮発して敬意を示したけれど、その間エレオノールはとても上手にクロエを演じていたということでした。それから騎士がまた狸寝入りをしたので、エレオノールは騎士を優しく引っ張って、できれば起こさないで厄介払いしようとしました。騎士はうまく調子を合わせて、夢遊病者役をかなりそれらしく演じたので、ようやく扉の方に連れて行くことができました。するとテレーズがちょうどエレオノールが扉を開けたところにいたのです。騎士はただの茶目っ気からまた独り言を始めて、部屋に戻るでもなく出て行くでもなく、ただ女神のようなクロエをずっと困惑させるために演技を続けました。テレーズはちょうどよいときを見計らって部屋に滑り込み、ベッドの隣の肘掛椅子にキュロットを置きました。それから騎士が喜劇を演じ続けているのをよそに、私のところに帰ってきたのです。幸運なことにテレーズが戻ろうとしたときも夢遊病役者はまだ退散することに決めていませんでした。闇の中で女性に手をつかまれたと感じて、その女性に手を引かれて行ったのです。実はテレーズが導いているのでした。それからテレーズはこの男を私の部屋の扉のところまで連れてきて、自分では遠慮をしてどこかで夜明けを待つことにしました。前に奉公していたこの家のことはよく知っているのでしょう。

第十一章　夜明けの歌～エレオノールの目覚めがどんな困ったことになったか

読者のみなさんは、あの意地悪娘が汚れなきエレオノールの部屋に置いて行ったカファルドのキュロットがどうなったのか知りたくて気が急《せ》いているかもしれません。読者を満足させるために、この後で夢遊病者と私の間にまた何かあっただろうと思うでしょうが、そんな細かいことは省略します。

騎士と私は、わざとらしいと思われないようにして、夜明け前にできるだけ多くの人を美女の部屋の前に集めなければならないと考えました。鎧戸を開いたときに赤いキュロットがみんなの目に見えたとしたら、素晴らしく効果的なことでしょう。この鮮やかなどんでん返しの準備のためには裁判長先生を早めに起こすしかないということになりました。優しい夜明けの歌を婦人方の部屋の前で演奏して気持ちよく目を覚まさせてあげようと裁判長に提案するのです。騎士はバイオリン、裁判長はビオラ・ダ・ガンバを弾くことになりましたが、こんな奇抜な方法で目を覚ましてやるというい考えが老紳士の気に入らないわけがありませんでした。

その結果、デーグルモンは早いうちから家主のところにバイオリンをもって出かけました。ほこりのかかったケースから哀れなビオラ・ダ・ガンバを取り出して、二人は古い流行歌を何曲か練習してから出かけることにしました。最初の相手はシルヴィーナで、フォルラーヌ[019]を一曲、ガボットを一曲、クーラントを二曲贈りましたが、隣の部屋で寝ている重々しい裁判長夫人に気を遣って、全部弱音器つきで演奏しました。それから楽士とすぐに起きてきたシルヴィーナが私の部屋の扉の前に来ました。私は待っていたのですが、事情を知っていたと悟られないように、しばらく演奏を聴いていました。私もすぐに一団に加わり、ランベールも音楽にたしなみがあってフルートがそこそこ吹けるので楽団に加わりました。まもなく裁判長夫人、エレオノール、カファルドを除く家のみんなが私たちに続きました。つまりサン＝ジャンの優しい恋人の女神のようなクロエが休む部屋の扉の前にやってきたとき、私たちは大人数だったのです。

音をたてずに到着した私たちは《蛮人》[020]の有名なアリアから始めましたが、幸運なことに私はもじり歌の歌詞を覚えていました。これは親愛なるエレオノールを楽しませるのではなくて笑いものにしたいという私の気持ちにぴったり合っていました。真面目な裁判長は私たちが演奏している素晴らしい曲の作曲家のファンで、ここでただ一人の善意の人でした。この曲を完全にマスターしていて、誰よりも熱心に通奏低音を譜面通りにきいきい鳴らしていました。アリアが終わるとすぐに騎士は扉を開けて、「安らぎの森」を大声で歌いましたが、これにお父様は当然のようにコーラスのパートで答えました。私の方は滑稽な歌詞を歌いつづけていました。ランベールは息を切らしてフルートを吹いていました。とんでもない大騒ぎで、もしこれよりもさらに面白いことがあることを知らなかったら、これだけで

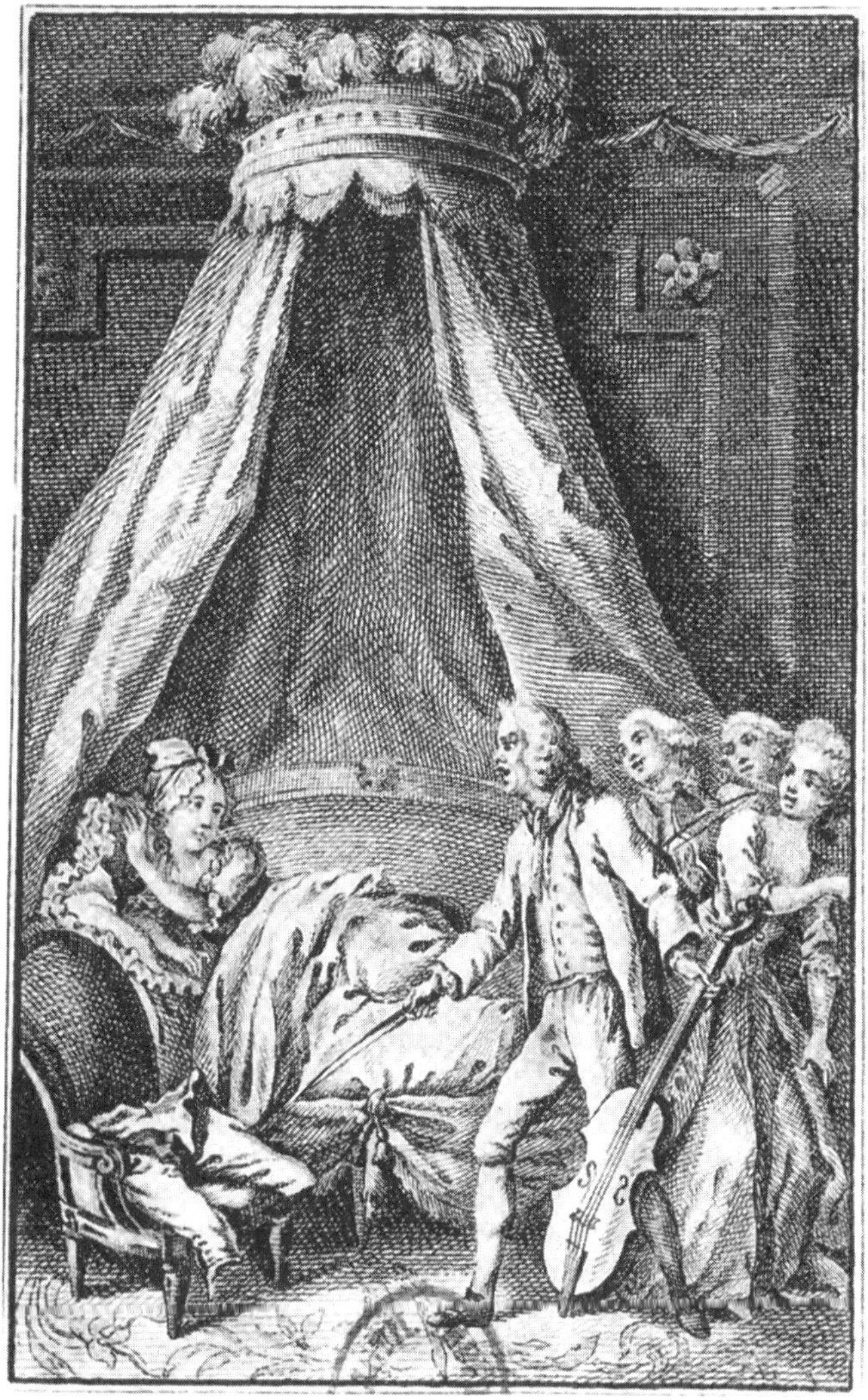

十分に楽しかったと思います。

裁判長その人が走って行って、鎧戸を大きく開けました。キュロットが目に入って歌が突然途絶えました。騎士と私は驚いたふりを見事に演じました。私は背中を向け、デーグルモンは咳《せき》払いをし、シルヴィーナ、ランベール、他の立会人はみな唖然としているようでした。裁判長の様子はお見事で、年齢からすればちょっとおかしいほど陽気だったのに、あっという間に怒髪天を衝《つ》くという感じになっていました。みんなの目が同時にキュロットを凝視しているので、不幸なエレオノールもこの不吉な物体の方に目をやりました。その狼狽は筆舌に尽くしがたいものでした。私たちは急いで野次馬の群れをかき分けて外に出ましたが、その中には意地悪なテレーズもいました。見事に体裁を取り繕って、全くこの出来事に無関係であるようなふりをしていました。騎士はうつつを抜かした裁判長を連れて行き、扉を閉めて鍵を抜きました。それはこの苛立った父親が戻ってきて、罪を犯した娘を折檻《せっかん》したりしないようにするためでした。こうしてエレオノールはこの淫行の戦利品のために人前で貶《おとし》められることになりましたが、この間キュロットはずっとエレオノールの部屋にあって、このキュロットをなくした男自身もエレオノールと同じくらいひどい時間を過ごしていたのです。

第十二章　騎士の機知と慈愛の精神

デーグルモンはいたずらっ子ですが、素晴らしい心の持ち主です。そこで宿主が絶望しているのを見て同情してしまったので、一つ計画を練って、私たちの馬鹿げたおふざけのせいで生まれた心痛をできるだけ和らげてあげようとしました。

「そんなに悲しまないでください、先生」(と裁判長に言いました)「この話はどうも臭いと思います。表面だけを見るとお嬢さんは不品行な行いをしたかのようですが、私はお嬢さんは無実だと思います。立派なご両親に育てられた生まれのいい人間のことは誰でも贔屓に考えるものだという先入観がありますが、それを別としても、事実だけを見てこう主張できます。あのキュロットはお嬢さんの部屋に迷い込んでいたけれど、あそこにあったのは何かけしからぬ陰謀によるもので、きっとそれを企んだのはこのキュロットの持ち主に違いありません。色男はどんなにうっかりしていても絶対にキュロットは忘れません。もう一度言いますが、何かよからぬ企みを感じます。もし許可をいただければ、僕がこのよからぬことの謎を解き明かしましょう。しばらくエレオノールさんと二人だけで話させてくださ い……いや、裁判長も私たちの会見に立ち会ってください。これは約束します。すぐに仕返ししてせいせいできますから」

騎士には私たちを危険な目に遭わせることなんてできないとわかっていましたが、それでもこの人はこんなに臆面がないのかと驚いてしまいました。自分が事件の張本人のくせに、わざわざ解決役を買って出るなんて、どうしてそんなことができるのでしょう。それでもそれには騎士なりの目的があって、幸運にもこの難しい計画を成功させることができました。

騎士、裁判長、エレオノール、カファルドの四人による謎解きは立会人なしで行われました。でもこの滑稽な家族の家からおいとまして車に乗って帰るときに、騎士がみんなに説明してくれました。それではまた騎士に話してもらいましょう。

「お父様と僕が部屋に戻ると、かわいそうなエレオノールは涙に暮れていた。『安心しなさい、お嬢さん』(僕は慰めるように優しく言った)『お父様はものごとをわきまえた方で、絶対に騙されるようなことはありませんよ。お嬢さんの無実を全くお疑いではないし、お嬢さんのことを責めたてようだなんてちっともお考えではありません。家中のみんなが悲しんでいて、お嬢さんにこんなにひどい侮辱をした悪党に仕返しするべきだと言っています。しかるべき償いは私がきっぱりとさせますので信用してください。でも一つはっきりさせていただきたい。このペテン師の運命をこの場で決めてください。こやつは私たちの鉄槌《てっつい》によって息絶えるべきなのでしょうか。それともお嬢さんはこの男に好意をもっていて、結婚して助けてあげるおつもりですか』

『どちらでもありません、騎士様』(と悲しきエレオノールは答えた。話している間ずっと僕のことをじっと見ていたが、僕のおかげで罪が晴らされるのではないかと思って少し安心していた)『いいえ、もし腹黒いカファルドにふさわしい罰を与えたりしたら、それがまた悪い噂になるでしょう』

『それに、私のことが誘惑できなかったからといってこんなにひどいやり方で仕返ししてきた男が、もしさらに神経を逆撫でされたらどんなひどいことをしでかすか想像できますか。命は奪いたくありません。それでもお父様と騎士様の前で誓います。こんなときに私のことを考えてくださっているということがはっきりわかりましたので、騎士様のことは本当の友人と呼ばせてもらいます。私は誓います。恥ずべきカファルドは決して私の夫になることはありません。なんということでしょうか。私は一つ嘆かわしい過ちを犯しました。それは、誘惑しか考えていない男が偽善に満ちた信心のベールで隠していた恐ろしい本当の目的を、優しい両親にずっと長い間隠し続けていたということなのです。一年以上前からこの男は罠をかけて、私がかかるのを今か今かと待っていました。私はずっと期待していたのです。この男もいつかは良心の呵責の声を聞くだろう、誘惑に負けない私の名誉心を模範にして心を改めるだろう、この唾棄すべき計画を諦めるだろうと。でも私の間違いでした……今になってそれがこんなに高くつくなんて』

また涙を溢れさせ、心を千々に乱れさせていたよ」

「お父様の涙も溢れんばかりなのが見えた。この山場で僕も涙を流すと（少なくとも涙を流すふりをすると）見事な効果を生むんじゃないかと思ったんだ。そこで僕は顔をそらして、ハンカチを取り出し、顔を隠してつい笑ってしまったが、他のみんなは僕が泣いていると思い、自分たちの方では本当に泣いていた。優しい裁判長は美徳に満ちた娘をしかと抱き締めていた。エレオノールは見事に自分の役を演じていた。僕はもう我慢できなくなってしまったので、キュロットを手にすると激昂《げっこう》を装って突然部屋から飛び出した。みんな僕がカファルドを追い詰めてその卑怯《ひきょう》な欺瞞《ぎまん》を罰するつもりだと思っただろう。

『お父様、あの人を止めて』心優しいエレオノールが叫んだ『追いかけてください、流血沙汰にならないように』

でも僕は身が軽いから、あっという間に裁判長を引き離して、どうやら誘惑することしか考えていないらしい男の部屋に行ったが、誰も邪魔する者はいなかった」

第十三章　カファルドがキュロットを取り戻すのにどれだけ高くついたか

シルヴィーナとランベールは大変興味をもって騎士の話を聞いていました。確かにこの話は二人にとっても面白いものだったでしょうが、私には特に愉快なものでした。騎士の役がどれだけおかしいか、エレオノールの役がどこまで滑稽かがちゃんとわかるのは私だけでした。他のみんなにももう少し事情を詳しく知らせてあげたくてしょうがありませんでしたが、デーグルモンは私に軽く目配せして黙るように言って、話を続けました。

「僕はカファルドの部屋に悲しくも激怒した顔つきで現れた。こやつはベッドに寝ていた。部屋に入ったときに音がしたので、男はカーテンをずらした。恐ろしいキュロットを見て男は震えあがった。死にそうに真っ青になった顔が歪んでいた。裁判長が現れるとさらにひどくなった。裁判長は激怒に血が上って、かんかんになって顔をしかめていたのだ。僕は裁判長が来るまで静かに話さないで待っていた。立ったまま動かないで、まるでメデューサの頭のように、罪人の目にキュロットを突きつけるだけだった」

「裁判長は不名誉の原因とされている人物を見て怒りが倍になり、すぐさま杖《つえ》を手にとって哀れなカファルドを力一杯叩き始めた。カファルドは毛布を被っていたけれど、きっとかなり痛かっただろう。僕は人間の心がわかっているので最初からこんな風に怒りを爆発させたりしなかった。自制することなくこんなに興奮すると、その後にはすぐに慈悲と和解の心がやってくることがわかっているんだ。それでも怒りに息が詰まり、叩き疲れた裁判長は肘掛椅子に倒れ込んでわけのわからないことを言って嘆いた。『私は不幸だ』、『信頼を裏切られた』、『娘の評判は悪くなり、きっと立派な結婚をさせる望みはもうなくなってしまった』云々」

「『お許しください』(今度はキリスト教徒のカファルドが叫び、ベッドから降りてひざまずくと、侮辱を受けた父親の足元までその姿でずり寄ってきた)『お許しください。これは嘘ではありません。エレオノールお嬢様と結婚するのが私の唯一の望みでした。でも私は弱いのです。そのために誘惑に負けてものにしたのは……』

『誘惑に負けてものにしただと、罰当たりめが』父親はまた激怒して答えた……『悪党め、まだ私のことを侮辱する気か。私の娘を侮辱するのか。ものにしただと……』

『でも事情をご存知のようだから、エレオノールさんが全部告白したのかと……』

このとき年老いた裁判長は若さの盛りの頃の力を取り戻し、この力を杖の一発に込めてカファルドを黙らせた。みみずでも踏んづけられそうになると立ち上がるということわざがあるが、このことわざが言う通りに、この蛇のよう

に這いつくばった男がぴくぴく震えて、怒りに満ちた目でエレオノールの父親の老いぼれた顔をにらみつけるのが見えた。それでも腹黒いカファルドが何か暴力を振るったりしないように僕は喧嘩に加わり、裁判長の肩をもって、喧嘩の相手をならず者と呼んでやった。召使いを呼んで縛り上げ、町に連れて行くぞと脅したのだ。お前は最低の中傷であのお嬢さんを貶めようとしているが、町に行ったら、これほど立派なお嬢さんの方が正しいとお前に無理やり認めさせることだってできるんだからな、と言ってね」

「信心家はこんなときに普通の人間がもたないような拠《よ》り所をもっているものだ。哀れな男はひれ伏して顔を床につけると、この不幸の極みの出来事を神に捧げ、《ミゼレーレ》021を歌い出したんだ。預言者のダビデ王はこの詩を書いたときに悲嘆に暮れていたのだろうが、それでもたぶんここまで悲痛ではなかっただろうという調子でね。でも我らがダビデ王には時間をやらずにけったいなお祈りをそこそこにさせて、急いで服を着るように言った。みんな見ただろうが、あの男が部屋から出てきたときは恥辱まみれで、不当な告発に打ちのめされ、事情からすると自分が最低の嘘つきになってしまうという深刻な事態に打ちひしがれていた。僕はこの男を追放者のように家の外へと連れて行ったんだ。カファルドは館に歩いて帰ることになったが、裁判長の方は今や僕のことが大好きになってしまった。僕は友人で、裁判長に代わって仕返しをしてやったのだ。この町では僕が裁判長のいちばんの親友であるのに違いない。裁判長に言いつかってきたのだが、僕はあなた方に心からのお詫《わ》びをして、美しいエレオノールは全くの無実であることをあなた方に証明してやらなければならないのだ。これは信じていただきたい。でも信じないというのならしょうがありません。暴力を使ってまで説得を試みるとは約束していないからね。後は、カファルドが裁判を起こした方がいいと思わない限り、裁判はない。でもこの男はそんなことはしないだろう。こいつを除いたみんなが、悲しみに暮れて、明日町で僕たちと合流することになっている。人々は絶対にキュロットのひどい話を騒ぎ立てるだろうし、この話を種にしてみんなあることないことおしゃべりするだろう。僕たちは新しい住まいで退屈することになりそうだが、こういう話のおかげでずいぶん気晴らしができそうだね」

第十四章　ここまでの話の結末

「いいお話でしたよ、騎士様」騎士が話し終わるとすぐにシルヴィーナが言いました「でも教えてくださったお話の中にあまりはっきりしないところがあります。あのキュロットのことです。どういうわけでエレオノールの部屋にあったのかしら。本当にカファルドさんが仲良くおしゃべりした後に置き忘れたのかしら。それともカファルドさんは何か恥ずべき行いをしたのかしら。仕返ししたいという気持ちか情熱的な愛のために、お嬢さんが知らないうちにこっそりキュロットを部屋に置いたのかしら」

「これについてははっきりそうだと言えるような説明ができません」と騎士はうまい答え方をしました。「腹黒いカファルドの罪は謎なんです。この人の性格は不可解なもので、そのせいでこの問題を解決するのはひどく難しいんですよ。

たぶん時間がたてばもっとよくわかると思います。でも賭けをしませんか。エレオノールは無実ではないという方に賭ける理由がたくさんあるけれど、でも僕は十ルイ賭けて言います。エレオノールはカファルドと寝ていません」

「騎士殿」ランベールが口を挟んだ「確実に知っていることについては賭けをしないものだが、僕ならその十ルイを賭けずにとっておくよ。その問題の夜に僕は事情を知ってしまったんだ。今度は僕の発見を聞いてほしい。この裁判長様の家ときたら大変なところですよ」

「夕食に飲んだいんちきワインのせいで気分が悪くなってしまった。部屋から出なければならなくなって、行ったり来たりをするうちにようやく探していたものが見つかった……」

ランベールは階下に降りたんですって……シルヴィーナが赤くなったので、何か怪しいと思いました。それはよかった、二人にとってはいいことね、私たちがそうじゃないかと思ったことが本当だとすれば。でも私たちは何も口に出さず、ランベールに話を続けさせました。

「上に戻ろうとしたときのことだが、闇の中を誰かが歩いているのが聞こえた。息を堪えてとても慎重に壁に沿って歩いているようだった。すぐ近くでこの夜歩きする男がかなり大きな音をたてて扉を開けた。記憶の限りでは裁判長夫人の寝室の扉に違いなかった。何とかこの扉のところまで来るともう疑いもなかった。どうやらさっきの男は扉を閉めなくてもいいと思ったらしい。僕は夜に何が起こるのかを観察するのが好きなんだ。そこでこの部屋の中に滑り込んだ。夜歩きする男のことをあの愛想がよい女主人が待っていて、この女に親しく呼びかけられると男は事もなげにベッドに迎えられた。僕はシャツしか着ていなかったので、このままでこの恋する二人のあまり面白くもない戯れを聞きたいとは思わなかったが、結局他のところで夜を過ごすのもここで夜を過ごすのも同じことではないかと思ったんだ。そこで部屋に戻って靴を履いてロングコートを着た。何か気晴らしになるようなことが耳にできるかと思ってすぐに戻ってきたが、これ以上楽しみの種を提供してくれないなら、せいぜいこの不良たちをちょっとからかってやろうと思っていたのだ。一度目よりもぶきっちょだった僕は、扉にちょっとぶつかってしまい、これがきいきい呻《うめ》いた。裁判長夫人が怯えて言った。

『どうしましょう、サン＝ジャン、今のは何の音？』

『何でもありませんよ』と相手が答えた『風か猫か何かでしょう』

裁判長夫人は少し安心した……でもあなた方は何を笑っているんですか？」

「続けてください、ランベールさん」騎士は答えた「サン＝ジャンという名前がおかしいんです」

「僕はサン＝ジャンには驚きませんでしたよ」ランベールは答えた。「だって考えてもごらんなさい。たんまりお金をもらった召使でもなければ、いったい誰があの巨大な女性のことを称えたいと思いますか……」

「僕が忍び込んだときにもうことは済んでいて、親しげに話し合ってくつろぎの時間を過ごしていた。

『あなたにはとても不満よ』裁判長夫人は小声にすることもなく話していた『浮気者だとよくわかった。疑いの根拠になる材料は十分ではないけど、いまのだらんとした状態を見ればやっぱりそうなんじゃないかしら……』

サン＝ジャンは雄弁ではなかった。うまく弁護ができなかったのだ。奥様はだんだん調子づいていった。この恩知らずな使用人のためにしてやったことを数え上げた後で言い出したことにはさすがに僕も驚いてしまった。小間使いと何度か浮気をすることぐらいは大目に見てあげるけど、自分の娘がライバルだなどという恥と絶望はとてもじゃないが耐えられない。あなたが娘と何か意味ありげな合図を交わしていたのを見かけた気がする。でももしこれが確信に変わろうものなら、女たらしのあなたのことは絞首刑にして、破廉恥な娘はもう一生修道院から出てこられないようにしてやりますからね、と言うのだ。エレオノール嬢に気を惹かれているなんて根も葉もないでたらめだとサン＝ジャンは言った。みなさん、ちゃんと聞いてくださいね。

『それよりも』男は言った『あのカファルドという奴を奥様は疑うべきです。あの男がそんなことをしているとは思えないでしょう。でも夜も昼も家を出たり入ったりしてうろついています。さっきだって庭にいて……でもまあ……そのうちにわかるでしょう。すぐにこの二人の恋人を結婚させなければ、きっと何かひどいことになりますよ……』

どうですかデーグルモンさん、これでもまだ賭けをしたいですか？」

「ランベールさん、前言撤回はしませんが、話を続けてくださいよ」

「話は終わりです。笑いたい気持ちがこみ上げてきて、寒い上に裁判長夫人がナイトテーブルで何か音を立てたので、僕は部屋から逃げ出さなければならなくなり、自分の部屋に帰って（シルヴィーナの部屋じゃないの?）、消化不良だし（本当にそうだったの?）数時間眠りが足りなくなるけど、それはしょうがないと考えたんだ」(きっとランベールにはこの夜更かしの見返りがたっぷりあったんだろうと私たちは思いました)

私たちはこの新しいエピソードを聞いて大笑いしました。驚くべき出来事がたくさんあるけど、それについてあれこれ話し合っているうちに、長い道のりにも気づかずに到着していました。猊下の従僕が町の城門のところで待っていて、宿まで連れて行ってくれました。家のたたずまい、部屋の割り当て、しつらえられた調度を見ても、やはり思っていた通り後見人の猊下は趣味がよく、もつべきものはよい友だちだと思いました。みんなが部屋に落ち着いた頃、騎士がおじさんに挨拶しに出かけるというので、できるだけ早くおじさんを連れてきてほしいと私たちはお願いしました。

第十五章　新しく人と知り合いになる章～理にかなった取り決め

私たちが宿を借りたのは若い寡婦の家でした。可愛らしい顔立ちで、地方の普通の小市民よりは育ちがいい人です。デュプレ夫人は、これがその人の名前だったのですが、私たちが到着するとすぐに姿を現しました。わざわざお昼ご飯を用意してくれていて、自宅で上品極まりないおもてなしをしてくれました。

この親切な女性が食事中に自分のことを教えてくれました。両親はかなり貧しかったけれど、幸運にも年老いた財務官に気に入られました。この人は昔デュプレ夫人の母親に恋をしていたのに、病気になって信心深くなり、都を退いて田舎で生涯を終えることにしたのです。この真面目な財務官は多くの同僚がこの人にはとてもかなわないと思っていたほどの立派な人でしたが、感謝の気持ちから昔の恋人の娘と結婚し、財産を全部贈与したのです。この信心深い人物は美しい妻の夫として暮らそうとしたけれど、やましく思ったり、年齢や病気が気になったりで、結局それはできませんでした。妻は単に伴侶というだけで、一年後にこのお人好しは死んで行きました。そのためデュプレ夫人は喪に服していて、資産所得が一万リーヴル〔アンシアンレジーム下で用いられていた通貨単位で、一リーヴルは二十スーに当たる。一七九五年にリーヴルはフランに変わった〕あり、数多くの調度を所有していました。年老いた母親が（このときは病気で私たちと一緒に昼食をとりませんでした）娘と暮らしていました。この女性二人は一階に住んでいて、私たちは家の残りを使い、好きなように別々に暮らすことができました。だからといってあまりに気兼ねなく濫用しないでほしいと丁寧に感じよくお願いされたので、私たちは気持ちよくそう約束しました。デュプレ夫人は一目で私たちを魅了していたのです。

　この美しい未亡人は自分の事情を包み隠さず教えてくれました。その目的はただおしゃべりしなければならなかったからではありません。女性にとっておしゃべりする必要は生まれつきのものですが、この話をしている間、夫人は特にランベールに気を遣っていて、自分の話を聞いてこの芸術家がどう思ったかを目を見て読み取ろうとしていたのです。それでこの優しいデュプレ夫人はさてはランベールなら自分のいい人になれるかもしれないともう考えているんだなとすぐにわかりました。結婚の喜びも苦しみも知らない若い未亡人の心は再婚を思って熱くなるものです。もう言った通り、この友人ランベールは美しい顔つきでした。矢が放たれて、家主の心はど真ん中を射抜かれたのです。ランベール自身もこの女性の心を射止めれば快適なことが待っていて、同時に自分の利益にもなることがわかっていました。ランベールは好意を抱かれているんだよと私たちがわからせてあげました。シルヴィーナは男がちょっと他の女になびいたからといって誠実な友情の義務をゆるがせにするような不真面目な女ではないので、自分が先頭に立ってランベールが未亡人を熱心に口説くようにたきつけました。猊下とはこの夜に甥と一緒に会いましたが、この友人の運のよさを聞いて喜んでいました。私たちはあれこれ気紛れなことをしたけれど、その後はそろそろ理性の声を聞かなければなりませんでした。理性の声を聞くことにした結果、おばとおじ、姪と甥がそれぞれ対になりました。この取り決めにみんなすっかり満足しました。

第十六章　旅の目的がいかに反故にされたか

裁判長は家族と一緒に戻ってくるとすぐに私たちのところに来ました。合奏音楽の先生のクリアルデ氏〔カファルドと同様に滑稽な名前で、「金切（声）」というような苗字〕は六十代の芸術家で、軍隊風の大きなかつらを見ただけで、この人に才能があるとしてもそれは古臭いものだとわかりました。この偉大な人物の後には元聖歌隊員がついていましたが、重い楽譜集を十冊以上もっていて今にもへこたれそうな様子でした。その楽譜はすべてフランスの古いオペラと、さまざまな巨匠のお見事なカンタータでした。このわけのわからぬ代物を見て私は真っ青になりました。これからはこういう音楽だけを勉強して、聴衆をうっとりさせるようにならなければいけないと言うのです。私が親しんでいた音楽はここではもう問題にもされていませんでした。改革の敵であるこの地ではイタリア音楽が閉め出されていました[022]。ここではイタリア音楽は装飾音のつけ過ぎであり、けばけばしいものだと思われていたのです。抑揚豊かで喚起力がある感動的な音楽だということが否定されていました。

数年前から流行している折衷式の音楽にイタリア風音楽と呼ばれるものがあります。これは孔雀《くじゃく》から抜いた羽を陰気なかけすがなんとかぎこちなく身にまとおうとしているような音楽〔「孔雀の羽をまとったかけす」はラ・フォンテーヌの寓話詩の一つで、「借り物を自分のものであるかのように自慢する人」のこと〕ですが、こういった音楽についてもここの人々は寛容でありませんでした。この厳しい判断は悪趣味に染まるのを防ぐためのものなので、もしこの愛好家たちが豊かな教養に基づいて用心しているのだとしたら、私にも妥当だと思えたでしょう。ところが実際にはフランス独自のジャンルと呼ばれているものを狂信的に崇拝しているだけなので、この頑《かたく》なさを私はひどく軽蔑しました。こんなことでは間違いありません。フランス音楽が一種の宗教であるような町では、私に才能があってもほぼ成功は見込めないでしょう。

実際私はテンポがあってめりはりがある音楽、装飾的な旋律や抑揚豊かで軽いパッセージがある音楽に慣れていて、既成ジャンルの美しさが全く理解できませんでした。愚かなことに私は忠実にテンポを守っていました。私の声には十分な響きがなくて、「ああ！」と歌っている最中に笑い出してしまうのです……

裁判長とクリアルデ氏にはなすすべがありませんでした。私はうんざりしてこの二人を追い払うことがありました。ついにある日猊下が突然やってきて、先生が私のことを責めたてて大声でわめかせようとしているところに出くわしたのです。「ああ、私の声は自分にとって大切なものになった[023]」という一節などを歌わせられていたのですが、私は自分の声のせいでこんなに嫌な思いをしなければならないという不幸を呪っていました。猊下はフランス音楽が嫌いで、特に衒学者《げんがくしゃ》のことが大嫌いなので、クリアルデ氏を解雇して裁判長を叱りつけ、こんなに野蛮な町でもなければフェリシアの歌はどこでも受けるんだ、この町は無知と悪趣味が栄えていてたいそうご立派なことだと言い、フェリシアがこんなところでデビューするのは耐えられない、そんなことなら違約金を払って自腹を切ってフェリシアの代わりにオペラ座の合唱隊のベテラン歌手でも連れてきた方がましだと捨て台詞を吐きました。

第十七章　あまり面白くないけど必要な章

こういうわけで私はフランス音楽を死んでも憎み続けようと誓いましたが、幸運な出来事のおかげですぐに仕返しができました。私はこの音楽に追い払われたも同然でしたが、それからすぐにこの音楽がこっぴどい失敗を被ったのです。しかもそれはこの町での出来事でした。この町はそのときまでフランス音楽の難攻不落の要塞だと考えられていたのです。

その喜劇は出来が悪かったのであまり流行りませんでした。そこに素晴らしいイタリア人のブッフォンの一座[024]がやってきたのです。英国から戻ってきて国に帰ったもののお金が足りなくなったところでしたが、見識ある劇場長が思い切って雇うことにしたのでした。まず人々は「おぞましい、冒瀆《ぼうとく》だ！」と叫びました。それでも聴いてみようと思った人の中には好奇心から聴きたいと思った人もいましたが、ほとんどの人はこの音楽がきっとひどいものだろうと思い、猛烈な批判でつぶしてしまおうというつもりだったのです。しかし美は必ず陰謀に勝つもので、観客の多くが最初からこの新しい生き生きとした音楽に惹きつけられてしまいました。この音楽をやじろうとしていた反対派は多くのメンバーを失ってしまったのです。人々が驚いたのは、言葉がわからないのにそれが全くマイナスにならなかったということです。まるで絵のような音楽で、歌は魅惑し、明確にして柔軟な演奏が耳を虜にし、終わるのがもったいないくらいでした。クリアルデ先生の合奏は全くうまくなく、美しいフーガは半分失敗でした。私は嘘をつきたくないのでこう言わなければならないでしょう。軽やかな音楽のスケッチのようなイタリア人の演目と、絵の具を塗り重ねた重厚な絵画のようなフランス人の巨匠の音楽を比べてみて、あえて前者の方が好きだと考えるような分別がある人も何人かいたというのが実情です。裁判長は悲しみ、大変に骨を折って人々の分裂を避けようとしたので、病気になってしまいました。エレオノール嬢はこの町の人から見ても世界一の歌手ではなくなってしまい、こんなに不当なことがあるから自分はひどく退屈してしまうのだと考えました。

新しい一座のオーケストラは素晴らしいものでした。騎士はこのオーケストラを使った合奏団を組織しましたが、これはクリアルデ氏の合奏団がもし脱落者を全員連れ戻したとしても形なしであるようなものでした。それでも付き合う人は選ばなければならず、群れをなした馬鹿者どもとは仲間にならないようにしました。何となく寄ってくる者もいましたが、腹に一物持ってやってくる者もいました。私たちが受け入れたのはごく少数の良識をもった愛好家だけでした。知識があり、旅行をしたために洗練された趣味をもっている人で、同郷の滑稽な人々とは全然似ていない人だけです。確かにこういった紳士は、いくらか育ちがいい人々に中傷され、馬鹿にされ、憎まれるもので、あまり数が多くありません。でもこういう人は幸運なことに自己満足しているもので、中傷者が遠吠えしても無駄なことで、こういう人は全くその中傷を相手にせず、それどころかその中傷を楽しみの種にすらするものなのです。

おじと甥はこういった手合の人に大変に評価されていました。こういう人たちが一致して私の才能を称えたので、クリアルデと裁判長が偏見に満ちた判断をしたけれど、そのせいで生まれた悪評はまもなく償われました。私はどこにでも招かれました。軽蔑したように「この女どもは誰なんだ。どうしてこんな女と会うのかね」と言う人もいるけれど、シルヴィーナと私は何かお楽しみがあると必ず同席していました。

私たち二人は女に嫌われていました。同様に騎士を嫌う男もいて、ランベールを嫌う男もいましたが、猊下は信心深い人全員に嫌われていました。それでもこの聖職者の評判は無傷でした。自分の身分に必要とされる作法は逐一細かく守り、ちゃんと役職を執行し、重厚で、きちんと宗教的な姿を見せていたのです。一言で言って、この地位にある人は公衆の面前で体裁を保つべきですが、猊下は決してそれをおろそかにしませんでした。一般人は猊下のことを聖人だと思っていましたが、信心家ぶる人々は猊下に言うことを聞かせることも非難することもできなくてはらわたが煮え返る思いをしていました。猊下ほど仮面で本性を隠すのが得意な人はいません。本当の友人の前でだけ仮面を外しました。そのとき姿を現す猊下はいつも私たちと同じ世俗の人間であり、愛すべき人物で、実際にみんなに愛されていたのです。

第十八章　陰謀、特別な意味をもつ会話

シルヴィーナも騎士も私も長い間浮気という甘い喜びなしで済ますような人間ではありません。シルヴィーナは誘惑されると抵抗できませんでした。猊下には時間がなくてシルヴィーナにしっかりした快感を与えてあげられませんでしたが、それがシルヴィーナには絶対に必要でした。デーグルモンは見境なく女を口説くことができました。そこそこの女を見かけるとそこそこその気になってしまうのです。私は騎士の品行を詮索しませんでした。私に対してだいたい同じ態度を取り続けている限り問題ないでしょう。私はといえば、味気ない口説きや目配せにうんざりし、実益につながる申し出にかちんと来ることもありました[025]。騎士が私にご執心なのは周知の事実だったので、お金を使わなくても私のことをものにできると考えられなかったのでしょう。それでもこの手合いの粗野な男の見通しは当てずっぽうで全く見当違いでした。私はデーグルモンのことが大好きでしたが、名状しがたい本能のせいで、なぜかすぐにデーグルモンの後釜がつくりたくなりました。自分の節操がないのをいいことに、自分では大変気配りをして行動しているつもりだったのです。こうすると恋人の方も目の前の幸運を利用できるのですから。

　騎士はシニョーラ・カミーユ・フィオレッリとほぼ意気投合しているようでした。この人は見事な歌の才能と素晴らしい女優の才能の他に多くの才能を兼ね備えていました。妹のアルジャンティーヌはたぶん姉ほどの才能はないけ

れど、ずっと気を惹く存在で、自分の方が好まれるようになろうと精一杯の努力をしていました。私の方は、この二人の弟の若きジェロニモ・フィオレッリに強い興味をもち始めていました。この人は顔つきも才能も姉妹と比肩する存在でした。

いったいシルヴィーナと私は永遠にライバルでいなければならないのでしょうか。私と同様に目利きのシルヴィーナは、ジェロニモの美点に私と同じく惹きつけられていました。思ってもみないうちにシルヴィーナは先回りしていて、もう若き美青年は網にかかっていたのです。ある日耐えがたい証拠を目にしました。出かけるときに忘れものをしたので戻ってみると……恋する者には辛いものを見たのです……この辛い事実を発見して、どういう事態なのかが理解できました。嫉妬に心を毒されて、それからの毎日が台無しになりました。私は悲しく、ぼんやりするようになりました。友人や猊下に不機嫌な顔を見せ、騎士にもそうしそうになることがありました。みんなが幸せそうでいらしました。ランベールやデュプレ夫人まで楽しそうなのです。

どうやったらシルヴィーナから可愛いフィオレッリを奪えるのかと昼も夜も考えていました。ジェロニモはいつも私たちの家にいましたが、いわば勾留されているようなものでした。まもなくわかったことなのですが、夜には帰るふりをして、戻ってきてあの幸運なライバルとベッドを共にしていたのです。私のところにハンサムな騎士がいるのはそれほどいつものことではありませんでした。この人は浮気をごまかすためにいくらでも嘘を思いつくのです。夕食に招かれたとか、夜遅くまでゲームをしていたとか。自分の健康やフェリシアの健康を考えて、フェリシアのところに来られなかったとか。愛の言葉も物憂いものでした。どう見ても騎士は疲れ切っていましたが、それよりもさらに辛かったのは、たぶん騎士は私に対して力をセーブしていて、他のところで力を発揮しているということでした。テレーズは私のことが好きで、知性と想像力をもっていました。恋愛問題はすべて真剣な問題だと思っていて、いつでも関わり合いになろうとしていました。テレーズが相手なら大丈夫だと思って、悩みとその原因を告白しましたが、私は間違っていませんでした。私は助けを必要としていましたが、事実この優しい娘にちゃんと助けてもらったのです。

「あのハンサムなフィオレッリさんは」テレーズは言った「つれない男ではありませんよ、私が保証します。おば様はしっかり首根っこを捕まえていないので、そのうちあの男はお嬢様のものになりますよ。お嬢様を見ると一肌脱がずにはいられません。一つ残さず秘密をお教えするしかありませんね。つまりあのハンサムなイタリア人は全然奥様に恋をしていないのです」(再び血が巡り始め、心が晴れやかになりました。テレーズは私の命を取り戻してくれたのです) テレーズは続けました「どういうわけか、こんなところで内気になってもしょうがないのに、お嬢様が恋している若者はそのせいで心に抱えていることが告白できないでいるのです。きっとお嬢様の興味を惹きたいと強く思うので、それだけ興味を惹くのが難しいことに見えてしまうのでしょう。ともかくジェロニモ様はお嬢様に恋しています。本人がそう言いました。自分では告白しかねて、お嬢様にそう気づかせるように私は何度もお願いされていたのです……」

とりもってくれようとしなかったことで私はテレーズを叱りました。そうしてくれればお返しに大変感謝したものを。でもテレーズは正直にこう白状しました。自分でもジェロニモが好みだと思っていて、自分だってきれいなのだからこの男の興味を少しは惹けると思い、これまでは自分のために行動していたのです。控えめなイタリア人に、フェリシアは騎士に夢中なので横取りするのは無理だと信じさせようとしていたのでした。

「ではテレーズお嬢様はきっとできるだけのことをして、自分に恋を告白した方がずっといいとフィオレッリさんにわからせようとしたんでしょうね」

「まあ、お嬢さま、それは無理です」

「何ですって。いいえ、それは無理というのはどういうこと」

「カファルドとは確かに違うんです。カファルドならもっと扱いは簡単でしょう。でも……」

「でも？　最後までおっしゃい」

「お嬢様にはいつか全部お知らせします……でも安心してください。私は身を引きます……でも私はどういう目に遭うのかしら……いいえ、ありえません……あの男はお嬢様のものです。お嬢様とあの男と私自身のためにそうしなければなりません……」

それからテレーズは涙で目を一杯にして逃げ出したので、残された私はびっくりしてしまいましたが、それでもこんな特別な意味をもつ会話ができたことにとても満足していました。

第十九章　テレーズの素早い交渉〜会見

身代金が数え終わって鎖を外してもらった捕囚の喜び。難破しそうだったのに突然風が凪いで波がなくなったときの水夫の喜び。大きな意味をもつテレーズの約束を聞いて私が感じた喜びにかろうじて近いと言えるのはこういった喜びかもしれません。私はまだ甘い夢の中に沈んでいました。期待に胸を躍らせて楽しくあれやこれやと考えているうちに、私の熱い思いの相手がやってきたと使用人が告げました。

シルヴィーナは家にいませんでした。数日前から気分が悪いと言っていた私は、それを口実にしてシルヴィーナと一緒に出かけなかったのです。この機会を利用してテレーズに嫉妬と不幸な恋の話をしたのでした。テレーズは可愛いジェロニモを連れてきました。最初のうちはもじもじ内気にしていて部屋に来ようとしなかったけれど、私が喜んで会うと聞いて、急いでこのチャンスをつかんだのです。シルヴィーナがいつも厳しく見張っているので、こんなチャンスはまた訪れないかもしれないのでした。

私はものすごくどきどきしていました。イタリア人の困惑はおかしいくらいに可愛らしいもので、これが可愛い顔に不器用な雰囲気を与えていました。こんな気兼ねはこの場に似合わないけれど、それでも気兼ねさせている側の人間にとっては面白いものでした。このように相手が気兼ねするのは自己愛をくすぐる貴重な時間です。愛している相手の心がその目にくまなく表れていて、その目は感嘆に堪えられないほどに輝いているのです。新しい恋人は立っているのも難しいような状態でした。けつまずき、何とかして座り、何も話さないでいました……もし如才ないテレーズがすぐに話を切りださなかったら、この馬鹿げた気まずさはずっと終わらなかったでしょう。

「これは賢明な行いではないとしても、お二人にとっては願ってもないことです」(テレーズはうまいことを言いました)「お二人は思い切って恋をし、私は思い切ってお二人のために口を利きました。お二人ともこんなに向こう見ずなことをしたといって後悔することはないでしょう。ここはお二人だけにして、私は見張りに立ちます」

こう言ってテレーズは飛んで行きました。こういう状況でもなかったら、もうちょっと気取ってみせた方がいいと思ったかもしれません。でも足元にジェロニモがひざまずくと、私はもう理性を失ってしまいました。普通であれば、他の人に言われて自分が考えていたのよりも早く話が運ぶようなときには、女性には自分の身を守るような理性があるものでしょう。テレーズの無遠慮さに閉口し、恋人の示す情熱に心を動かされ、自分の中で勝手に炎が燃え上がってしまい、私は完全になすすべを失ってしまいました。このジェロニモほど欲情をそそるものは見たことがありません。ジェロニモは懇願する恋人という面白い立場にいました。激しく熱い愛の言葉を訴えかけてくるその姿に私はもう我慢ができませんでした。心地よい声とイタリア訛《なま》りのおかげでその訴えはさらに心に触れるものになっていたのです。目に愛が輝き、可愛い顔を赤く染めていました。もう官能がどうしようもなくなっていることが私にも伝わってきました。今度は私の方が何も言えず動けなくなってしまいました。私は手と胸をジェロニモの口づけに任せていました。快楽は心の中でだけ感じていました。外に現れているとしても、それは顔が赤くなって胸が激しく打ってい

ることだけでした。もしここでジェロニモが思い切ってしてきたとしたら……

　最初はこんなに激しく興奮しましたが、その後は少し興奮が収まりました。フィオレッリが言うには、私のことを初めて見たときから、激しい愛が燃え上がってしまったのだということでした。

「悲しみで死にそうでした」ジェロニモは付け加えて言いました「あなたが愛している人はまさにあなたにふさわしい人だとわかったからです」

「確かにデーグルモン氏の生まれや多くの美点を前にしたら僕は何者でもありません。でも女神のようなフェリシアさん、それでもある点において僕はこの素晴らしいライバルに勝っていると主張することをお許しください。あなたを崇拝する者の中でいちばん優しい男、激しく愛する男の名前にふさわしいのは僕だけなのです。あなたのことを知る前に軽い恋心を抱いたことがありますが、激しく愛したのはあなたが最初です。僕の愛がどんなに激しいか想像できますか……僕は心の中でたくさんの誓いをし、多くの計画を立てました……でも特に、思いを口に出さずに自分の気持ちを犠牲にするのは大変な責め苦でした。あなたをこの家でときどきお見かけするという幸せのために、心を奪われている女性ではない別の女性が好意を抱いてくれているのに、複雑な感情のためにこの好意すら醜悪なものに感じられるので、この感情を押しつぶしていたのです。何度も自分の運命を呪いました。この運命は無理やり僕がある女性に仕えるように命じたのですが、この女性こそがまさにあなたと私の間のいちばんの大敵である障害だったのです。あなたに告白してもいいのでしょうか。僕の心は既に暗い絶望にとらわれ、命を断つことを考えていました。アルジャンティーヌとは親族間では珍しいような友情で結ばれているのですが、アルジャンティーヌだけは僕がどれだけひどい状態かを知っていて、哀れに思ってくれていました。もって生まれた魅力と頭を使って、この幸運な男をあなたの愛から遠ざけると約束してくれました。この男のせいで僕は愛を告白できないのですから。でも嫉妬深いカミーユは、自分だけが男性に好かれる存在でありたいと思い、あなたの騎士の名前をもうリストに書き込んでいたのです。カミーユが貪欲に誘惑の虜にしようと考えているこの町の男のリストがあるのです。この心なき女がすべての女性にうらやまれる男を自分の魅力で虜にしていると自慢する一方で、優しすぎるアルジャンティーヌは心から愛していて、騎士に思いを募らせているのです。こういうわけで僕は、愛しても希望がないというどうしようもない倦怠を感じると同時に、大切なアルジャンティーヌが僕の役に立ちたいと思ったばかりに不幸になってしまったことに苦しんでいるのです……」

この話を私はえも言われぬ喜びをもって聞いていました。ジェロニモは話を続けようとしましたが、このときテレーズが走ってきて、シルヴィーナが帰ってきた、それに続いて宿主とその恋人のランベールも帰ってきたと知らせてくれました。私たちはクラブサンを弾くことにして、二人で歌い出しました。テレーズは座って近くで作業をし、ずっと私たちと一緒にいたように見せていました。私のライバルは勘がいい人ですが、それでも自分の愛に大きな損害を与えるようなことがついさっきここであったと見抜くのは難しかったでしょう。

第二十章　これから面白いことになりそうな章

猊下は気配りがある人で、友人を助ける機会があると決してそれを逃しません。私が物憂げな様子だったので、猊下は大変心配しました。これまで猊下が知っていた私としばらく前からの私の様子がかなり違うので、私がふさぎの虫に取り憑《つ》かれているのか、何か大病の前兆なのではないかと思ったのです。そこで気晴らしを提供しようと思って、この日楽しいサプライズを用意してくれて、一晩中過ごせるような娯楽を準備してくれました。デーグルモンはパリから素敵な最新音楽の楽譜を受け取っていましたが、これは内輪でのお楽しみ向けの音楽でした。この音楽を私に聴かせてくれることになったのです。騎士と、騎士が知り合いになった才能ある二人の若い士官と、ビオラ・ダ・ガンバを上手に弾くジェロニモがいれば、演奏には十分でした。曲の合間にアルジャンティーヌとカミーユがアリエッタを歌うことになりました。このちょっとした演奏会の後は夕食です。たくさん笑って飲むという計画でした。

　私はこの計画のことをまだ何も知りませんでしたが、会席者が次々にやってきました。最初の方に猊下がやってきて、フィオレッリ姉妹はシニョーラを一人連れてきました。かなり愛らしいきれいな女性で、男女同数にするために必要だったのです。集まる予定になっているのは、三人のイタリア人女性、シルヴィーナ、私たちの宿主、私、猊下、その甥、ふたりの士官、ランベール、可愛いジェロニモでした。

音楽は素敵なものでした。合奏者は我勝ちに目立とうとしました。才能ある作者の作品を演奏している上に、女性が目の前にいるからでした。フィオレッリ姉妹はそれぞれ自分こそが勝っていることを示そうとして、栄光を競い合いました。カミーユは技術的には優れているけど、妹の自然な情感と心に染み入る声に勝つのは難しそうでした。私もこの二人の歌に感じ入り、正直に内心で私はまだまだこの二人の歌姫にはかなわないなと考えていました。二人とも自分の性格と好みに従って曲を選んでいて、カミーユが歌う歌は誇り高く高らかなものでした。伸びのある声を十二分に活用し、練習を重ねた喉を引き立てるような歌曲でした。喉を通る声はくっきりとしていて、比類ないほどに正確であり、強弱の交替は適切で、かわるがわる適所に現れる強弱、完璧な声のビブラートを耳にして私たちは感服せずにはいられませんでした。アルジャンティーヌは単純な歌を弱々しく悲しげに歌いましたが、効果は抜群でした。恋する心が思いの相手を目指して情熱的に羽ばたく姿や、秘めた嫉妬にむしばまれた心が哀れな痛みを感じる様子を魅惑的に描きました。この類稀な歌手が自ら熱意に燃えて歌っているのにそれが伝わらなかった人、技巧を弄するカミーユの力業の方を好む心なき人に不幸あれ。

音楽のおかげで私たちはとても上機嫌になりました。みんなの顔に欲望と官能の兆しが見えました。夕食も素敵なものになるはずでしたが、このときフィオレッリ父さんが嫉妬した男と一緒にやってきました。これは姉妹が連れてきたシニョーラの夫で、この二人は許可なくこのパーティーに参加した身内の人間をいきなり探しにやってきたのでした。この不意の出来事のせいで私たちは気をくじかれました。そこでみんなで相談しました。狠トは女性たちを連れて帰られるよりはこの厄介者らを引き留めた方がいいという意見でした。この決定は面白くないものだったけれども、それでも多くが賛成しました。デュプレ夫人は大人数の人々が集まるのが好きではなくて、最初からこの座に参加するのはただ親切心からだけだったので、食事の時間に姿を消しました。そのためにますますパーティーの調子がおかしくなり、次の日の早朝に大理石を買いに出かけなければならないランベールも十二時には部屋に帰ると言いました。このようなさまざまな理由があって大変途方もないことが起きたのですが、それについては別に章を設けてお話しした方がいいでしょう。

第二十一章　乱痴気騒ぎ

猊下がお楽しみに加わった時点で間違いないと思われましたが、そこには五感を刺激して満足させるものがすべてありました。用意万端だったのです。あっという間に準備ができました。猊下のパーティーの才能は特に即興的に人を喜ばせて驚かせるということでした。ごちそうはおいしく、とても珍しいワインがたっぷりあり、同席者の喉の渇きも好奇心も満たしていました。四季の花々と果物が、共に食卓に供されて私たちを喜ばせ、その取り合わせは驚くべきものでした。

厄介なことに二人のイタリア男がいるので全く思うままにはできませんでしたが、それが食道楽にとっては好都合で、出るもの出るものおいしくいただき、それと同じだけたくさん飲みました。フィオレッリ父さんは教育がなくごうつくばりで、がつがつ食べてワインの匂いの嗅ぎ方にも品がありませんでした。その友人は年下でとても感じがよく、食事時間の最初のうちはいい人でしたが、酒を何杯も胃に流し込むにつれて羽目を外すようになり、まもなく同席者は面白く思うよりも心配になってきました。ランベールはたっぷり飲んでいました。アルジャンティーヌ以外のイタリア女は、女としてはかなりうまく立ち回っていました。シルヴィーナは他のイタリア人に勝っていることが自慢のようでした。騎士とその二人の友人は大酒を飲んで、まるでポルシュロンの酒場〔パリの北西にあった村で、日曜日に客が押し寄せる酒場が有名だった〕のスイス人のように歌い叫び、下品な話をし、ときには大声を出し、隣の女たちをからかっていました。特にシニョーラが居心地の悪い思いをしていましたが、それはうるさい夫がそこにいるからでした。猊下とジェロニモと私は三人ともとても困惑していて、飲みすぎないようにしていました。それでもワインとリキュールを飲んで、私たちもほろ酔い加減になりましたが、行き過ぎることはありませんでした。騎士も同じくほろ酔い加減にとどめておきましたが、シルヴィーナはぐでんぐでんに見えたかもしれません。決まった時間になるとランベールを肩で支えて部屋まで連れて行きました。フィオレッリ父さんとブッフォンは行き着くところまで行ってしまいました。イタリア女は夫が自分の品行を見張れない状態になったのをいいことに、うつつを抜かしてしまいました。とてもだらしない姿になり、晩餐《ばんさん》後の馬鹿騒ぎの口火を切ったのです。

　実は食卓を離れないうちからもう手があちこちを駆け巡っていて、口と乳房が何度も愛欲でぶつかり合っていました。食卓を離れようとしない二人のイタリア人は放っておきました。この二人は生きているのか死んでいるのかわからないような状態でしたが、酒をくれと言ったり、この家にワインが一滴でも残っている限りはここから動かないぞと言ったりするので、まだ生きていることがわかりました。シニョーラ・カミーユは酔っ払った父親の世話をし、万が一のときの看護のために召使を待たせていました。残りの会席者はみんな、今しがた姿を消した騎士以外は食堂からサロンへ行きましたが、両開きの扉が開いたままでした……

なんと羞恥心は弱いものなのでしょうか。愛の女神ヴィーナスと酒の神バッカスに同時に闘いを挑まれると、羞恥心は木っ端微塵《みじん》なのです。羞恥心にはこの二人の神にどんなことをしても抵抗できないのでしょうか。それとも、この二人の神の力が強いことは知られているので、負けてもしょうがないと思われていることがむしろ喜ばしいことなのでしょうか。

今考えても改めて驚いてしまいます。私たちがサロンに足を踏み入れるとすぐに、士官の一人がシルヴィーナの淫らな目に挑まれて完全に自制心を失い、長椅子の方にシルヴィーナを連れて行くと秘め所をがんがん掘り始めました。シルヴィーナはただ笑っていました。まもなくこの暴漢は出だしが幸先《さいさき》よかったので大胆になって我を忘れてしまい、そこにいるみんなに対する最低限の礼儀すら忘れてしまいました。錯乱して熱狂した相手の女はのめり込んでじっくり快感を共有していました。既婚のイタリア女はそのすぐ隣でシルヴィーナの例に倣い、同輩と負けず劣らず破廉恥なもう一人の士官の腕に抱かれていました。この猥褻《わいせつ》な集団を見ないように、アルジャンティーヌは走って行ってカーテンの陰に隠れました。猊下は礼節と愛欲によってアルジャンティーヌについて行きました。このようにみんなそれぞれのことに熱心で、サロンの真ん中で啞然としている私と私の新しい恋人のことをすっかり忘れていました。目を輝かせて合図し、二人は逃げ出しました。私の手は震えて、ハンサムなフィオレッリの手の中に落ちました。二人は私の部屋に飛んで行って扉を閉めました。他のみんなは正気を失って乱暴にことを行っていましたが、私たちはちゃんと考えて心ゆくまでした後でないとみんなのところにはどうしても戻らないと心に決めていました。

第二十二章　これまでと別種の快楽

うまく調子が合わなくて二人でずっと求め続けていたけれど手にできなかった幸福がついに訪れる瞬間があります。このような瞬間を経験したことがある細やかな心の持ち主の読者だけが、どれだけ素晴らしいものかがわかるでしょうが、あまたの好色漢にはよくわからないでしょう。あなた方は快感を味わうことが大切だと思っていて、愛と喜びが決して快感に勝ることがなく、どうしてもしたくなって困ったときは迷わずお金を払って欲望を満たすような輩なのですから。

ジェロニモはとても魅力的でした。欲望の炎で目を輝かせ、幸福の期待で輝いた顔はいつにも増して美しくなっていたのです。足元にひざまずくジェロニモの姿は優美でした。私の膝を抱いて震える胸を押しつけて、二人の思いを果たすことをためらっているようでした。それでもどきどきしている私が自分で扉を閉めたのだから、もう何も拒むつもりがないのだとわかっていたはずです。ジェロニモの手はまだ私の秘め所を敬遠しているのか、そうでなければこの秘め所で燃え盛っている炎を恐れているかのようでした。ジェロニモの口が私の口をふさいだままにしました。それはまるで幸せになってもいいという許可を私に取り消されるのを恐れているかのようでした。二人は幸福を目指していましたが、的に向かって飛ぶ矢のように急いでいたわけではありませんでした。ゆっくりゆっくり二人は昇っていきました。導火線は少しずつ燃えていたのです。えも言われぬ快感に溺れて、内側で燃えている炎が爆発するのを先送りにしていました。ついに二人の魂が溶け合った瞬間は稲妻のようでした。快感の雷が二人を打ちのめしました……

その一瞬後には、二人で掘り当てた泉のおいしい水の味をさらに深く味わいました。このとき二人は抱き合いながら絶頂に達し、互いにささやく愛の言葉に酔いしれ、二人の心は二度目の合体の準備をしていました。これと同時に二人は再び全身の力を失いました。二人の心の傷はもう癒されていました。完全に満足した二人は幸せに酔いしれて、永遠に愛し合おうと誓いました……

私の新しい恋人は愛によって宝物を手にしましたが、間を置くことなくその宝物をもう一度自分のものにしました。陽光に目がくらんだまま突然暗いところに行くと、すぐには何も区別できません。それと同じことで、眩惑《げんわく》から立ち直ったフィオレッリは私の全身を見てびっくりしました。正直に告白して言うことには、一度目の絶頂で意識が飛んでしまって、自分の目の前に二人といないような完璧な美しい身体の美女がいたとは思ってもみなかったということでした。

見とれているうちにジェロニモの激しい欲望がもう一度よみがえりました。気持ちよい前触れによって私の欲望も激しく駆り立ててきました。熱くめらめら燃え上がって二人は合体しました……どんなに燃え上がったかはとても言葉にできません……二人はお互いの腕の中でさらに二回息絶えました……こんなに素晴らしい愛の戯れは精魂が尽きるまで繰り返したいところでしたが、このとき誰かが扉を何度も繰り返して叩いたので、これ以上の幸せを諦めなければならなくなりました。途中でやめて……返事をして……扉を開けなければならなかったのです……

第二十三章　ノックしたのは誰だったか、目に見えたお見事なもの

テレーズがそこにいて、とても怯えていました。入ってくるなりこう言いました。

「お嬢さん、もうおしまいです。誰でもいいから、少しでも理性と良識を取り戻してくれなければなりません。危険な状況なんです。何とかしないと大変にひどいことになります。何時間か前から家の前に人が集まっていて、いったいどうなっているのか教えてくれ、教えてくれないと扉を押し破るぞと言っています。確かにこの家では上へ下へとひどい騒ぎ声がしています。デュプレ夫人の部屋から叫び声が聞こえました。興奮したデーグルチンさんが部屋に忍び込んだのです。何をしているのかはわかりません。みんな窓の格子に張りついています。かわいそうに奥様は乱暴

されたと言う者もいます。それを嘲笑い、逆に夫人は楽しい時間を過ごしたと考える者もいます。上の階でも同じ騒ぎです。あのフィオレッリの豚野郎は（息子さんには申しわけありませんが）、娘の一人に何か変なことをしようとしたら断られたようで、ごろつきのように怒鳴っています……その近くでは、笑い、泣き、叫び、いびきをかくのが聞こえます……いったいどうなっているのかわかりません。でもとても困っているんです。使用人は何も引き受けようとせず、家の主人は姿を現しません。ランベールさんを起こすこともできません。騎士がランベールさんのいい人を相手に馬鹿なことをしているからです。これで喧嘩になったりしたらひどいことになるでしょう。だからお嬢様、お願いですから戻ってきてください。サロンに来てください。外で起きていることにもう少し注意するように殿方たちに言ってください。猊下と話して、もし家を取り囲んでいる大勢の人々が思い切って乱暴に中に入ってきたときに猊下の姿が見えなかったらどういうことになるか考えるように言ってください」

この報告を聞いてとても心配になりました。ジェロニモが軍神マルスに似ているのは愛の女神ヴィーナスに抱かれているときだけで、真っ青になって縮こまっていました。私の方が勇敢で、身を守る手立てを準備することにしました。サロンに戻ってみると、猊下が汗をだらだら垂らしながら、アルジャンティーヌを相手に力ずくで闘っていましたが、アルジャンティーヌも同じように力ずくで身を守り、同じように熱くなって、髪を振り乱さんばかりでした。床に金貨が散らばっていて、この聖職者が友情でも力でもどうにもならないなら金で買おうと考えたことがわかりました。私がやってきたおかげで心優しいアルジャンティーヌは解放され、すぐに私の腕の中に飛び込んできました。長椅子には淫らなシルヴィーナに代わって、淫らさでは負けないシニョーラが寝ていました。この二人の婦人は士官を交換していて、シルヴィーナは新しい男と一緒に自分の寝室に下がっていました。

イタリア女は片足を地面に、もう片方の足を椅子に乗せて寝ていました。この女に親切にしてあげた男は、床に裸のお尻を置き、スカートを頭にかぶり、夫人の太腿を枕にして、これもまた寝ていました。扉が開いていて、お楽しみが終わったままの姿でいびきをかいているもう一組のカップルが見えていました。その向こうには、フィオレッリ父さんがいて、あのソドムの人ロト[026]を思わせるようなことをしていました。ロトはおそらく稀なる美徳をもっていたので、そのために神様の特別なはからいによって祖国の災厄を逃れたのです。フィオレッリ父さんは哀れなカミーユを虐待して、外に出した疲れ切った一物にむりやり奉仕させて復活を期待していました。先程たとえに出した古代の族長の真似を極めようとしていたわけです。ブッフォンも盛りがついていましたが、フィオレッリ以上にお見事で礼儀正しく、従僕の足元に慎ましくひざまずいていましたが、平手打ちされても怒りもしませんでした。熱い告白をした上に、実際にはしたないことをしようとしたのでぴんたされたのです。

第二十四章　お楽しみ会の終わりはどんな風だったか

若い人たちを生き返らせるのは大変でした。なんとか女たちのそばから引き離しましたが、女たちの方では全く気づきませんでした。騎士は棍棒《こんぼう》をもっていて、もう扉を開けてぼかぼか殴りかかっていました。二人の友人がちょうどそこに現れて、人の輪を壊しました。人々はものすごい悪意をもって騎士を取り囲み始めていたのです。強い助っ人が出てきたので家を取り囲んでいた人々は怖くなって逃げ出しました。身軽に逃げた人はあまり殴られませんでした。

年老いた裁判長は巨大な奥様の重みのせいで動きが遅く、逃げ遅れて私たちの人質になった人の中にこの夫婦がいました。この夫婦がいることがわかったので大切に扱うことにして、きちんと敬意を払ってわざわざ家の中に入れてやりました。裁判長夫人はこのときもう身の安全が確保できていたのに、ここで気絶してもおかしくないと考えたようで、大変優雅に気を失いました。裁判長は娘のエレオノールについてとても心配していました。娘を乗せるはずの馬車の馭者《ぎょしゃ》が殴られていたからです。それでも私たちは扉を閉めました。士官の一人が門の前に立って見張りを始めると、もう誰も近づこうとしませんでした。重い裁判長夫人はそろそろいいかと思って意識を取り戻しました。話し合って事情を聞きました。私たちはデュプレ夫人の部屋にいました。そこにいたのは裁判長、その妻、騎士、士官が一人、テレーズと私でした。上階にいる残りの仲間の中には、震え上がっている者、眠っている者、げえげえ吐いている者がいました。まもなく二人の姉妹が私たちと合流しました。最後にその弟が生きた心地もない面持ちで下りてきました。裁判長がいるので猊下だけは姿を現しませんでしたが、これは賢い判断でした。

捕虜が言うには、ここでパーティーがあるという話を聞いて夕食の後で音楽が聴けるだろうと考えたのだが、同じくそのように考えた愛好者も多かったのだそうです。それで寒さが厳しい季節だけれど外に集合しました。それなのにコンサートどころか恐ろしい騒ぎしか聞こえませんでした。そこでいかにも協調性に富んだ田舎者らしくみんな大声でがなりたて、それぞれに勝手な仮定をして自分の意見を言ったのです。全く気を悪くしているわけではないが、正直に言ってこんなことが大きな裁判沙汰にならないわけがないと裁判長は言いました。でも私たちの側の若者たちはそれを馬鹿にして、町民は五体満足で喧嘩から逃げられただけでも幸せだと思えと言いました。扉を押し破るぞと脅していたのだから、実際野次馬の方に落ち度がありました。

そういうわけでさっきは手当たり次第にぽかぽか殴ったけれど、どういうことになるだろうと怖気づく人は誰もいませんでした。私たちの側では剣を使いませんでしたが、向こう側では逃げるときに勇敢にも剣を使って闘った人がいました。

路上に誰も見えなくなって、裁判長夫妻が士官の一人に付き添われて帰るとすぐに、警察を中に入れました。下品なイタリア人たちは召使いが連れて行って、家まで送って行きました。シニョーラは破廉恥にも嫉妬深い夫を裏切って他の男と寝ましたが、冷静に戻ると恥じ入ってしまい、しゅんとしてどうかこれは秘密にしてほしいと言うので、私たちは口外しないと約束しました。猊下は甥に付き添われてこっそり司教館に帰ることにし、青いマントと縁つき帽をかぶって歩いて行きました。ジェロニモは姉妹を送っていきました。デュプレ夫人はどうやらとても不満なようで、部屋に閉じこもってしまいました。私はまだちょっとぼうっとしているシルヴィーナの服を脱がせてやって寝かせました。その後でテレーズが私のベッドの乱れを直しに来たので、ちょっと助かったと思ってベッドに入りました。ライバルでもある下女が言ったお世辞はちょっとからかうような感じでしたが、それでもかなり正直な褒め言葉であるように思いました。

第二十五章　やりこめられた悪人ども～善良な心はくじくべきではないが、慈善精神にも不都合なところがあるという話

警察の指揮官は良家の人間でした。殴られた人の代表が翌日指揮官を頼ってやってきましたが、この指揮官は私たちの家の若い者を呼んで自分の立ち会いのもとで説明させればいいと考えました。でも告発した側の人間の方は、仕返しをして溜飲《りゅういん》を下げるどころの話ではなく、反対にこっぴどく叱られました。告発された側が実際には家の扉が押し破られそうだったのだと説明したからです。家の人間は誰も苦情を言っていませんでしたが、少しでも理由があったら訴訟を起こしてほしいとデュプレ夫人に朝早くから頼みに来る人がいました。しかしデュプレ夫人は善良な女性で、特にこの事件については私たちと利害を共にした方が自分にとって得でした。そもそも夫人は私たちのことが好きで、私たちはこの人にダメージを与えたくないと思っていました。そこで夫人は私たちの敵の代表にちゃんと応対しませんでした。町の警察署長は馬鹿者どもの一味で、夫人の気持ちを変えさせようとしましたが無駄で、どうすることもできませんでした。これは私たちのことをうらやんで憎らしいと思った人々が起こした騒動でしたが、騒がしいわりに何の結果も生みませんでした。暇人というものは事情がはっきりした後でなければ判断できないもので、こ

の後は殴られた人たちをまた馬鹿にし始めました。

ランベールは朝早く出発して、出発のときには私たちの身に起きたことを全く聞いていませんでした。それでもランベールは事件と関わりがあったそうで、それは思った通りでした。デュプレ夫人が、昼食を終えるとまず上階に上がってきて、詳しく教えてくれました。夫人の身に降りかかったのはこんなことでした。

騎士はテーブルを離れると用が足したくなって階下に下りました。ご存知のように、騎士の頭はあまり明晰ではありませんでした。戻る途中で階段で足を踏み外して転げ落ち、手燭《しゅしょく》を落として大きな音をたてました。デュプレ夫人はちょうど床に就こうとしていて、スカートまで脱いだところでした。ものが落ちた音に驚いて、夫人は扉を開けました。それが騎士だとわかると、大切な友人なので助けに行きました。騎士は足にかすり傷を負っていました。世話好きの未亡人はとてもかわいそうに思って、絆創膏《ばんそうこう》を張り、全く不審に思うことなく危険な怪我《けが》人を部屋に入れました……

デュプレ夫人がここまで話したとき、騎士の到着を告げる声が聞こえました。美しい未亡人は赤面しました。その顔に表れたものは恥ずかしさと怒りが入り混じったものでしたが、興味のようなものも見えました。デーグルモンにはいつもの落ち着きが見られません。疲れたシルヴィーナは昨夜羽目を外したことを後悔していて、居心地悪そうに見えました。私だけがやましくありませんでした。他のみんなは私が途中で姿を消したことを知らなかったので、私は落ち着いていました。どういうことになるかと好奇心をもって待っていましたが、話を聞く喜びを乱すような思いは全くありませんでした。

みんな黙っていましたが、沈黙を破ったのは騎士でした。デュプレ夫人の美しい目から涙が溢れるのが見えたのです。ここまで涙を流すまいと頑張っていたのはみんなわかっていました。

「どうしたのですか、奥様」デーグルモンはほろりとしてデュプレ夫人の両手を握って言いました「昨夜はつらい出来事がありましたが、そのせいで悲しみに沈み、それを目にした僕は良心の呵責を感じて、心を引き裂かれなければならないのですか」

「放っておいてください、騎士様、かまわないでください。私のことを辱めておいて何ですか。あなたのせいで死ぬまで不幸に暮らさなければならないのです」

「正直言ってデュプレさん、それではあんまり敏感すぎます。そんなに大げさなことでは……」

「人にはそれぞれの考え方があるのです！　私の考え方は……」

「それはよかった。でも不幸と言い、ひどいことだと言う。目を上げて私のことを見てくださいませんか……」

「ひどい人、私にかまわないでください。あなたのことはずっと軽蔑して憎み続けますからね。あなたにはタブーというものがないのですか。女のもてなしの心も女の弱さも一顧だにしないなんて。それに私がある紳士のことを思っていることはご存知でしょう。しかもそれはあなたの友人なのですよ」

「過ちは認めます、僕はひどい男です」(悪党はひざまずいていました。この上品で魅力的な物腰はみんなよく知っています)「デュプレ夫人はとても魅力的な方ですが、僕は実にひどいことをしました。でも嘆いて何になりますか。どんなことをしても償うことができないのですから。さらに傷をひどくしようというのですか。恐ろしい結果を招きたいというのですか」

「何ですって」シルヴィーナが口を挟んでありありと興味を示しました「どうやらかなり重大なことのようですね」

(責められている男は慎ましく罪を悔いていて見事でした)

「奥様、ご勘弁をお願いします」寡婦は答えました「私がどんな辱めにあったかはお聞きにならないでください」

「あなたが話さなくてもいいようにしてあげましょう」罪深い騎士が口を挟んだ「僕はずいぶん不幸でした。昨日は理性を失ってしまったのです。こんなことは生まれて初めてのことで……」

「もう全部聞きましたよ、絆創膏のところまではね」とシルヴィーナが言いました。

騎士はついニヤリとしてしまい話を続けました。

「そうなんです、奥様は絆創膏を探していたのです。手当のことばかり考えて、見事な胸が僕に見えないように隠すのを忘れていたのです……夜のコワフのレースの陰に素敵な目が見えて、僕の心は燃えました。しかもこのコワフがまた優雅なのです。完璧な身体がシャツ一枚だけを着て、コルセットもきちんとつけていないような状態です……唯一無二の脚は剝き出しで半分見えていました……ちょっとお聞きしたいのですが、こんな魅力を見せられて、酔っ払っているのに抵抗できる男がいますかね。今は冷静になって悔いているのに、考えただけで興奮してしまいます」

デュプレ夫人はつい優しい気持ちになったけれど、世間体からこう言いました。

「騎士様、お願いだからやめてください。そんな褒め言葉に気をよくしたりはしませんよ。あなたの情欲をそそるような姿だったのは不幸でした。そのせいでひどい目に遭ったんですから」

「僕は話を続けますよ、みなさん。確かに僕は無礼でした。見とれていたものにぶしつけに手を伸ばしたのです……これがとても硬かった。真っ白ですべすべしていて、手触りがよい絹のようで、僕は我を失ってしまった……僕はなんてひどい人間なんだ……でもあのひどい酔いのせいなんです……奥様にあまり恥ずかしい思いをさせないように、手短に話を終わらせることにします。ええ、僕は乱暴でした。奥様は全く用心していませんでした。最初のうちは、確かに僕のしたことはその時点でなれなれしすぎたとはいえ、奥様はまだ少ししか怖がっていませんでした……捕まえると奥様は叫び声を上げました……僕は何とかしようとしました。奥様はさらに大声で叫びました……でも僕はもう正気ではありません。不幸なことにそこにベッドがあり、奥様がそこに倒れ込みましたが、その姿勢は僕にとって願ってもない状態でした……僕はそれを利用したのです。奥様にはもう叫ぶ力がなくて……」

「大変結構です」シルヴィーナはこの面白い告白をとても注意深く聞いていましたが、こう言いました。「みなさんはこの件についての私の意見が知りたいですか」とシルヴィーナは続けて言います。「私が意見を言ってもデュプレさんは怒りませんか」

「それはわかりません、奥様」現代のルクレチアは恥ずかしそうに言いました。

「僕はシルヴィーナさんに全部お任せします」魅力的なタルクイニウス[027]は言った。

私たちはみんなシルヴィーナが何を言うのかとてもやきもきして待っていました。もったいぶって言葉を準備しているようでした。話す前に一休みしましたが、それは演説の前置きを終えた弁論家のようでした。私もここで一息つきます。

第二十六章　前の章の続き～デュプレ夫人の告白～和解

シルヴィーナはこう話しました。

「デュプレの奥様、はっきり申し上げますが、騎士様が今話したことからすると、この方が正しいとは言えませんが、だからといって奥様自身のふるまい方に同意することもできません。結局のところ、この事件に問題があるとしたら、それは場違いなあなたの叫びだけです。何を期待していたのですか。助けですか。でも誰の助けですか。女の助けですか。女に何ができたでしょう。分別のない若い男たちの助けですか。割り込んで騎士の過ちを正すどころか、その反対に自分でも過ちを重ねようとしか思わないでしょう。ランベールに来てほしかったのですか。おふざけ程度のことのせいで愛人と恋人が殺し合うような状況になったらひどいでしょう。世間の評判については、噂になるのが怖いのならこう考えて間違いありません。そんな風に叫んだら誰かと一緒にいると思われて、たとえ何も深刻なことがなかったとしても、いたずらに危険に身をさらすことになります。静かに仲良く殿方と馬鹿なことをしても、その人は言い触らしたりしないでしょうから、その方がましなのです。あなたはランベールを愛している、大変よいことです。この心のつながりはとても立派なものかもしれません。でも何かチャンスがあるときに愛欲のままに行動する人にもそうする権利があって、どんなに恋愛感情の側から主張してもこの権利を損なうことはできません。そもそもまだ結婚していない男に対する義務は全くありません。あなたは若くて美しくお金持ちで、どう転んでもランベールさんにとって素晴らしい相手です。ランベールの財産はその長所と才能だけなのですから。あなたの行いはランベールにとってしか問題にならないことで、もしあなたがうっかりしたために昨日あなたの身に降りかかったことを知ったとしたら、ランベールには二つしか選択肢が残らず、どちらにしても困ったことになります。あなたが自分で汚れを告白しているのにあなたと結婚して自分をおとしめるか、あるいは純粋さをこじらせて、財産と幸福を保証する結婚を諦めるかのどちらかです。あなたは未亡人ですから、珍しい財産である処女性を持参金にしなくてもいいことになっていますが……確かにあなたは次の夫にこの贈りものができるとくどいくらいに言い触らしていましたが……でも……」

「デュプレさん」騎士が口を挟みました「正直に本当のことを言ってください……さあ、正直に言って」

デュプレ夫人はかわいそうに真っ赤になりました。

「まず第一に」騎士は続けました「正直に言っていちばん目利きの男でも処女性については間違うことがあります。とはいっても……奥様のお気持ちを大切にしたいのは山々ですが、これをはっきり言ったらどうしても無礼なことになってしまいます……ここだけの話ですが、素敵な女性のデュプレさんには私が言うことをどう思っていただいてもかまわないのですが、でもどことなくですね……正直に言ってきっと……」

「なるほどわかりました」シルヴィーナが口を挟んだ「それなら全く別の話です。それですっきりしました。わざわざ気をもむようなことはなかったんですね。全然問題ありません。ランベールは何にも気づかないでしょうから、今度帰ってきたら結婚すればいいんです。それまでに奥様は考えをまとめて、結婚をよしとすればいいではないですか。

『全くつまらないこと』と騎士様は言ったけれど、実際正しかったですね。騎士のことを認めてあげてください。そこには少し偏見があるのではありませんか。現実離れした感情が少しあるのではありませんか。田舎住まいで少し錆びているのではありませんか。こういったことのせいでやましさを感じるのです。きっと治りますよ。未来の夫こそがあなたに必要な人間なのです。こんな悪餓鬼にされたことはもうどうでもいいではありませんか。そのせいで何も変わらなかったのですから。騎士がちょっと道草を食ったからといって、そのせいであなたがランベールさんに対して気まずい思いをすることはありません……」

美しい未亡人はこんな風に見つめられると、大した返事が思いつきませんでした。意味がない嘘をついたことについて言いわけをしなければならないと感じていました。実際夫人は自分が処女だということにしたがっていたけれど、私たちは疑い始めていたのです。

「大変残念ですが」夫人は言いました「私が犯した大きな過ちを告白しなければなりません。それでもあなた方に嘘つきだとか淑女ぶった女だとか考えられるよりはましです。あなた方からすれば、それは罪がない弱さよりもひどい軽蔑の対象でしょうから。その通りですよ、みなさん、さっき騎士様がほのめかしたことを否定するつもりはありません。騎士様はとても目利きでいらっしゃいますから。ああ、そうなんです、昨日の私はもうあなた方がここにいらっしゃったときに私が自慢していたような人間ではなかったのです。でも……ランベールさんだったのですよ……それもいつかといえば、一昨日のことなのです……本当に運が悪いんです。ランベールさんにこんなにも早く侮辱を受け、私もランベールさんを侮辱することになるなんて。こんなことになるとは思いもよらなかったんです」

こんなセンチメンタル[028]な考えを悲しみの美女はまくしたてましたが、それがおかしくて私たちは大笑いしてしまいました。騎士は陽気で優しい男に戻りました。私たちは奥様を安心させることができたので、恨みっこなしでこの愛すべき敵の男と仲直りさせました。騎士はついつい本当の自分に戻って、私たちにそれとなく教えてくれました。確かに最初にちょっかいを出したときは叫ばれたけど、その後は全く面倒なことはなかったと。デュプレ夫人はすべて認めて、理性を失ってしまったことを謝りました。この美青年アドニスと一緒にいたら簡単に理性が吹っ飛んでしまうことを私たちは経験で知っていました。

目下の問題が話題の中心になりました。デュプレ夫人が興味を示して微笑み、無邪気な質問をするのを見ていると、この人がすぐにでも遊女になるのにぴったりの素質をもっているのがわかりました。悲しみに暮れるのも早いが慰めるのも簡単で、この悪党の騎士のことを十五分前にはあんなに憎んでいたのに、今はもう素敵な男性だと思っていたのです。この男がものにした女は、とても気持ちいいことをしたことで喜ぶしかないものなのです。

第二十七章　フィオレッツリ姉妹の嫉妬
～アルジャンティーヌと騎士はどのような不幸に直面したか

読者のみなさんは私が仔細《しさい》漏らさず語るのに慣れているので、このパーティーでフィオレッツリ姉妹がどうしてこんなにお行儀よくしていたのかをお知らせしないと、今回は正確さを欠いているぞとお叱りになるでしょう。なにしろ他の当事者はそれぞれみんな激しい愛欲に身を任せていたのですから。「この二人のお嬢さんはイタリア娘としても女優としてもずいぶんと慎み深かったのですね」とお考えではないでしょうか。

「どうしてそんなことを目の当たりにしてその気にならなかったんでしょうか。カミーユは真面目に親子の義務を守り、父親にいじめられても我慢して耐えているのですか。アルジャンティーヌはワインで頭がのぼせることがなく、優しく強い聖職者がいくら熱心に口説いても技巧を使っても冷たくあしらっているのですか。周りで次々と淫らな場面が繰り広げられているというのに、アルジャンティーヌの欲望には火がつかないのですか。これは全くありそうにないことですね」

ちょっと待ってください。

きっとみなさんは覚えているでしょう。姉は二人ともハンサムな騎士を意識しているとジェロニモが言っていましたね。食卓を離れて騎士が姿を消したとき、このライバル同士の二人の姉妹は騎士がそのうち帰ってくると思っていたのでしょう。そこでカミーユはわざと控えの間という有利な場所に陣取り、こう考えました。騎士様が入ってきたら、私の姿がすぐに目に入るだろう。うるさい集団を離れて私がここにやってきたのは自分のためだと騎士様は考えるだろう。アルジャンティーヌの方も計算していました。何日か前から私の方が贔屓にされていて、もうお姉さんの時代ではない。控えの間にはお父さんがいるし嫌な臭いがしているので、きっと騎士様は立ち止まらないのではないかしら。騎士様はまっすぐサロンに来るから、私が選ばれるはずだ。このカミーユとアルジャンティーヌのどちらかがもくろみに成功することになっていたのかもしれませんが、邪魔が入って騎士が来られなかったのです。アルジャンティーヌは特にちゃんと見ていたので、サロンで押し合いへし合いが始まったとき、慎みの模範を見事に示しているアルジャンティーヌには猊下が入ってくるとすぐに見えました。ご存知の通り控えめなアルジャンティーヌはカーテンで身を包んでいました。聖職者というものは簡単に憤慨するもので、それは女歌手と変わりません。だからきっとすぐに踵を返したことでしょう。こんなところにいたら立派な聖職者にとってとても不名誉なことだからです。しかし全然そんなことはなかったのですよ……こういうわけで普段は全く手がつけられないこの二人がその日とてもおとなしくしていたのです。

アルジャンティーヌとカミーユは正反対の性格で、全然仲が良くありませんでした。ハンサムなデーグルモンをめぐってはかつてなく最悪の関係になっていました。デーグルモンは恋するアルジャンティーヌの痛みを癒やしてあげることになりました。カミーユは完全に捨てられて、ライバルが幸せを手にしたのに簡単に気づきました。騎士は恋愛関係について謎めかすような男ではなかったからです。イタリア女は私たちフランス女と違って、男に浮気されて屈辱を受けるとそれを諦めて受け入れたりはしません。私はこの外国人女たちに男を横取りされてもちょっと気を悪くしただけでしたが、カミーユはやけになって、付き合い始めたばかりの恋人たちの仲を引き裂こうと手を尽くしました。でもこれは無駄なことでした。アルジャンティーヌはとても情熱的で魅力的な女性で、姉の企みでは歯がたちませんでした。そのうちにカミーユは嫉妬にむしばまれて、憎らしいカップルに復讐することしか考えられなくなりました。

フィオレッツリ家には心も道徳ももたない年老いた女がいました。父親の昔の同棲相手で、それにふさわしい下品な放蕩を繰り返していた女性でした。欲張りなカミーユにとっては一種の付き添い女であり保護者で、カミーユのためにパーティーを準備してやっていましたが、繊細なアルジャンティーヌにとってはしつこい暴君でした。アルジャンティーヌはお楽しみについても自分の心の声だけに従っていたからです。

この怪物のような女は既に罪をいくつも犯していましたが、カミーユはこの女に恐ろしい告白をしました。恐ろしい老女はこれこそアルジャンティーヌに仕返しする願ってもない機会だと喜びました。アルジャンティーヌはジェロニモを味方につけて、日頃から老女に軽蔑の言葉を浴びせていたのです。この狂女には人間らしい優しさがかけらもありませんでした。自分が面倒を見ている大切な娘が悲しんでいるけれど、その悲しみを癒やすためには原因になっている人間が死ぬしかないと考えたのです。そこで老女が結論したのは、アルジャンティーヌと騎士をできる限り早く厄介払いするのがいちばんだということでした。これを聞いてカミーユは震え上がりましたが、恥ずべき後見人の女は実に巧みに恨みをかきたて、機会をつかまえてはカミーユに言い聞かせました。あなたたち二人はもうライバル同士だけど、アルジャンティーヌの方が贔屓にされているのよ、きっとこれはいつまでたっても変わらないかもしれないわねと言って説得するので、ついにこのティシフォネー〔蛇の髪をした復讐の女神。フリアイあるいはエリニュエスのひとり〕の言うことにカミーユは同意しました。もうすぐちゃんと残酷に復讐してやるので、きっと楽しいことになるわよと老女はカミーユに約束するのでした。

第二十八章　悔い改めたカミーユ～老女の悲壮な最期

騎士はカミーユと仲良くなってから、フィオレッリ家に気安くいつでもやってきてもよくなっていました。カミーユは老女に贔屓にされていますが、この老女が父親の手綱をきちんと握っているからです。別の女を口説くようになったこの色男をできることなら遠ざけたいと老女は思いました。でもどういう口実を使ったらいいのでしょう。騎士の生まれと身分には敬意を払わなければなりません。熱心に通っているのに邪魔されたら、お返しにひどい扱いをするような男です。最初のうちは騎士が自由に出入りできることでカミーユが嫉妬に苦しんだことは確かです。それでもこの恐ろしい計画を実行するためには、騎士が自由に出入りできることが必要になります。復讐好きの老女はずっと前から強力な毒薬をもっていて、使う機会が来るのを待っていたのです。

偶然にも翌日は早くからデーグルモンがフィオレッリ家に来ていたので、アルジャンティーヌは家族と一緒にショコラを飲みませんかとデーグルモンに言いました。アルジャンティーヌの姉と弟もそうしませんかと言うので、デーグルモンは招待を受けました。

恨みがましいカミーユがこのとき意地悪な喜びを感じているとは誰にもわかりませんでしたが、このカミーユが必要な命令を出すことになっていました。カミーユが老女を探しに行くと、この憎むべき女はすぐに仕事にとりかかりました。ショコラを四杯のカップに入れてからもっていくことに決めていました。白いカップ二杯には毒が入っていて、カミーユが一杯を騎士に、もう一杯を妹に出すことになっていました。色つきのカップ二杯には毒が入っていなくて、一杯は弟のもので、もう一杯はカミーユ自身のものでした。フィオレッリ父さんはもうずっと前から居酒屋にいました。こんな風に犯罪についての話が決まって、カミーユは一同のもとに戻りました……

ところが戻るとすぐに手足が激しく震え出し、顔が真っ青になり……気を失ってしまったのです。急いで手助けをして気つけ薬をかがせると意識を取り戻しました……

「ああ、みなさん、よかった」とカミーユは我を忘れたかのように叫びました。ショコラがまだ出ていなかったのです。「みなさん、これから出てくる恐ろしい飲みものを飲まないでください……アルジャンティーヌ、かわいそうに、あなたの命にかかわることなのよ……つれない騎士さまの命にも」(妹と魅力的な騎士に両手を同時に差し出しました)

それからカミーユは事情を話しました。あの腹心の老女にたきつけられてこんな恐ろしい計画に巻き込まれたのです。つい気が迷って同意してしまいました。この告白をしながら、カミーユは自分自身のことを何度もひどく非難しました……ここでようやく恐ろしい犯人の足音が聞こえてきました。カミーユはみんなに何も表情に出さないようにお願いしました。老女は落ち着いた顔つきで姿を現し、カップを四客載せたお盆をもっていました。ショコラがどれだけ上質のものか、自分がどんなにショコラをつくるのが得意か老女は自慢しました。それから焼き菓子を取りに行って戻ってきましたが、みんな割り当てのカップの前に座っているのを見て喜びました。飲み物をカップから受け皿に移して、それが少し冷めるのを待ってから食事を始めようとしているようでした。それでもジェロニモは全く食欲がないと言い、色つきのカップを一客お盆に戻しました。毒を入れた女は恥知らずにも、色に騙されてこのカップに入ったショコラがほしいと言い、自分から罠にかかりに行きました。老女が部屋の外に行っている間に、大急ぎできれいに取り替えていたのです。最初は色つきカップに入っていた毒なしショコラと、排除されるべき二人が飲むべきカップのショコラが入れ替わっていました。ジェロニモは卑怯者の例に漏れず残酷で、どうしてもこうやって大切なアルジャンティーヌのために仕返ししなければならないと言い張りました。騎士はこのいきさつに震え上がってしまって、意地悪な老女にそれと知らせられなかったのです。ジェロニモはショコラをもって帰った老女が食いしん坊だということを当てにしていました。前に頼んだものを自分で取りに行くと言って老女について行きましたが、本当はこの恐ろしい毒入りの飲み物を老女が他の使用人と分け合わないようにするためでした。老女がおいしそうに飲むのを見てジェロニモは満足しました。

効果は覿面《てきめん》でした。その効果はほぼすぐに生じた恐ろしい痙攣《けいれん》でわかりました。震え上がった女中が医者を呼びに走って行きましたが無駄なことでした。老女は呪いの言葉をたくさん吐き、悔い改めた罪深いカミーユを死にかけながら中傷しようとしました。この悪党は幸運なことに一言もフランス語が話せませんでした。切れ切れの告発は医者にも見ている人にも理解できませんでした。老女が自分でショコラを用意したのは明らかでした。まだ残っているショコラの混ぜ物から何か罪を犯そうとしたことがわかりましたが、この秘密は関係者の間にとどまるもので、人に知られてはなりませんでした。老女が無惨にも息を引き取ったとき、フィオレッリ父さんが帰ってきました。フィオレッリ父さんの女友だちの罪は狂気の産物と思われ、沙汰なしで終わりました。

第二十九章　猊下とその甥の支持者に喜ばれそうな章

この不吉な家を出てすぐにデーグルモンは私たちに会いに来ました。その体験談を聞いて私たちは恐怖に震え上がってしまいました。この素敵な人は浮気者だけど、私は本当に大好きなんだということに気づくのによい機会でした。そんなに危険な目に遭ったということに驚き、話しているのが本当に騎士だとなかなか信じられず、本人に触って初めて本当に騎士だとわかりました。私は涙を流したかと思うと喜びに跳ね上がったりしました。シルヴィーナも同じくらい動揺していました。宿主の女も悲しみに嘆きながらもとても正直に強い関心のしるしを見せました。デーグルモンはこちらもうれしくなるほどに喜んで、熱い友情のしるしを返しました。こんなに危険なイタリア娘たちともう付き合ってはいけないと私たちは約束させました。デーグルモンの熱い眼差《まなざ》しはとても雄弁でした。この目を見ただけで、これからデーグルモンの愛の対象は私だけになるのだとわかりました。実際私には贔屓にされるだけのいいところがありました。間違いなくあの姉妹よりも私の方がよかったのです。あの姉妹はとてもよいけれど、私はどんな春にも負けないほどに若々しいのですから。いつかはこの二人の才能に追いつくかもしれないし、この二人がもっていない才能も他にたくさんもっています。私の方が文化度の高い教育を受けていて、世のしきたりを知っているし、特に私はあの二人ほど気難しくありません。一言で言って、姉のカミーユよりも優れているように見えるアルジャンティーヌよりも私の方が優れていると自慢しても傲慢ということにはならないでしょう。それでもひと目見ただけでは、私たちの間にそれほど大きな違いがあると気づくのはたぶん簡単なことではないでしょうけれど。

おとなしくなった騎士はそこで私だけを口説くことにしました。私はもうジェロニモのことを愛していませんでした。ご記憶でしょうが、ジェロニモが弱さを見せたときが私が冷めたときでした。女は臆病者を嫌うもので、女性を誘惑するような長所が申し分ないとしても、もしそれが臆病者なら、そんな長所が半分足りない勇敢な男の方が好まれるものです。こう考えると全く当然のことですが、勇敢であると同時に愛らしいデーグルモンが権利を取り戻そうとしたら、臆病なフィオレッツリに権利が保持できるわけがありません。

それでも、二人とも今度はこういう形に収まって文句のつけようがないと思ったのに、これは少ししか続きませんでした。猊下は甥の気性が激しいのにもろさがあって、すぐに人を信じてしまうことをよく知っているので、心穏やかではありませんでした。この愛すべき馬鹿な甥っ子がまたイタリア娘たちに近づいたり、その弟が袖にされたことを恨みに思ってイタリア風の仕返しをしてきたりするのではないかと恐れていたのです。それにぼこぼこにされた町民たちが何か企んでいるという噂もありました。町中が騎士のことを恨みに思っていて、特に裁判長の家で嫌われていました。おおっぴらに本心から嘆いて見せることはしなかったものの、内心には一物を抱いていたのです。一言で言うと、猊下は自分で安心できるように、甥にすぐに父親の家に行くように言ったのです。そしてすぐにパリに連れ戻してやると約束しました。猊下自身がパリに戻って、最近ある修道院を猊下のものにして資産収入を二万リーヴル増やしてくれたことで宮廷に謝辞を言いに行く用事があったのです。短い間姿を消してくれさえすれば約束を果たしてやるとこの素晴らしいおじさんは言うのでした。その約束とは、猊下自らが甥の借金を全額支払い、さらに毎年二千エキュを与えるというものでした。この取り決めはこのハンサムな恋人にとって非常に良い条件なので、私は引き留めようと思わず、その逆に私が先に立って遠くに行くことを勧めたのです。デーグルモンは私と離れ離れになることに絶望しているようでした。私も同じくらい悲しんでいました。二人の別れは悲しくしみじみとしたものでした。騎士は出発しました。

それからもう楽しみがなくなってしまいました。ハンサムなデーグルモンが楽しみの素だったのです。デーグルモンなら砂漠の中でも楽しみをつくりだせることでしょう。例の二人の士官をシルヴィーナは二人とも同等に扱って手放さないでいました。それでもシルヴィーナを見ていると、この二人は粗野な人間だとしか思えませんでした。デーグルモンがいなくなって影が薄い存在でなくなった二人が少し目立つようになりましたが、それも無駄なことでした。シルヴィーナは自分におあつらえ向きだと思っていたのでしょうが、私にはふさわしくない人々だと思えました。この都合のいい友人は二人とも私のことを熱心に誘ってきましたが無駄なことでした。二人とも大変驚いたらしいのですが、私は素敵な聖職者の方をとりました。猊下はシルヴィーナに遠ざけられたことを不満に思っていて、本人が言うには前にも増して私に夢中になったそうで、また私のことを口説くようになっていたのでした。

第三十章　第二部の主要な出来事の結末とまとめ

カーニバルの季節が近づいていました。私は猊下のことを尊敬していました。猊下のことをいちばんに考えるのは楽しいことでしたが、恋をしていたわけではありません。シルヴィーナは二人の士官を放しませんでしたが、それはただ愛欲が激しくて男が二人必要だからでした。デーグルモンが出発して以来私たちは死にそうに退屈していました。よってできるだけ早くパリに帰るというのが最良の選択でした。

私たちがランベールとデュプレ夫人の婚礼の翌日に出発することに決めたと聞いて猊下は悲しみました。この婚礼はそれから数日後に行われましたが、急いでしなければならない理由もありました。必要がないわけではありませんでした。未来の夫とよくわかり合って以来（騎士がお邪魔したことは勘定しないで）、美しい未亡人は妊娠につきものだと言われる兆候をすべて感じていたのです。そこで二人は結婚し、私たちはすっかり安心しました。でも私たちにとってはこれがここから出て行ってもいいと考えるもう一つの理由になりました。

これと同時に、なんという運命のいたずらでしょう、この町から出ていくのを心残りに思わせていた唯一の他のことも解決しました。素晴らしきエレオノールが前に誓ったことを反故にして、ついにラ・カファルディエール氏と結婚するということを聞いたのです（結婚というせっかくの機会なので、祖父が王の秘書であった人にしては名前の響きがあまりに平民的なので、この信心家は貴族の名前にするように強いられたのです）。つまりラ・カファルディエール氏は妊娠しやすいエレオノールがデュプレ夫人と同じ困った状態になったので結婚することになったのです。新郎は母親に叱られた上についに重大な秘密を教えられたけれども、結婚することにしました。結婚するように命令する狂信的な聴罪師に敬意を払わなければならないと思ったのです。哀れなラ・カファルディエールの側では完全に諦めていました。魂を汚したのは本当に大切なエレオノールの腕の中でのことだったのかどうか絶対にわからなかったからです。さらにラ・カファルディエールは聖コスマスの煉獄《れんごく》[029]で全く肉体的な汚れをあがなわなければならないのです。この汚れは誰によるものかと言えば、テレーズ嬢によるものでした。これがこの苛立った美女の復讐の大切なところだったのです。この第二部の第六章で引用した謎めいた言葉「私の手にかけてやるから。絶対に後悔することになるのよ」はこれに関係ありました。これがわかってみると、テレーズがジェロニモについて言った謎めいたことも理解できました。「ああ！　それは無理です」などとテレーズは言っていましたが、愛しているジェロニモのことを嘆かわしいひどい男のカファルドのように扱いたくなかったのです。それでも哀れなテレーズはしようと思えばまだ敵にこっぴどいことができました。テレーズの友人たちはテレーズが真面目な人間で、それを愛欲よりも優先させていることにとても満足していました。それでもテレーズにはこの原則に背くこともできたのです。私たちはテレーズのことが好きで、テレーズの奉仕は申し分がないものでした。テレーズがかわいそうな状態で見ていられなくなったので、私たちは早く首都に戻ろうとさらに考えるようになりました。猊下がまず復活祭の退屈な二週間の後にパリに戻ることになっていました。猊下はようやく私たちが遠くに行くことに同意しました。

ランベールは結婚しました。猊下はこの機会を使ってこの新郎新婦に気前よくたくさんプレゼントをして、どんなにこの二人のことを高く買っているかを示しました。この二人はシルヴィーナの士官とともに私たちと一緒に城に来ました。この城は遠からざるところにあり、この司教区の城でした。先に出発していた猊下はそこで私たちのことを歓迎してくれました。婚礼の祝福に捧げた三日間がようやく過ぎるとお別れの運びになりました。猊下とはすぐに合流しましょうと約束し、幸運な夫婦とはいつまでも仲のいい友だちでいましょうと約束しました。

第二部の終わり

第三部

第一章　事故～腹立たしい出会い

猊下の城から最初の駅に行くには、一里にわたる大変な悪路を通らなければなりませんでした。誰かがこっぴどく馭者に酒を飲ませたので、馬車が街道を大きく外れて泥にはまってしまいました。ベルリン馬車は重くて、馬では泥から引きずり出せませんでした。従僕は先に行ってしまっていて、私たちは大変機嫌を悪くしました。馭者は汚い言葉をたくさん叫びました。この罵詈《ばり》雑言がしばらく続きましたが、馬がもう何頭か必要だということになって、二人の馭者のうちのどちらかが探しに行かなければならなくなりました。乱暴ではない方がようやく冷静さを取り戻して出発しました。

不幸なことにしばらくすると制服を着た六人のならず者がやってくるのが見えましたが、この集団とともに一人の美少年がいました。平民の服を着たこの少年は他のみんなとどこも似たところがありませんでした。この集団はさっき出かけた馭者がよかれと思ってこの現場によこした人々でした。美少年以外は全員酔っ払っているようで、こっちに来る間にしている会話が聞こえましたが、ひどいことを言っていて、とても真面目な人間だとは思えませんでした。こちらの方では全くひどいあしらいをしていなかったのですが。

「なんてこったい！」一味の首領らしい男が近づいてきて言いました。「おやおや、どうしちゃったのかな？　大したことじゃねえや」仲間の方を向くとこう続けました「これはまた、車に餌食が乗ってらあ！　みんな別嬪《べっぴん》さんなのは運がいいや。ひでえな、こいつは幸先がいいぜ！　ちょっと料理してやろうか。みんな俺に続け」

「一人の女に二発ずつはお約束だな」（ある男が答えました）

「俺は六発はできるぞ」（別の男が答えました）

「好きなだけすればいいでしょう」（ちゃんとしたことばを使って）三人目が続きました「僕は口説くのが面倒だから直接本題に入らせてもらいますよ。さあ、泥棒猫ども、さっさと降りろ。さあ、急いで。さもないとこちらの方で丁重にお願いして降りていただくことになるからね……」

でもどうしたらいいの。泥の中に降りるなんて。泥が腰くらいまでありそうです。

「それはいかん」（ここで口を挟む男がいました）「泥だらけのお尻とやるのは論外だ。さあ、王女様方、俺の背中に乗って。後で俺の方が乗っかってやるから。さあ、さあ……」

シルヴィーナはかわいそうに生きた心地もしない状態で、最初に車から降ろされました。男が肩から下ろすと、すぐに伍長がシルヴィーナを奪いました。この男は短いパイプを帽子の角に入れてやに臭いキスをしようとしたので、シルヴィーナは大声で叫びました。男はシルヴィーナのお尻を一発したたか蹴飛ばして、ちゃんとつれない女を演じるように言いました。

テレーズは反対側の扉から逃げ出そうとしましたが、別の男がペチコートをつかみました。そのせいできれいな秘め所が見えてしまい、大変な騒ぎになりました。テレーズがどんな風かはもう前に言いましたが、その魅力のせいで最初から兵隊たちの人気を独り占めにしていました。みんな異口同音に叫びました。

「この女は俺のだ」

「この女がほしい」

「俺のだ」

「俺のだ」

テレーズは抵抗せずに地面に寝かされて、シルヴィーナが蹴りを食らわされたことを教訓にして何も言いませんでした。私は恐怖よりも怒りを感じていました。自分の番が来るとポケットからナイフを出しました。馬車の角に屈《かが》み込むと、私に手をかけるような無礼者は容赦なくこのナイフで刺しますからねと言って脅しました。この自信に満ちた態度は殿方連の好みにぴったりでした。男たちは笑って、お嬢さんには勇気があるから何もしないよと約束しましたが、でも馬車の中を物色させてもらって思い出の品を持ち帰るのには反対しないでもらえるかなと言いました。でも私は降伏を拒み、うまく泥の向こうに飛んで、兵隊の一人に飛びかかってナイフでかすり傷を負わせました。この間に馭者は意見などしたものだから、殴られて木に縛りつけられていました。茂みに飛び込んだテレーズは、ならず者の一人に追いかけられていました。シルヴィーナはひれ伏して許しを請うていましたが、人はこの女のことを頭から爪先までじろじろ見るだけで全く言葉を聞いていませんでした。私が殴った男は私の両手を縛り、すぐにお前にさっき食らわされたやつよりも激しいやつを一発お見舞いしてやるからなと言うのです……

このとき美少年が、今まで何とかして暴力に反対しようとばかりしていたのに、怒り出したようでした。動きやすいように外していた剣を少年はつかみ、勇敢に構えの姿勢をとると、お前らならず者は僕が相手するぞと挑み、この人たちがお前らの暴力の犠牲になるくらいなら死んだ方がましだという決意表明を目の前でしました。この捨て身の挑戦に血も涙もない男たちが反撃しようとしていたとき、馬に乗った二人の男が全速力でやってきたので、みんな突然気をとられてそちらに目をやりました。

第二章　泥沼の一件の悲劇的な結末〜英国人と美少年の勇気ある行い

馬に乗った男たちは剣を抜いた人がいるのを見て一瞬立ち止まり、私たちのところまで来たものかどうか話し合いました。しかし果敢な方の男が模範を見せると仲間はそれに従い、私たちの方に突進してきましたが、手にはピストルをもっていました。言葉と着こなしですぐにこの二人の紳士は英国人とわかりました。飛び道具を見ると、剣と棍棒しかもっていない私たちの敵は震え上がらずにいられませんでした。私たちは助っ人の方に走って行き、馬の後ろに隠れました。美少年は幸運なことに英語が話せたので、今しがた何があったのかを手短に話しました。それでも兵士たちは攻撃したそうな素振りを見せていました。このとき馬車が一台現れました。これは郵便局長のものでした。兵隊たちのことを目で追っていましたが、騒ぎが聞こえたので兵士の後をつけていつもと違う道を通り、私たちのことを助けにやってきたのです。

　まだ走っている車の中からすぐにとてもハンサムな男性が幅広の短刀をもって飛び出し、問答無用とばかりに遮二無二切りかかるのが見えました。すぐさまテレーズを追いかけている男以外のならず者は全員立ち向かって剣を交えました。美少年はこのやってきたばかりの助っ人に勇敢に加勢しました。数分間やり合っただけで、ならず者どもは刺され切りつけられ、騎兵隊の打った四発のピストルでめちゃくちゃにされて、もう闘えなくなりました。この銃声を聞いて、襲っていた男が逃げ出し、テレーズが姿を現しました。帽子をなくして髪を振り乱していて、胸を露《あら》わにしたまま何とかスカートを押さえていましたが、紐《ひも》が切れていました。

　男のうち二人は不幸なことに命がありませんでした。他の男たちは命乞いをしたので、闘いを挑むことはしませんでした。善良な英国人は心が広くて、仲間によい医者がいるので、この医者に男たちの傷を診てもらい手当もさせました。

　このように怪我人に親切に手当をしている間に、馬で援助に来た男たちは戦闘中に気を失ったシルヴィーナを助け、それが済むととりあえず私たちの馬車に英国人の馬をつなぎました。英国人、美少年、従僕と馭者が力を合わせて、馬車を泥から引き出しました。どうやら馬車が元通りになりそうになった頃、この英国人は自分も怪我をしていたことにようやく気がつきました。幸運なことに軽傷で、必要な手当てをさせると自分の馬車に乗り込みました。私たちの馬車にはもう一人分の席があるので美少年を乗せて再出発しました。

　まもなくさっき人を探しに行った馭者と従僕と再会しましたが、村人の群れと、青い制服数人、黒人一人と一緒で

した。いったいどうしてこんなにたくさん連れてきたんだと聞くと、馭者が言うには、兵隊たちを先に行かせたものの、こやつらは村でたくさん悪さを働いたと聞き、これはお嬢様方にひどいことをするに違いないと思ったのだそうです。そこで何か不幸なことがあったらいけないと思い、助っ人と警察を連れてきたのでした。このみんなが助けに来るのも手遅れということになったかもしれませんが、幸運にも英国人が現われたのです。私たちはどんなひどい目に遭ったのかを話し、馭者と従僕は私たちと一緒に村に戻りました。黒人が私たちの届け出を受理してから、残りの一団は犯罪の現場まで足を進めました。

実際私たちが馬を探しにやった村ではみんな不安を感じていたのです。ならず者たちは居酒屋を掠奪《りゃくだつ》し、酒場の主人を殴り、女給に悪さをしていました。人数で圧倒していたのです。退散するときも立ちはだかる人がいませんでした。

それでもこの事件の知らせが伝わると、すぐにあちこちから人が駆けつけて、私たちの車を取り囲みました。司祭がやってきてお祝いの言葉を言ってくれましたが、大変素っ気ないものでした。狩りから戻ってきたところだという小柄な紳士が事件のことを聞いて残念がり、その馬車で私の家にいらっしゃいませんかとしつこく頼んできましたが、私たちは断りました。この男が言うには、市民軍隊長の名誉にかけて、もし私と忠実な部下のラ・フルールとジャックが城にいたら、悪党どもをこんなに無事では済ませなかったぞということでした。それからこの田舎紳士の長い話を我慢して聞かなかればなりませんでした。この勇敢な男が大活躍したらしい村の喧嘩の話をたくさん聞かされたのです。フランス語がわからないふりをして英国人はまんまとその場を切り抜けました。そこでこの人の退屈なおべっかは全部私たちに降りかかってきました。シルヴィーナは礼儀正しくお礼を繰り返してばかりいましたが、私は機嫌を悪くしていました。テレーズはさらに嫌がっていました。服が乱れているのが恥ずかしかったのです。見ただけで何か尋常ならぬことがあったとわかるような状態でしたから。少年はとても美しく、有頂天になっていて、誰の言葉にも答えていましたが、それが陽気で生き生きとしていて魅力的でした。でも私たちはこの少年が誰なのか知らず、これからこの少年のことをどうしたらいいかもわからなかったのです。この少年の方でも私たちのことを知りませんでしたが、その雰囲気からするとまるでこれまでずっと私たちと一緒に暮らしてきたかのようでした。

ようやく馬を馬車につなぎました。英国人は酒場の主人に贈りものをして、集まっている人に向けてお金をばらまきました。この事件に関心を示してくれていることにお礼したのです。願いごとや祝福の言葉が飛び交う中、私たちは出発しました。

第三章　モンローズの物語〜ひどい不幸の数々

この可愛らしい少年を偶然にも連れ帰ることになりましたが、これはいったい誰なのか私たちはとても知りたく思っていました。この好奇心を感じたのか、少年は自信たっぷりに打ち明け話を始めましたが、図々《ずうずう》しい感じはしませんでした。だいたいこのようなことを話しました。

「みなさんはたぶん何だか変だと思ってるでしょうね。僕は知らない人なのにこんな風に紛れ込んでるんですから。悪い人たちと一緒にいるところを見られたけど、でもお願いですから信じてください。たまたま一緒にいただけで、あんな悪人たちとは全く関係ないんです。僕は財産をもたない不運な人間です。貴族の生まれだということは知っていますが、子供の頃からお金のことしか考えていない人だけに育てられていました。貧乏な国学者[030]の家を離れて寄宿制の学校に行きましたが、自分の親族とは一度も会ったことがありません。ささやかな寄宿料は定期的に払ってもらっていました。ろくに食事を与えられず、ちゃんとした教育を受けず、馬鹿にされて殴られるばかりでした。みなさん、短く言うとこれが僕の生活のあらましです。結構背が大きいとお思いでしょうけど、まだ十四歳なんです。でもつらい思いをして育ったので早熟だったんです。同じくらいの年のみんなよりはしっかりして見えるでしょうね。実際、しばらく前から自分の頭を使って理窟でものを考えるようにしています。自分で運命の道を切り開く能力もあると思っています。思い切ったことをしたために、会ったことがない両親からもらっていたなけなしのお金さえもうもらえないことになってしまったのですから。モンローズという名前ですが、これはただのあだ名だそうです。校長先生がそう言いました。僕の書類をもっている校長先生だけが、僕がどこの生まれで本当はどういう名前なのかを知っているのです」

　可愛いモンローズは話をやめました。でもいったいどうしてあの兵隊たちと一緒にいたのか、いったいあの人たちと一緒でどうするつもりだったのか、私たちは絶対に知りたいと思いました。

「みなさん」モンローズは顔を赤くして答えました「僕は学校を逃げ出したのです。どんなに無理なことをされても絶対にあの学校には戻りません。これ以上何も言うことはありません。どうして逃げたのかは秘密です。これはどうしても言えません」ますます知りたくなってしまって催促したのですが、ずいぶんと勿体をつけます。それでもついに押し切られて、悲しそうに話を続けました。話の途中に何度も顔色が変わりました。

「両親から離れて、寄宿学校で教師に育てられる子供よりも不幸な者がこの世にいるものでしょうか。教師たちは顔つきが険しく心が頑なな上に卑劣な人でなしで、僕のことをいつもいじめていました。僕は誇り高くかっとなりやすいので特にいじめの対象になりました。辛くて退屈な勉強の量を増やし、食べ物と睡眠時間を減らし、娯楽時間と友だちとの付き合いの時間を奪う。あの化け物たちは毎日のようにこんなひどいことをしていました。僕はこんな教師たちが大嫌いでしたが、もし自分の方でも嫌われていたらまだよかったでしょう。でも僕はひどい悪運の星の下に生まれたのです。教師に愛されることこそが僕にとっていちばんの罰だったのです」

「半年程前のことでした。自分には誰かいい友だちが必要だと考えました。仲間の中で、勉強がよくできるので先生方に贔屓にされている生徒が特別な人間のように見えました。僕はカルヴェル（その生徒はこういう名前でした）のことをとてもいい人だと思い、友人だと思っていました。この少年から学びたいと素直に考えていたのです。カルヴェルはとても出来がよく、猛獣のような教師たちを手懐《てなず》ける術《すべ》を心得ていました。僕はずっとこの教師たちに悩まされていたのです。実際、僕はカルヴェルと仲良くなりたいと思ったのですが、その気持ちが校長先生を連れてきたようでした。僕らが仲良くしているのを見て校長は喜んでいるようでした。二人は同じクラスで、僕はまもなくカルヴェルと同じように担任教師に優しくされるようになり、不幸が終わるのではないかと少しの間だけ思いました。でもこの新しい友人が打ち解けて近づいてくるのはいいけれど、すぐに何か変だと感じ、担任についても同様に不安を感じました。目の前に大きな謎がありました。僕のことを褒め称え、優しい言葉をかけてくるので、何か企みがあるなと予感したのです。まもなくわかったのですが、カルヴェルが贔屓にされている理由の一つには教師に媚《こ》びているということがありました。しかもそれがおかしな媚び方で、僕にはとても真似ができないと思いました」

「これが最後には疑いでなくなってしまいました。クラスの担任は校長先生の親友で、カルヴェルはこの二人の親友でした。僕たちの行いは大目に見られていたので、二人はまんまと一緒に寝るようになりました。年上のカルヴェルは好色漢で、僕に対してなれなれしくなっていました。下品なことを教えられましたが、なるほどこういうことかとわかって、少し好きになってきました。でもみなさん、世間知らずなのはそんなによくないことでしょうか。僕を馬鹿にしていますね」(実際私たちは微笑んでいました)

「いいえ、そんなことはなくてよ」シルヴィーナは答えました「面白い話です。楽しいし、あなたは可愛らしいです。話を続けてください」

「知らないうちにカルヴェルはレッスンにさらに熱を入れてきたのです……ついにある夜、カルヴェルはとっても気持ちいいことがあるんだぞと言って説得しようとしました。でもそれは考えただけで胸が悪くなるような話でした……僕が勧めることをやってみようよ、実際に試してみればわかるさとカルヴェルは言うのですが、そんなうまいことを言っても無駄なことで、僕は全く怒ってしまいました。悪かった、怒らないでくれよと平謝りで言うので許してやりました。こんなむかつく話は二度としないと二人で約束しましたが、それでもカルヴェルは言いわけして、僕を誘惑しようと思い、僕にこんなことを教えてくれたのは校長先生と担任の先生で、あんなに偉い人たちが僕にあんなことをしてやましく思っていないのだから、君だって僕にさせてくれてもいいんじゃないかと言いました」
「みなさん、細かいことを長々話しても意味がありません。おわかりになるでしょうが、カルヴェルは先生方の言うことに従っていただけなのです。カルヴェルは先生方の部下で、命令されていたのです。僕のことをまず堕落させて、それから先生たちの恥ずべき楽しみに奉仕させようというのでした。優しく頼んだり、お願いしたり、あるいは脅迫したり、暴力を振るったり。この日から悪党どもは何とかしてこの目的を達成しようとしました。そのうちにこの先生たちはひどい嫉妬のせいで仲違《たが》いするようになりました。二人とも僕がもう一人の方が好きなのだろうと想像したのです。それで僕はいつもどちらかに怒られていなければなりませんでした。こんなにひどい人間のカルヴェルとの仲は完全にこじれました」
「可愛い子ね」(シルヴィーナはうれしそうに言いました)
「つい一昨日のことですが、校長が就寝時間に僕を呼んで、仲直りしたいので部屋に来てほしいと言いました。僕を腕に抱くと、過ぎたことは忘れてほしいと言いました。僕はそうしますと約束しました。校長は優しい言葉を繰り返してジャムとミュスカワイン〔甘口のワイン〕をごちそうしてくれたので、疑うことなくごちそうになりました。一時間以上の間親しくおしゃべりしました……しかし校長先生はひどい人で、突然偽善者の仮面を脱ぐと、狂犬病の狼のように突進してきて、筋肉質でがっしりした身体でつかみかかり、全力で僕の初物と呼ぶものを奪いとろうとしました。校長先生の服にもう僕の頭が入っていました。それからベッドに突き倒され、毛布に顔を押しつけられて息が詰まりそうになりました。片脚で僕の両脚をきつく挟んで動けないようにした化け物は、空いている方の手でもう僕の半ズボンの紐を切っていて、あれを……でもこのとき怒り狂った担任が、きっとずっと前から見張っていたんだと思いますが、錠前をものともせずに扉を突き破って、いきりたった校長の手から僕のことを何とかして引き離しました。校長は情熱で我を忘れて、なかなか放そうとしませんでした。この獰猛《どうもう》な獣たちが怒り狂ってつかみ合っている最中に僕は逃げ出したのです。すぐに寄宿舎のみんなが起き出してきました。僕は脱走するつもりでした。みんなが混乱しているのをいいことに、運よく逃げ出すことができました。たまたま門が開いていたのです」

「すぐに町から出ましたが、ごらんのままの身なり以外の財産は何ももっていなくて、なけなしのお金も最初に休んだところで使ってしまいました。それから息もつかずに長いこと歩きましたが、そこであの兵隊たちに出会ったのです。同じ道を通っていたので知り合いになり、お前も兵隊にならないかと言われたのです。ひもじくてたまらなかったので、全然ためらいませんでした。すぐに王様の健康を願って乾杯しましたが、今晩にも僕は入隊のサインをすることになっていたのです」

第四章　シルヴィーナの見事な手管

こんなに不幸な話を笑うのはきっと悪いことだと思いましたが、この校長と担任の先生が我らがガニメデ[031]の愛を求めて譲らない姿はあまりに滑稽で、笑いが堪えられませんでした。少年はかわいそうに当惑して、涙を目に浮かべて黙り込み、もう私たちのことを見ようとしませんでした。私たちはどんなに自分たちが無礼だったかに気づきました。私が失礼を取り繕おうと考えたときに、シルヴィーナが口を開きました。

「優しくて心が広いモンローズさん」優しく手をとってシルヴィーナは言いました「ふざけてしまってごめんなさい。でもあなたのお話はとても興味をもって聞かせてもらいました。この経験談は心ある人ならみんな同情せずにはいられないもので、この笑いは場違いでした。でもあなたを誘惑しようとする男たちがあんまり滑稽で目に見えるようで、お話を聞いていておかしなことを考えないではいられなかったのよ。少し笑いたくなってしまったけれど、それでもとても同情しているので許してくださいね。あなたには本当に感謝しなければならないわ。もしこういう事情ではなかったとしても、ひと目見ただけであなたは素敵な人だとわかったでしょうから、きっと間違いなくすぐに好意を抱いたに違いありません。今実際に私たちはあなたに対して好意を抱いているわけですが、これは本当だとすぐにもわからせてあげたいと思っています。あなたは私たちのためにあんなに勇敢に戦ってくれたのだから、私たちの方でも何かあなたのためになってお返しをしたい。断らないでくださいね。もしよろしければパリまで一緒にいらっしゃいませんか。あなたは今まで不運だったけど、私たちがお手伝いしてパリでその取り返しをつけてあげられたらいいと思います。そんな不運はあなたにふさわしくありません。大胆に幸運を予言することもできます。そんな容貌をしていて、それと劣らず美しい心をもっていることも証明してくれたのですから。ご自分の生まれは貴族だということもご存知だそうですね。私には間違いなく言えますが、いつかご両親が誰なのかわかった日には、あなたは自分も幸運に恵まれていたことがわかるでしょう。この大きな謎が明らかになるその日まで、私たちと一緒に暮らしませんか。生活には余裕があるので一緒に暮らしましょう。あなたのためにできるのはせいぜいそんなことですが、何をしようとても恩返しには足りません」

モンローズはシルヴィーナの手を涙で濡らして口づけを浴びせました。その口づけはどんな美辞麗句よりも雄弁でした。私たちもこの二人と同じく感動していました……この美少年は全く優雅な物腰で、とても美しい心をもち、頭がよい大人と全く同等の知性をもっています。とても気持ちよく私たちの相手をしてくれたので、気がつくとその夜泊まろうと決めていたところにもう着いていてびっくりしました。

第五章　この英国人は勇敢なだけでなく優しいということがどうしてわかったか

到着するまでさっきの善良な英国人の姿はほとんど見えませんでした。私たちを助けてくれたけどあまりそこに意味を感じていないようで、自分の馬車に乗ったままで、近くに来るのを避けているので私たちには感謝を述べる機会がありませんでした。それでも私たちが車から降りるときには手を貸してくれて、夕食をご一緒してもいいだろうかと聞いてきました。

この鷹揚《おうよう》な男性は口説いてくるような雰囲気ではありませんでしたが、こんなに荒唐無稽な出来事があった後は、フランス人の色男なら必ず口説いてきたことでしょう。とてもきれいな女性たちに感謝されて当然な立場なのですから。それでもこの恩人は私たちが感謝で硬くならないように配慮してくれたので、ひょっとしたら口説かれるよりもその方が私たちにとってはうれしいことだったかもしれません。泥沼の事件に会話を戻すようなことは何も言いませんでした。私たちがつい何か口にしても、英国人は微笑んで、いやなことは思い出さないようにしましょうと言いました。

「もし幸せになる技法があるとすれば」英国人は言いました「それはできるだけ早く辛い記憶を追い払い、楽しかったことの思い出だけを大切にもち続けることです」

この男は最初は冷たくて真面目に見えたけれど、まもなく無理することなく言葉が滑らかになり、面白い話をするようになりましたが、全く気取ったところがありませんでした。この英国人は哲学者で、慰めになる中庸の原則以外の信条をもっていませんでした。その目は最初厳しい目つきでしたが、話し始めるとすぐに優しい目になりました。魅力的な微笑みを見ると信頼感がわきました。一言で言うと、この人のことを見れば見るほど、顔つきがどれほど完全に釣り合っているか、どんなに威厳に満ちた顔つきをしているかに気づいて驚くことになるのでした。四十歳くらいでしたが、成人したばかりの男のように若々しくはつらつとしていました。声は男性的だけれども穏やかな声でした。物腰は高貴だけれど柔らかく、ほとんどの英国人についてフランス人が非難するあのぎごちなさがありませんでした。結局のところシドニー騎士のことを見ても、話を聞いても飽きることがなく感嘆するばかりでした（旅の一行がこういう名前だと教えてくれました）。

特に可愛いモンローズの扱い方には善意が溢れていました。

「モンローズくん」親しげに肩を叩いて英国人は言いました「君は兵士になったばかりだが見事なことをやり遂げた。これに劣らないような行いを一生に一度でも成し遂げることができる戦士は幸せだよ。このような行いを続けなさい。そうすれば君は勇敢で寛大な男の模範になれるよ」

謙虚なモンローズはできる限りの心のこもったことを言ってこの騎士の親切な言葉にきちんと答えました。

この英国人は私たちが普段付き合っている人と見た目がかなり違うので、いくら優れた人間だといっても、もしこれほどの感謝する理由がなかったとすれば、たぶんこんなに私たちの気に入らなかったのではないでしょうか。特にシルヴィーナは引け目を感じていて、この英国人と話すときはいつも丁重でしゃちほこばった感じになりました。私はといえば、どうしてサー・シドニーに惹かれていたのかわかりません。サー・シドニーの方でも、だいたいみんなに平等に対していたのに、私のことが非常に気になっているようでした。気がつくと私のことを見ていましたが、どうして悲しそうな目で見ているのかがわかりませんでした。モンローズの見つめ方は全く違いました。少年はかわいそうに、私のことをちらりと見るばかりで、そのときは必ず赤くなりました。ばったり出会ったとしても、私の顔が見えると考えただけでモンローズは目をそらしました。たぶん私のことは見つめないようにしようと決めていたのでしょう。私を見ることがうれしくてこの決心を忘れることがあり、そんなときにはいたずらっぽく顔をほころばせ、輝かせていました。できることならこの女性の首に飛びつきたいのにと考えていることがわかりました。

翌日の夕方にパリに着く予定でした。英国人の騎士が給仕に来た従僕をつかまえて、すぐに出かけていって今のうちに適当な住居を探してきてくれないかと言っているので、何か見つかるまでうちにいらっしゃいませんかと言いましたが、断られました。それでも後でお宅にお伺いしてもいいですかと許可を求めてきて、そのときのために住所を教えてくださいと言うのでした。それから、みなさんよりも早く出発しなければならないのでと言って、休みに行きました。お別れの前にサー・シドニーは時間をつくって、モンローズ少年のためにとシルヴィーナに二十五ルイ渡し、シルヴィーナにはこれを断れませんでした。この素直な子供が私のちょっとした敬意のしるしを受け取ってくれたら、それは私にとって名誉なことだからとシドニーは言うのでした。

第六章　驚くようなことが何も起こらない章

残りの旅程は大変楽しいものでした。都に近づくと私の胸は高鳴りましたが、この喜びはハンサムなモンローズの喜びと比べられるものではありませんでした。どんな小さなものも見逃すまいとかじりつくように見ていましたが、うつけ者がへらへら見惚れるのと違い、激しい欲望で吸収していたのです。熱く燃える若者がこのような欲望をもつのは自然なことです。何しろ牢屋のようなところから初めて出てきたようなもので、心地よい刺激を体験したことがなかったのですから。ようやく到着すると、従僕が待っていました。夜のうちにサー・シドニーの従僕と一緒に先に発たせていたのです。部屋は準備ができていました。モンローズを泊まらせることにした部屋はシルヴィーナの寝室の隣で、その反対側には廊下があり、廊下を挟んで私の部屋がありました。私たちはこういうことにうるさくありませんでしたし、こんな決定に文句をつけられるような人は誰もいませんでした。私は決してこの決定を後悔したことがありません。

シドニー騎士は次の日私たちに会いに来ました。自分の従僕から聞き、私たちの従僕に教えられて、私たちはだいたいその界隈の女だとわかっていたのに、それでも失望を顔に出していなかったので、当然その礼節がうれしく思えました。私たちはお芝居を観に行く予定でした。哀れにも田舎で退屈していた人は何としてもまずは芝居に行きたがるものです。英国人の騎士は私たちが贔屓にしているフランス座までご一緒しましょうと言いました。劇場から戻ってきて、夕食を是非ご一緒してくださいと頼むと、そうしてくれました。

食事の間しなをつくっているので気づきましたが、シルヴィーナはハンサムな英国人を誘惑するのもまんざらではないかのようでした。私が前から疑っていたことがほぼ確信になりました。その一方でわざとモンローズに全く目を向けないようにしていたからです。それでも朝には絶えず優しい言葉をかけていたのでした。膝に座らせて気兼ねなく口づけを繰り返すほどです。この新しい友人が子供ならまだしも、こんなに成長しているのだからこんな口づけを見逃すわけにはいきません。シルヴィーナはモンローズを子供扱いして我が子と呼び、母親でもおかしくないと何度も繰り返していますが、モンローズは可愛すぎて、シルヴィーナは熱しやす過ぎるのです。この美しい友情は友情以上のものにしか見えませんでした。デーグルモンとジェロニモのことを思い出してこう考えました。

「またシルヴィーナの泥棒猫が盗もうとしているけど、今回ばかりはこの子はシルヴィーナ向きではない。この子は私のものよ」

私はモンローズのことを素敵な少年だと思っていて、自分のものにするには都合のよいことばかりでした。間違いなくモンローズは私に惹かれていました。だからシルヴィーナの振る舞いを監視する必要はもうありませんでした。それでもこれはとんでもなく大胆なことをやりかねない女でした。私は先手を打つことにして、絶対に独り占めできないのが私の運命でシルヴィーナに先回りされるぐらいなら、美少年に飛びかかってやろうと心に決めました。

でも、確かに私は計画をもっていたけれど、シルヴィーナも自分の計画をもっていたのです。数日の間、具合が悪いふりをして、外出しないようにしていました。そうでもしなければ、私がモンローズと一緒に家にいることになったでしょう。モンローズは元服前なのでシルヴィーナに同伴できないからです。恐るべきはまさにこの二人きりの状態なので、シルヴィーナは外出しないようにしたのです。こうして家にいる間、シルヴィーナは美少年の世話を惜しまず、親切に身なりを整えてやり、服を与え、教師をつけてやりました。新しい服を着たモンローズはうっとりするほど美しくなりました。突然顔色がよくなり、自然で高貴な物腰になったので私たちは驚きました。このような物腰は長い間教育したからといって身につくものではないのです。

モンローズのことは近くから離さず、言ってみれば監視しているような状態でした。これがほぼ一月近く続き、お芝居にもたまにしか行かず、散歩に行くにしても間隔を開けるようにしました。特に知り合いに会うのを避けるようにしていました。知り合いは絶対に家に来るし、そうなると思ったよりも早く、うるさい社交上の付き合いをしなければならなくなるからです。シドニー騎士だけには会っていましたが、私たちが遊女だということを知っているので、どうしてこんなに控えめにしているのかときっと驚いていたでしょう。見たところずいぶん前と変わったものだと思ったでしょうが、その理由が一人の子供だとはまず想像もしていなかったでしょう。

シドニーは私たちのことをかなり信用するようになっていました。私の才能のとりこになり、私たちはシドニーにとって必要な存在になり、ほぼいつも一緒にいました。でもシドニーの目はいつもどこか悲しげに私のことを見ていました。最初会ったときからそれが気になっていました。好意をもたれているのは疑いありませんでした。間違いなく、もし年の差がなければ、ためらわずに告白してきたことでしょう。この不釣り合いがただ一つの気兼ねでした。

それでも私は自問していたのです。この立派な英国人に対する嫌悪感はないし、どちらかといえば好意をもっている。モンローズのことは好きだけど、この気持ちの中には愛よりも気紛れと虚栄心の方が多い。こんなに若くて経験のない恋人からは、文字通りの意味でもそれ以外の意味でも大きな財源を期待することができませんでした。一言で言って、私に引っかかった二人の男のどちらも、ここにいない素敵なデーグルモンにかなうとは思えなかったのです。でもデーグルモンは遠く離れていました。とはいっても、とかく愛については、そこにいない人がいつも悪いということに決まっているのです[032]。そこで私は決心して、英国人騎士とモンローズを両方とることにしました。こうするのがいちばんよさそうだし、実際ちゃんと計算していたのです。

第七章　知り合いに再会する章

それでもこの二人のどちらともまだ何ともなっていませんでしたが、そのとき猊下とその甥っこが突然私たちのところにやってきたのです。猊下はあの不幸な事件が起きたときに手紙をくれていました。それに返事を書いたのですが、それ以後は知らせがなく、こんなに早くパリに戻ってきていると思っていませんでした。かなり真面目にサー・シドニーと哲学を語っているときに、この素敵な人々が突然やってきたのです。従僕が到着を告げるのを聞いて、つい二回も繰り返させてしまいました。よく知っている名前だけど、自分の耳が確かだとはなかなか信じられなかったのです。

英国人がいたので猊下は少し他人行儀に見えました。もし私とシルヴィーナだけだったらいつものように親しげにしていたことでしょう。デーグルモンも猊下に倣ったので、初の対面は大変に礼儀正しいものでした。殿方同士の紹介が済むとすぐに、このシドニーさんとモンローズさんが助けてくれたんですよと猊下とその甥に知らせ、英国人と美少年には、あの不幸な襲撃事件に遭ったのは猊下のところから出かけた直後だったのだと知らせました。このおじと甥はモンローズに優しい言葉をかけ、モンローズはうまく受け答えしていました。いつも人をからかうのが好きなデーグルモンがモンローズに言うには、この人たちはとても義理堅いから、美しい心をもった人ならこんな人たちの役に立ちたいと思うものだ、親切にしておかない手はないねというのでした。この疑いが当たっているのでちょっといらっとして、可愛いモンローズにちゃんとお返しをしてあげようという計画は絶対に実行に移すと決めたのです。私が気を悪くしたのにきっとデーグルモンは気づいていて、いたずらっぽく微笑んでいました。

付き合い始めてからのサー・シドニーの振る舞いを見ていてもとても網にかかりそうに思えなかったので、シルヴィーナは臆面もなく猊下で手を打つことにしましたが、英国人の表情からするとこの心変わりが別段心に刺さるようではなくて、むしろ喜んでいるようでした。この聖職者はこれからは手強《てごわ》い甥がライバルだと思っているので、これ以上私の興味を惹き続けるのは難しいとどうやら考えているようでした。とても素敵な男性に見えるサー・シドニーに勝ったと思って猊下は喜んでいました。デーグルモンの方はもちろん女不足ではなくて、どうやら私によくされようとつれなくされようと特にどうでもいいという感じでした。私とまだ一緒にいたいという欲望を頑張って見せようという気持ちが見えず、田舎にいたときとは違いました。この無関心な態度のせいで私はますます不満になり、そのために可愛いモンローズとの関係が大きく進展することになるのです。

第八章　果報は寝て待て

時間を無駄にはできません。もしぐずぐずしているうちにシルヴィーナがこの美少年を仕込むことになったら、もう私にチャンスはないとわかっていました。そこで愛ゆえに行動しました。

猊下とその甥に会った日の夜に、そっと起き出して出かけていってモンローズの目を覚ますことにしました。モンローズは何も疑わずにすやすや眠っていましたが、私の計画はこうでした。ひどいいびきをかいているのが聞こえたので、窒息するのではないかと思って駆けつけたのだと信じさせるつもりでした。突然眠りを中断されて、実際モンローズは少し動揺していました。さっき寝ていたときにひどい状態だったので、そのせいで動揺しているのよと私は言いました。モンローズを両腕で抱くと胸に圧しつけて、どんなに心配していたかをわからせようとしました。少年は感謝の言葉を重ねましたが、二つの球体の間で息をしなければならない状態になっているので、その気もないのに昼がこの球体に張りついてキスすることになりました。ああ、自然はなんと素晴らしい教師なのでしょう。まもなく優しい二本の腕が身体に巻きついてきて、震えながら何とか私のことを引きつけようとしているのがわかりました。

「モンローズ」と私は言いましたが、愛欲の高ぶりを感じていました「また気分が悪くなりそうだったら……一緒にいようか。こんなことはいけないことだと思うかしら……でも心配なのよね……こんなに危険な状態なのに放っておくわけにはいかないわ……」

「お嬢さんはとても親切ですね」モンローズは我を忘れて答えました「僕は全く元気ですが、こんなに素敵な看病を……してもらえるなら……病気になりたいくらいです」

「モンローズ、正直に言ってちょうだい。ともかく何か悪い夢を見ていたんでしょう？」

「いいえ、本当はそうではないんです。でも夢は見ていました……あんまり馬鹿げているのでお話しできませんが……」

「話してよ、モンローズ。知りたくてたまらないわ……」

「そうですか……夢の中では……あなたが校長先生で、黒い僧衣と角帽をかぶっているのにとても魅力的でした……あなたは……もうご存知のことを……僕に求めていましたが、とてもしとやかなので断る勇気がありませんでした。憤慨するようなことはなくて、目を覚まさなければならなくてがっかりしていました……あなたの腕に抱かれていてどんなに驚いたかわかりますか」

私は僧衣を着てもいなければ、角帽をかぶってもいなくて、私の目的は校長先生と全く同じものというわけではありませんでしたが、その他についてはモンローズの夢は全く正確でした。私は馬鹿笑いをして、何度も口づけをせずにいられませんでした。私はベッドでまだ完全に横になっていなかったのですが、少しずつ毛布の中に滑り込み、やっと可愛い少年の隣に来ていました。

まず気づいたのは、この少年は何かの役に立つということでした。量の面では物足りなくてもそれを質が補っていました。両手で身体中を触ってもモンローズは驚きませんでした。友だちのカルヴェルにこれ以上の快楽の秘密を教えてもらっていたのです。でもまだそれほど知識が進んでいないということがわかりました。私の身体の仕組みが違うことに気づいて、急いで手を引っ込めたのです。どうやら男女の両方についていると思っていたものがなかったからでしょう。この臆病すぎる手が逃げようとするところを捕まえて、元の場所に連れ戻しました。

「モンローズくん」興奮した私はキスして言いました「わかる、私は校長先生じゃないのよ」

「もう何が何だか」とモンローズは答えましたが、少し混乱していました。それでも好奇心をもって知らなかったこの地方を片手で探訪していましたが、その周辺地域はそこよりはなじみがあったようです。もう片方の手はすべすべした私の胸をうれしそうに触っていました……息が荒くなって欲望に燃えていましたが、まだ何を望んでいるのか、どうしたらその欲望が満たされるのかも知りませんでした……新発見のせいで全く混乱していたのです。

私の方は落ち着いていて、モンローズの驚く姿が可愛いと思っていました。

「どうよ、モンローズ」私は言いました「何も怖がるようなことはないでしょう。馬鹿なことはしない方がいいのかな」

「ああ、それは無理です」モンローズは溜め息をついて答えました「でももしカルヴェルがあなただったら、それよりむしろあなたが校長先生だったとしたら、馬鹿なことをしたいし、してもらいたいという気持ちに勝てないでしょうね（二人ともそうした方がいいのはわかっているんです）」

「それはまた」我を忘れて私は言いました「あなたには善意があるけど、その善意が私には何にもならないのね。それならともかく自分がしたいことをして」

モンローズはかわいそうにさらに困ってしまいました。目的は一つしかなかったのに、まだ思い悩むだけの段階だったのです。特にモンローズを困らせていたのは私の身体の向きが自分の目的と反対だということでしたが、私からするとその向きが目的にかなっていたのです。

「腕の中へいらっしゃい」私は言いました「ひょっとしたら二人のために奇跡が起きるかもしれないわよ」

第九章　モンローズの修練期の終わり

モンローズは私の言う通りにしましたが、わくわくしているのがわかりました。私は天にも昇る心地でした。火がついた身体の上に若い恋人の軽い身体が乗ってくるのを感じたのです。モンローズは震えていました。自分の身体の支え方がわからなかったのです。この少年を抱きしめて長い間胸に圧しつけ、貪るようにキスをし、狂ったように美しい唇に吸いつき、熱い愛の告白をほとばしらせていました。可愛い新米くんは私の好きなようにさせ、これからどうなるのだろうかと考えて静かに待っていました。私はもう抑えが効かなくなっていました。しようとしたのに……障害が立ちはだかりました。かわいそうに少年は動揺してしまって、そのために愛の棍棒が残念なことになり、私の手の中で使いものにならなくなってしまいました……こんなひどいことになるとは予想していなくて、かえって欲望が煮えたぎり、知っている限りのあらゆる手を尽くしました。呪いはすぐに解けたので、急いで利用することにしました。ここでずっと待ち望んでいた奥の手を使いました。これが素直なモンローズの授業の仕上げになりました。モンローズのことを強く抱いて私の真ん丸のクッションに圧しつけて、その魅力で恥ずかしい自然の姿を忘れさせるようにしました。気持ちよい往復運動の末に幸せなモンローズはついにすべてを悟りました。ヴィーナスが最初の供物を捧げられる瞬間がわかりました。二人を同時に快感が打ちのめしました……

こうして私は淫らなシルヴィーナの裏をかき、この女が摘もうとしていた貴重な花をちょろまかしたのです。デーグルモンとフィオレッリを分け合わなければならなかったことの復讐をしました。この仕打ちについて持ち続けていた恨みが憎しみに変わらなかったのは、このライバルの女がずっと前からとてもよくしていてくれていて、私が心から感謝していたからなのです。私はちっぽけな人間ですが、自分の卑小さを告白するのは怖くありません。女たちは自分も似たようなものだと思うでしょう。男たちは女が男を征服することをとても大切に考えているということを証明する考え方があると知って嫌な気持ちはしないでしょう。

私はとても甘い感覚を感じていて、少女を女に変えてやる男の幸せと、愛に名乗りを上げる男の初物を受け取る女の幸せはどれほど違うことだろうと考えて驚きを感じていました。私はモンローズを相手にとろけるような官能を味わったところでした。反対にデーグルモンはかわいそうに、私を相手に過ごした最初の夜はどんなだったでしょうか。

モンローズはこれまで知らなかった新しい感覚に酔っていて、私が愛について考えにふけっているのを邪魔しようとしませんでした。私に教えられた官能の喜びの中にとどまっていたのです。沈黙を破らせるためには私が話さなければなりませんでした。

「どうだったかしら」キスをして私は言いました……

「言葉を探す時間をください」モンローズは答えました「僕が感じたことを表現できるような言葉があるものでしょうか」

「モンローズ君は眠りの邪魔をしに来た私のことを今も怒っているのかしら」

「何ですってお嬢さん」と叫んで熱い愛撫を繰り返しました「僕がそんな恩知らずだと思っているのですか……」

「本当に？　友だちのカルヴェルや校長先生と同じように私のことを恨みに思わないの？」

「なんて意地悪なことを言うんですか。からかわれると恥ずかしさで死にそうです。でも正直に言わせてください。不潔なカルヴェルにどんなに気持ちいいものなのかをいつも聞かされていましたが、お嬢さんに今感じさせてもらった気持ちよさがそれと同じもののはずがありません。同じような魅力を感じていなかったけれど、それはどうしてなのでしょうか。夜にふざけていたときにはカルヴェルが何とか欲望をかきたてることができたとしても、それは何か技を使ったときのことが多く、しかもそれほど燃え上がらなかったのに、お嬢さんに優しくされたらすぐに激しい欲望に火がつきました。カルヴェルがあんなに自慢気に話していた幸せはこの幸せに劣るもので、形も違うんだと思います」

こんな正しい理窟を言っている間に、モンローズがそこにいるのをいいことに、知らず知らずのうちにもう一度始めようとしました。キスで口をふさぎました。もうさっきよりも上手になっているので、頭がいいんだなと感心しました。それでもあまりにうまくしようとしすぎたためか痛くするので、正しい道の方に向けてやらなければなりませんでした。こうして私は完全に満足し、モンローズは私に満足したに違いありません。経験が培った技術を注ぎ込んで幸せを紡いでやり、モンローズが決定的瞬間に達するのがわかったそのとき私も快感に溺れました。

つまりモンローズは勇敢で才気があるだけでなく、愛の才能についても早熟だったのです。モンローズは新しい試練を巧みに切り抜けて、このときからさらに大切な存在になりました。二人は秘密を誓い合いました。長寝すると二人が一緒にいる現場を襲われるかもしれないので私は自分の部屋に戻りました。落ち着いてぐっすり眠り、この上ない喜びを覚えました。

第十章　モンローズを狙う策謀

夜のお仕事のせいで可愛い生徒の顔が少し青ざめていました。くまのできた目を見ると官能のために優しく物憂げなのがわかり、素敵に見えました。それでも気分が悪いとか泣き言を言うように勧めて、シルヴィーナが嫉妬の疑いを向けることがないようにしました。実際モンローズの顔色は目に見えて悪いので気づかれないはずがありませんでした。シルヴィーナがこれはとても心配だと言うので、私も同じことを言って何とか切り抜けました。

それでもこんなに早く子供に手ほどきしたのは悪いことだったと思っていました。こんなことを知ったばかりにひどいことになるということがありえないわけではないからです。モンローズは熱い男でした。私が心配していたのは、子供に対しても手加減できないような愛欲の強い女が出てきて、その女をこの子が冷たくあしらえないような状況になることです。こんな未来が見えていました。モンローズは自ら破滅の道を選び、すぐに放蕩に溺れることになるのです。この魅力と長所があればそれは難しいことではないのですから。考えただけでも悲しいことです。この美しい花は大人になる前に枯れて死んでしまうかもしれません。快楽を早く知りすぎたためにモンローズは情熱に身を任せることになるでしょう。自然というものはモンローズのように完璧な人間についてちゃんとした意図をもっているものですが、きっとこの意図を裏切ることになるでしょう。そこで私が原因である病の進行を止めるために、ここは私の意志に四の五の言わず従うようにモンローズに要求しようと考えました。そういうわけで翌日から探りを入れて、二人の間の出来事にとても重要な意味があると考えているふりをしながら、まず前置きにいくつか理窟を言って心の準備をさせてから、このようなことを言って聞かせました。

「モンローズ、二人の間に絆が結ばれたけど、これは偶然のおかげだけではないのよ。ずっと前から二人の間には強い共感があって、結びつけられることになっていたと考えても嫌ではないでしょう。だからモンローズには私に対する義務があって、この義務からは解放されていないの。おかしな幸運のおかげで、二人の物語は他の人たちにとっては普通結末であるところから始まってしまったけれど。愛の最初の掟《おきて》の一つは分け合わないということなの。あなたは私のものよ。もし快楽をもちかけられたとしても、絶対に私のために犠牲にしてくれなければいけないの。このことについては私がきちんと判断して、あなたが応じてもいいか断るべきかを決めます。同じように、あなたの方でこういうことをしたいという気持ちについても、私が自分の好きなように同意するか断るかを決めるので、そういうものと考えてもらわなければなりません。男というものは努力して女の好意を勝ち取るものです。私の方から許すことの方があなたには価値があるものでしょう。それは自分の気遣いの賜物《たまもの》であり、私がそれに満足したことの証拠なのですから」

モンローズは全部私が望んだ通りにすると約束しました。それは愛ゆえのことでした。モンローズの無邪気な心は生まれたての愛の熱意で一杯で、利己主義になることも不信を抱くこともできなかったのです。モンローズには約束するように言っているのに、私の方では何も約束していないということにも気がついていませんでした。私の足元にひざまずいて誓いを繰り返しましたが、それは熱い情熱と敬意に満ちたものでした。

美女は男の純粋な崇拝を独り占めしたいと思うものかもしれません。モンローズの年齢で男を摘み取らないと、この甘い香りを一瞬でもかぐことはできないものです。一瞬という意味がわかるでしょうか。だってこんなにも率直で感受性の強い心がすぐにみんな悪に染まってしまうのですから。そのとき女は自分が騙していると信じていた男に騙されることになるのです。男はそのうち女の自尊心の幻想を保つことにうんざりします。かつてあなたのことを崇拝していた男たちが馬鹿にして逃げ出すことになります。女は後悔に貪られ、嘲笑の的になっておしまいです。

モンローズは誠実でしたが、私は崇拝されたいと思っていませんでした。そんなことで得意になったりする女ではないからです。私はいつも愛は短く友情は長くと望んでいました。でも私が言ったのは私の理由です。男を騙そうと思っている女がみんなこんなに気の利いた理由をもっているわけではありません。話を元に戻しましょう。

モンローズはまもなく打ち明け話をして来なければならなくなりました。シルヴィーナと二人だけでいると、この女は絶えず何か大胆に挑発してくるというのです。全く気兼ねなくちやほやするようになっていて、まるで男女の違いが関係ないかのように遠慮をしないようになっていたのです。シルヴィーナの好きな罠は、朝にモンローズを呼びつけて枕元で本を読ませることでした。そこで腕、胸を見せ、それから暑いと言って服を脱ぎます。そうでなければうるさい蚤《のみ》がいるとか言い出して、親切なモンローズを使って蚤を狩らせるのです。ここよ、あそこよ、と言ってもずるがしこい虫は絶対に見つかりません。特にこの蚤が幸運にも都合のいい場所に隠れてしまったときにはどうしようもありません。それはこの臆病な狩人《かりうど》には近づけないようなところだからです。

ある日（今もおかしくて笑ってしまうのですが）この虫が一匹猛威を奮っているようでした。そのせいでシルヴィーナは本を読んでもらっても全く頭に入ってきません。ずっと追いかけていたこの賢い虫が……どこに隠れたかわかりますよね……でもあの子はかわいそうにこんな見え見えの演技を信じるくらい単細胞なのかしら。

「あらおかしいわ。モンローズ……あそこ、虫がちょうどあそこに入ったわ」

それから本を読む男の可愛い手のいちばん長い指を選んで、蚤に対して無情な戦いを挑みます。この指をとても感じやすいポイントに連れて行くと動かすように言い、すぐにとても上手だと褒めました。

「すごい（シルヴィーナはこう言って陶酔していました）……感じる、感じる……あなたが蚤を殺すのを……もっと……もうちょっと……忌まわしい虫がもうそこから出てこないようにして」

私はただこのお見事な場面を耳で聞いていただけです。この読書は疑わしいなと思い、モンローズは今どの辺なのか、私を裏切っているのかどうか知りたくて、トイレを通って見えない小部屋の中に滑り込みました。趣味がよいベッドの周りにはほぼ必ずこういう小部屋をつくるのが今の流行です。この発明はいくら褒めても褒めたりないもので、これのおかげで楽しいことが可能になり、危険が防げるのですから。そこからだとこのおかしな狩りの様子が全部聞こえました。ようやくこの小部屋を出るとちょうどいい場所を見つけて大笑いしました。そうしてから、これはシルヴィーナにとってもってこいの機会に違いないので、これ以上深刻な事態にならないように、部屋に入って窓を大きく開けることにしました。当然シルヴィーナは気を悪くしないわけにはいきませんでしたが、それでももういつも起きる時間よりも遅かったのです。

第十一章　シルヴィーナがちょっと変わった罠にかかる章

モンローズが正直だということは、今さっきの出来事を急いで知らせてきたことでわかりました。本当のことを言っただけでなく、強烈な誘惑を感じたと正直に告白しました。もし二人の間の約束がなかったら、こんなに困難な試練は耐えられなかったでしょう、ここはガス抜きをお願いしたいものですねと言うのです。これまでのところはこの美少年をもう一度幸せにしてあげるのを先延ばしにしていました。それでも絶えず頼み込まれていたのです。そろそろ贔屓にしてやってもいいかと思い、当然のご褒美として夜に会いましょうと約束しました。モンローズは有頂天になってしまい、正気を失ったのではないかと思いました。

今度は私の部屋で愛の戯れに溺れました。情熱に燃えたモンローズに至上の喜びを二度味わわせてあげましたが、私の方はそれよりもっと何度も幸せになってしまいました……

残りの時間を使って、今後モンローズはシルヴィーナに対してどういう態度をとったらいいかについて計画をたてました。遅かれ早かれシルヴィーナが欲望を満足させるのが避けられないというのなら、遅くするよりも早めに済ませておいた方がいいというのが私の考えで、美少年に次のようなことを命じました。

明日の朝は自分からシルヴィーナのところに行って本を読んであげなさい。きっと断られることはありません。それから上の空で本を読んで……溜《た》め息をつくと……どうかしたのかと聞かれるでしょう……ここで少し言い逃れをするの……ここでようやくぼそっと欲望を宣言して（愛の宣言は必要ないわよ）苦しんでいると言うの……シルヴィーナにははっきり聞こえません。どうしたら苦しみを和らげることができるかしらとシルヴィーナが聞いてくるので、それを教えてくださいと無邪気に答えるの……シルヴィーナにはもってこいの状況ね。私と一夜を過ごして少し体力が落ちているので、うまくいかないはずです。きっとこうしておけば少なくともしばらくの間はシルヴィーナに嫌われることになるでしょう。モンローズは喜んでこの計画に賛成しました。モンローズは何も隠そうとしていなかったので、私と別れる前に全く疑いがない状態にしておこうと思いましたが、念のために少なくとも落ち着いてことに当たれるようなものを手土産にあげなければならないと思いました。そこで二人はこれまでなかったくらいに満足してから別れました。それでも私はこれは面白いことだと思っていました。だって他の恋人たちはこのような場合に貞節の誓いだけを繰り返すものなのに、私たちはその正反対のことを話し合っていたからです。普通は愛をいちばん傷つける行いだと言われていることを私は要求し、しかもそれを犠牲的行為にしてしまったのです。

私は前日と同じ場所にうまく隠れましたが、予定した通りにことが運びました。シルヴィーナは有頂天になって告白と要求を聞きました。モンローズに閂をかけるように言ってから服を脱がせると、ベッドへと招きました。

「かわいそうに」きっとこれから試練にかけようとしているものの姿を見てこう言いました「これっぽっちなのね。すっからかんなんじゃないの。でも試してみましょう……キスしてね……私の胸の上に来て……どうにもならないわ……いつもこういう感じなの？　正直言ってこれはあまりうれしくないわね……さあ、試してみましょう……本当にこれは諦めなくちゃならないのかしら……安心して……奥手だからこうなっちゃうのよ……私はこんなにざっくばらんなのに、まだ遠慮してるのかしら。ちょっとありえないわね。わかった……可愛い口にキスしてあげましょうね……このキスは心からのものだということがわかる?……いいえ、諦められないわ……私の欲望を使って無理にでも力を取り戻させてやるわ。いま力がないのも自然の働きのせいだろうけど、これはひどい話ね……もしうまくいかなかったら恥ずかしくて死にそう……」

このやりとりからするとモンローズはまだ役立たずのようでしたが、しばらくすると事態が好転し始めたことがわかりました。

「やったわ」シルヴィーナは言いました「かなり苦労したけど……何とかなりそう。さあ、後は簡単よ」

このときからは淫らなシルヴィーナが熱い情熱に燃えて繰り返す動作の音しか聞こえなくなりましたが、どうやらすべてのお仕事を独りでしているようでした。

「無理やりだったわね」事が済むとシルヴィーナは言いました。「モンローズはまだ愛の営みに向いていないのがわかったでしょう。私の方から親切にしたのは恥ずかしいけれど、これは口外しないで忘れることよ。特にうれしいのは、これからもし同じようなことをお願いしてくるとしても、そのときはもうただの好奇心からのお願いではないということね。少し眠らなければならないから、下がっていいわよ」

モンローズはかわいそうに、当惑して私の部屋に来ましたが、部屋に戻った私は事の次第に涙が出るほど笑っていました。モンローズがしょげた格好をしているのでますます笑ってしまいました。こんなに笑われてモンローズはうなだれました。それでも私に対して優しい気持ちを抱いているので、すぐに自尊心がちょっとばかり傷ついたことは乗り越えて、自分でもこの出来事について笑いました。巧みな策略で障害を打ち砕いたことを二人は大変喜びました。もしこの障害が残っていたら、後々私たちの快楽にとって致命的なものになっていたことでしょう。

第十二章　婀娜な女に役立ちそうなことが書いてある章

この前まで虐待者に服従していたモンローズは、これからは自分の愛する相手の言うことが聞けると考えて喜ぶしかありませんでした。しかもこの相手はモンローズの幸せしか望んでいないのです。モンローズは私がついていなければ何もせず、考えは全部私に伝えました。モンローズの考えの中心は私で、私と共に生き共に死ぬことしか望んでいませんでした。モンローズは私のちょっとした望みにも無条件に奉仕し、私はモンローズが何をしたらいいか、何を楽しみに思ったらいいかを決めていました。モンローズのことは心から愛していましたが、幼さを大切に扱わなければいけないと感じ、熱心に説いて、あの悪いカルヴェルに教えられた手段を用いることはやめるように言いました。私が愛に応じないときにそれを近道として用いるのではないかと思って恐れていたのです。この学生の習慣にはどんな危険が伴うものか、その恐ろしさを説明すると、モンローズはもうそんなことはしないと約束しました。それにモンローズが何を求めているのかはわかっていたので、困ることがないように気をつけていました。

　こうしてモンローズについては決着したので、今はもうどうやったらシドニー騎士をうまく網でからめ捕れるかとばかり考えていました。猊下のことはもう当てにしていませんでした。デーグルモンについては、最大限に活用できるような状態にしておきました。年上すぎるシドニーと年下すぎるモンローズの中間が必要だったのです。結局私は（こんなことは絶対に認めようとしない女が多いけど私の方が正直です）、つまり私は上手な男が必要だったのです。サー・シドニーがどんなものかはわかりません。モンローズはいつかものになるだろうけど、それまでどのくらい待たなければならないのかしら。

　うれしいことに、英国人がますます恋に燃えているのでそろそろ告白されそうだと考えなければならなかったけど、それでも鬱陶しい存在ではありませんでした。嫉妬がちな男だと思わせるものは何もなかったのです。ハンサムなデーグルモンがよく家に来ていましたが、それでも嫉妬していませんでした。猊下はデーグルモンよりもまめでしたが、やはり気にしていませんでした。確かにこの聖職者がシルヴィーナに愛を告白したのは周知のことで、いつにも増して本当にシルヴィーナを愛しているということを態度に示して浪費を惜しみませんでした。それなのに私は猊下とぶっつけ本番で二人切りになることがありました。ときにはライバルからちょろまかすのが楽しいものです。向こうでも同じことをしているんですから。猊下との浮気は本当に素敵なものなので、私の方でもその機会をつくるようにしていました。少なくとも猊下本人と同じくらいは熱心だったのです。それでももう二人が仲睦まじいカップルだと考えることはできませんでした。デーグルモンについては事情が違いました。この男はとても伊達男で優しいので、これまでに落とした女のリストは長いけれど、私レベルの女は他にいなかったのです。最初戻ってきたときには無関心を装っていたけれど、まもなく認めたのは、フェリシアをキープしておくのが自分にとってもいちばんいいことだということでした。二人ともそうするのがいちばんいいと思いました。

どうしても美しい大恋愛をして、その功罪すべてを引き受けた方がいいのでしょうか。大恋愛を体験しなくても、あちこちに気を向ければ、その一つ一つの経験が楽しく、一定の喜びは得られるし、全部合わせるとそれなりの幸せが感じられるものなのです。これは重要な問題ですが、答えを出すのは他の誰かに任せます。私の意見は、一枚のカードに持ち金全部を賭けない方が、楽しくゲームができるということです。それでも一枚のカードに賭けて当たった人はうまくやったということは否定しません。私は小さな恋愛をたくさんして幸せでした。もし大恋愛が素晴らしい喜びをもたらすもので、その幸せが私には縁遠いものだったとしても、それはしょうがなかったなと思うだけです。満足できるくらい幸せなら、いちばん幸せでなくてもかまいません。こう考えるのが賢いと思います。

第十三章　みんながみんな面白いとは思わなそうな説明

サー・シドニーとは約束がありました。見事な田園を買ったのですぐに会いに来てほしいと言うのです。シドニーがここに呼び寄せた人の構成は次の通りです。猊下とデーグルモン（この二人と英国人には親しく付き合ってもらうようにしていました）、ロード・キンストンという名前のもう一人の英国人、この男が面倒を見ているソリニーという名前の大変な美人、モンローズ、私たちがよく会っていて、シドニーもよく会っていたドルヴィル夫人、そしてシルヴィーナと私です。新しく田園を買ったことを楽しくお祝いし、好きなだけそこに滞在しようというのです。

サー・シドニーが料理人、召使、楽士を伴って私たちより先に行っていました。一言で言って、楽しく暮らすのに役立つ人はみんな連れて行っていました。テレーズはパリに戻るとすぐに治療を始めていて、私たちについて来られるような状態になっていたので、連れて行くことにしました。田舎の空気は健康にいいものに違いないからです。テレーズはこれまでになく若々しくきれいになっていました。旅行に同行する女性はみんな一人ずつ従僕を連れて行きました。同じように男性も同行者の人数を少なくしました。楽しく時間を過ごしたいときには、いつもよりも使用人が少なくて自由な方がいいのです。一団は指定の日に出発しました。

案内人が素晴らしいモニュメントの近くで待っていました。このモニュメントは大きな道沿いにあり、シドニーの所有地はここまでだということを示すものでした。名人の手による二体の彫像が一組になったもので、背中合わせにして大きな台座に設置してありました。一体は私たちがやってきた方を見ていて、最初はディアナ像だと思ったのですが、実際には不信を表す像でした。すらりとした立像で、目は怒りに満ちて脅しつけるようで、弓につがえた矢を放とうとしています。隣にいる怒った犬は通行人に飛びかかりたいかのように見えます。台座の銘板には「我、俗界の大衆を厭《いと》いこれを遠ざける」というホラチウスの言葉が刻んであります。もう一体の彫像は、サー・シドニーの家から街道の方に戻ってきたときに正面から見えるもので、友情を示す座像です。目つきと身振りが表しているのは、シドニーの友人がこの田舎の家を離れて行くのが辛いという気持ちでした。友情の膝の上にいるスパニエル犬は動作を生き生きと描写していて、知っている人が見えたのでここから降りて行ってじゃれたいと言っているかのようです。この彫像の下には「愛する人々よ、戻ってきてほしい」という言葉が書いてあるのが読めます。

鬱蒼《うつそう》とした林に入って行きましたが、その道はよく整備してあって、庭園の小道のようでした。それでも道は狭くくねくねしていて、何本かに枝分かれすることがよくありました。この枝分かれした道が曲がって交差し合っているのです。サー・シドニーの家のすぐ近くに来ましたが、最初見たところでは古い城塞のようにしか見えませんでした。しかし城壁の中に入るとすぐ、到着客の目に見えるものが全く性質を変えました。広々とした中庭の奥にずっと小さな中庭がもう一つあり、その周りにある三軒の小館はとても近代的で洗練されたデザインでした。正面にある本館である小館には簡素で上品な様式の柱廊があり、他の二軒はこの小館と連結していないけれども一種の両翼になっています。本館の小館が豪華なのに比べるとこの二軒は二次的な存在ながら、それなりに釣り合いがとれていました。

その向こうにも見たことのない美しい風景があり、これもまた楽しい驚きでした。妖精の国とも呼べそうな庭園が緩やかな傾斜でセーヌ川まで続いていました。そこまで行くと、川が壁を洗っている長いテラスから、川の流れに沿った広い空間が左右に見渡せます。川床の向こうには楽しい風景が見えました。この風景を飾るものは偶然の産物で、田園にはこれほどにも面白いものがあるのだと感心しました。

このようなところに私たちは住むことになったのです。とても裕福で才能のある男が、かつて大金をはたいてこんなに自然に恵まれた場所を活用しようと決め、その息子と孫が手を加えて計画を実現させました。この孫はその業績の成果をほぼ噛みしめないうちに早く亡くなりました。相続者がサー・シドニーに限定的なものながら使用権を譲りました。シドニーは英国人紳士の資産は無尽蔵だという評判に似つかわしい金額を支払ったのです。

第十四章　前の章よりも中身がない章

本館になっている小館の素晴らしい玄関の向こう側には楕円《だえん》形の素敵なサロンがあり、奥が丸天井になっていて、一部が庭に張り出していました。両側には女性用の続き部屋が二つあり、優雅な装飾が施してありました。男性用の続き部屋は四つ上の階につくってありました。上階では部屋同士のつながりがないけれど、上の階から下の階へならば誰にも気づかれずにどの部屋にも行くことができるし、下の階の人を迎えることもできるような配置になっていました。実際にどうなっていたのかはすぐにお話しします。この素敵な家は自由、神秘、快楽が優先されるように心を尽くしたものでした。これらの善き神々にこの建物は捧げられていたのです。

この家に住むべきなのはまさに私たちのような人間だったでしょう。ドルヴィル夫人はテレーズを住まわせましたが、テレーズはドルヴィル夫人の世話をすることになっていました。シルヴィーナは自分の部屋で誰にも邪魔されないことを望みました（猊下のためです）。シドニーにも目論見《もくろみ》があって、私の部屋のすぐそばには誰もいないことに満足していました。モンローズはまだ無害だと思われていたので、英国人貴族の愛人の近くに住ませることにしました。本来であれば小間使いがそこに住むところでしたが来ていなかったのです。猊下、その甥、キンストン、シドニーは上階に住みました。招待主はこの部屋の他にどこか別のところに部屋をもっていましたが、そのことについては後でお話しします。

こうした細々としたことをいちいち説明しなければなりません。報告しなければならないことの理解に必要になるからです。それに、読者のみなさんは私が細かいことを書きすぎるともうわかったでしょうから、あんまり几帳面《きちょうめん》に正確に書いてあるので退屈しそうだと思ったら、飛ばして読んでもらってかまいません。

それでも忘れていたことがあるので付け加えますが、両脇の小館には他の使用人たちが住んでいました。絶対に近くにいなければならない召使以外はそちらに住ませたのです。

第十五章　さっきまでよりは面白いことを予告する章

最初の夜は眠くないのに床に就きました。テレーズを近くに置いておしゃべりするわけにいかなかったのです。テレーズが世話をしなければならない女性が他にもいたからです。そこでどの部屋にも備えつけてある小さな本棚から適当に本を取ってきてほしいと頼みました。それがちょうど『女哲学者テレーズ』[033]でした。この本を読むとすぐ身体に火がついてしまいました。このとき私は独りぼっちで欲望に苛まれるとはなんと不運なんだろうと思いました。全く、モンローズ、聖職者、騎士、シドニーが同じ屋根の下にいるというのに……ベッドに座っていたのですが、それからベッドに潜り込んで溜め息をつきました……耳をそばだてましたが、周りにあるのは絶望的な深い沈黙でした。周囲を支配する耐えがたい静けさの中で蝿《はえ》が飛ぶのも聞こえたことでしょう。いつも使っているなけなしの手段を用いましたが、退屈をごまかすことができるのも束の間でした。

本当に嘆かわしい状態でしたが、そのときすぐ近くでハープの優しいささやきが聞こえたので、まず部屋の中、ベッドの隣から聞こえたのだと思いました。でも誰もいなかったのです。魅力的な前奏曲の後、小さな声が聞こえてきましたが、心に触れる声で、ハープの響きと混じり合いました。古代ギリシアの詩人アナクレオンをも思わせるような詩句で心情を描きました。まだ愛する相手に気づいてもらえない恋心の激しい不安、熱い想いのために眠れない恋人の心配。この音楽は素敵なものでした。間違いなく隣の部屋から聞こえてきているのだと思って、手燭をもって隣の部屋に行きましたが、それは間違いでした。部屋を続けて全部回って見ましたが、やはり成果はほとんどありませんでした。ベッドに戻ってくると音楽がいちばん近くに聞こえました。何度も調べても無駄なのは間違いないとわかってまたベッドに潜り込もうとしました……すると、びっくりしたことにサー・シドニーの姿が見えたんです。どうやってこの部屋にやってきたのかしら。どこから入ってきたんだろう。シドニーを叱りつけると私はベッドに横になりました。

「フェリシアさん」シドニーは遠慮がちにおどおど話しました「お怒りなのはわかりますが、私は潔白だと思います。信じてください。そばに来たのは向こう見ずでしたが、それは眠っていないのがわかっていたからです。そうでもなければこんなに近くには来ませんでした」

「何ですって」ちょっと気分を悪くして答えました「隠れて見ていたということですか。サー・シドニー、つまりこの家では安心もできないということですか。私はこの部屋に一人きりだと思っていたのに……」

「優しいフェリシアさんを崇拝する男の好奇心を許してください。無礼を働くつもりではなかったのです。この館の主はどの客の部屋にも密かに忍び込めるのですが、私は生まれも育ちも悪くないので、そんなことができるからといってあなたに対してそれを悪用したくありません。でも一度だけ、禁じられたら二度と来ないつもりで、あなたの夜の装いを見に来ようと思ったのです。でもあなたは寝ていなくて、起きていて、ちょっと見えたような気がするんですが……」

「サー・シドニー、帰って」と言って毛布に潜り込みました「なんてひどい人……こんなひどい目に遭わせるなんて……あなたのことは一生許しません」

「許していただけるようにします」と言うとベッドのそばにひざまずき、私の片手を握ると熱く口づけをしました。

それでも馬鹿をしているところを見られたことを許すような気分とは言えませんでした。これを考えると腹が立つと同時に恥ずかしくなりました。

「ずいぶんまずいことをしたものだと思います」シドニーは苦しげに続けました「こんなことで恨まれることになるなんて。そんなことになりたくありませんでした。幸運にもあなたと知り合ってからというもの、あなたに懐いてもらうと同時に尊敬してもらおうとばかり考えて気を遣ってきたのですから」

　私はつい優しい気持ちになってしまいました。

「でも」私は言いました「さっき聞こえたあの音楽は何だったんですか」

「この一時の楽しみをあなたのために準備しました」とシドニーは答えました。「実はどの部屋の下にも一種の見えない中二階があって、私の本当の住処はそこにあるのです。残りの部分はたくさんの小部屋に分かれていて、そこから壁の裏につくった隙間に行けるのです。その空間からブリキのチューブで音を伝えることができます。あなたの枕元にこういうチューブが一本通っているんですよ。このチューブの口には朝顔がついていて、その朝顔の前に楽士を座らせました。これが私の住んでいる中二階につながっていて、あなたの耳元すぐ近くのそこに見えるバルブのところまで来ています。それであなたは楽器と声の近くにいるように思ったのですよ」

　実際バルブが見えましたが、これは自由に開閉できるものでした。二枚の十字窓の間に張り出した壁があって、それがベッドに向かい合っているのですが、サー・シドニーはこれも危険なんだよと教えてくれました。鏡の裏にちょうどいい隙間が掘ってあって、下からその隙間の中に入り込めるようになっているのですが、これがどういうからくりなのかは後でお話しします。この空間からはたくさんある小さな穴から部屋中を一網打尽にできるのです。この穴はほとんど目につきませんが、鏡の枠の装飾の中に空いているのです。部屋には穴をふさいで隙間から見えなくするようなものがあって、それを使うことができました。部屋の反対側にはこれとよく似た仕掛けがあって、好きなように引き戸を開閉できるのですが、そんな引き戸があるとはわかりませんでした。サー・シドニーはここから入ってきたのです。シドニーがこんな秘密を自分のものだけにしておかないで私に知らせてくれたことがうれしくて、正直さに免じて許してあげることにしました。

第十六章　一風変わった会話、どのようにしてこの会話が終わったか

よく知られていることですが、もっと早く許しておけばよかったのに、そうしなかったがために自分をさらに深く傷つけてしまうのが私たち女性の運命です。自分は他の男と違ってずっと誠実だと思っている男は、女性のことを思ってこのように許しを求めるものです。シドニーは上流社会の人間で、深く恋をしているけれどどこの慣習を破らないようにしました。私ももしシドニーがこの慣習を破ったら、それは悪いことだと思ったことでしょう。それでもそう考えるようになる前に二人は互いにこんな風に考えていたのです。まるでブーツを履いていない二人の剣術の名手がこれから決闘を予告するようだと。

「フェリシアさん」とシドニーは言って私から口づけを掠め取りました「あなたは優しい人なので怖くありません。

長いことためらって恋心が告白できませんでしたが、まさかだからといって私のことを懲らしめようとは思わないでしょうね。女性はすぐに気を悪くするものです。自分の魅力のためにその気になっているのがわかっているのに、男性が愛の証を見せてこないのが嫌なのです。私があなたに対する愛で燃えているのは火を見るよりも明らかだったでしょう。でもどうしてこの人は沈黙を破らないのだろうかとフェリシアさんは考えたことがありますか」

「サー・シドニー」私は答えました「あなたのような男性に恋をされている女はそれをうれしく思うよりほかありません。あなたが私のなけなしの魅力に少しは惹かれているというのは本当なのでしょう。でもあなたの心が細やかなのは知っているつもりです。告白できなかったことに理由があるとすれば、きっと私たちがあなたに大変恩義を感じなければならない立場だということがただ一つの理由なのではないでしょうか。あなたは自分のことを愛してほしいのだから、もし私がお返しをしたとしても、それが感謝によるものなのか、それともお互いに惹かれていることによるものなのか、絶対に確実にはわからないのではないかと思ったのではないかしら」

「フェリシア、そんなことしか気にしていなかったのだとしたらよかったでしょう。それはちっぽけなものでしかありません。そうではないのです。私は大したことをしていないのですから、そんなことであなたが無理をしてお返しするとは思っていませんでした。私が黙っていたのには他の理由があったのです……考えてもみてくださいよ、フェリシアさん。私は四十歳になろうとしているのに、若くて美しいあなたはようやく十五歳を越えたばかりなのですよ。たぶん私はもう女性にはもてないというわけではないだろうけど、あなたの年齢だけが問題なのです。そんな若い女性と付き合おうとしたら滑稽でしょう。私は長い間旅をし、人が経験したことがないような不幸を体験しました。そのために年齢の隔てがなく付き合えるような快活さがなくなってしまいました。私は英国人で、考えがちで不幸な人間です。これでは若くて元気なフランス娘の興味も惹けそうだという期待がもてません。こういった女性はもっと釣り合った相手と恋をするべきなのです。疑いなくあのハンサムな騎士はあなたを愛しています。あなたの心はきっとあの人のものなのでしょう……」

「サー・シドニー、同じ言葉を話しましょう。困ったことに愛という言葉が二人にとってかなり違う意味をもっているようです。間違った理窟にあらかじめ簡単に全部反論しておきます。そんな理窟にはまり込んで本当の目的を見失うようなことになったら困るからです」

「フェリシアさん、私の理窟はあなたに気に入られるように努めるということだけで、そのためにはあなたが要求することに全部従います」

「サー、それでしたらどうか私の話を聞いてください。私に恋しているということですね。うれしいです。その気持ちが心に触れるかとお聞きになるなら、心の底からはいとお答えします。年齢が不釣り合いだということがあなたの期待することへの障害になると思っているかとお聞きになるなら、いいえとお答えします。あなたは年齢が問題になるような人ではないし、私も年齢を問題にしません。私はデーグルモンを愛しているか、愛されているか。そうですとも、サー。私とデーグルモンはほどよく愛し合っていて、そのうち私とあなたも愛し合えるかもしれません。デーグルモンが他の女を愛するのは見方によっては悪いことだとは思わないし、あなたもそうしていいでしょう……サー・シドニー、一言で言うと、自分のことだけを愛してほしいなんて言わないでほしいのです。そして私のことだけを愛さないでください。そうしたら二人はわかり合えます。隠し立てはしません。もしあなたの考え方と愛し方が私の考え方と折り合いをつけられるならお教えしましょう。確かに私の考え方はおかしいです。でもあなたに言い寄られてとてもうれしいんです。私の興味を惹くなんてことはちっぽけな幸せでしかありませんが、あなたがそれを望んではいけないということは全然ないんです。サー・シドニー、何かおかしいですか」

「許してください、可愛い哲学者さん。あなたの理窟にびっくりして、うれしくなったんですよ。十六歳のフランス人のお嬢さんの口からこんなことを聞くとは思っていませんでした……」

「サー、それは英国流の悪口ですよ。つまり若いフランス人女性にはものを考えて理窟を言う資格がないように思われるということですか。ちゃんと勉強してください。世界のどの国の女性も本来ものを考えることができるもので、それも正しく考えるものなのです。それなのに大方の場合女子はひどい教育を受けて、ものが考えられないようにされてしまうのです。私は幸福なことにそんな悪い教育は受けないで済みました。でも理窟を言うのはもういいでしょう。シドニーさん、今度は自分のことを振り返って考えてみてください。あなたが優しい心をもった女に愛されないなんてことがありえるでしょうか。この女にとってあなたは命の恩人で、自分の考え方を正直に言って、あなたのことを高く評価しているとはっきり言いました。確かにこの考え方はあなたが言うようにおかしな考え方です。でもこの考え方によると、あなたの愛が実るかどうかはあなた次第で、他に決められる人は誰もいないということになるんですよ」

　こう話しながら私はシドニーの目を見て考えを読んでいました。この人はどれほど私に興味をもっているのか、どれだけ自分の目的の近くにいることに喜んでいるのか。でもその目的からまだかなり遠いのではないかと少し恐れているようです。

「あなたは私よりも賢いですね」しばらく考えてからシドニーは言いました「考えが全部見抜かれてしまって、もうあなたと同じようにしか考えられません。それだけあなたの支配力は強いのです。そう、フェリシアさん、あなたは私のことを幸せにしてくれて、それは私が自分で望んでいた以上でした。もしあなたがいなかったら、たぶん自分で苦しみを準備することになっていたでしょう」

こんなことを話した後はもう口ごもって話すか黙るかしかしないもので、愛し合うのに都合がよくなるものです。私はベッドの片隅に押しやられましたが、恋するシドニーにはいい場所ができました。ここまでは哲学論議が快楽の話に口を挟んでいて、それが功を奏しましたが、ここで満足した哲学は自ら引き下がることにしました。このときシドニーは新しい役を演じ始めましたが、それが見事なはまり役だったのです。気力が少し衰えたと嘆いていましたが、体力の方は全く衰えていなかったに違いありません。想像できる限り最高の愛の才能をシドニーは私に見せてくれました。三回続けてシドニーは私の腕の中で尽きましたが、もし私がこれ以上は駄目と言わなかったら、息をつく暇もなくさらに続けたかもしれません。

第十七章　今読んだ章とあまり変わらない章

「これはほぼ若気の至りみたいなものね」(とサー・シドニーに言いました。夢中になってしまって私の抵抗も無視していたのです)。続けて言いました。「わかったわよね。私にとって愛はこういうものなんだから、これを長続きさせようなんて言うのはおかしなことだって。運よく愛が目の前にあったら捕まえればいいけど、長続きさせようとするべきではないし、そもそも長続きするものではないの」

「それはまた哲学ですね」シドニーは笑って答えました。

「そうかもね。サー、ここは中間をとることにしましょう。私はあなたに力尽きてほしくないし、あなたは私に哲学を語ってほしくない。だったら眠りましょう」

目が覚めてからまた楽しいことをしましたが、これは初回よりも甘いものでした。サー・シドニーの欲望はさっきほど激しくなく、私の方はさっきよりもこの人に慣れていたからです。シドニーは朝早く起きてこう言いました。本当にこれは想像していたよりもずっと大きな幸せだったよと。私は全く正直に約束しました。シドニーさんに愛されてうれしいです。今日二人はつながれたけれど、この絆を私の方から破ることはしません。

「でもこれは友情の絆なのよ、サー・シドニー。友情があれば他のすべてが許されるの。これがなければあなたが思い違いをしても責任がもてません。あなたと知り合う前から自分でこれしかないと思っている考え方があって、どんなことをしてもこれは変えられないの。あなたには一つのことしかお願いしません。これは大それたお願いではありません。私のことが欲しくなくなっても軽蔑しないでもらいたいのです……」

「私にはあなたのことが欲しくなくなることも軽蔑することもできませんよ、フェリシアさん」とシドニーは答えて口づけを重ねました。シドニーは来たときと同じように帰って行きました。私は安らかな眠りに身を任せました。

陽気な一団が朝早くから集まり、部屋の扉のところに来て騒ぎたてました。急いでデザビエを羽織ってみんなについて行くと涼しい木陰に着きました。ここで朝ご飯を食べて、食事が終わると解散しました。身繕いをしに戻る者も外に出かける者もいました。

私はシドニーと一緒に草木が茂る迷路の中に迷い込みました。迷路の中心には素朴な装飾の噴水があり、そのそばにある芝生は恋人同士の戯れにちょうどよい舞台でした。この神秘的な隠れ家に近づくと、激しい気持ちの高ぶりを感じずにいられませんでした。すべての官能が同時に刺激されました。極細の真鍮《しんちゅう》の糸でできた網がかなり広い空間を囲み、あらゆる種類の無数の鳥を虜にしていました。ここで愛の行為に及ぶ鳥たちの姿を見て欲望がそそられるのです。みかんの花、ジャスミン、忍冬が一見無秩序にはびこり、香りを撒き散らしていました。清澄な水が小さな音を立てて池に落ち、この池は羽を生やした楽士たちの水飲み場になっていました。苺《いちご》畑を歩いていました。他の果物があちこちにあって摘んでもらうのを待っていました。恋人たちの手に摘まれて、快楽の炎で乾いた喉を潤そうというのです。私は感激して、欲望を示す薔薇色が顔に広がりましたが、シドニーは目ざとくそれに気づきました……

私たちが幸せに溺れるのを見ていたのは嫉妬した鳥と、詮索好きな日光を遮る葉っぱだけでした。

　絶頂の悦楽が過ぎるとすぐに倦怠を感じて別れなければならなくなるようなカップルがいますが、二人はこのような不運なカップルではありませんでした。このように乾いた気持ちは愛にとってとても致命的なものですが、私たちは二人ともそんな乾いた気持ちにならなくて済むようなものを相手の中に見ていたのです。シドニーは数奇な体験を話して聞かせてくれました。驚くべき生涯の物語でした。中でも印象的な話は、シドニーには熱愛した女性がいて、行方がわからなくなったがその後再会し、結局それからどうなったのかがわからないということでした。この女性がシドニーにとっての悲しみの種で、この悲しみは癒えることがなく、いくら旅行を重ねても、他の女性たちにどんなに愛されようと贔屓にされようと無駄だったということでした。サー・シドニーは神々しい美男だと言っても大げさではありません。その心は姿に似つかわしいもので、高貴で優美な物腰と優しい誇りに満ちた目を見るとその心がわかりました。一言で言って、別のジャンルではあるもののデーグルモンに匹敵する存在で、そもそもその性格はより評価に値するものでした。私は感嘆の目でシドニーのことを見て、どうしてそんなつれない女性と出会うことになったのか想像できないと思いました。シドニーが言うには、私は顔つきも物腰もこれまでに会った誰よりもその忘れられない女性に似ているということでした。

「ああ（シドニーは続けて言いました）でも人はいつも自分が今愛しているものは昔愛していたものに似ていると考えるもので、私はあなたとその女が瓜二つだと考えているけれど、それはただ私の頭の中だけのことなのかもしれません。それがどうあれフェリシアさん、私にとってこれからこの大切な人の代わりになるのはあなたなのです。私は必ずあなたと同じ考え方をするようにします。あなたにとって自分が何者かであるということだけで幸せなのです。どんな条件でも好きなだけつけてください」

二人は長い間時が経つのも忘れていました。互いに優しく心を打ち明けましたが、このことによってこれからずっと二人は互いに愛着を覚え続けるのだろうと思いました。館に戻るとみんなに何があったのか聞かれてからかわれましたが、それも楽しいことでした。でもシドニーは二人が愛し合うのに好都合な場所のことは、私の気に入っているように見えたので、しばらく他の客に知らせたくないと思い、どこから帰ってきたのかを言いませんでした。素敵な隠れ家の入り口は閉じていてわざと目立たないようにしてあるので、好奇心をくすぐるようなものではありませんでした。迷路について何も話さなかったシドニーに深く感謝しました。女性は少しでも気を遣ってもらえると必ずうれしく思うものなのです。

第十八章　美少年モンローズが再登場する章

サー・シドニーの家にはこれがあれば快適に時間を過ごせるというものが何でもありました。車、行進馬、狩猟道具、舟、魚を捕る網、ポーム球戯場〔テニスの原型となった球戯〕、ビリヤード、劇場、本、楽器、おいしい食事。通人の享楽家が望むようなものや他愛もないが女性の楽しみになるものが何でもあり、ゲーム、音楽、踊り、花火を楽しむことができました。そして何よりも、朝も夜も愛と快楽が完全に融け合っていたのです。本当のパラダイスでした。

ヴィーナスとその息子キューピッドはこの幸せな旅の間に新しい贈り物を届けてくれましたが、それを受け取ったのは私だけではありませんでした。モンローズは最初の数日のうち少し悲しそうに見えましたが、だんだん顔がほころんできていました。私と会おうとしていましたが、私としては傷つけたくないので、二人きりで会う機会をつくってあげました。

「フェリシアさんは近寄りがたくなってしまいましたよ」とモンローズは言いました「何度も夜にお近くに行こうとしたのに、いつも無情に部屋に閉じこもっていますね。つれないなあ」

「モンローズくん」ちょっと嘘をついて私は答えました「サー・シドニーのお宅ではあなたと一緒というわけにはいかないの。パリでは自由だったけど、ここではそうじゃないのよ。前は自分の家だったけど、ここでは外国人に招待されているのだから気を遣わないと。お行儀を悪くすると……」

「ご冗談でしょう。他のご婦人方はそんなことを気にしていませんよ……僕に浮気ができるなら、長すぎる夜を誰か他の人と過ごしているだろうとは思いませんか。ここに来てからかなり時間が経っているんですから……」

二人はちょうどいい場所にいました。モンローズがとても物腰柔らかく頼んできたのは、苦しみを和らげてくれてほしいということだったんですよ……私は心根が優しいのでとても断ることなどできません。哀れな少年はがつがつと私の親切心に付け込んで利用しました。今回はモンローズのことを叱責したりしませんでした。誰か他の女が気紛れを起こしてこの可愛い少年を味見しようとしているというので、そんな気遣いは無駄だったのです。

「誰にそんな風に求められているのか教えてくれる？」と行為の合間に聞きました。

「当ててみてよ」

「シルヴィーナかしら？」

「いいえ」

「お友だちのドルヴィルさん？」

「違います」

「テレーズさんね」

「ますます違います。そうではなくて隣のソリニー夫人です。どうしてそう思わなかったのかな。魅力的な女性だし、それに都合がいい相手だと思うでしょう？」

確かにこの美人のことはちっとも疑っていませんでした。愛欲が激しい淫らな女のようなので、子供に目をつけるとは思えなかったのです。でも愛においてはすべてが気紛れなものではないでしょうか。

英国人ロード・キンストンがソリニーの愛人でしたが、夜に好んで酒を飲んでいました。ふだん部屋に帰る頃にはもう眠くて愛人に優しくするどころではないことが多かったのです。それでソリニーはしばしば一人で寝る羽目になりました。男性たちはみんな愛人がいたけれど、まだ愛人を取り替えようとするほどの心の余裕がなかったので、ソリニーに何か申し出る人はいませんでした。ご存知のようにモンローズが近くで寝ていました。何もないよりはましということで、モンローズを味見してみようと思ったのです。初物をもらえるのがうれしかったのでしょう。この点については女も男と同じ趣味をしているものです。意味合いは女性にとってずいぶん違うものでしょう。確か前にもうこの話をしたと思います。

一言で言うと、ソリニーは前からモンローズにたくさん言い寄ってきていたのです。夜にはおしゃべりの相手をさせていて、細々とした用事をたくさん頼んでいましたが、モンローズは素直に用事をしていました。ほとんど召使のように使われていたのです。給金として受け取るものはたくさんのお世辞やきわどい言葉ばかりで、それが少年にとっては厳しい試練になりました。ときにはモンローズの方が奉仕される側でした。わざわざ髪をカールさせてあげたりしたのですが、モンローズの髪はとても美しいものでした。モンローズが床に入るのを見守り、眠りに就くまでそばで見ていたりしたのです。目が覚めたらおしゃべりできるように部屋の間の扉を一晩中開けていました。まだこのような状態のときにモンローズは打ち明けてきたのです。

「モンローズ」私は言いました「優しいあなたは約束してくれたわね。でもそれを悪用してあなたが快楽を味わうことを禁止しようとは思いません。だって断るのにも辛い努力が必要でしょう。もしこんなに積極的に誘われているのに断ったりしたら、ソリニーさんの目にモンローズは滑稽な男に映るでしょう。憎まれることになるかもしれないわ。だからソリニーさんとは最後まで済ませてもいいわよ。でも節度を守って、私のために力をとっておくのを忘れないでね。私はモンローズのことを自分の快楽のためだけに愛しているのではなくて、モンローズの健康の維持に本当に気を遣っているんだから」

モンローズは感謝の言葉を繰り返し、愛撫を重ねました。見たところこの悪餓鬼は許可をもらって喜んでいるようでしたが、もし許可しなかったとしてもたぶんそれほど違いはなかったでしょう。

第十九章　これ以上はっきり書けなかった章

まもなくシドニーのおかげで楽しみが増えました。シドニーはお客の部屋で何が起きているのかを全部知ることができるのですが、この秘密の手段を教えてくれたのです。かつてクレオファス・レアンドロ・ペレス・サンブロ氏[034]がずいぶんいいものを見たと言います。人間の姿をした悪魔に連れられて屋根から屋根へと散歩したのです。私は悪魔の助けを借りず、屋根から落ちて骨を折る危険もなく、どこにでも忍び込んで何でも見られるようになったのです。これは本当に女の喜びでした。こんな喜びを教えてくれたサー・シドニーの親切心にとても感謝しました。

「殿方の部屋の配置は全部知っています」シドニーは言いました「みんな鍵をもっていますが、これは自分の部屋から伴侶の女性の部屋まで人に見られずに行ける廊下の鍵なのです。もしこれからは鍵を配ってみんな共有のものにすればいいということになればそうするつもりです。でも父母や夫という面倒なものがいないときに用心する必要はそれほどありません」

自分の目でちゃんとこの事実を確かめる前に、どうやったら男は見られることなく、人と会うこともなくどの女の部屋にでも行くことができるのかとシドニーに聞きました。

「わけもないことです」シドニーは答えました「男の部屋の控えの間の別々の四つの地点から、階の間にしつらえた見えない中二階にある機械によって下に降りられるのです。それから高さが六ピエ（おおよそ英米のフィートに相当する古い長さの単位。一ピエは約三二センチメートル）、幅が二ピエ半の四方をキルトで覆った狭い回廊を通ると、部屋を出たのと同じような機械にまっすぐたどりつきます。中二階の私の部屋にある機械を後でお見せしますよ。これを使うと音も立てずに簡単に昇り降りできるのです。ちょうどいい男が来たら、女は他の通路を通って来るかもしれない人には入ってこられないようにできます。これで何もばれないというわけです。女の部屋に三重に鍵をかけても、女と通じている色男の部屋が館の反対側にあっても、嫉妬した男にはこの二人を見張ることも不意を襲うこともできません。疑いをもつ暇もなく寝取られて終わりというわけです。私はからくりを全部知っています。中二階の私の部屋には上階のものと全く同様の仕組みがあり、違うところはそれほど複雑な仕組みではないということだけで、誰にもそこにあるとはわからないようなものです。この発明がどんなに素晴らしいものか自分の目で確かめてください」

実際単純極まりないものでした。隠れた扉の陰に小さなくぼみがあり、そこに手頃な機械があってそれに乗るのです。すると人間と乗り物が壁の隙間にある百六十リーヴル（おおよそ英米のポンドに相当する古い重さの単位。地方によって差があったが、メートル法が採用されたとき、パリの一リーヴルは四八九・五グラムとされた）の重りとほぼ釣合い、垂直にぴんと張った綱を使って難なく昇り降りできるのです。シドニーは六ピエだけ昇れば女の部屋で何が起きているのかを見ることができました。第十五章でお話しした窓間壁の穴から見ればよかったのです。この釣り帯の仕組みは細心の注意を払ったものでした。出口に使うパネルは引き戸式で開閉するもので、仕上げは同様に完璧でした。

もしこの巧みな機械をつくった目的が快楽だけだったとしたら、これほど危険なものはなかったでしょう。この仕組みの図解と家全体の図面を提供しようと思いました。この家は今や私のものと言ってもいいのですから。でも建築家にそんなことはしないでくれと言われました。それは苦労して考えたものを盗用されたくないと考えたからですが、それを別としても悪用するかもしれない人にこの秘密を知らせるのは無意味だと思いました。私はそんな人のためにこの文章を書いているのではないのです。お金持ちの通人でこんなに凝った贅沢品を手に入れられるような人なら、きっと簡単に建築家を見つけて同じようなものをつくらせることができるでしょう。もしかしたら私の家よりもいいものをつくらせることができるかもしれません（それでもこの家はまだサー・シドニーのものだということを忘れないでください）。

第二十章　夜のお出かけ〜デーグルモン騎士の部屋にお化けが出たこと

私が監視施設を手に入れた最初の夜は、好みからすると時間が経つのが遅すぎでした。みんながどのように暮らしているのかが知りたくてやきもきしていたのです。自分でも好きなことを人がするのを見るのは人きな喜びにほかなりません。

まずはソリニーの部屋を訪ねました。モンローズくんがどうしているのかが知りたかったのです。もう三日前に許しを得ているのだから何かしていることでしょう。これは最高でした。まず二人が前置きにたくさん馬鹿なことをしているのが見えて、これが大変に面白かったのです。その後で二人は裸でアルマンド[035]を踊りました。ソリニーは舞踏の女神テルプシコラ〔ギリシア神話のムーサのひとりで、舞踊の女神〕に仕えるオペラ座の中でも可愛い女の一人でしたが、たくさん淫らなステップを踊りに付け加えて、それをモンローズに教えました。勘がいいモンローズは熱心に授業を受け、もっと練習を重ねることしか求めていませんでした。生まれたままの姿のモンローズは魅力的でした。相手の踊り子と変わらぬ肌の白さで、柔らかい形は美しいソリニーにも負けないほどでした。ソリニーの身体は本当の傑作だったのです。ステップを踏むときにポーズをとりますが、それによって艶《なま》めかしさがひときわ際立つのでした。踊りながら淫靡《いんび》な口づけをして欲望を刺激し、さまざまな素振りで合体の瞬間を真似ているのですが、こういった好色な前置きはすべてこの合体を目的としたものでした。何か手で合図をするとモンローズはソリニーの股下をとても上手にくぐって往復するのですが、ソリニーは飛び跳ねて片脚の爪先でくるくると回り、リズムを狂わせることもありません。この素っ頓狂なダンスは二人に力がある限り続きました。それから二人はソファに倒れ込んで抱き合いました。ここで息をつくと、間もなくベッドの快楽が始まりました。常夜灯が点ったので私はここを離れました。

続いてドルヴィル夫人を偵察に行くことにしましたが、ここでも明かりがついているのでうれしくなりました。夫人はデーグルモンと寝ているものと思っていましたが、大変驚いたことに肘掛椅子の上に従僕のお仕着せと帽子があるのが見えました。ベッドのカーテンは閉じていたので、今回は何も見えませんでした。

「あの騎士の悪党はきっとシルヴィーナのところにいるのではないかしら」と考えました。じゃあ猊下はどこにいるのかしら……自分の部屋かな……独りぼっちで……かわいそうに。猊下を探しに行こうかと一瞬思いましたが、シルヴィーナの部屋はどういうことになっているのか見てみたいと思いました。しかしシルヴィーナと一緒にいるのは猊下その人だったのです。二人はまだ寝ていなくて、おしゃべりをして笑っていて、いやらしく抱き合い、暑いので服をはだけていました。

部屋に戻りましたが、どこにデーグルモンがいるのかとても知りたく思いました。シドニーは新しい持ち物でゆっくり楽しんでもらおうと思ったのか、いつもと違って私のベッドにやってきませんでした。そこでためらうことなく、私の部屋とデーグルモンの部屋をつなぐ釣り帯を引っ張って出発し、デーグルモンの部屋の控えの間に着きました。寝室の扉は全く閉じていませんでした。真っ暗なのをいいことに部屋に忍び込みました。手探りでベッドの周りを手さぐりで歩いていると、女の頭に手が触れました。女は目を覚まして叫びを上げたので騎士も目を覚ましました。騎士のベッドに一緒に寝ていたのは純潔なるテレーズだったのです。騎士は「誰だ？」と何度も言いました。私は笑い出しました。騎士は起き上がって、何とかしてこの陽気なお化けを捕まえようとしました。すぐそばを通ったので逃げる途中に手を伸ばしてお尻に平手打ちを一発食らわせてやったのです。同時に扉を閉めて鍵をかけて、二人を閉じ込めてやりました。かわいそうに、男の方は仰天して、女の方は震え上がっている間に、私は平然と自分の部屋に戻って床に就いたのです。

第二十一章　話している当人にはちんぷんかんぷんだが読者には意味がわかる会話

好色なカップルをいたずらで閉じ込めたのは、一つには自分が逃げやすくするためだけのことでしたが、テレーズの方は洋服箪笥の隙間から簡単に逃げることができました。次の日、騎士がこの夜にした体験が大変問題になりました。いたずらされて叩かれたのだと言っても無駄で、幻を見たのだと言われました。確実な証人がいるのだから応援してもらえばよかったのでしょうがそうしませんでした。誰も信じませんでしたが、シルヴィーナだけは幽霊がいるかもしれないと考えがちでした。

「私は怖くないわ」ソリニーが言いました「頼りになるモンローズが近くにいるもの。もし幽霊に戦いを挑まれたら、ためらわずにモンローズを呼んで助けてもらいます」

「私もそんなに怖がりではありません」ドルヴィル夫人が言った「部屋には女二人しかいないけど」

「あらまあ、私はひとりぼっちだからもう眠れないわ」とシルヴィーナは遮って言いました。（猊下は微笑んでいました）

シドニーは少し顔をしかめていました。もうこのいたずらは私の仕業だとしか思えなかったのでしょう。それでも何とかシドニーを安心させることができました。時間を見つけてどうして私が騎士の部屋に行くという馬鹿なことをしたのか、騎士は一人ではなくてどういう状態だったかを教えてあげたのです。

「みなさんを守るために警備隊を呼ばなければなりませんね」デーグルモンは言いました「僕たちが警備してもいいけど、きっと手をわずらわしたくないと言って丁重にお断りになるでしょうからね」

「私はそんなことはないわよ」すぐにドルヴィルが言った「騎士さんいらっしゃってください、あなたに警備をお任せしたいわ」

「私は隣の少年にしておくわ」ソリニーが答えた「でもあの子はいつも寝てばかりなのよね。いい子には違いないけど、寝ていて気づかないうちに私が誘拐されちゃうかもしれない」(この言葉は太ったキンストンがそこにいることを念頭に置いたものでした。行きがかり上モンローズが隣にいても全く無害だとわからせなければならなかったのです)

「立場上私には警備の仕事ができません」猊下が言った「衛兵をする司教は珍しいですからね」

「まあ」シルヴィーナは叫んだ「誰も反論しないでしょうけど、相手がお化けなんだからあなた以上の番人はいないわ。悪魔祓《ばら》いのお祈りをすれば、どれだけたくさんお化けがいてもあっという間にいなくなるわよ。警備は猊下にお願いします……」

私は大変面白がってこういった発言を聞いていましたが、何も言わなかったのでしつこく聞かれました。

「いたずら好きのフェリシアさんは自分で言わないけど怖がりなのかしら」と騎士は言いました。「でももし幽霊方に少しでも良識があるのなら、きっとフェリシアさんのことは見逃さないでしょうね」

「見逃されたら残念だわ」私はふざけて言いました（シドニーがちょっと席を外したところだったので、私も是非デーグルモンと同じような目に遭いたいものだと付け加えました）。

「それはよかった」デーグルモンは答えました「でももしフェリシアさんのところにお化けが来たら、次回はあんまり強く叩かないでほしいと伝えておいてください。かなり気のいいお化けのようだけど、はっきり言ってきつく叩かれましたからね」

「お尻を叩かれたということは、騎士さんはきっと何かおいたをしていたのでしょうよ」

ついついにやにやしていました。ぽろりとこぼした言葉が何をほのめかしているのかに騎士は気づいてしまいました。私がお化けではないのかと疑い出して、ふざけて指差して脅すので、私はもう笑いが抑えられませんでした……でももう話題が変わっていたので、これ以上のおふざけは続けないことにしました。いつかちょうどいいときにこの話題についてもう一度話すことにしたのです。

第二十二章　変なことについてばかり書いているのでみんなの気に入るというわけにはいかない章

毎日サー・シドニーと素敵な迷路に行きました。サー・シドニーは魅力的な心をもっているので私の心にとって大切な人になりましたが、激しく続けざまに愛してくれるので私の身体にとっても大切な人になりました。一緒に暮らす時間が長くなればなるほど二人は愛着を覚えるようになりました。関係をもつ回数が増えると年齢の不釣合いは消えていきました。一言で言って、二人は全く満足して愛し合っていたのです。私に告白して言うには、私と知り合う前は絶対に幸せになれるはずがないと希望を失っていたけれど、私にこの暗い憂鬱を治してもらったのだということでした。実際私はかなりしっかりした論法で証明したのです。どんなにひどい状況でも、不幸が訪れた最初のうちから理性と健康を損なわないでいられたら、頼みの綱は残っていると。サー・シドニーは私のことを熱く愛していましたが、私は細心の注意を払ってそれを遮るようにしていました。一人だけを愛するようなことは自分でできないし、そのような愛を受け入れることもできないといつも繰り返していたのです。私の考え方はおかしいけれど、サー・シドニーの気持ちに対して大きな影響力をもたずにはいられませんでした。シドニーはこれに慣れてしまって、反論するにも論拠が見つかりませんでした。でも複数の人を好きになってもいいという理窟は女にとってだけ都合がいいだけではなくて、男にも都合がいいのではないでしょうか。幸運なことにこの考え方が流行しています。ひとつかみの不機嫌な哲学者が、古臭いプラトン流の道徳の遺物にかぶれて、新しい宗派に宗旨変えした人のことを狂人、変質者と呼んでも無駄なことです。反対にこの幸せな入信者たちだけが私には本当の哲学者のように見え、これをけなす人々はくだを巻いているだけなのですから、勝手に非難して嘆いていればいいのです。私たちは楽しみましょう。

ご記憶でしょうが、デーグルモンはあの夜にお尻を叩いたお化けが私なのではないかと疑っていました。このことについて種明かしをしてもよくなって、私はその通りだと認めました。でもデーグルモンのことをがっかりさせてしまいました。どうやって部屋に忍び込めたかを教えるのは断ったからです。確かに廊下に通じる部屋の鍵を閉めていたのにどうして忍び込めたのかデーグルモンにはわからなかったのです。

「フェリシアはもう僕のことを愛していないんだね」デーグルモンは悲しそうに言いました「父親ほどにも年が離れた愛人がくっついているけど、あの真面目くさった雰囲気のせいで君の心が駄目になってしまうんだよ。一度変な趣味に走ったらもう快楽とは縁がなくなってしまうんだ。聞いてほしい。考えることを楽しみにしたら駄目なんだよ。若さから逃げないで。そんなにお人好しになったら駄目だ。君は男に尽くそうとしているけど、この男はいくら尽くしたところで本当は君の好意を勝ち取れるような男ではないんだ。僕の方が邪険にされるなんて。サー・シドニーを愛しているというが、あの人はここにいる人の中でいちばん年上なんだよ。しかもこのあっぱれといっていいほど愚かな愛情を捧げているのは誰だというのか。ここにいる浮かれた女の中でいちばん年下のフェリシアなんだ。もう昔の面影がなくなってしまったね」

「お上手ね、騎士様」私は答えました「でもお上手だというだけよ。あなたの部屋にどうやって行ったのかはまだ教えられないわ。それでも私がそんな淑女ぶった女ではないことをわからせてあげないと。ついて来て」

あの素敵な迷路に騎士を連れて行きました。この田園の美しい地所に初めて来たとき私は驚きましたが、それと同じぐらい騎士も驚いていました。こんなところで愛し合う快感がどれだけ刺激的なものか、騎士も私も実感しました。二人で一緒によき女神ヴィーナスに捧げ物をしたのは久しぶりのことだったので、愛の喜びの中にも新鮮な魅力がありました。それから語り合ったのは、サー・シドニーの屋敷に来てからどうしていたかということでした。この男のことが好きで一緒に暮らしているということは隠し立てしませんでしたが、階下の機械のこともうその機械を使ったことがあることも話しませんでした。

「僕の方はどうしていたかというと、ここにはいろいろな楽しみがあるけど、だんだんつまらなくなってきたんだ。そんなときに運よく気づいたのは、可愛いテレーズと一緒なら楽しい夜が過ごせるということだった。シルヴィーナさんはおじにご執心だし、そもそもあまり僕の才能を買っていないので、そちらの方面ではどうにもならない。そこで手始めに昔からの知り合いのドルヴィルさんをもてなすことにしたが、僕一人では足りないようなんだ。知らないうちに従僕が一人僕の代理を務めていたようでね。この前何の気なしに夫人の部屋に行ったら、控えの間にこの男がいるのが見えて、二人の姿が鏡に写っていたんだ。扉は開けたままだったが、こいつはベッドの足の方にいて、飢えた愛人にぶっつけ本番のサービスをしていた。僕は我慢して最後まで待っていたよ。互いを舐め合う猫の身繕いのつもりか、今度は英雄ヘクトール君が出した幸運の硬い道具に夫人が感謝の熱い口づけをしていたよ。ドルヴィル夫人は従僕をもう一人使えば僕なんかいなくてもいいんじゃないかな。このことを知ってちょっと傷ついて、今度はレディ・

キンストンに手を出した。でもこの美人は変な趣味をもっていて、僕はすぐにご遠慮しなければならなくなったんだ。普通の女を相手にするようなことをこの人は全くしてほしいと思わないんだよ。とんでもないことをしてやらないといけないんだ。お稚児さんのような扱いを受けることを望んだり、そうかと思うと今度は……僕たち二人が初めて馬鹿なことをした夜に君が冷たく断ったことだけど……口に捧げ物をしてもらいたがったり……」

「あら、嫌な女」これを想像して気持ち悪くなり私は言いました。

「そうだね」騎士は答えました「君は嫌なんだろう。でもね、フェリシア、最初は考えただけでもおぞましいぞっとするような趣向が情熱によって素晴らしい快楽に変わることもあるんだよ。僕も全く普通の女性を相手に（とはいっても羽目を外したのだが）自分でも驚いてしまうような馬鹿なことをして喜んだことがある。僕はそんなおかしなことをして楽しかったということを否定するような不正直な人間ではないし、意地を張ってそんなおかしなことも本当の楽しみの手段なんだと主張するつもりもない。これは全部想像力の問題なんだ。想像力のせいで、理性が嫌だと思うこと、ときには本性から嫌だと思うことすら簡単にできるようになってしまう。衝動のせいですべてがしっちゃかめっちゃかになるわけだが、このめちゃくちゃな状態が実は快感になるんだ……」

これは全くもっともな話で、私もこのとき以来これを実感することがよくありました。デーグルモンが続けて言うには、もしソリニーのことがもっと気に入っていたとしたら、どんなにわがままな要求をされても気にならなかっただろうということです。最初は相手に合わせて付き合っていたけれど、だんだんうるさく感じてきたのです。そもそもこの淫乱女相手ではあまり楽しめないと思って、優しいテレーズのもとに走ることにしたのでした。騎士によるとテレーズは本当の通人にこそ味わえるいちばんおいしい女だということでした。治療を受けてからは若々しさとしなやかさを取り戻していて、鮮度の高い女の魅力を全部もっていました。テレーズをものにしてから喜びが絶えないと騎士があまりに称えるもので、私はちょっとかちんと来ました。テレーズが気取った馬鹿な女ではないことはわかっているのではないでしょうか。快楽をとことん愛している女で、快楽を与えてくれる男にはそれを何倍にもして返すことができる女なのです。騎士が言うには、こんな小間使いは滅多にいるものではないので、誰か流行りの男のものになって名声を高めるしかないということで、パリに帰ったらすぐに自分でそうしてあげようと言うのでした。

第二十三章　サー・シドニーの不在
～いかにして美少年モンローズがまた宿命に追われるようになったか

素敵なデーグルモン、そしてモンローズともまだときどき秘密に会っていましたが、サー・シドニーには少しも疑われませんでした。絶対に自分の部屋では浮気しないことにして、不意を襲われることがないように離れた場所を選んでいました。

この頃サー・シドニーはパリから面白味のある知らせを受け取って、しばらくの間パリに帰ることになったので、私たちに家を任せて、戻ってくるまで楽しく暮らすようにと言いました。シドニーは私のことを完全に信用していました。出発のときに私に鍵をすべて託し、どんな使い方をするかについては何の制限も設けませんでした。

その夜すぐに私はデーグルモンを部屋に招き、私たちの部屋がどんな風にどこでつながっているのかを教えてあげました。これでテレーズのお楽しみはおしまいね。今度はテレーズが本気で愛している騎士を永久に奪ってやったのよ。私は意地悪な喜びを感じました。あの子はかわいそうに、愛する人のことを思って不安に思っているのです。夜になると部屋の周りをうろうろしているけれど、いったいどうやって愛する人が毎日他の誰かのところで夜を過ごすことができるのかちっとも理解できないのです。だって部屋を出入りするのを一度も見かけたことがないんですから。それでも最後には心を決めてうろつくのをやめました。二つの中二階の部屋の秘密を全部教えると騎士は喜びました。騎士にはこんなに便利な家をもっているシドニーが誰よりも幸せな男に見えて、自分が大領主ではないことを残念に思いました。もし大領主だったらすぐにでも似たような家が買えるのにと考えたのです。

ある日の夕食の後二人は散歩していました。太ったキンストンがソリニーと二人だけで話していました。二人は何かささやいていましたが、モンローズの名前が聞こえたように思いました。二人の口調はとても真剣で、話に身が入っている様子でした。美少年と何か関係がある計画が俎上《そじょう》に上がっているのではないかと私たちは疑いました。そこでレディ・キンストンを近くで見張ろうということになりました。見張り場には一人分の場所しかないので、私が見張り場を使いました。でも騎士は自分の部屋からの通路を用い、引き戸の陰から私と同じぐらいよく見ることができました。この引き戸は気づかれないように半開きになっていたのです。

ソリニーは習慣通りに親切なモンローズに身繕いの世話をしてもらっていました。前に見たとき以来、ソリニーはモンローズに新しい馬鹿なことをたくさん教えていました。モンローズはとても熟練してよく慣れているようで、淫らな先生が思いつくことには何でも応えていました。

モンローズが逆向きになった姿勢でソリニーのことを上手にもてなしていましたが、これはこの前騎士が言っていた二つの趣味を同時に満足させるような体位で、二人とも満足しているように見えました。特にソリニーの方が食らいついているようで、猛り狂ったように達すると部屋中に喘ぎと啜《すす》り泣きを響かせました。それでもソリニーは持ち場を離れました。少年は別の快楽が味わえるような姿勢をとりました。モンローズはまず躊躇を見せましたが、昔の友だちカルヴェルが試してみようと言ったけれども同意できなかった快楽に結局は慣れてしまったのだろうと私は思いました。このときは禁じられた合体の方を選びたいと思っているようにも見えましたが、ソリニーはもっと自然な方に奉仕してほしいと言いました。位置につくやいなや若者は愛人の手足にきつく抱きしめられ、この姿勢のせいで少しお尻を上げなければならなくなりましたが、このとき私たちがそこにいると思ってもいなかった太ったキンストンが現れて、よっこらしょとベッドに上りました。それが目に入るとモンローズは逃げ出そうとしました。無謀なことをしたのを罰せられると思ったのです。でも全く別の用事でした。ロードはただただこのそそるお尻がほしかったのです。これはどんな愛好家の欲望も駆り立て、いつでも犯される危険があるようなお尻でした。でもソリニーが全身の力をこめて美少年のガニメデを窒息させそうにしてロードに有利になるようにしても、太った元気なロードが脅しつけ、約束し、お願いし、優しい言葉を言ったり罵ったりを繰り返しても無駄なことでした。自分の姿勢をひっくり返そうとして何とかうまくいきそうになったモンローズは、もがくうちに太ったキンストンをベッドから追い出して、この男は床に落ちましたが、ますます不幸なことに他の二人にしがみつこうとしたものだから、この二人も一緒に下に落ちて圧し潰されそうになってしまいました。モンローズは身軽に逃げて自分の部屋に駆け込みましたが、すぐさま剣をもって戻ってくると好色な英国人に躍りかかりました。しかしソリニーが命懸けでこの二人の間に身を投げました。ロードが逃げだす間、青ざめたモンローズはジュピターを気取るには程遠い状態でした。ソリニーが裏切ったのは明らかでした。モンローズはこれをとげとげしく責めましたが、それでもソリニーが思ったほど強くは責められませんでした。侮辱された少年は全く和解しようとせず、突然部屋に帰っていきました。すぐに門をかけて扉を二重に閉める音が聞こえました。

　騎士が私のところにやってきました。二人は私の部屋でこの悲喜劇を笑い、官能の戯れに溺れました。この淫らな場面を見たせいで身体についてしまった焼けつく炎をこうして消したのです。

　若者たちよ、この一節から教訓を読み取ってください。放蕩に溺れるのは簡単なことで、一度身を委ねたら自制できずに暴走することになるのですよ。かつてあんなにも優しく控えめだったモンローズが、ここではもう最低のどうしようもない放蕩者になってしまったのです。ふしだらな愛人と出会ったがために、最初はどんなことをしても歯が立たないと思われた嫌悪感も乗り越えてしまいました（確かに経験豊かな女性を相手にするときには、常道とは違うやり方でするのもいいことです。特に広々とした空間を埋められるような一物をもたない少年は）でも一言で言って、モンローズが能動の立場では喜んで行為に及ぶのに、モール人の城のアンセルム殿[036]とは違って受動の立場は甘受できないのだとしたら、そこにはいったい何が足りないのでしょうか。ほとんど違いはないと言っていいでしょう。ただやり方が下手くそだったのです。それに名誉ある人々にとって暴力は何も解決できないものなのです。

第二十四章　面白いことが起こる章

ここに書いた出来事の数日後に、サー・シドニーの身の上に大きな変化があったことを知りました。おじが亡くなってロードになり、財産が三倍になったのです。シドニーの計画は、さらに二、三日私たちのところに帰ってくるのを延期して、すぐに英国に行くことでした。私信で知らせてきたことによると、この住まいが気に入っているようなのでフェリシアの名義でこの土地を買った、この贈り物を断って私を悲しませるようなことはしないと思う、資産が増えたので、こんなものを買ったところで大したことではないんだ、ということでした。とはいっても、建物、家具、快適な生活を楽しめるようなさまざまなものを別にしても、土地収入もかなり大きなものでした。所有権も地代もちょうだいするわけにはいかないけれども、城の使用権はお断りしませんと返信を書きました。それでも条件をつけて、私がいいと思う人に使用権を渡してもいいということにしてもらいました。私の意図はどういうものだったかというと、サー・シドニーの子供にいつか全部渡そうと思っていたのです。シドニーは家の爵位を守らなければいけないので誰かと結婚しなければならないでしょう。そうしないと家系が途絶えてしまうのですから。

そのころ私たちはちょっと変わった出会いをしました。そのときは予想もできなかったのですが、この出会いは重大な結果をもたらすことになったのです。運命は何かを計画しているものなのでしょうが、この計画はとても奇妙なものです。最初は全くどうということがないように思われた状況から一連の出来事が生じ、そのために新しい人生の姿が生まれることがよくあります。

もう日が暮れていて、みんなでがやがやと狩りから帰ってきたところでした。前にお話ししたことをご記憶でしょうが、ここには像があって、その近くを通らなければなりませんでした。先頭にいた猟犬係の馬が突然怖がって尻込みし、前に進もうとしませんでした。すぐ後ろにいた騎士の馬も同じで、それに乗っている騎士も怯えてしまいました。像の台のところに男が倒れてもたれかかっていたのです。そのとき私たちもそこに到着しました。猟犬係がデーグルモンと私の隣の馬に乗っていたモンローズに頼んで言うには、馬を降りて一緒に調べに来てほしいということでした。見つかった男は死んでいるのでしょうか、眠っているのでしょうか。よく見るとこの男は不幸にも何カ所も刺し傷があって大量に血を流していましたが、まだ息がありました。

「どなたかは存じませんがかまわないでください」この男は死にそうな声で言いました「助けないのが情けだと思ってください。死こそがただ一つの慰めなのです……」

苦しそうな嗚咽が言葉を遮り、亡くなったのかと思いました。

シルヴィーナと猊下は小さな馬車に乗っていましたが、これを譲って別の馬車に乗せてもらいました。この馬車はとても広くて、太ったロードがドルヴィル夫人とソリニーと一緒に乗っていました。モンローズと猟犬係は城に飛んで行きました。猟犬係は従僕とシドニーの医者を連れてすぐに戻ってきました。モンローズが医者に馬を貸したのです。明かりと着物を持ってきて城から遠からぬところに怪我人が乗った馬車を見つけましたが、中では意識のない怪我人がデーグルモンの腕に抱かれていました。すぐその場で傷を調べましたが、深くて疑わしい傷でした。手当てをしました。

私たちは武器を拾いましたが、不幸な男はこれで自分を刺して死のうとしたのです。その他に髪の毛でできた腕輪のようなものがあり、それに女性の肖像画がついていました。水晶は色がくすんで濡れていましたが、唇の跡がついていました。自殺しようとした男は私たちと出会ったときにこのアクセサリーに口づけしていたのです。この興味深い事情を聞いて私たちは好奇心を刺激されましたが、この好奇心はさらに膨れあがることになりました。翌日サー・シドニーが帰ってくると、この肖像画を見てまるで雷に打たれたかのように驚いたのです。これはシドニーから前に話を聞いたことがあるあの女性の肖像でした。シドニーはいつもこの女性が私にとてもよく似ていると言っていましたが、今度は他のみんなに証人になってもらうことにしました。実際みんな同意せざるをえませんでした。私の顔に輪郭が似ていて、特に顔つきが瓜二つでした。それでも病人の容態は変わらず、今にも事切れそうでした。シドニーは旅行を延期できませんでした。できることならこの大切な肖像画の複製をつくらせたいと思ったことでしょうが、デリカシーがあるのでそんな風にしてちょろまかすようなことはできませんでした。出発するときに私にお願いして、この人の命を救ってやれるように全力を尽くしてほしいと言いました。この人から話が聞けたら、それは絶対にシドニーと大きな関係があるに違いないからです。

私はこの愛すべきシドニーに対して優しい気持ちをもっているので、熱心にこの不幸な客人を看病しました。この人がようやく危険な状態を脱して話せるようになったのは、ロードになったばかりのシドニーが出発してから二週間たった頃のことでした。

この時間の間は不安と哀れみだけを感じていて、快楽のことを考える余裕がありませんでした。他人の快楽にも興味がもてませんでした。この病人のことで手一杯で、そばを離れることがほぼありませんでした。退屈を感じて、ドルヴィル夫人、ロード・キンストンとその愛人は去っていきました。モンローズは英国にいました。私たちのような人間と付き合うのは、全くモンローズの好みではあるけれど、少年には有害なものだったかもしれません。シドニーにお願いして、モンローズを連れ戻すように言ったことがありました。少年はかわいそうにとても激しい悲しみを爆発させていたのです。でもモンローズがここからいなくなるのを望んだのはシルヴィーナその人だったので、遠くにやらざるを得ませんでした。

第二十五章　一部を除いてほぼ脇道

「これは夢でしょうか」話ができるようになるとほぼすぐに病人は言いました。「なんという奇跡でしょう。ようやく優しい人々に囲まれているなんて。僕はずっと前から……僕は生きているんですね……あなたは……あなたは初めて会う人だけど、私にとってこれ以上の驚きはありません」

「わかりますよ。お近くにあったあの肖像画……どこか似ていますね……」

「そっくりですよ。でもあなたは優しい心をおもちです。あのケルランデックはつれなくて……」

シドニーがパリからよこした腕のいい医者は、怪我人につきっきりでしたが、このやりとりのために病人が興奮しすぎていることに気づきました。私は席を外すようにお願いされました。

「もう疑いはないね、フェリシア」と騎士に言われました。

部屋から出てきたところで出くわしたのですが、騎士は不幸な男の容態をさほど気にかけていないのでした。

「疑いないよ。もしこの風来坊の怪我が治っても、次は君のために医者を引き止めなければならないんじゃないか。悲しいことばかり考えて、真面目に看病して、病室の悪い空気が染みついている。そのうち残念なことに君が病気になる羽目になるだろう。高熱が下がらなくなるかもしれないし、そんなに献身的な看護をしていたら、少なくともその報いで必ずふさぎの虫にとりつかれることだろう。快楽はおしまい、気持ちいいことはおしまい。自然を忘れてしまったんだね。不幸が伝染したんだ。僕は冷たくなってしまいそうだよ。フェリシアはこれが思いやりだというんだろう。でも自分がどんな人間だったかも全く忘れてしまうなんて」

確かに愛する能力、喜ぶ能力は私のうちで全くお預けになっていました。しかし私たち遊女にとってこんな変化は長続きするものではなく、重大な結果を及ぼすものではないのです。自分がどういう人間かを忘れるつもりはないということをすぐに可愛い騎士に証明してやりました。それにまた、男の病状は快方に向かっているけれど、今の状態では私は前のようにつきっきりでいるわけにはいきませんでした。私を見ると不幸な思い出をまざまざと思い出してしまうからです。そこで私はまた人付き合いを始めて、まもなく前からの習慣を取り戻しました。楽しみがいくらあってもいつか飽きるものですが、これに変化を加えて飽きないようにできるのは女だけです。そんな楽しみで私たちは幸せな時間を過ごしました。

　騎士には数え切れないほどの恋愛経験があります。この話を聞くのも私の暇つぶしの中ではなかなか楽しいものでした。騎士はとても楽しい経験をしたことがありましたが、これを上手にわくわくさせるような仕方で話したので、それを聞くのが楽しいだけではなく、その上手な話を必ず実際に試してみたくなるという楽しみもあるのでした。もしこの愛すべき好色な男が体験談を書いてくれたら、それを材料にして私の本はもっと厚くなったでしょう。読者はこの体験談を伝えてくれたことで私に大変感謝することになったかもしれません。しかし怠け者であまり有名になろうという気がないこの男はつれなく断って、デーグルモン語録を書いてくれませんでした。書きたいと思うどころか、私が書くことを楽しみにしているのを悪いことだと思っているのです。一言で言って、この検閲官のことを私はもう二回お話ししましたが、この人は私が十八番目の愚行を書くのをやめさせようとしていたのに、最終的にはそれを諦めました。たぶんもう私には引き下がれないからでしょう。そもそも騎士は絶対に反対しないので、その点でいちばん頑固なくらいです。でもこんな脱線はやめて、この人気者が体験した信じられないような出来事についてお話ししましょう。騎士の馬鹿話を集めた本がないことがどれだけ残念なことかわかると思います。話すのは騎士自身です。

「フェリシアも知っているように、この前僕は勇気を振り絞ってしばらく実家に帰ったんだ。おじさんにそうしてくれと頼まれたから喜ばせようと思ってね。僕が生まれた真面目な町の住人はあそこで僕たちが出会った人たちとだいたい同じ手合いの人間だ。同じ偏見をもっていて同じくらい滑稽な人々だ。男はみんな気取った馬鹿で、女はみんなふしだらな女と来ている。偉そうに純愛をひけらかしているくせにね」

「僕はどの家に行っても歓迎されるし、そこそこレベルの人はだいたいみんな僕の命令に従うんだ。でも楽しくてたまらないというほどのものは何もなかった。結局は陰気な夫のおこぼれだし、馬鹿な見張りを買収するのが嫌だったね。滑稽な母親やおばで満足しなければならないなんて御免被りたいからな。一言で言って、僕の目的は一つだけだった。少し前から営利事業を行っているという何とかいう男の妻だ。この男は自分から言い寄っているのだがいわゆる上流社会に入り込むのにものすごく苦労していたんだ。この男の奥さんがとてもきれいで若々しく、完璧な身体つきだった。この女は少しだけパリを知っていた。陰気な夫の身分は結婚して奥さんにもらったものだ。この女は私は金持ちですよと言いたいような身なりをし、エレガントな女を目指して服を着飾っていた。それでもかなり頭がいい女だが、ある士官と大恋愛をしているという欠点があった。これが小説の主人公が完璧な人間だと思うような男なんだ。この男にとってはこれは大恋愛物語の主人公だと指差されることが何よりの幸せで、古風な情熱的な女に聖人扱いされ、セラドンの見習い[037]に崇《あが》められるのが喜びだ。一言で言って、この点において全く滑稽な人物で、夫の方は哲学者ぶってこの奇矯な愛人のことを大切にし、この男の助言しか聞かないからこそますますおかしいんだ。この二人の殿方からこういうのぼせた女を掠め取って一杯食わせてやるのは最高なので、何とかその手段を見つけようと思った。

それでもこの平民たち相手に気遣いをするのがとても嫌で、僕の酔狂がどんな障害に出会うかと思うと不安だった。でも偶然に助けられてこんなことになったんだよ」

第二十六章　前の章の続き

「友人の一人が感づいたというのだが、この奥様は僕が口説こうと思っているのをまんざらでもないと思っているというのだ。僕を紹介してもいいという許可が出て、日にちが決まったが、これは何かの会合の日だった。一団が会合を始める一時間前に行かなければならなかった。だってできることなら会いたくないような連中が集まることになっていたからね。しかしこの大事な日になって、紹介してくれるはずの人が予期せぬ事情のせいで来られなくなってしまった。一緒に行けないと知らせてきたが、一人で行けばいいと言っていた。婦人には予告してあるし、そもそも僕のような男がわざわざ厳格なマナーを知っていますよと言って自慢しなければならないような相手でもないからだ。そこで僕は一人で出かけた。もうとっぷりと日が暮れていて、門にいた一張羅を着た召使が奥様はいらっしゃいますと言った。階段の照明は暗かったよ。最初の二つの部屋には明かりがなくて誰もいなかったが、扉は開け放ってあった。向こうの方に女がいるのが見た。僕がやってきたのが聞こえて、手燭をもって僕を迎えにやってきたんだ。これが家の女主人本人で、使用人がいなくて手入れが行き届いていないことについて少し平民風に不満を言っていた。

『あらまあ、騎士様でしたか！　なんて恥ずかしい！……』

こう言うのと同時に足を滑らせた。床を念入りに磨きすぎていたんだ。ひっくり返って蠟燭《ろうそく》の火が消えた。僕はそばに駆けつけた。でもなんと奇妙な偶然だろう。全くの善意から奥様を助けに急ごうとしたのに、手が硬い胸に当たったんだ……それで僕は奉仕精神を忘れてしまったというわけさ。起き上がろうとしたのに、僕が口づけるとまた倒れてしまった。暗闇の中で僕は大胆になった。変な姿勢になったのも僕に都合がよかったね。僕の方が優勢になった。絹のような太腿はむっちりとしていて硬く、僕の手は何よりも素敵な宝石の方に向かい……責め立ててやると……小声で叫んだ。

『なんてこと……ひどい……もし家の者が……夫が……誰か来たら……』

僕はもう手短に済まさなければならないと感じていた。でも女は本性を現していて、僕がどんなに官能に働きかけているか、その証拠がはっきり目に見えていた。こんなところでするのは行儀が悪いがしょうがない、最後までむちゃをすることにした。ほとんど抵抗はなかった。僕は攻撃を加えて勝利者になった……でもびっくりしたよ。愛欲と偶然には不可能なことがないんだ。キスを返してくると猛り狂ったように僕を抱き締めて、僕の動きに合わせてきたんだ。僕はもう全く正気を取り戻していたが、女の方はまだ正気ではなかったよ。今度は誰かに現場を襲われるんじゃないかと思って怖がっているのは僕の方だったね。でもすぐに僕のことを激しく押しのけて逃げ出した。手燭を見つけると、恥と後悔をもごもごつぶやきながら逃げていった。僕にはもう何が何やらわからなかったよ。とはいっても正気を失ったわけじゃない。下に降りて行くと持ち場にいる門番とやらを見つけて、部屋には明かりもないし来客を告げる使用人もいないぞと苦情を言ってやった。この門番が大声で呼ぶと、間抜け面の男が現れた。顔を白塗りにして、何とか腕をねじって小さすぎる制服を大急ぎで羽織ってきたんだ。この男が燭台をもって僕の前を行った。このとき奥様は何とか落ち着いて、ようやく部屋に二本の蠟燭があることになり、目を涙で濡らしたままで僕と会ってくれたが、顔はまだ真っ赤なままで、知らない人でも何があったのかわかっただろう。従僕は叱られてくびにするわよと脅されて、しょんぼりして部屋に明かりをつけに行った。さっきは暗かったから僕には都合がよかったわけだが」

「奥様の方では言いわけをして僕を非難し、嗚咽を洩《も》らしてなんてひどいことをと泣き言を言った。僕の方では慎ましく悔い改めて熱っぽく約束した。二人とも秘密を守ることに決めた。要求された和解の条件は、さっきのことをすべて無効と見なし、これを不問に付すということだった。これは奥様が立派な愛人のことを心から愛しているからだった……

『とんでもない』この愛人が叫んだ。嫉妬によって隠れていた化粧室から出てきたのだ。

僕の評判を知っていたので、それが怖くて自分の愛人との最初の会見がどういうことになるかが知りたかったのだ。それでもこの男には何も見えなかった。化粧室と二人が一時の恋をした部屋の間にはこのとき二人が話していた部屋があったからね。

『とんでもない』彼は言いました『どうぞこの男をとってください。もったいないことです。私は邪魔立てしませんよ……この裏切り者、節操のない好色な化け物め……』

『おやおや（僕がいる前で勝手に激昂している男に気を悪くして僕は口を挟んだ）。奥様と私の目の前ですよ。慎んでください。そんなに怒鳴っていると……』

『何だと、つまり……』

『黙っておれということだ』

『何を……』」

「ところがこんな思いもしないことが身に降りかかったことに困惑し、突然の愛人の登場に仰天し、二人の喧嘩が怖くて、奥様は気が遠くなってしまった。手当てしなければならないので口論は中断した。僕は呼び鈴を鳴らして、誰にも見られないうちに帰ることにした。どうして出てこられたのかわからないが、侮辱されたライバルが出てきてすぐに僕に追いついた。二人は殴り合い、男の方は激怒していたけれど、僕の方はといえば冷静に良識ある男の義務を果たしていただけだ。僕は手加減していたんだ。男は剣で切りかかってきたが、僕の剣の鍔《つば》に当たって剣が折れ、腕に軽い怪我をした。家まで連れて帰ってやって仲直りした。これは善良な青年なんだが、もう少し社交界のやり方を身に着けて、完璧な愛を織りなそうなどという滑稽なことを望むのはやめなければならない。この男が言うには、全く残念なことにすぐに出発しなければならない、そろそろ休暇が終わりだからということだった。自分の愛人は清らかな女だと思ったまま、後悔の念が混じることのないそこそこ幸せな思い出をもったまま旅立ちたかったというのだ。でも僕にはわからせてやることができたと思う。つまらないことで悲しむべきではないし、それどころか自分がものすごく幸せだと思わなければいけないよと。だってこれからは女についてはどの程度にしておくべきかわかったのだ

し、この女との約束がおじゃんになったのだから、今度はもっとましなやり方で別の愛人と付き合えるんだからね、それは全く君次第なんだよと言ってやった。わかるだろう。もし愛すべき夫の名誉を汚すことを絶対に要求するなら、自殺するなどという恐ろしげなことを言って脅してこの女はこの男を引き止めていたんだが、この女はこの男のものではなかったんだ。この愛人はあまりに信じやすくて、そんなことをしてまで幸せになろうとは思わなかった。二人とも愚かだったというわけだ。美しい愛の幻想は結局必ずこういうことになる。女は愛欲が強いのに、それを愛人に対して否定し、自分に対しても否定している。それでも愛することはいいと思っている。ところがこの女は魂と肉体を切り離していて、すべてを魂に捧げて肉体のためには何もしてやらないので、肉体の方は機会さえあればそれに飛びついて魂に反抗することになる。突然ならず者が現れて、臆病な耕作者がとても苦労して開拓した畑の収穫をしてしまうんだよ」

「恐ろしい騎士殿」私は言った「もし万が一結婚することになったら、あなたが自分でそういう目に遭うことになるのよ……」

「もし万が一だって。間違いなくそのうちに結婚するよ。結婚しなければならないからね。僕には間抜けな兄がいて、病気なんだよ。薬ばかり飲んでいて古人の研究に勤《いそ》しんでいるが、そのうちきっとこの兄が見事な遺産に対する期待を残してくれるだろう。それでも妻には淑女ぶった女であってほしくないね。妻には幸せで自由でいてほしいよ。妻には僕の友人の友人でいてほしい。僕も妻の友人の友人になろう。僕の家では誰も家長として偉ぶらないでほしい。妻だけが僕と一緒に家の舵《かじ》取りをするんだ。遊び人として知られる悪党、陰気な聖職者、飢えた衒学者を妻が連れてきませんように。妻がすることはすべてうまく行くだろう。妻が計画するお楽しみには親切に協力してお金を出すことも惜しまないよ」

こんな騎士は悪い人でしょうか。こういう考え方をしないで、妻に対して休むことなく「名誉だ、美徳だ、妻の義務だ、夫の権威だ」と叫んでいる人々は騎士よりもましなのでしょうか。読者のみなさんが決めてください。

第二十七章　よくわからないことを扱っている章

ロード・シドニーはよく手紙を書いてよこしました。いつも愛を語る口調でしたが、それでもあの不幸な男と肖像画のことをとても気にかけていました。この絵のモデルはまだ生きているのか、そうだとするとどこにいるのか、どういう縁でこの絵をこの不幸な男はもっていたのか、結局この男は誰なのかについて知らせてほしいと言っていました。モンローズについて知らせてくるのはよいことばかりでした。この可愛い少年は何でもでき、熱意に満ちているので、シドニーは大変に満足していました。モンローズはみんなに好かれていて、この年なら激しい情熱をもっているものなのに、そうとは思えないほどにおとなしく振る舞っていたのです。

「フェリシアさん（ある手紙の中でシドニーはこう続けていました）、私は何度か幸運にもあなたの身体を喜ばせることができたけれど、老いかけた私が若いあなたから奪うような支配関係は、お返しをもらう前に終わらせなければなりません。でも尊敬と友情は年齢に関係ない素晴らしい感情です。この見事な成果は散りやすい愛の花から生まれるとは限らないものですが、私たち二人の間に愛よりも強いけれども愛に比べて不幸なわけではない絆を結ぶことになるでしょう、云々」

「ロードのおっしゃることはわかります（だいたいこのようなことを答えました）。愛する必要があったのですね。私がちょうどいいと思ったのでしょう。あの肖像画を見てわかりました……ぼんやり希望をもったのでしょう……当たり前だと思います。幻にお帰りなさい。いつかその幻によってあなたが幸せになれますように。私のようにその幸せを心から分け合うひとは他にいません。いずれにせよ私はいつまでも今の私のままです。優しい心にとってあなたがお話しの感情と愛の間には気づかれないほどの距離しかありません……あなたは音楽家ですから音楽にたとえても理解してもらえるでしょう。私はチューニングを変えなければ調が変えられないような頑固な楽器ではありません。どんな調にでも合うようにできていて、正に転調のためにできていると言ってもいいのです。それでも名手にしか手を触れさせません。ロードの手の中で私は不協和音を出さないのをご存知ですか。お好きなときに好きなだけそれを確かめてください。さようなら」

私は罵倒を浴びせられることになるのでしょうか。馬鹿な女、恥知らずな女扱いされるのでしょうか。私にはどうでもいいことです。他のところで言いましたが、私は厳格主義者の非難と軽蔑に自分の幸せで仕返ししてやるんです。それを証明してみせますよ……わざわざ証明してみせなくても、私の考え方は合格点だということをどんな理窟よりもちゃんと証明していることは、私は尻軽だけれども一人も崇拝者を失っていないということです。みんな友だちのままです。確かに私は決して間違った選択をしませんでした。かりそめの恋と呼ばれるような夢の話をしているのではありません。

今や私は愛と官能については愛の女神ヴィーナスの守護を受ける女の中でも位《くらい》が高くなり、顔つきとからだつきは完璧を極め、才能は成熟を迎えています。私は独立した自由な女ですが、その気さえあれば確固たる財産を手に入れて、決して破産しないようにすることもできます。破産を恐れるだけでどんなに楽しい時間でも台無しになるものです。自分の魅力とこの魅力が生む情熱を財源にしている可愛い女にとってこれは大切なことです。特に遊女にとって幸福を決するもの、幸福を手に入れさせるものは裕福さだけなのです。輝かしい境遇においては才気と高貴の風をもち、自分が完璧であることとそのことのためにいわば新しい輝きを得ていた人が、逆境に陥ったり、容色が衰えたりすると（これは必ず逆境を導くものです）、全くの別人になってしまうことがあります。才気は涸れ、心は狭くなり、卑しい心持ちが生まれ、幸せを極めていたときには人の感嘆を誘った心持ちがなくなってしまいます。最後には貧困と恥辱の重みに圧しつぶされて、ときには運命のいたずらによって、新参の美少女のためにひどい奴隷労働をしなければならない羽目になることもあります。同情します。私は何度も心を痛めました。天然痘やもっとひどい病気にかかって、パリ中が美しさに見とれた女が突然似ても似つかぬ姿になったのを知っています。この女が最下層の人間の服を着て、下品な女に仕え、以前は自分では一瞥も与えなかったような人を集めてこの女の客にしなければならないのです。こういうひどい話と私たちは縁がありません。こういった人々に目を止めることはほとんどありません。シルヴィーナとその夫がよくしてくれているし、いつかこの二人の財産を相続できるはずなので、貧困を恐れる必要はありませんでした。それでももし運命を確実なものにすることができたらどれほど楽なことだろうと考えないわけにはいきません。でも私はデリカシーをもちすぎていて、たぶん自己愛がかなり大きいのでしょう。そうでもなかったらロード・シドニーの申し出をきっと受け入れていたことでしょう。でも後でわかりますが、私のこんなやましさは取り除かれることになるのです……

今になって思いますが、これは間違いなく退屈な章でした。ともかくこれ以上長くならないようにしましょう。

第二十八章　客人について～この客人がした話

不幸な男の命を救おうとした腕のいい男は医術を用いて救うことにほぼ成功しました。

「でもこの傷は一生の間辛い後遺症に苦しむことになるような性質のものです」と医者は言った。「そもそもこの患者は情熱に身を焼かれていて身体が衰えているので、長く生きられるという保証はできません。すぐに死んだ方が本人にとっては幸せなのでしょう。さらに一、二年苦しんだとしても、その先には必ず死ななければならないのですから」

病人自身は自分の命などどうでもいいと思っていました。見張り続けなければなりませんでした。何とか懇願して、この人が熱く愛していた女性と似ている私の魅力によって約束させることができました。これからは医者に処方されたことはすべてすることにして、もう自殺しようとしたりしないようにと約束させたのです。

「従わなければならないのは辛いことです」とこの男は答えました。「間違いありません。もしこれでも死のうとしたらあなたに軽蔑されるだろうと思うから死なないだけで、そうでもなければ僕に生きることを強制などできませんよ……あなたはとても素晴らしい存在で、女神のようなケルランデックの魅力すべてを併せもっている。ケルランデックがもっていない唯一のものは優しく感じやすい心だけなんだ」

「もう我慢できません」私は言った「いったいそのケルランデックというのは誰なんですか」

「僕の禍々しい物語が知りたいのですか。僕の言うことを信じてください。楽しみを求めることにして、そんな話を聞いて台無しにしない方がいいですよ。世界一不幸な男の話は危険なものです。あなたの優しい心は平穏を楽しむようにできています。この話を聞いたらその平穏が乱されることになりますよ」

確かにその不幸な話が聞きたくてたまらないのだと私は言い、もしその不幸を分け合うことになったとしても、それは私にとって嘆かわしいことではないと言いました。もしいくらかでも慰めになるとすれば、私はそれでうれしいからなのです。男はしばらく悩み、それから少し涙を流して、苦しみの溜め息を漏らし、こう語りました。

「僕は某伯爵といいます。某侯爵の息子で、二十六年前にパリで生まれました。父は資産が思わしくない状態にあったので、裕福な銀行家の娘と結婚しなければなりませんでした。父は質実剛健な男、威厳に満ちた勇敢な戦士で、尊大で卑しい成り上がりを憎んでいました。それでも貧しさにうんざりして、愚かにも身分の低い女と結婚したのです。同じことをした多くの領主はそれで満足するものなのに、僕の父は、他の人よりも不幸な選択をしたのか、それとも身分が違う結婚には不愉快なこともあるものなのにそれを我慢するのに向かなかったのか、この結婚をしたことを憎むようになりました。母は浪費家だったのです。母は無礼な両親に応援されていました。もともとは下賤《げせん》な生まれなのに、財産を築いたのでそれを棚上げにしてしまったのです。この生まれを忘れるとすぐに、私と結婚できて幸せだと思えと図々しくも夫を責めるようになったのです。失礼な家族に不平を言っても態度は同じくつっけんどんでした。それでも父には忍耐強さがありました。軽蔑している人に侮辱されても、ある程度以上には傷つかないものです。それに母は美人でした。この高慢な女には欠点があり、わがままで感受性に乏しいけれど、可愛い顔をしているので許されました。僕を産んで母は前にも増して大切なものになりました。この頃には父はすべて許していました」

「父はかなりの名家の最後の男子でした。一回目の結婚では子供ができませんでした。この結婚生活は貧しいけれども釣り合いのとれた結婚でした。僕が生まれたために、何はなくともこの家系が繁栄するという希望が再燃しました。僕は大切な跡継ぎになったのです。母の両親の財産はいつか全部私のものになるはずでしたが、この美しい期待はまもなく潰《つい》えました。祖父が大変な倒産を起こし、信用を損ねることになったのです。数件の支払いが遅れたことで取引先が恐れ、祖父は疑われ、差し押さえになって破産しました。すべてがあっという間の出来事でした」

「母は街を離れた別荘にいました。父は母のところに行き、財産がなくなったことを一緒に嘆くつもりでした。これからはこの境遇のために不自由な生活を強いられるが、それでも我慢してくれるというのなら、同じように君のことを愛し続けるし、前よりも不幸にするようなことはしないよと言うつもりだったのです……しかしこの妻思いの男を大変な絶望が待っていました。真夜中のことで父は到着を知らせていませんでした……妻の部屋へと飛んで行きました……妻は使用人の黒人の腕に抱かれて寝ていたのです。父は激怒して不実な妻を何度も剣で刺しましたが、アフリカ人は急いで逃げて死を免れ、人を呼びました。父はほぼ誰にも主人と見なされていなくて、すぐに武器をもった自分の使用人に取り囲まれることになりました。ただ一人の召使だけが、以前の兵役の仲間であり、誰よりも勇敢な主人に仕える勇気をもった立派な人間で、父側につきました。二人はことなく卑怯な襲撃者たちを打ち負かしましたが、この人たちはいくらかのお金と罪深い母のダイヤモンドをもって逃げました」

「それでもこの事件は人の知るところとなり、非常に醜い様相を呈するようになりました。ベッドで不意を襲われた黒人の話は出ませんでした。お金目的で結婚したのにその目論見が外れた父が、恥ずべき殺人で仕返しをしたと言って責められました。申しわけありません、しばらく話を中断してもいいですか……あまりに不当な話で、話しているとひどいことばかり考えてしまいます。天が罪に対する復讐をしないということがあるものでしょうか。人間には復讐ができないこともあるのに……」

「なんということでしょう、伯爵様」私は言いました「人間の悲惨な事情にはどうしても天が関わるものです……」

男は聞いていませんでした。頭が胸の方に傾いでいて、しばらくの間深い夢想に沈んでいました……ようやく気がつくと興味深い話を続けました。

第二十九章　伯爵の話の続き

「父に対する処遇は大変に厳しいものでした。父は優れた人間だがおもねることがないので強敵がいました。この敵の数に圧倒されました。残っていた少しばかりの財産が没収されました。哀れに思った真面目な神父が私のことを引き取り、収入は少なかったものの、それでできる限りのよい教育を与えてくれました。それでも数年後にこの慈悲深い聖職者を亡くしました。父は少し前にロシアで亡くなっていました。よって私は独りぼっちで、財産もなく、支えてくれる人もなく、偶然の機会であっても生き延びる手段を与えてくれるような機会なら飛びつかなければなりませんでした。兵隊になるには若くて小さすぎました。善良な神父は数ルイの財産を残してくれていたので、私はロリアン〔フランス北西部ブルターニュの港町（現在はモルビヤン県）。東インド会社の船が利用していた〕に行きそこからインドに出発しました。おぞましい祖国から逃げたいという気持ちしかありませんでした」

「それでもそこそこものが書けるし知性が欠けているわけでもない私は船に必要な人間になりました。数々の仕事を首尾よくやり遂げて、士官らの評価と信頼を勝ち取りました」

「無駄なディテールは省きます。四年後にはかなりの大金を稼いで帰りました。訓練と教育を受けて財産を増やすまでになっていましたが、宿命がそれに異を唱えることになっていたのです。花の絨毯《じゅうたん》の下に罠が用意されていて、僕はその罠に落ちて永遠に不幸になることになっていたのです」

「ブレスト〔ブルターニュの町（現在はフィニステール県）〕にいてパリに出発するところでした。パリでお金を投資して、もし可能ならば父の名誉を回復して恨みを晴らすつもりでした。一言で言って、名誉が取り戻せたならきっと満足して、それで幸せらしきものが見つけられるだろうと思っていたのです」

「ある日海岸近くを散歩していると、吹き流しや花飾りをつけた何艘《そう》ものボートが見え、楽しげな楽士の一団が乗っていました。錨地《びょうち》でのパーティーから帰ってきたところで、接岸して港に入ろうとしていました。僕は下船の様子を見てみようと思いました」

「とてもきれいな女性がたくさんいましたが、その中でもひときわ目立つ人がいました。美しさ、スタイル、物腰、しとやかさ、顔つきがまるで女神のようでした……僕は雷に打たれたようでした……いったい誰なのか人に聞くと、この人はケルランデック夫人という名前だと教えてもらいました。夫は軍艦の艦長で、翌日に長い航海に出発して長い間ここを離れることになっていたのです。このパーティーを開いたのは友人の一人にお別れして、この美しい妻と別れるのは悲しいが少し気晴らしをするためだということでした。この妻は夫のことを熱愛しているという話でした」

「熱愛しているだって……この最後のディテールに打ちひしがれました。これを聞いてなんと現実は無情なんだと思いましたが、そこに激しい恋情と嫉妬が入り混じっていることに自分で気づかないわけにはいきませんでした。すぐにブレストを立ち去ろうと考えましたが、悲しい宿命のためにこの真っ当な決心ができませんでした。僕は陶然として家に帰ったのです。下級海兵がいて、親しく付き合っていたのですが、この男が僕のことを完全に破滅させました。

この正気ではない情熱について打ち明けると、協力するよと言ってきたのです」

「僕はそれまで何も愛したことがありませんでした。うぶな男が想像力をたくましくすると、いろいろ突飛なことを考えるものですが、僕の頭は一気にこういう考えで一杯になりました。興奮した僕はこの友人の前で自分の考えを話していました。こんなことを口走っていました。もしあの素敵なケルランデック夫人のそばで生き、そして死ぬことができたら何も惜しくはないと。

『あの方にお仕えできる人は幸せだろうなあ（僕は言った）それ以上の幸運はないよ……』

『何だとロベール』友人が口を挟みました（ロベールは旅のときに僕が名乗っていた名前です）何だと、ケルランデックの従僕になるのも嫌じゃないというのか』

『僕が従僕に？　ああ、もしそんな幸せを誇ることができたらどんなに素晴らしいことだろう……』

『あの美しい奥様の従僕になるのがそんなに幸せなのか。ああ、なんということだ。もし君がそんなとんでもないことをするような男だというのなら、僕には君をこの家に送り込んであげられると思う。剣はすぐに外したまえ。いちばんひどい服を着て、僕について来るんだ。僕はケルランデックの船で航海したことが二回ある。僕にはよくしてくれているので、君は僕の親戚だと言ってやろう。この親戚には生計の手段がないが、利害関係の問題のために国を離れることができないのだと。事情が解決するまで使用人として君のことを使ってくれるように頼んでみるよ。一言で言って、全部面倒を見てやろう。僕に何の危険があろうか。夫は出発するし、僕も数日後に出発する。奥様とのことをどうするかは君が力を尽くせばいい。ロベールが普通の従僕とどう違うかを証明してみせるのは君次第だよ』」

「おせっかいな航海士のことを窒息するほど抱きしめてやりました。神様が姿を現して話してくれたかのようでした。この男は言ったことをちゃんと実行してくれました。偶然は僕たちの味方で、それは期待以上でした。ちょうどその日に言うことを聞かない従僕が一人解雇されたのです。もしも自分がいなくなったらちゃんと妻の世話をしないだろうとケルランデック氏が予想したのでした。僕はその空きに収まりました。僕は優しい顔つきと真面目そうな物腰をしていました。ケルランデック氏本人が僕のことを使うように奥さんに強く言ったのです。その翌日ケルランデックは旅立ちました」

第三十章　続き

「パリの義理の父の家で、ケルランデック夫人は遠く離れた夫の帰りを待たなければなりませんでした。僕たちはすぐに出発しました。僕はとても熱心で気配りがある使用人でした。なんと幸せな境遇なのだろうと思い、とてもきちんと仕事をするので、まもなく美しい女主人はお前の仕事ぶりにとても満足していると言ってくれました。ときには僕とお話ししてくれて、普通の従僕と違ってずいぶん弁が立つねと褒めてくれました。僕はずっと控えの間にいて、いつもそこで熱心に読書しているか、多少絵が上手いのでその鍛錬をしていました。恋い焦がれる男が芸術の練習に励むのは全く当たり前のことではないでしょうか。芸術は感情と結びついたもので、芸術の目的は自分が夢中になっている対象をさまざまな形で描くことなのですから」

「一年が喜びのうちに過ぎました。実際これはちっぽけな喜びでしたが、毎日の喜びであり、僕の期待にかなったものでした。恋している女性をいつでも見られるという喜びのうちにこの一年は過ぎたのです。従僕という境遇で家の主人から望みうることはわずかなものですが、それでも僕に対する関心をもってもらえていると感じることが喜びだったのです。ときには情熱的な詩を書きました。この素晴らしい女主人をアマントという名前で詠ったのです。この方は僕の七歳年上で、僕はこのとき二十一歳でした。それでもこの方は僕が魅力や若々しさをいくら称えてもとても足りないような素晴らしい存在でした。自然が惜しまず女性に対して恩恵を与えていると言われるあの幸運の地、グルジア[038]生まれのアマントは一つの傑作で、フランスの気候はこの人に驚いて敬意を払っているようです……アマントは（ケルランデックという名前[039]よりもこの名前の方が耳に優しく響くでしょう）、女神のようなアマントは僕の詩を受け取りました……親切にも作者が誰かを言わずに人に見せて、取り巻きの人々から聞いた褒め言葉を僕に伝えてくれることもありました」

「この家の暮らしは平和で無邪気なものでした。アマントの楽しみは限られていて、読書、観劇、少数の友人たちとの付き合いだけでした。女友だちも相手を選んでいて、男友だちの中には愛人の座を求めているように見える人はいませんでした。僕自身は盲目だったのですよ。知らないうちに心がただただ恐ろしい炎に蝕《むしば》まれていたのに、自分ではほぼ理性的だと信じていたのです。アマントはそれが義務だからと考えて夫を大切にしているけれど、そもそも冷たくて愛情を感じることがない女性なのだと僕は思っていました。だから僕はそこにいるアマントに見とれているだけで満足で、それ以上のことを自分は望んでいないものだと考えていました。でも僕は全然自分のことがわかっていなかったんですよ」

「ある日のこと、アマントは塁道〔パリの城壁の内側の並木道。大道芸人が人の目を楽しませた〕を散策していて、僕はその馬車の後ろについていました。向こう側から別の一行がやってきてすれ違いそうになりましたが、双方とも困惑して車を止めました……向かい合っている馬車から驚きの叫び声が聞こえました。僕の女主人はさらに大きな叫び声を上げて気絶してしまいました。すぐさま類稀な美男子が現れて駆けつけました。この男がアマントの動揺の原因でしたが、男は自分の気持ちを抑えて僕と一緒に駆けつけました。そこに野次馬の群れもあっという間に集まって僕たちは取り囲まれました。アマントは一瞬目を開けましたが、他ならぬこの男の腕に抱かれているのに気づくともう一度叫んで顔を隠そうとしました」

「ご存知の通り、パリでは何でもないような出来事でもあっという間に暇人の群れと警官の群れの注意を惹くものです。気がつくと僕たちはもう群衆とお巡りさんに包囲されていました。下級士官が人混みをかき分けて、とても滑稽に偉ぶって尋問を始めました。知らない男は答えようとせず、堂々とした目つきでにらみつけました。青い制服の男は面食らって帽子を脱ぎ、もごもごと何か弁解しました。アマントはこの通りがかりの人は知り合いですと言い、家まで一緒に帰ってほしいとこの人に頼んで、それ以上の質問を遮りました。護衛は僕が乗っていた車に座席をつくらせ、この知らない男の車は空のままでついて来ました。僕たちは塁道を離れました」

「今度は僕の方が動揺する番でした。さっきアマントがあんなに動揺していたことを考えて、熱い嫉妬で血が煮えたぎったのです。いったいこいつは何者なんだ。僕の女主人とどんな特別な関係にあるんだろうか……この男は家に着くとそのまま一時間家にいました」

「僕はその夜病気になりました。炎症で熱が出てすぐに命も危なくなったのです。このときアマントの義理の父親が僕を館から追い出しました。この従僕はここに置いてくださいと言って女主人は努力してくれたのですが。施療院〈きわめて不衛生な環境で収容者には自由がなく、実質上監獄と同様のものと考えられていた〉に送られるところでしたが、少し蓄えがあったのでもう少しましな療養所に行くことができました。お金は銀行に預けてありました。お金を貯めていたのです……長い間生死の境目をさまよっていました。しかし、生命力が打ち勝ち、不幸なことに病気が治ってしまったのです」

伯爵は長く話して疲れたようでした。その話にはとても興味をそそられていたけれど、お願いして続きは次の日に話してくれるように言いました。この人のことが一晩中頭から離れず、夜が明けるとすぐにこの人の部屋に駆けつけました。かなりゆっくり休んだようで、続けて身の上話をしても差し支えないような状態でした。

第三十一章　相変わらず同じ話

「ここまでした話の中でも僕はかなり不幸ですが、そんなものはこれからお聞きになることに比べたら花のようなものでしかないのです……勇気をもって聞いてください」

「外出できるようになるとすぐにアマントの家に向かいましたが、もう代わりがいました。理由を聞きましたが、長い間全く理由を説明しようとせず、最後には理由はわかっているはずだと言われたのです……奥様に話させてくれとお願いしても駄目で、手段がありませんでした。とうとう手紙を書くことに決めました。アマントの義理の父親の手に僕の手紙が渡り、衛兵を送って厳しい通告をしてきました。もし今後この館の戸口に姿を現そうものなら、この衛兵の警棒で殴り殺されることになるぞと。僕はプライドが高いのでこんな侮辱を黙って耐え忍ぶことなどできません。この気難しい門番がわざわざ怒らせるような言葉の選び方をするので僕はなおさら腹が立ちました。この男に僕は杖を使って雨あられと殴りかかり、館の主に対する無礼な言葉を浴びせてやりました。僕がどんなことを言ったのかを報告してもらおうとしたのです。僕の口から洩れたのはこんな言葉です。高慢なじじいには罰を与えてやる。もし僕が本当は何者なのかわかっていたら、こんな失礼な扱いをして僕のことを脅迫することなんてできないんだからな。僕はきっとここで大変なへまをしでかしたのでしょう。このときから僕は怪しい奴、山師だと思われることになりました。ぺてん師です。というよりここで愛を告白していたのです。その前からもう高熱を出したときにうわ言でばれていたのでした。僕が公にしてしまったのは、アマントには一年の間従僕に身をやつした愛人がいたということでした。その場で逮捕されそうになりましたが、僕にとって運がいいことに、若者数人が僕と衛兵の口論を見ていたので、僕が堂々とした態度を見せているのが気に入ったこの若者たちが見張りの邪魔をして道を開けてくれたので、僕は逃げました」

「その後外出を避けていましたが、一週間経つとお金を下ろしてイタリアに出発しました。情熱の対象から離れるとこのどうしようもない情熱も弱くなるかと期待したのです。でもまもなく退屈しきってパリに戻ってきました。『せいぜいあの方のことを見張ってやろう。外出するときには必ず姿を見られるようにしよう』僕は考えました。『どこにでもついて行こう。生きてやるんだ。あの方から離れていると生きていても死んでいるのと同じことなんだから』

「屋根裏部屋に居を定めました。そこの窓からだと少し遠くから館の庭だけでなくケルランデック夫人の部屋も見えるのです。そこで誰にも知られることなく望遠鏡を使ってあの愛しいアマントの一挙手一投足を観察して日々を過ごしました。近くにあの恐るべき知らない男がいることがよくありました。この男と出会ったことが僕の不幸だったのです。僕は嫉妬に苛まれました。何度も死のうとしました……でも恋の情熱は狂っているものです。不幸であればあるほどさらに不幸になろうとするもののようです。この知らない男がアマントといい仲だというのはほぼ確実でしたが、それだけでは足りなくていったいどの程度の仲であるのかが知りたくなったのです。悪党ならば自分の得になるのが確かなことしかしようとしないものですが、僕はもし目的があるとすればそれは絶望を極めることでしかないようなことをあえてしたのです。信じられないような苦労をして小部屋から下りて人の家の屋根を伝って何とかたどり着きました。何度も落ちて死ぬのではないかと思いましたが、何とか館の干草小屋にたどり着き、一日中隠れていました。それから夜になるとまた危険を冒して寝室に忍び込み、憧れの人のベッドの下にすべり込みました。僕がどういう気持ちだったか想像してみてください。まるで泥棒のようにこの部屋に忍び込んだのです。以前はこの部屋で女神のようなアマントの気晴らしに楽しい読書をすることがよくあったのに。それなのに今回は下手をしたら不名誉なことになるかもしれない、いや、死んで罪を償わなければいけないのかもしれないのですよ」

「ベッドの下に身を落ち着けないうちに、ケルランデック夫人が戻ってきて小間使いに着物を脱がせるように言いました。それから小間使いを帰すと書類に目を通し、手紙を受け取り、ようやく何か書き始めましたが、まもなく邪魔が入りました。怯えた従僕がやってきて知らせるには、年老いた義理の父親には重い持病の癪《しゃく》があるが、いまその激しい発作に苦しんでいるということでした。夫人はすぐさま老人のところに飛んで行きました。誰かが来るかもしれないけれど、僕は隠れていたところから出て、文机《ふづくえ》の方に走っていきました。書きかけの手紙があったのでそれを手に取りました。隣に箱がありました。なんと、これは、これは。アマントの肖像画ではないか。なんと運がいいんだ。でもダイヤモンド付きのアクセサリーです。しょうがない、絵を外している時間はない。そのまま持ち帰ることにして書類も盗みました。ぐずぐずしているわけにはいきません。窓を開けて庭に逃げ出しました。壁を乗り越えて隣人の家を通って逃げました。家に帰るのがなんと待ち遠しかったことでしょう。帰ったらこの向こう見ずな冒険の成果をゆっくり楽しむことができるのです。この肖像画は実物にそっくりでした。僕がまだもっているのはこの肖像画です。髪の腕輪は箱の中にありました。この大切な品物と手紙は手放さないでいるのです。箱とダイヤモンドは翌日すぐに人を使って返しましたが、とてもうまいことをやったので、僕の仕業だとはばれませんでした」

「でもこんな危険を冒して不安な思いをしたのに、結局それが何になったでしょうか。何にもなりませんでした。ただ新しい不幸の種が増えただけです。手紙はほとんど英語の手紙で、フランス語の手紙がほんの少しだけ混ざっていました。それを読んでわかったことは、アマントとあの知らない男が愛し合っているということで、二人が出会った

のはケルランデック氏と結婚するよりも前だったということでした。アマントの書きかけの手紙にはどんなに激しく愛しているかが書いてあって、最後の言葉はこうでした。『明日はこの絵のモデルの方があなたのことをどんなに愛しているかを本当に証明するつもりです……』僕は怒りを爆発させました……」

私は伯爵の言葉を遮って、その手紙の中には署名したものがあったか、どういう印章だったか覚えているか聞きました。伯爵の答えは、大半はSの一文字で署名されていた、印章はSとZの飾り文字で、恋敵はいつでもケルランデック夫人をゼイラの名前で呼んでいたということでした。

第三十二章　不幸な伯爵の話の結末

伯爵は話を続けました。

「僕は深い憂鬱に沈み、二カ月後には全くミイラのようになってしまいました。大股で死が近づいてくるのが見えて、それに魅了されていました。それでもこう考えると辛くて我慢がなりませんでした。僕が死んだ後に恋敵が何も悩むことなく僕の痛ましい愛の対象をものにするだなんて。『どういうことだ』突然こういう考えが浮かびました『美しいケルランデックを愛して幸せになる人がいるのに、どうしてその同じ恋心が僕にとっては責め苦でなければならないのか。そう、この恋敵は運がよすぎるのだ。お前も不幸の重みを感じることになる。お前は僕に刺されて死ぬのだ。もしそうならなくて、お前が愛だけでなくて決闘でも運がいいとしたらどうか。もしお前が僕のとどめを刺すことになったとしても、少なくとも自由でいようとしたら逃げなければならないだろう。そうなったらお前はもう愛する人に会えなくなるのだ……そう、こう決心を固めるしかない。どうしてもっと早く考えなかったのか驚きだな』」

「そういうわけでその日の夜に僕は待ち伏せして、男を二時まで待ちました。二十歩ほど先で車を降りて歩き出したところで、僕は男の前に進み出ました。『今夜はケルランデック夫人と夜を過ごすことはできないぞ』と僕は言い、剣に手をやりました。男は後ろに飛び退《の》いて防戦し、ところどころ僕を刺して逃げました」

「ケルランデックの館から出てきた人に僕はすぐに助けられました。たぶん頃合いを見計らって僕の幸運な敵を導き入れる役だったのでしょう。義理の父親とアマント本人が僕のことを見て、混乱と絶望が家中に広がりました。ところが年老いたケルランデックは怒っているはずなのにかなりきちんとした対応をしました。

『義理の娘がこの家の名誉を汚していたことがこれでよくわかりましたよ』この男は言いました。『恋敵の目は父親の目よりもよく見ているものなんですね。でももしあなたが名誉を重んじる人なら、我が家の恥を隠すのにご協力いただけまいか。この秘密は守っていただきたい。確かに私には不満がないわけではないが、それでも私のことを信じていただきたい。ちゃんと回復してください。私があなたに仕返しするなどということはありませんから……あなたは突拍子もないことをしただけだ。もう一人がしたことの方が罪深い』」

「僕は自分の住所を知らせ、そこに運ばれました」

「でも僕は心の中でこの決闘のことで自分はよくやったと思っていました。少なくとも忌々しい関係は断ち切ることができたと考えると、怪我も大したことではないと思えたのです。すぐに治ると期待させられて、また生きようという気になっていまいた。実際かなり早くに回復できたのです」

「回復するとすぐまたケルランデック夫人のことを知ろうとしましたが、事件の翌日に義理の父親に連れられて、バス・ブルターニュの奥の所領に行ったと聞きました。僕は駆けつけました。老人はすぐにそれを聞きつけ、当局に頼っていたらなかなか厄介払いできないのではないかと考えて、僕を騙した方がいいと考えました。頭を使って義理の娘は夫のもとに行ったと知らせてきたのです。このときケルランデックはサン＝ドマング〔現在のハイチにあたるフランスの旧植民地〕にいました。この島に出発しようとしている船に乗りました。確かにこの島にケルランデック氏はいたものの独りで、ヨーロッパに戻ろうとしているところでした。僕はいつ出発するのかを見張っていて、この男が乗る船に乗って帰るように都合を合わせました。ケルランデックは僕のことを一度しか見たことがなく、僕は別人になっていたので、全く僕に気づきませんでした。航海中に僕はきっかけを見つけてこの男と近づきになり、しばしば妻の話を聞き出しました。男は妻を熱愛していましたが、自分も同じように愛されているかどうかについてはあまり自信がないように見えました。僕に対して完全に心を開くことはなかったけれど、つい自分は幸せではないと漏らすことがよくありました。僕にとっても大切な女性についてこの男がもっているイメージを汚すようなことはしないようにしました」

「ようやくボルドーに到着しました。下船の翌日、二人でどこか面白そうなところに行こうとしていたのですが、人通りが少ない奥まった道で二人の男が近づいてきました。すぐにわかりましたが、一人はあの幸運な恋敵でした。こした。

の男は口を開くと同時に怒り狂って剣を抜きました。

『ケルランデック、十六年前に会ったことがあるのを覚えているか。どこでどうして会ったかを』とこの男は言いました。

ケルランデックは青くなり、敵が襲いかかりました。恐ろしい決闘でした。僕もこの恋敵の仲間の攻撃から身を護らなければなりませんでした。僕たちの側には運がありませんでした。ケルランデック氏は殺され、僕は深い傷を負いました。勝った側は運がいいことに誰にも見られないうちに逃げました」

「しかしその場を通りかかった人がいて、司法がこの事件に介入することになりました。僕はロベール以外の名前を名乗ろうとはちっとも考えませんでした。この名前に慣れていたのです。僕は手当を受けて勾留されました。ケルランデック夫人にこの訴訟のことが知らされました。義理の父親が亡くなった後、この父親に閉じ込められた修道院を出て、パリの自宅に戻っていました。夫人は驚愕《きょうがく》しました。僕が夫と一緒にボルドーにいて、僕は怪我をした状態で見つかり、そこにいた夫は死んでいたと聞いたのです。夫人はこのロベールという男が疑わしいと知らせてきました。もしそのロベールが滑稽な情熱のせいでこれまで何度も暴力行為を犯した人物なら、きっとその男が夫を悲惨な出来事に巻き込んだのだろう、そうでなければこの男自身が襲いかかったのだろうというのです。誓って真実を述べ、誰がケルランデック氏を殺したのかを言っても無駄なことで、僕が訴えられました。この間に僕は回復していて、パリに移送されて対質することになりました。犯罪者となってこの女性と顔を突き合わせるなどまっぴらでした。もしこだろうと思いました。道中で馭者らを買収して僕は逃げました」

「このとき以来悲しみと不安に蝕まれながらフランス全土をさまよいました。でも結局はパリに向かおうとしていました。最後にケルランデック夫人を一目見てから死のうと思ったのです。ところがこの最後の絶望の行いをしようとしていたその日に街道で夫人と会いました。宿屋に泊まっていました。門の前に停めてある車の扉のところにある武器でわかりました。人に見られずに中に入りました。心ゆくまでその姿が見られました。少しやつれていたけれど、それでもやはり世界一美しい女性でした。どこに行くのかは知りません。それは聞こうともしませんでした。最後の望みが満たされて、もう死のうと思ったのです」

「その後の話はご存知でしょう。あなたはまたこの男に命を取り戻させたのです。でも宿命がまだこの男を生かしておいているのは、ただ迫害して楽しむためだけなのではないでしょうか。あなたには僕の秘密をお知らせしました。もしこの事情を知っていたとしても、残酷な善意によってあなたはこんなに痛ましい人間を助けようとしたでしょうか」

第三部の終わり

第四部

第一章　読まなくてもいいし書かなくてもよかった章

デーグルモン騎士（騎士は後に称号を変えました。おわかりでしょうが、この人がこの作品の第一部と第二部の冒頭に登場したあの厳しい検閲官だったのです）、このデーグルモンが第三部を読むとすぐに文句を言い出しました。

「フェリシアさん」デーグルモンは言いました「第二部は批判しようと思わなかった。そんなことをしたらただ僕が不機嫌なだけだと思われるかもしれないからね。僕の役はとてもよかったし……」

「でも満足しているとしても第一部の役ほどではないんでしょう」（デーグルモンは微笑みました）

「そういうわけではないけれども、まあ……第二部では僕の話がまだたくさん出てきていたからうるさいことは言わなかったけど、この第三部と来たら……この第三部も僕の検閲の権限の内で、検閲しても恩知らずだということにはならないんですよね」

「結構ですよ。では何がいけないのかしら。どうぞおっしゃってください」

「たくさん問題があります」

「つまり？」

「あの書き方では少し機械の仕組みに詳しくないと何がなんだかわからないですよね」

「まあ、そこは妖精物語を読んでいるとでも思ってもらったら」

「そんなことを言われたら反論のしようがないですね」

「では他の感想をどうぞ。早くしてよね。作者は尋問を早く終わらせてほしいものなのよ」

「そうですか。それでは言いますが、あの伯爵はずっと頭がおかしくてずっと不幸ですよね。正直に言ってひどく陰気な人間だと思うし、最後にあなたが伯爵とどういうことになるかを考えると、これはさらに不快な人間ということになってしまう」

「結構です。せっかくここまで全く本当のことを書いてきた回想録なのに、小説風にするために大事なディテールを省いたり改悪したりすることをお望みということかしら」

「そうした方がいいかもしれませんよ。特に誰が読んでもこれは……」

「あなたは退屈だと思うし、誰が読んでも退屈だと思うということかしら。はっきり言えばいいじゃないですか、侯爵様」

「退屈ということではありません。でもこの伯爵は……」

「お黙りなさい、デーグルモン、あなたは自分では公平な判断をしているつもりだけど、本当はずっと不公平なのよ。あなたは伯爵の人となりが最初からずっと嫌いだし、人となりどころか伯爵の話だってそれほど好きじゃないでしょう。でも私は真実には力があると堅く信じているの。私の書き方はもしかしたらあまりに素っ気なかったかもしれないけど、この不幸な狂人に関することを全部書きました。私だってよくわかっているのよ。この人の憂鬱な調子のせいで、せっかくこの本の他のところではこれと別種の馬鹿話のおかげで少しは楽しい調子になっているのにそれが台無しになるなんてことは。でも伯爵の枕元での私の話を読んで白けた読者がたくさんいたとしても、少なくとも心が傷つかなかった人は続けて興味をもって読んでくれるはずよ。ここから先の話を我慢して読んでもらえたら、いったんは興味を失った人にも戻ってきてもらえるという希望は捨てていません。五、六章ばかり味気ない章が続いたことぐらいは許してもらえるでしょう。だって絶対に必要なんですから……あなただってわかっているわよね……」

「ええ、この陰気な男のことを話さないわけにいかないのはわかっていますよ。この人がいなければ、あなたの親族も友人たちもあなた自身も、いちばん知らなければならないことを一生知らずに過ごさなければならなかったのですから」

「つまりどういうこと」

「つまり、この日記のような書き物があなた自身と知り合いにとってとても面白いということに同意しないわけではありません……でも読者にとってはどうでしょうかね。これはまた別の話で、こんなものが面白いとは思えませんよ。いつか第二版を出すことになるというのならまた別ですがね」

デーグルモンがこんなことを言っても甲斐《かい》のないことで、私は駄文を書くのをやめませんでした。だって私の文章よりも悲しくて味気なくて無駄な文章が山ほどあるんですから。そんな文章でも人の目に触れる運命にあるのだから安心です。それにこういった文章は私の文章ほど本当のことを書いていないし、本当らしさについても大違いなのです。

第二章　これよりも長かったら退屈なものになっていたに違いない章

ロード・シドニーに伯爵の体験談を急いで知らせました。シドニーはとても知りたがっていたのです。答えは予想していました。シドニーはやはりこの客人につねに悲運をもたらしていた幸運な恋敵でした。この男のことはパリで殺したと信じていて、決闘は夜のことだったのでボルドーではそれが誰だか全くわからなかったのです。伯爵がまだ生きていたことについては喜んでいましたが、ケルランデック氏については殺したことについて全く自責の念をもっていませんでした。この男は非情で、殺されてもしょうがない人間だったのです。シドニーはそのうちどういうことか教えてくれると約束しました。

「でもフェリシア、私も自分でわけがわからないよ」シドニーは付け加えていました「できるなら説明してほしい。考えられるだろうか。長い間ずっとゼイラに対する激情をもち続けてきた。それはあの伯爵の激情とは違う種類のものだが、今の私はこの女性に対してほとんど関心がないのだ。これはいったいどういうことだろうね。それでもこのゼイラをまた見つけ出すのは無理ではないだろうと思う。ゼイラとの間には二人の子供がいる。一人目が生まれたのは冷酷なケルランデックにゼイラを奪われる前のことで、あの怒り狂ったロベールが戦いを挑んできたときには二人目を妊娠していた。何カ月か前なら、ゼイラが自由の身だと知ってとてもうれしかっただろうね……私のことをこんなに愛していて、夫のことはこんなに憎んでいるということを身をもって示してくれたのに、勇敢にケルランデックを殺したことを許してくれないものだろうか。私の方ではあの男と結婚したゼイラの弱さを許してやったのに……」

でも話の先取りをしたくはありません。ロード・シドニーはケルランデック夫人に嫌われることがないということだけ心得ておいてください。シドニーの行いは大目に見られるものでした。しかるべきときにご説明するつもりです。それでももうシドニーはゼイラを愛していませんでした。というよりももう愛していないと思っていたのです。シドニーが言うには、私のおかげでこの情熱から立ち直ったのだということでしたよ。シドニーはさらに私にお願いして、伯爵の手を借りてこのインド人女性がどうなったのかを手を尽くして突き止めてほしいと言っていました。このゼイラが生まれたのは、こんなに変わった出来事を引き起こして自ら経験するためだったかのようです。でもこの調査にロベールを使うのは酷だと思われました。こんな調査をしたら必ずまた心の傷を開いてしまうことになるからです。だからシドニーに約束したのは、わかったことはお知らせするけれど、それは偶然わかったことやこの不幸な男が意図せずしてしたことによってわかったことだけになるということでした。

この男は何とかもちこたえていましたが、病気が治ったというわけではありませんでした。デーグルモンが私の相手をして私の楽しみの費用を負担していました。猊下はシルヴィーナのもとに足繁《しげ》く通い続けていました。会いに来てくれる人々がいました。友人は引き止めましたが、うるさい人には丁重にお帰りいただきました。厳しい季節が近づいていました。私たちは哀れな伯爵を連れてパリに戻りました。伯爵にはこう約束させました。怪我の後遺症についても、悪化している身の上の状態についてももう心配の必要がなくなるまで、私たちのもとを離れないと。ロード・シドニーは国の宰相のごく近い友人なので、ボルドーの事件の始末をつけて、不当に糾弾された伯爵にとって有利な結末にすることが簡単にできました。この男の父親が受けた不当な仕打ちについては、ロードと猊下ができる限りのことをしていつか報われるようにすると約束しましたが、当時は大きな困難がありました。それでもこのことについて希望を感じて、病み上がりの男も少し勇気がもてました。健康状態はよくならなかったけれど悪くなることもなく、これが重要なことでした。今後完全に回復することがありうるとは思われなかったからです。

第三章　話題がこれまでほど悲しくない章

到着した翌日にロード・キンストンの訪問を受けました。キンストンはソリニーと別れたばかりでした。この美人はガスコーニュくんだりに身長六ピエの軍人について行って、パリでの生活を犠牲にしたのです。オペラ座もロードのおかげで楽しんでいた豊かな生活もおしまいです。結局ダイヤモンドも衣類もこののっぽが売り払い、ソリニーに残ったものは城門で手に入れた侯爵夫人の称号〔当時は町の門で貴族の称号が与えられた〕をピレネー山脈の麓でようやく威厳をもって維持して暮らしていくのに必要なものだけでした。

ロードには絶対に必要なものなどありませんでしたが、女が必要でした。それが習いだったのです。楽しませてくれて、巨大な収入を食いつぶすのを手伝ってくれる人が誰かいなければ退屈で死にそうでした。この何もかもに飽きてしまった英国人にとってソリニーは宝物も同然で、この損失は埋めがたいものでした。それでもシルヴィーナの計算高い顔つきを見ると、私にはその損失を取り戻させてあげられるわよと言っているように思われました。キンストンの方では私の目を見てその気がないか探っていましたが、私はキンストン向きではないと悟らせなければなりませんでした。そもそもロード・シドニーのよい親友で、シドニーの気持ちもシドニーがどんなに私のためによくしてくれたかも知らないわけではないのだから、シルヴィーナをちょっと口説いてみて、キンストンの面倒を見てみたいという気持ちを起こさせるようにもうちょっと真面目に努力した方がいいでしょう……

「頭がおかしな女にはうんざりなんだよ」とキンストンは言いました「ああいう女はもうごめんだ。その界隈で知られすぎてもいないし知られなすぎてもいない女がほしいものだ。年齢はどうでもいい。私は愛を交わすばかりではなくて、食卓の楽しみが好きなんだ。ベッドでしかよくない女と長い間顔を突き合わせるのは退屈だよ。自分の頭で考えて話す女がいい。鼻たれ娘には自分の考えも会話のセンスも滅多にない。愛人がいても悪いことだとは思わないよ。感じがよくて見た目がいい愛人ならね。快楽を愛する女が私のような男だけでは満足が行かないことぐらいよく知っている。だから自分の目に入らない限りはそれもいいことだと思う。嫉妬はしないが手加減はしてほしい。一言で言うと、私は浮気についてラケダイモン[040]の人が窃盗について考えたようなことを考えている。それに加えて私は湯水のようにお金をつかうのが好きなんだ。あまり才能がなくて金の使い方がたくさん思いつかないような愛人は軽蔑する。私はね……」

「でもロードはお気づきでありませんか。それではまるで自分は世界でいちばん愛すべき男だと言っているようなものですよ。ずいぶん控えめですね」

「ああ、なんということだ」微笑んで顔を欲望で赤くして、太ったキンストンは答えました「私のことを試すかどうかはあなた次第なのですよ。特にあなたは今言ったことについては申し分ないようですね……でもそういえば、もしこれで手を打てるとすると、あのお坊さんは何と言うでしょう」

「まあ、何も言いませんよ。間違いありません。ちょっと長い間猊下のことを奴隷のように使っていましたが、猊下の方でそうしていたのはただ失礼になってはならないと思っていたからだったのです。それに最後の方では猊下が退屈しているのに気づかないわけにいきませんでした……」

「ブラヴォー、カーラ。その礼儀正しい男は世に返してやって、私を後釜にしてください。友だちのシドニーはあなたの美人の姪の処遇について素晴らしいことを考えているからこそ、そうする方がいいのですよ。英国風の家にしましょう。こういったことについてはいろいろ経験があるけど、これがこれまでで最善の決心ということになるでしょうね」

シルヴィーナははいともいいえとも言いませんでしたが、はいと考えているのは見てわかりました。すぐに気づきましたが、太ったロードも私と同じくシルヴィーナの気持ちを見抜いていました。喜んで飛び跳ねたりするのではないかと思いましたが、喜びを示しただけだったのでほっとしました。口づけを手付金代わりに受け取ると、浮き浮き晴れ晴れ楽しそうにお別れの言葉を言いました。まるでフランス人の伊達男ではないかと思うくらいの軽さで、またすぐにお会いしましょうと約束するのでした。

「でも私って馬鹿ね」キンストンがいなくなるとシルヴィーナは言いました。

「それほどでもないでしょう」

「何ですって、あの太った愛人を背負い込むのよ、それに……」

「まあ、もう後悔してるの。それでもロード・キンストンのことはよく知っているでしょう。得体の知れないものを押し付けようとしているわけじゃないのよ。それにさっきは具体的なことは話さなかったし」

「そうね。でもかなりのおでぶさんよ」

反論がおかしかったので、私は素直に笑いました。

それでもこの二人は手を打ちましたが、猊下の事情もあってとんとん拍子で進んだのです。この話があったのと同じ日に猊下はヴェルサイユから手紙をよこしました。もうしばらく宮仕えをしなければならないが、それが済んだら甥と田舎に行くつもりだということでした。騎士の兄が亡くなりかけていて、この男が亡くなってから騎士を結婚させようと思っていたのです。このおじはお金持ちの相続人の女を甥の結婚相手にと考えていました。こうして甥に身を固めさせようとしていたのです。猊下が地方に行ったことによって、太ったキンストンが公式の愛人になりました。

宿命はこのように意思表明します。こういう出来事が生じてほしいと宿命が望むとしましょう。そうすると宿命は他の出来事を生じさせ、これによって盲目の人間にも選択できるようになるのです。そうでもなければ人間には宿命の思《おぼ》し召しに従うことができないかもしれません。定めとは美しいものですね。

第四章　前の章の続き

ロード・キンストンは夕方頃にやってきました。たくさんの素敵な計画で頭が一杯でしたが、その半分は私に関係がある話でした。キンストンが言うにはきっとロード・シドニーも賛成してくれるはずだということでした。まず今の住居は狭すぎるので、ここを離れてどこかの館をまるごと使った方がいいという意見でした。もう目星をつけた館が頭にありました。それにここにある調度類はもうよくないので一新しなければなりませんでした。私の地所からサラブレッドを六頭連れてきていました。馬車が引けるようにちゃんとつがいになっていましたが、私たちの町馬車はシンプルなもので既に少し古くなっていました。ロードは女が一人一台馬車をもつようにして、それも最新流行のものにしたいと思っていたので、次の日にはもう新しい馬車を運んで来ました。ダイヤモンドについては、シルヴィーナはほんの少しだけ、私はほとんどもっていませんでした。キンストンはたいそうな目利きを自称しているので、この買い物は自分に任せてほしいとお願いしました。一言で言って、妖精が魔法の棒を振って叶《かな》える望みを全部、ロードはお金を使って叶えたのです。こういった素敵な計画のおかげでシルヴィーナがどれほど喜んでいるのか私にはよくわかりました。私もこれが自分の好みにぴったりだと思っていました。豪勢なものが嫌いな女がどこにいるでしょうか。

まもなくロード・キンストンが予告していたものがすべて手に入りました。伯爵は相変わらず病気なので、住居も調度も全部伯爵に任せて、私たちは新しい館に住むことにしました。足りないものが何もないのは言うまでもなく、それどころかロードがあまりに気前よすぎて私たちは少し恥ずかしく思いました。新しい贈り物、新しい贅沢品が毎日やってきました。何かを欲しがるのも一つの喜びですが、キンストンは私たちにほぼこの喜びを許しませんでした。どうやって豪勢にお金を使うかについてはドルヴィル夫人にも一緒に考えてもらっていました。夫人は女の好奇心と私たちに対する愛着から買い物に付き合っていました。それでキンストンの買い物にはいつも間違いがありませんでした。こんなことを細々と書いて読者を疲れさせるのはやめましょう。財産がたっぷりあって、食事もいちばんよいものを食べて、安逸と洗練を極めたらどんな風になるのかを想像してもらえれば、私たちがどんな風に暮らしていたかがだいたいわかるかもしれません。それでも特に節度が際立っていました。私たちはその界隈の女の物腰ではなかったからです。以前財産をもっていたシルヴィーナはそのような物腰だったことがあります。それに私たちは物腰においても人前に出る仕方においても真面目さを装っていて、妾のたぐいとは全然違って見えました。

ロード・キンストンはいくらか下品な趣味嗜好をもっていることを別にすれば素晴らしい人間でした。それほど頭はよくないけれど、センスがよくて威厳があり、特に人並みならず世間慣れしていました。一言で言って、ロード・

シドニーはすべての点において勝っているのですが、そんなシドニーがキンストンのことを友人と考えているということが、キンストンが素晴らしい人間だということを物語っています。シルヴィーナはキンストンと見事に馴染《なじ》んでいました。キンストンの扱い方が申し分なくて自然なので、キンストンは脂肪が多いのに、本当に好かれることに成功したんだろうなと信じたくなりました。これが複数の男を愛するのに慣れている女のいいところなのです。確かにこういう女はいろんな男に対して好意や贔屓を振りまいていますが、少なくとも何かしてあげたら間違いなくお返ししてくれるもので、気取った気難しい女のように恩知らずではありません。こういう女は役に立つ愛人を無駄遣いで滅ぼそうとはせず、いつも屈辱感を味わわせて、やっぱりお気に入りの愛人の方がいいと考えるものなのです。シルヴィーナはいつも昔と同じシルヴィーナで、いつも婀娜っぽくてわがままのし放題で、重量級のクロイソス[041]のことを騙してばかりいます。だいたいキンストンの方が騙されるのに絶好の機会を作り出しているのです。私たちは永遠の気晴らしの中に生き続けてほしいという変なこだわりをもっているのですから。つまりシルヴィーナにはキンストンのことを申し分なく幸せにしてやることができたのです。シルヴィーナのような女は他にも見つかりますが、キンストンのような男は滅多にいないものなので、ヴィーナスに仕える巫女たちが群れをなしてキンストンのような男を求めるのも当然ですね。

第五章　予期せぬ不幸

人間は宿命のおもちゃで、幸せな間は幸せだと信じられず、宿命が好き勝手に幸せを乱し始めたときにようやく幸せに気づくものです。平和に安穏と生きていたのに突然心にひどい傷を負うことになりました。気前のいい英国人たちの善意のせっかくの成果が台無しになってしまったのです。

キンストンは機会があれば必ず知り合いを連れてくる人ですが、しばらく前からある友人のことを話していました。滅多にいない優れた人間であると同時に大変な芸術愛好家で、世界中を旅行して回っている観察力が鋭い男が、まもなくパリに帰ってくるということでした。これまでに紹介したどの色男よりも優れていると思うはずだというのです。こんなに褒められている男のことを私たちはかなりの平常心で待っていました。

ところがある日の昼下がり、昼食が終わった頃、ロード・キンストンとロード・ベントリーの到着が告げられました。「ベントリーですって。あのロード・ベントリーですか」(二人は異口同音にその名前を繰り返しました)

この二人が現れました。ロード・ベントリーは英国人貴族で、この回想録の第一部でお話しした、シルヴィーノをイタリアに連れて行った人です。ベントリーを見て私たちは雷にでも打たれたかのように驚きました。ベントリーの方でも負けず劣らず驚いて後退《ずさ》りをし、友人の肩に寄りかかりました。大泣きに泣くのが見えました。

「まさか、ロード」すぐにシルヴィーナが叫びました（心優しい英国人の涙は何か不吉なものを告げていると私は思いましたが、シルヴィーナも同じことを感じたのです）「ロード、私の大事なシルヴィーノのことをどうしたのですか。なんということ、もうシルヴィーノはいないのですか……どうして黙っているの。シルヴィーノ、大切な人、あなたはもうこの世の人ではないの」

ベントリーは辛い啜り泣きで喉を詰まらせていました。この男は私たちの遠くに腰掛け、シルヴィーナは私の腕で気を失いました。太ったキンストンは気まずい困惑を感じていましたが、これはひとえにキンストンの過ちだったのです。実はシルヴィーナは自分のことを寡婦だと言っていたので、キンストンはシルヴィーナが寡婦ではないことを知らなかったのです。それでもロード・ベントリーに私たちの名前を知らせなかったり、私たちに友人の名前を知らなかったりという無駄に謎めかしたことをしていなかったら、どういうことになるかが予想できて、みんながショックを受けることもなかったでしょう。私はまだ何とか気持ちをしっかりもっていたのでキンストンにそう知らせました。

シルヴィーナは軽薄で自分の楽しみのことしか考えていないけれど、それでも夫に対する優しい気持ちには深いものがありました。ずいぶん前からシルヴィーノは便りをよこさなくなっていて、正直なところ私たちもあまりシルヴィーノのことを考えていませんでした。でもシルヴィーノには大変お世話になったのです。とてもよい友人、よい夫だったので、シルヴィーノがいなくなったことは私たちにとって最大の不幸でした。

かわいそうにその最期は哀れなものでした。ロード・ベントリーの話ではこういうことでした。シルヴィーノは最初にイタリアに行ったとき、フランスに帰る少し前に、いい生まれの大変な美人の若いローマ人女性の心に激しい情熱の火をともしたのだそうです。それは幸せだしうれしいことではあったのですが、自分ではさほど相手に恋していないので、この素敵な情事は終わりにしていました。そのうち自分の方では相手に関心がないくせに、それにまことしやかな理由をつけ、釣り合いが悪い愛には不幸がつきものだと言ってこの美人を怖がらせて、それ以来は遠ざかって全く連絡をとっていませんでした。ローマに戻ってきてこの女はどうなったのか知りたくなりました。相変わらず美人で有名でしたが、イタリアでも指折りの位が高い貴族と結婚したということでした。シルヴィーノにも自惚れがあるので欲望が目覚めたのです。この女性を探し出して、幸運にも昔の愛を取り戻すことができました。ところがすぐに別の女歌手に夢中になって、一時の盛り上がりは下り坂になりました。もう自分の新しい情熱が制御できなくなったのです。この女性に対する気配りや狡猾さが欠けていたので浮気しているのではないかと疑われることになりました。このような場合、イタリア人女性は容赦なく真相を暴き復讐するものです。女歌手はシルヴィーノのことを愛していて、シルヴィーノはよくこの女歌手の家で夜を過ごしていました。ある朝この家から出てきたところを殺されたのです。

　こうして優しいシルヴィーノは亡くなりました。愛のために幸せになり、愛のために不幸に終わったのです。フランス人の色男は私の言うことを信じてください。もしあなたに女性を夢中にさせるような魅力があるのなら、この幸せな国の外に出ないことです。フランスではどんなに大真面目な恋愛も不幸な結末に終わることは滅多にありません。特にイタリアに行って才能を用いようとはしないことです。このような体験をしたのは哀れなシルヴィーノだけではなく、同種の話がたくさんあるので慎重に考えてほしいものです。イタリアでは浮気のせいで命を落とすことがあります。フランスでは浮気は多くの喜びのもとです。この点においてフランス人は世界における真の賢者だと考えることができるでしょう。

第六章　シルヴィーナの全盛期の終わり〜私の絶頂期

このことは書きたくないのですが、シルヴィーノが亡くなったことを突然知ってどんなに悲しいことになったかを説明しないで済ませるわけにはいきません。夫をなくした女は病気になって危険な状態になり、生死の境目をさまよいました。高熱のために瀉血《しゃけつ》を繰り返し、間もなくシルヴィーナは体力がなくなって変わり果ててしまいました。暗い憂鬱に取り憑かれて、どんなことをしても気晴らしできなくなり、昔の偏見がよみがえることになったのです。しばらくするとキンストンはうんざりして他の女に愛と財宝を捧げるようになり、私たちに会いに来るとしてもそれは昔からの友だちとしてのことでしかありませんでした。現代のアルテミシア[042]はようやく力と美しさを少し取り戻しました。でもこのときシルヴィーナは私と縁を切りたいと思い、行いを改めることにしたのです。以前極端に反対の方に振り切れたときと同じくらい狂信的になって、さらなる不幸を準備することになりました。シルヴィーナは修道院の寄宿生になり、真面目で不格好な服を着込んで、病人の看護に身を捧げる女性団体の中でも特に熱心なメンバーになりましたが、まもなく感染力が強い天然痘にかかり、また命を危険にさらすことになりました。美しい目の片方を危うく失いそうになり、この恐ろしい病気の痕跡を一生の間深く顔に刻み込むことになったのです。

　この不幸な友人が私を遠ざけたいと思って以来、二人は滅多に会うことがありませんでした。結局二人ともお互いにうんざりしてしまったのです。私の方では俗世での生活を諦めることに心を決めなさいとシルヴィーナに責められてばかりいるし、シルヴィーナの方では悔い改めさせようとしてもほとんど成果がありませんでした。こうしてほぼ仲違いしたような状態のときに、シルヴィーナが天然痘にかかったのです。でもシルヴィーナがどんな大変なことになっているかを聞いてすぐに、この友だちのために何かしなければならないと思いました。すぐに駆けつけて看病しましたが、きっとこれが命を助けるのにかなり役立ったと思います。腹立たしいことに、シルヴィーナの周囲の気取った馬鹿者たちはこの苦境を見て天の怒りの顕れだと思い、かわいそうだとも思わないで、ちゃんと看病していなかったのです。私はこの残酷な病気を呪わしいものだと思い、この病気にかかった人はみんな大変なことになると思っていました。それなのに周りのみんなが絶えずこう繰り返すのが聞こえて私は怒りました。この病気のおかげで幸福が訪れるでしょう、此岸でも彼岸でもというのです。このときはなんと不愉快だったことか。かわいそうなシルヴィーナに付きっきりになって、帰らなければならない時間にならなければ帰りませんでした。朝になるとすぐに戻ってきて、汚染された病室の中で毎日を悲しみの中で過ごしました。目の前にいるのは無知なのに学者ぶった医者と、偉そうな偽善者の僧侶と、とげとげしい馬鹿な修道女ばかりでした。なのにこのならず者の集団は私のことを軽蔑しているようだったのですよ。それでも私は俗世風の身なりをしていたら嫌だろうと思って気をつけていたのです。この人たちに合わせて馬車は借りたものにばかり乗っていました。自分の馬車を使ってお付きの者を引き連れてきたらその贅沢さに憤慨されるだろうと思ったからです。それに私はいつも部屋着のままでダイヤモンドも紅もつけていなかったんですよ。

卑劣で傲慢な反俗世の連中は、機会さえあればこうやって敵に仕返しするものなのです。人に好かれるような素質をもたない人、魅力、才能、財産がない人、学校は出たが出来が悪い人、それでも世の中で何か意味がある存在だと思われたいと考える人がいますね。こういう人は悔悛の旗印の下に集まることになるのです。こういう不満ばかりの人は不機嫌で意地悪だけど、それに宗教のためというもっともらしい理由をつけて、幸福な俗世に対して絶えず戦いを挑んでいるのです。もし不幸にもどちらかの陣営の人間が敵の陣営に放り込まれると、本当に哀れなことになります。ご存知のようにベアタンがその経験をしました。私はベアタンの陣営の報復を許したようなものでした。おおっぴらに攻撃こそされなかったものの、少なくとも攻撃の意思はほぼ容赦せずに見せつけられているので、結局真剣な喧嘩を始めるかどうかは私次第という状況になることがよくありました。それでも私は忍耐と軽蔑で身を固めていました。私のことを責め立てるみんなは悪賢かったけれど、私は友だちを助けるのに必要な権威をすべて奪い取りました。窮状を脱するとすぐに、シルヴィーナはどれほど自分が馬鹿だったか、私の愛着にどれほどの価値があるのかに気づきました。私とのよりを戻して、ずいぶんひどいことを言ったけれど許してほしいとお願いしてきました。そんなことは最初から許していたのです。少しずつシルヴィーナを叱責して理性の側に戻ってこられるようにしました。叱責と言っても穏やかなものだったのでシルヴィーナは恥ずかしく思いました。以前私のことを叱責するときは厳しくしつこかったからです。シルヴィーナは心を改めて、忌まわしい信仰を再び棄てようとしました。でも取り返しが利かない不幸がもう訪れていて、きっといつか治るよと気休めを言っても無駄でした。顔が変わってしまっていたのです。それでも呪わしい修道院から出してやりました。この機会にシルヴィーナに対する借りを全部返しました。シルヴィーナは何度も性懲りもなく破滅を選びそうになりましたが、生来の気質もあり、私が繰り返し頼んだので、そうせずに済みました。シルヴィーナを家に連れ帰り、二人はかつてないくらい仲良く暮らしました。シルヴィーナの健康は回復し、憂鬱な考えが少しずつ消えていきました。シルヴィーナのそばに不幸な伯爵がいるようにしました。伯爵は相変わらず死にかけていて憂鬱でしたがかなり親切で、シルヴィーナのもとから離れませんでした。私はいつも通りの生活を再開しました。ロード・シドニーはずっと私のことを愛していて、いつも手紙をよこし、私の家を最良の状態で維持してくれていました。キンストンやベントリーに会うこともありました。私はあらゆるお楽しみに参加させてもらっていました。一言で言って、私のような身分の女に求めることができる限りではいちばん幸福で華麗な女になっていたのです。幸福と華麗さを引き離すことはなかなかできません。女性に名声を保証するものは幸福と富裕だけなのです。才能と魅力しかもたないために忘却の中にとどまる女がどれほどたくさんいることでしょうか。

第七章　少し後戻りする章

当時ずいぶん屈辱に感じられた事件があったのですが、読者にはこれを知らせないでおきたいと思っていました。そういうわけでかわいそうなシルヴィーナの話をして何とか読者の注意をそらそうとしたのです。結局シルヴィーナの不幸な時代のところまで来てしまいましたが、これは話さないでおこうと思っていた出来事よりも後の話なのです。でも私は正直なので、これ以上ずっとこんなちっぽけなごまかしを続けようと考えているわけにはいきません。空白があることには簡単に気づかれてしまうでしょうから、それについて質問されて自分が困ってしまうことも想像がつきます。前に言いましたが、ロード・キンストンは家で君臨していた間、私たちが絶え間なくいつもお楽しみに参加していることを要求していました。私たちは性格からいってこの点でキンストンの自尊心を損なうようなことはなく、カーニバルの間も豪勢な衣装を着て公私の舞踏会に出没していました。

ある夜オペラ座[043]の舞踏会に行きましたが、私はトルコ皇帝妃のように着飾り、ダイヤモンドを散りばめた見事な衣装を身に着けていました。仮面を外してロード・キンストンに手をとってもらっていました。私たちが散歩している間、シルヴィーナはボックス席でかわいそうな伯爵の相手をしていました。夜更かしは医者が特に厳しく禁止したことの一つですが、伯爵は私たちのためにこの夜を使ってくれたのです。仮面をつけた人が周りに集まってきて、積極的に口説いてきたり、自尊心をくすぐるようなことを言ってきたりしたので、大変うれしく聞いていましたが、自分でもそれに乗っているように見られたくはありませんでした。中には私の知り合いだということがわかるようなことを言って好奇心を刺激する人もいたのです。

ところが黒いドミノの仮面〔仮面舞踏会でよく身に着ける目元を隠す仮面〕をつけた男がつけてきて、うるさく話しかけて、少し昔にあった覚えがある話を言ってくるのです。結局この仮面の男は私の好奇心を惹くことに成功しました。気持ちよい話し方でした。才気があって世間慣れしているということだけでなく、私に対してかなり情熱的な気持ちをもっていることがわかりました。とても後悔しているというのです。「期待があったのにもう期待できなくなってしまった。昔はよく会っていたのにもう会ってくれなくなった。昼も夜もあなたのことを考えていたのに、相手にしてもらえなくなってからまるで百年も経ったような気持ちですよ」と。

この言葉を聞いて、私についてこんなによく知っているこの色男はいったい誰なのか見抜こうとしていました。ロード・キンストンは二人の会話をとても面白がっていました。キンストンは引っ張りだこで、裕福な英国人が相手と知ると話題が溢れてくる女に取り囲まれていましたが、突然五、六人追い払って、私が黒いドミノ仮面とどんな馬鹿な話をしているのかを聞き逃さないようにしました。それでもうるさく話しかけてくる立派な物腰の女性のことが気になって、ちょっと失礼してこの女性について行きたいと言い、恋する仮面の男のもとに私を置き去りにしました。男は熱く興奮して喜びを爆発させせました。

すぐに好奇心が激しくなりました。この優しい男は熱く語って私をリードしましたが、この熱さが私に伝わって素早く全身に広がりました。ハンサムなデーグルモンの代わりにしてもいいと思える人がまだ出てきていないし、そのデーグルモンはといえばしばらく前から私を相手にしてくれないので、このときの私は自分でそう思ってはいなかったものの、まるで賢女のように暮らしていました。そのためそれだけ反応が早かったのでしょう。それでこのとき私は素敵な魅惑を感じていたのです。この気紛れの恋の新しい対象が素晴らしいものに見えました。もう想像力が溢れるのを止められませんでした。私はますます相手に印象づけられていました。悔しいけれど私は考えていることがすぐに全部顔に出てしまう質なので、うるさく言い寄ってくる男は私の顔を見ただけで気持ちがわかってしまうのだろうと思いました。反対に男の方は仮面に隠れているおかげで優位に立ったままでした。二人とも人混みが窮屈だと思っていたので外に出て人から離れると、二人の会話はさらに面白いものになりました。おしゃべりの相手の顔は見えませんでした。絶対に仮面を外そうとせず、醜いので私が怖がるかもしれないと口実を言っていましたが、なかなかどうして、脚は格好がよく手はかなりきれいで、片手には大きなダイヤモンドの指輪をつけていました。

もう我慢ができませんでした。顔がほてり……短い言葉が洩れ……ぼうっとしていることからも私が激しく欲望を感じていることがわかったでしょう。この仮面の男はこれだけ自分が相手の気に入っているのならもっといい目にあえるに違いないということがわかりました。どうやったらいい目にあえるかがわかっている男はためらわずに話をもちかけてきました。

「僕に何の危険があろう。断られたら恥ずかしがって逃げるまでのこと。誰のことを侮辱したのかもあなたにはわからない……確かに僕の情熱は激しすぎるからこそ、そんな侮辱を受けたら僕の心はさらに深々と傷を負ってしまうだろう。でももし運よくいい目にあえたとしたらどうだろう……ああ、フェリシアさん、この会場を離れましょう……決心してください」

「何ですって、そんなことはできません、いったいあなたが誰なのかもわからないのに……ひどい人、私には親切が過ぎるようなことをするように要求しておいて、自分では言うことを聞いてくれないのね。無理です。どこに連れて行こうと言うんですか。だめです。私はここを動きません……どうしても連れて行くっていうんですか。これは正気の沙汰じゃないわね……」

二人はオペラ座の外に向かっていました。

階段を降りながら男は小声で言いました。二人の馬車のどちらかを使うよりもおんぼろ車でこっそり抜け出した方がいい。馬車が捕まえられる広場まで行ったら、そこで乗り換えて僕の家に行こう。正気を失っていたに違いない私はすべてに同意しました。というよりも意識がしっかりしていなくて全く反対できなかったのです。

第八章　真夜中の出来事

馬車を見つけるのにずいぶん難儀しました。私たちに当たった馬車はたぶんこの種の馬車の中でいちばん不快なもので、馭者が酔っ払っていて、馬もようやく立っているような状態でしたが、それでもこの馬車に乗りました。大変驚いたことにマレに連れて行けと命令するのが聞こえました。このときなんと軽率だったことかと後悔し始めました。マレは舞踏会の会場から遠すぎて、私がいなくなったことにシルヴィーナとキンストンが気づかないわけにいきません。すぐに戻るべきだったのでしょうが、どうやら魔法にかかっていたようです。それでも馭者が罵って鞭打ったのでようやく馬も前に進むことに決めました。私たちは座り直しました。私を連れ出した男は足元にひざまずいて誓いを繰り返し、仮面を外していました。でもこの薄汚れた馬車はガラス窓がなくて板を使っていて、この板を閉じていました。風邪をひいたら嫌だという気持ちの方が、街明かりを利用してこの新しい愛人の顔を見たいという望みよりも強かったのです。そもそも私はもういつもの私ではありませんでした。口づけを何度も奪われるままにしていました。乳房もさらに深い秘め所もこの無鉄砲な男の餌食になっていました。男につられて私も興奮してしまい、熱く愛撫されてその気もないのに声が洩れました……それで男はこれ以上抑える必要はないと思いました。私は自分で自分の敗北を準備したようなものです……私が幻を求めていたことと私の強い愛欲が利用されてしまいました……二人は幸せになってしまいました。

一度目の絶頂の瞬間はほんの一瞬のきらめきでした。二度目の絶頂には二人で一緒に協力して達し、二人に新しい快楽が訪れましたが、これは一度目よりも長く、二人ともさっきよりも深く喜びを味わうことができました。

それでも馬に体力がなく道路が凍っているので、到着にはまだ時間がありました。我らが馭者は四苦八苦して身体を温めようとし、時間は遅いし天気は悪いしいちゃいちゃしやがってるしと激しい言葉で罵りました。今しがた二人が何をしていたかがよくわかっているようでした。たぶん二人とも陶酔していたので、叫び声や呻き声を抑えるのを忘れ、愛の戯れをひけらかしているようなものだったのでしょう。この粗野な男は不機嫌になって少し横柄な話し方をしました。私を誘惑した男は気分を害して、馬車の前から顔を出して懲らしめてやるぞと無礼な馭者を脅しました。馭者の答えは生意気なものでした。これを聞いた男は馬車から飛び出して、ならず者の背中に剣の腹で五、六発食らわせました。このときいったいさっき私が我を失ったときの相手が誰だったかがわかったのです。ベルヴァルでした。前にお話ししたことをご記憶でしょう。あの……ダンスの先生でした。

なんという思い違いをしていたのでしょう。私はもうちょっと位が高い男が相手だと思っていたのです。それでもベルヴァルは剣が折れてしまって、鞭で何度も打たれていました。私は勇気をもって馬車から飛び出し、この男を怒り狂っている敵から引き離しました。馭者は自分が優位に立っているからといってやりすぎがひどかったのです。もう近所の若者がそこここで窓を開けて見ていました。夜警団がやってきてすぐそこまで近づいていました……ここで運よく扉が開きました。私が家に飛び込むとすぐに扉が閉まりました。思いもしていなかったのに助けられてほっとしましたが、これは顔色のよい若者のおかげでした。喧嘩の騒ぎを聞いて半裸のままで駆けつけたのですが、明かりと剣をもっていました。この路上の騒ぎが終わるまでどうぞお上がりくださいとこの男はとても上品に申し出をしました。約束して言うには、絶対あなたのことは危険な目に遭わせないし、ちょうど運よく提供できる隠れ家があるので、かくまっておけますよということでした。実際警官たちはベルヴァルと馭者を捕まえた後、扉を激しく叩きましたが、私を助けてくれた男はバルコニーからとても礼儀正しく話しかけてこう言ってくれました。この女性のことは知っているがとても真面目な女性なので、興奮した若者と酔っ払った馭者の喧嘩の話などに巻き込んではなりませんと。さらにこの男は名前を名乗り、明日この女性に関することについて話を聞きに来てもよいという許可を与えました。警備隊は引き下がって、犯罪者を警察署に連れて行きました。私は寛大な侯爵と二人切りになりました（私を迎えてくれた男は名前を言うときにこの称号を名乗っていたのです）。

第九章　この夜はどんなひどいことになったか

「伺ってもよろしいでしょうか、奥様」少し休んで冷たいものを飲んで気が落ち着くと、侯爵が聞いてきました「失礼ですが、いったいどういうわけでこんな遅い時間にそんな格好でいらっしゃって、辻《つじ》馬車の馭者とちんぴらの手にかかっていたのですか。さっき一緒にいたおっちょこちょいのことをこう呼ばせてもらってもかまわないでしょうか」

こう聞かれて大変困ってしまい答えあぐねました。

「夜に辻馬車を走らせなければならないご身分のようには見えません」男は続けて言いました「豪華な衣装を着てダイヤモンドを身に着けて、大変魅力的で優雅なお方だ。どう見てもあなたは並外れた境遇で暮らしておられる方だ。きっとどこかに自分の車をおもちで、お付きの人もいらっしゃるのでは。命令してくだされば従僕を使って呼びにやりますが……」

「それには及びません。私の車と付き人はオペラ座の舞踏会の門のところにいるのです。さっきまで私もそこにいて、連れは置いて来ました。仮面の男のせいで厄介なことになったのです。今はまだ落ち着いていないので細かいことをお話しできませんが、そもそもあなたにとっては面白くもない話でしょう。それでもお願いしますが、今は私がどんな人間なのかについてあまり疑わないでほしいのです……」

「私が疑うですって。思い違いをしておられる。私がそんなにぶしつけな男に見えますか」

男は上の空の調子で話していて、私の片耳をじっと見つめていました。手をやってみるとイヤリングがなくなっています。運が悪いことは重なるものです。私たちはすぐに下に降りました。侯爵が家の者につけさせたトーチを使って泥の中にあったイヤリングを見つけましたが壊れていました。車輪に轢《ひ》かれたのです。不運続きでうんざりしました。いくらかくまってくれた人がハンサムで熱心に気遣ってくれても、なんて忌々しいんだと思って感じる怒りを紛らわせることはできませんでした。ベルヴァルなんていうつまらないごろつきに騙されるなんて。しかも夜警団に捕まって警察に突き出されるところだったのよ。高価なアクセサリーはなくすし。それも元はと言えば馬鹿な男に言われてひどい辻馬車に乗ったから。あの馬鹿は歩いて舞踏会に来たと疑われたくなかったからあんなことを言ったのよ。

それでも侯爵が親切なので気持ちを抑えていました。

「奥様」侯爵は言いました「使っていただけるような四輪馬車はありませんが、二輪馬車を準備させましょう。お宅まで私がお連れしてもよろしいでしょうか」

この申し出を受けましたが少し驚いていました。若い男の人にこんなに敬意をもって無私の態度で扱われるだなんて。この男の人も美しい女性には惹かれるはずだし、目利きであるように思われます。

『全然違うわね』私は考えました『この侯爵とあのベルヴァルの下衆《げす》野郎では大違いだわ。あの男は大胆にも私の愛を求めてきた。私に愛してもらえるような資格なんて全然ないのに、あんなにせっついたりして。私にはその気がなかったのにものにされてしまった。少なくとも考える時間はくれなかったわ。なのにこの侯爵はかわいそうに何も求めようともしない。少しも欲しそうな様子を見せない。大胆になるにはもってこいの状況なのに。私のことを軽く扱っても当然の女だと思ったふりをしても罰せられないでしょうに。一言で言って、私はこの人の思うがままなのよ。でもまさにこのことのおかげで私は安心できた……安心というのは違うわね。本当に正直なことを言うと、安心できているることが残念だった。フェリシアは若いちんぴら（侯爵がはっきり言いました）に二度もよくしてやった。フェリシアは家庭教師に汚されて、今は屈辱感で一杯だ。それで大変助けになってくれたハンサムで優しい紳士に対して近づきがたいような立派な姿を演じることなどできなかった』

それなのに全く言い寄ってきませんでした。馬車の準備ができたので乗り込みました。侯爵は大急ぎで私を舞踏会に帰しましたが、もう舞踏会は終わるところでした。もうロード・キンストンしか残っていませんでした。シルヴィーナと伯爵は早めに帰させていました。私たちもお暇《いとま》することにしました。侯爵に住所を知らせて、今日会いに来てくださいとお願いしました。ちゃんとやってきてほしいと切に望みました。もしちゃんと来てくれたら、私と知り合いになったことに意味を認めているということだし、付き合いを深めたいと思っているということでしょうから。

第十章　さらにひどくなった話

ロード・キンストンのところに戻っても、不愉快なことはまだおしまいになりませんでした。キンストンはさっき話題に出た女性とはほんの十五分しか一緒にいませんでした。それから私のことを探したけれど、舞踏会場にもシルヴィーナの近くにもいないので心配だとシルヴィーナに言いました。悪ふざけの仮面の男でたぶんベルヴァルのことを知っている男が、私たち二人が出て行くのを見ていて、からかい半分に私が消えたことをみんなに話して、毒舌で話を面白くしていました。ロード・キンストンはからかいが気に食わず、おしゃべりな仮面の男に対して凄《すご》みを利かせましたが、この男は怒り出しました。こういったことがあって一悶着《もんちゃく》あり、ロードはまだそのために少し不機嫌なままでした。私のことを真面目に叱りつけ、ロード・シドニーに手紙を書くぞとまで言うのでした。最初私は少し狼狽しましたが、まもなく生来の誇りを取り戻し、勇気を出して語気を強めました。これがうまく行ったのか、説教はおしまいにした方がいいとロードは考えました。シルヴィーナに対しても同じぐらい強硬に接してこの場を切り抜けました。そもそもシルヴィーナについては私の方が文句を言うもっともな理由がありました。だから私のことを非難しているのはもう私自身以外にはいませんでしたが、これは他の人に非難されるのと同様に辛いものでした。疲労困《こん》憊《ぱい》していたもののまんじりともせずに夜を過ごしました。

正午に呼び鈴を鳴らして人を呼び、手紙を二通受け取りました。一通は親切な侯爵からのもので、もう一通はあの思い上がったベルヴァルからでした……侯爵は冷たい書きぶりで、それが全く気に入りませんでした。本日中にお伺いするという約束でしたが、残念ながらどうしても疎かにできない用事があり、お会いする喜びはかなわないということでした。いつ約束を果たして家に来るのかは言っていませんでした。これが悔しくて、ますます厚かましい舞踏家のことが嫌になりました。この手紙は燃やしてしまいなさいと言いそうになりましたが、中身が知りたいという好奇心がありました……ああ、これはまた新たになんという苦しみの種ができたことでしょう。

「もう絶望だよ、フェリシア（無礼者はこう書いていました）。僕はひどい人間だ。嫌われてもしょうがありません……でもあなたは美しく……僕は恋をせざるを得なかったのです……健康には気をつけてください……そうしたくはないが遠くに行くことによって君への復讐としたい。僕はパリを離れます。君から遠く離れて死ぬつもりです。宿痾《しゅくあ》によって死にます。後悔もまた同じく僕の死の原因となるでしょう」

私がどれほど怒り狂ったかはとても言葉で言い表せません。興奮した呪詛《じゅそ》の言葉にみんなが怖《お》じ気を感じました。それでも最初に激怒して鬱憤を晴らした後は賢い決心をしました。テレーズだけに事情を打ち明けて、医者を連れてきてもらうことにしました。才能のある医者だという評判の医者がいたのですが、特にこの医者で気に入ったのは、技術だけを誇る人間的な医者だが、図々しいおしゃべりをしたり滑稽なくらいに豪勢な生活をしたりは絶対にしないということでした。今流行りのやぶ医者はみんなこの手合で、無知で非道なくせにそれをひけらかして咎められることもないのです。

この医者が駆けつけました。私は事実を飾ることなく知らせました。医者は全く私にお追従を言いませんでしたが、薬と食餌療法を処方してくれて、特においたをしないようにしなければいけませんよと言いました。私は心ならずもそう約束しました。侯爵に会ったばかりで気持ちが盛り上がっているのに、あの面での期待を満たすことがなかなかできないのです。永遠にも近い時間を無駄にしているように思われました……

それでも真面目な医者はすぐに安心させてくれました。重大なことにならないようにしてくれて、私はもう何も恐れなくてよくなりました。侯爵はときどき私の家に来ていましたが、日が経たないうちに残念な事実がわかりました。大切な用事があるのでパリから離れられないけれど、田舎に帰りたくてしょうがないのだそうです。熱く愛している女性がいて、相手の方も侯爵のことを熱く愛しているのだとか。つまり侯爵が私に対して感じているのは優しい友情だけで、この友情は特に自分の興味があることを話したくてしょうがない人のはけやる気持ちに支えられているものなのです。

この友人が愛について語るのを聞くのは楽しいものだと私は思っていましたが、心の底では嫉妬を感じていました。健康がちゃんと回復したと確信できるときまで、侯爵の忠誠心を厳しい試練にかけるのは延期することにしました。一言で言うと、私は気紛れで愛し合いたくてしょうがないが、この気持を解放してくれるのは侯爵になると決めていたのです。

この幸運をまさに成就させようとしていたときにシルヴィーノが亡くなったことを知りました。そのほぼ直後に侯爵がいなくなり、私はますます悲しくなりました。それから病気だの何だのひどいことがあって、シルヴィーナにはさらに不幸なことがあり、こういったことのせいで私はかなりふさいだ気持ちで日々を過ごさなければならなかったのです。

テレーズは私のことを優しく愛してくれていて、哀れなことにこの娘だけが私の慰めでした。私は特に男を遠ざけていて、テレーズを一緒に寝させるようにしました。感じやすくて快楽なしでは済ませられないテレーズは、愚かなことに自分が男になったかのようにして私のことを愛し、私も愚かなことにそれを受け入れました。この情熱に燃えた小間使いの淫欲の炎が自由に燃えるままにさせると、奇妙なことにこれが私の欲望のはけ口になりました。心は冷え切っていたものの官能はそうではなく、はけ口が必要だったのです。肉体は絶対に自分の権利を諦めないものなのですね。

これが真実なんです。この真実の前では私の人間としての自尊心も形なしで、辛い犠牲を強いられたのです。

第十一章　面白い出来事

よい季節でした。伯爵はときどき私たちの館の隣のリュクサンブール公園に連れて行ってもらっていました。ある日大変興奮して高熱まで出して帰ってきました。

「もうおしまいだ」伯爵は言います「またケルランデック夫人を見たんだ。間違いなくあの人だ。あの人だとわかった。向こうでも僕がわかったと思うが、そうでなかったらそれは僕のひどい思い違いだ。デュピュイにあれがその危険な美人だと知らせて、絶対に見失わないでつけて行き、今の住所がどこかについて気をつけて情報収集してきてほしいと命令した」

伯爵にお祝いを言うべきか、それともお悔やみを言うべきかわかりませんでした。情熱が再燃したのですが、これが幸せなものになることはありえませんでした。だってケルランデック夫人がようやくこの不幸な男と結婚することに同意したとしても、その幸せの成果を手にすることができないでしょうから。病気で力がないのだから、結婚の甘い喜びを味わうことができません。無理をしたら死んでしまうでしょう。

それでもデュピュイはたくさん情報を集めて帰ってきました。ケルランデック夫人は変わらず同じ館に住んでいて、パリに居を定めていた。最近旅行から帰ってきたところだが、この旅行の目的は知り合いに会うことだった。最近どうしているか強い関心があるが全く知らせがない知り合いたちに会いに行ったのだった。

密使は守衛からこういったことをうまく聞き出したのです。この守衛は年をとったおしゃべりな男で、いつでも誰にでも家の主人について知っていることを話したがっているのでした。

デュピュイは最初の使命がうまく行ったことを大変に褒められ、このときから伯爵の飽くなき好奇心を満たすことだけが仕事になりました。デュピュイはもっとちゃんとこの仕事ができるように、しばらくケルランデック夫人のもとで働く許可を私に求め、使用人を一人解雇させ、守衛を使って夫人に取り入ってもらおうとしました。この守衛には何度かお酒を買ってやって贔屓にされるようになっていたのです。すべて首尾よく運びました。デュピュイは、前はレディー・シドニーのところにいたけれど、そこでケルランデック夫人の家ではどのような暮らしぶりか、新しい使用人を雇う余裕があるかなどについて調べることができたのだと言いました。

レディー・シドニーですって。この名前に好奇心を刺激されたケルランデック夫人はデュピュイと話してみたいと思いました。デュピュイはロード・シドニーのことを結構よく知っていたのでどういう人か説明しましたが、本人を知っている人はこの説明を聞いてその人とわかったことでしょう。デュピュイはこの貴族がどのくらい私のことを大切にしているか知っていたけれど、同じく私が妻ではないことも知っていました。それでもこのようなのっぴきならない状況において私は妻だということを否定しないだろうとデュピュイは考えていたのです。実際私はそれは否定しないと約束していました。二人ともこの小さな嘘がまもなくどんなに重大な結果を生むかを予想してもいませんでした。

　デュピュイは美しい寡婦の数多くの質問に機知をもって答えましたが、それがケルランデック夫人をがっかりさせることになってしまいました。私がどんな人間か、ロード・シドニーが私にどれほど優しい愛着を感じているかをいかにも本当らしく話して聞かせましたが、それは本当のことではなかったのです。

「もう結構です」女は言いました。シドニーがもう独り身ではないと聞いて憤慨したのです。「レディー・シドニーに手紙を書きましょう。あなたがちゃんとした人だとわかれば雇います……いえ、それよりも馭者に車を支度するように言います。すぐにレディーのところまで連れて行くように馭者に言ってください」

午前中にこんな訪問があるとは思ってもみなくて、私は伯爵と買い物に出かけていました。シルヴィーナがケルランデック夫人を出迎えました。デュピュイのことは口実でしかありませんでした。美しい寡婦は自分の目で確かめたくてしょうがなかったのです。デュピュイの話を聞くとレディー・シドニーの魅力は危険なものだけど、本当にそうなのかどうかを。私と会えなくて夫人は不快感を隠しませんでした。会話は弾みませんでしたが、夫人ははっきり興味を見せて二枚の肖像画をじっと見ていました。一枚は私の絵で、シルヴィーノが出発の少し前に細部までそっくりに描いたものです。もう一枚はモンローズの絵で、これもうまい画家が書いたものですが、私の絵と対になっていました。シルヴィーナはケルランデック夫人に親切にしようと思って、この若い女性の顔が気になっているようですが、これがレディー・シドニー本人で、もう一枚の絵の方は親戚で、ロード・シドニーがとても可愛がっている若者なのだと知らせました。美しい寡婦はしばらく前から涙を目にためていましたが、その涙がこのとき溢れ出しました。夫人は大変申しわけありません、今日はここでお暇させてくださいと言いました。シルヴィーナは何とか引き留めて、せめてもう少し気持ちが落ち着くまでここにいてくださいと言いました。

「奥様」美しいグルジア女はシルヴィーナに言いました「私はどこに行こうと不幸に付きまとわれる女なのです。一歩でも足を進めると、必ず全く他愛もなさそうなことにも傷ついて、私の心は深手を負うのです」こう言うと物入れから小箱を取り出して続けました。

「この美しい若者のことを私は愛していたのですが、そのミニチュアとそっくりだと思いませんか」

シルヴィーナは同意せざるを得ませんでした。

「そうでしょう」寡婦は泣きながら続けた「この色男は私の夫だったのに、もうこの世にいません。どんなことをしても夫の死から立ち直れないのです……」

それでもシルヴィーナは婦人を慰め、私が帰ってくるまで引き留めようとしました。ところが私の絵を見てすべてがわかったと思った夫人はそれを断り、使用員として雇うことにしたデュピュイを連れて帰って行きました。

第十二章　人は全く思ってもいないときに再会するという話

思ってもいないことが起こる朝でした。シルヴィーナがケルランデック夫人の不意の訪問を受けている頃、私の方では誰と会ったと思いますか、あの年老いた裁判長と大柄な馬鹿婿のラ・カファルディエール氏と会ったのです。この田舎名士を乗せた車は私が出かけるときにちょうど門前に停まろうとしていました。馭者が手綱を緩めると、私の馬は勢いよく走り出そうとしました。もう一方の車の痩せ馬は馭者の言うことを聞かずすぐに後退りできなかったので、私の馬車の轅《ながえ》がこの馬とぶつかりました。馬は二頭ともすぐに倒れました。幸運なことに私の馬は全く怪我をしませんでしたが、それでも馭者は大騒ぎでした。両方とも車の扉に頭を隠していたので誰が乗っているのかに気づいて大きな声を上げたりはしませんでしたが、相手方の馭者はたぶん何発かこっぴどく鞭を食らっていたのに違いありません。

滑稽な裁判長のことは悪く思いたくありませんでした。確かにこの人のせいでずいぶん嫌な思いをしましたが、いい人なのは間違いなく、私のことを可愛がってくれていたのを覚えていました。そこで裁判長に微笑みかけて、倒れた駄馬を立て直している間に、これはまたどうしてパリにいらっしゃったのですか、どういう偶然で私の家のこんなに近くにお寄りなのですかと聞きました。

「奥様（もったいぶって丁重に言いました）、ラ・カファルディエールとご機嫌伺いに参りました。みなさまのご友人方についての知らせを伝えたく思います。お知らせしなければならないことが山ほどあるんですよ。でもこれからお出かけなのですね。ではもしかしたらシルヴィーナ様にご相手いただけるでしょうか」

「裁判長」遮って言いました「シルヴィーナはまだ寝室にいる時間です。私ははっきり言いますと今済まさなければならない用事があって出かけるところなんです。でも他にご用事がないのならパレ＝ロワイヤル〔ルーヴル宮の北にある城館。庭園がある〕にいらっしゃいませんか。私は後でそちらに向かいますから、お食事を一緒にしましょう。きっとシルヴィーナも私と同じくあなた方にまた会えてうれしいはずです」

そうしましょうということなので、私は出かけました。待ち合わせ時間ぴったりに着くと、二人の変人は庭園の並木道にいました。座って私を待っていましたが、周りには暇な若者たちがいて、二人が着ている服がおかしくて目立っているのでそれを面白がっていました。義理の父親の方は季節外れの深紅の毛織物の古風な服を着ていました。パニエで膨らませていて、おびただしい数の銀箔《ぎんぱく》のボタンとボタンホールがついていました。きっしこの装いが流行って

いた頃には見事なものだと考えられたのでしょう。ベストの生地は金銀をあしらった贅沢なものですが、垢《あか》じみていて花の刺繍《ししゅう》がほつれているのでずいぶん年代物だということがわかりました。キュロットもこの衣装と似たようなものですが、これよりは少し新しいものでした。ロールソックス、ぶかぶかの靴、軍隊風のかつら。脇には銀の刺繍の大きな帽子を抱えています。剣を携えているものの目に見えず、鉤形《かぎがた》の柄の杖をもっています。善良な裁判長の衣装はこのようなものでした。

ラ・カファルディエール殿のへんてこな着飾り方も裁判長に負けていませんでした。髪がほとんどありませんでしたが、その理由は羽飾りをつけたギリシア風の丸帽子を斜めに被っていたからでした。二つの巻き髪はごてごてとして、ポマードが日光に当たって溶けていました。小さな髪留めの網が長いうなじのすぐそばでひらひらし、まだ後頭部に残っている数少ない髪の毛に斜めに引っかかっていました。着物は真っ青なキャムレット〔駱駝や山羊の毛の織物で防水の生地〕で、銀の幅広い縁飾りをつけていましたが、刺繍がうまくありませんでした。ベストは実に見事なバザン〔縦糸が麻で横糸が綿の織物で、ファスチャンに似ている〕だが薄汚れていて、軍隊風の長い房飾りをつけたものでしたが、これが膝のところでぱたぱたいっていました。黒いビロードのキュロット、肌色の絹の靴下。平靴には古風な銀のバックルがついていて、目がくらむほどに輝いていました。腕に抱えた小さな帽子には垢じみた羽飾りがついていました。剣は長すぎるくらいで、義父の短すぎる剣を補う形になっていました。一言で言って、この二人の殿方を見世物にしてお金がもらいたいくらいでした。私はとてもではありませんがこの人たちの方に行きたくありませんでした。でも幸運なことに知り合いに会ったのでそちらに行き、この人たちは伯爵に任せました。伯爵は気持ちよく任されて、この変人たちを庭園の外に連れ出しました。

この二人は愚かなことに私の馬車を頼りにして自分たちの馬車を送り返してしまっていました。そこで恥ずかしいことにこの二人を馬車に乗せなければならなかったのです。たくさんの真面目な人に見られて、おかしな人たちは馬鹿にされていました。不器用なラ・カファルディエールは座るときに前のガラスを割ってしまいました。どでかい剣に十分な場所がなかったのです。私は頭に来ました。裁判長が大声で長い間叱り続けたので私はうんざりし、それはもう一人の馬鹿に負けないくらいのうんざりでした。ようやく家に到着しました。

シルヴィーナは客を親切にもてなしました。この二人の旅行の目的はこのようなものでした。

執念深いテレーズがカファルド殿に命に関わるようなプレゼントをしたことはご記憶でしょう。そのために地元でいちばん腕のいい医者にかかりました。この医者は三里四方で知らない者がなく、あらゆる種類の不治の病と言われる病気を治してきた人なのです。それでラ・カファルディエールの病気はすぐに治りました。しかし結婚してまもなく病気が再発して、それも治療の前よりもずっとひどくなったのです。ラ・カファルディエールは病気を優しいエレオノールにうつし、エレオノールはサン゠ジャンにうつしました。サン゠ジャンは裁判長夫人にうつし、裁判長夫人は哀れな裁判長にうつしました（とても意地悪なことをしたんですよ）。裁判長はずっと前から夫人と別居していましたが、病気に苦しんでいる夫人はこれを機会によりを戻すべきだと思ったのです。この男は日頃からあちこちでよからぬ相手と浮気をしていました。夫人は裁判長から病気をうつされたと思わせようとしたのです。反対に夫人の方が裁判長にうつしたんですけどね。一言で言うと、家中が病気にかかったのです。治療のためにパリに向かいました。先生方は家具付きの館で汗を流して治療に励みました。サン゠ジャンはかわいそうに苦しんでいるのにほったらかしにされて、ビセートル（ビセートルにあった病院は病人以外に物乞いや浮浪者などを収容する施設で、犯罪者や精神病患者、性病患者も収容されていた。実質上、パリの民衆の監獄として機能していた）に入るしかありませんでした。裁判長とラ・カファルディエールは、おわかりのように、危機を脱していました。裁判長は歯と男性機能以外は無事でした。もう一人の方は髪がなくなって脚が痩せ細っていましたが、これは回復の可能性があるものでした。女性たちの方はまだ健康が回復したとは言えない状態でした。特に裁判長夫人については病が猛威を振るっていました。半世紀に渡るすすがたまった古い煙突では火が激しく燃えるようなものです。この病気について痛風やリウマチなどの控えめな病名を言っていましたが、私たちはちゃんと本当のことを知っていて騙されませんでした。この女性たちが困った状態になっていると聞いて、私たちはそんな不幸な目に遭わなくて済んでいるということをうれしく思いました。こんな不幸が来ないように気をつけるまでもありませんでした。

　ランベールとその奥様は相変わらず愛し合っていて、仲睦まじく暮らして、楽しく子作りに励んでいました。でもこの夫婦についての話はもう知っていることでした。私たちはこの夫婦のことが大好きで心から愛着を感じているので、ときどき知らせを受け取っていたのです。

第十三章　この本でいちばんつまらないわけではない章

伯爵は私たちが家にいなくて寂しい思いをしていましたが、そのときケルランデック夫人が家にやってきました。この女性はいったい自分のことをどう考えているのか、自分と再会してどう思うのか、伯爵は知りたくてしょうがありませんでした。この女性こそ自分の不幸すべての原因であり、ひどく不当な仕打ちをされたのでそれを償ってもらわなければならないので、いい加減に自分に対して興味をもってもらってもいいと思っていたからです。それでもどうやって顔を出したらいいものかわかりませんでした。私たちは伯爵のことには口を出さないことにしました。それはロード・シドニーの方がずっと私たちにとっては重要で、シドニーは何か計画しているかもしれないからでした。伯爵のために私たちが何かしたらその計画の邪魔になるかもしれません。そこでどうするか決める前にロード・シドニーに相談しようと思いましたが、相談するよりも先にまずケルランデック夫人と会ったことをロード・シドニーに伝えました。シドニーが結婚したという間違ったことを聞かされて、夫人が大変に悲嘆に暮れていたことも知らせました。伯爵のことも話して、この情熱に燃えた男についてはどうしたらいいかを聞きました。ロード・シドニーはまもなく私たちのところに戻ってくるつもりだと答え、こう続けていました。

「フェリシア、なかなかはっきりとは言えないのだが、今私の心の中では変化が生じている。君のことは愛している。

しかし美しいゼイラにずっと前から私を結びつけているこの絆がどれほど強いものかわかってくれたら……君は君自身として愛されるべき人間だけれども、隠したことはないがたぶん君に魅せられたのはずっと未練をもっている女性と君が驚くほど似ているからだろう。あの女のことは恨みに思ってしかるべきだし、君については満足していてしかるべきだった。だから、今は全く君だけを愛しているので、ゼイラに会っても愛を感じることがなく、ゼイラが新しい関係をもっていると聞いても嫉妬を感じることがないと信じていた。でも今になって思い違いをしていたようだと感じている。幸運なことに君のものの考え方がためになる。前に教えてくれたけれども、人の心は無理に一人の人間だけを愛し続けることをよしとするべきではなく、多くの愛を注いだ相手は、その後は優しい変わらぬ友情だけを注がれるようになっても決してそれで傷つくことはないというのが君の考えだった。君に対する友情は私が死なない限り消えてなくならないよ」

　これはとても長い手紙でしたが、残りの部分にはケルランデック夫人との恋愛物語が書いてありました。ケルランデック夫人はシドニーがグルジアで恋に落ちたときゼイラという名前でした。ゼイラはグルジア生まれでした。シドニーはゼイラを軍艦に乗せてヨーロッパに連れてきました。シドニーは二十四歳でしたがもう艦長でした。提督の甥で、子供の頃から海軍で軍務に就いていたからです。このときフランスは英国と戦争していました（七年戦争は一七五六年から一七六三年。この小説が発表されたのは一七七五年である）。シドニーの軍艦はケルランデック氏が艦長の船の攻撃を受け、戦闘はなかなか終わらず長い間勝敗が決しませんでした。ゼイラは一人目の子供を妊娠していたけれど出産間際で、シドニーが隠れていてほしいと思った場所で忘れられて死ぬのは耐えられないと思うと甲板を離れることができず、死体と瀕死の人々の中で出産しました。

というのもそのときもうフランス人艦長が、勝利が微笑みかけているのをいいことに、特に勇敢な兵士らとともに英国艦船に乗り込んできていたのです。恐怖、動揺、苦痛で色褪《あ》せていたとはいえ、ゼイラの比類なき美しさは頑なケルランデックにも衝撃を与えないことがなく、心に深く刻まれることになったのです。

ケルランデックはこの美人を船に連れて行けと命令しましたが、シドニーは激怒してこの捕囚に反対し、再び憤怒《ふんぬ》をもって対戦して、この間にゼリアを船から降ろさせました。船は燃え始めていたので小艇に降ろし、この小艇が敗者の最後の頼み綱になりました。しかし残酷なケルランデックは自分の船に戻り、落ち着いて相手の軍艦が沈むのを見ていました。船を棄てようとしなかったシドニーもかわいそうにこの船と一緒に沈みました。同時に波が小艇をひっくり返しましたが、海に放り出されたゼイラは助けてもらえました。善良な水兵が何とかしてゼイラの命を助けようと思い、子供と一緒に毛布に包んでやったのです。残りの船員は助けようともせずに見殺しにしました。

この忌々しい勝利の後もケルランデック氏は帆走を続けました。

それでもシドニーは波に流されて、軍艦の残骸につかまっていました。翌日オランダの船にぶつかり、奇跡的に助かりました……愛するゼイラが死を免れたとは思っていませんでした。シドニーは英国に戻り、そこで長い間苦しみました。ゼイラの方はシドニーがゼイラのことを愛するほど強くシドニーのことを愛しているわけではありませんでした。この不運な恋人が亡くなったことは疑いようもありませんでした。それに今は自分の美しさに対する情熱の虜になっている勝利者の男の手の中にいます。この男は敵に対しては残酷だけど、それと同じくらいゼイラには優しいのです。ゼイラは何も支えてくれるものがなく、自分も子供も生きていくための糧がありません。でも結婚すれば財産と立派な身分が手に入ると考えると魅力的です。ゼイラはいろいろ考えた末に、フランスに着いたら恋するケルランデックと結婚することにしました。

その後シドニーがゼイラと再会した経緯はもうわかっています。結局シドニーはボルドーで仕返しして、ケルランデックの残虐な行いを罰することになったのです。

第十四章　伯爵と私の事情の幸運な変化

ベルヴァルとの夜の事件のおかげで知り合った色男、あの冷たい侯爵がようやくパリに戻ってきて、すぐに会いに来てくれました。不幸な伯爵と侯爵の間にはかなり強い絆が結ばれていました。二人の家族は同じ地方の出身だったのです。侯爵は田舎に帰らなければならないことになっていたので、向こうに行ったら自分にできるだけのことをするとこの友人に約束していました。伯爵は遠い親戚がどうしているのかを知りたく思っていました。できたら自分の味方になってもらいたいと期待していたのです。いったい父についてどう思っているのか、父は卑劣な殺人を犯したと責められているけれど、この親戚もそう疑っているのかどうか知りたかったのです。侯爵は頼まれた用事を何も疎かにすることなくきちんと果たして、申し分がないほど満足の行く知らせをもって帰りました。黒人の悪党のせいでその主人は不名誉を被ったばかりでなく死ぬことになったのですが、この黒人も死の床にあって、伯爵の親戚を呼ばせて自ら罪を告白したのです。ところがこの貧しい貴族は野心もたず人に知られることもなく田舎に暮らしているので、二人の公証人に不幸な黒人の告白を記録させるだけで済ませていました。これを公表するべきだとは考えず、わざわざ自分で費用を払って親戚の名誉を回復しようとは思わなかったのです。特にこの親戚の息子がまだ生きているとは知りませんでしたが、そうと知ると名誉心と家族愛が目を覚ましました。なけなしの財産をはたいてでも、この不幸な息子が立派な父親の名誉を回復するのを手伝うという義務を果たすと約束したのです。

伯爵は身体が弱いので、友人がこんなに重要な知らせを告げるのも慎重にしなければなりません。私たちはそこで相談して、この知らせは少しずつ伯爵に知らせなければならないということに決めました。ケルランデック夫人に対する激しい情熱が大きくなりすぎると伯爵の身体には悪いからです。自分にはケルランデックと結婚するのに十分な資格があると考えるときっと興奮するでしょう。

しかし侯爵は伯爵については見事な仕事をしたけれど、反対に自分自身については全く駄目にしてしまいました。侯爵が愛する田舎婦人はどうやら空位期間があるのが嫌だったようで、侯爵が帰ってくるまでの間に合わせとして代理を立てていました。それでも侯爵宛ての手紙の中では、私ほど誠実な愛人はいないと言っていました。侯爵は全く正直に愛に燃えているので、こういう手紙を書くことで侯爵の愛を保とうとしたのです。侯爵は帰りを知らせずに、女を楽しく驚かせてやろうと思っていました。一人だけ侯爵の帰りを聞かされていた友人が先回りして、幸運な恋敵がいることを知るという不運に対する心構えをさせようとしました。女を愛している侯爵はまず信じまいとしましたが、目の前に事実を突きつけられると結局は納得するしかありませんでした。実際新しい愛人が最低の裏切り者の浮気女と毎晩一緒に過ごしていたのです。侯爵は憤慨して騒ぎを起こし、恋敵に怪我をさせ、名誉を汚された夫はこの妻を修道院に追いやりました。この厄介払いが済んで用事が終わると侯爵はパリに戻ってきて、不幸な愛の痕が少しも残らないように消し去ろうとしていたのです。

なんといいときに戻ってきたことでしょう。私はロード・シドニーも失おうとしていたので（少なくとも失ったのと似たようなものでした）、とても慰めを必要としていたのです。侯爵は前よりも私に対してずっと優しくなったように見え、心をつかむのが簡単になっていました。特にかわいそうな伯爵のことでわかったことですが、侯爵は美しい心をもった情け深い人なのです。それに今は自由な身分になったので、もともとあった魅力がさらに増していました。誰かを深く愛している男には普通愛している相手しか見えていないものです。それ以外の人々に対してはあまり関心がないので、人に気に入られようと努力することがありません。自分の愛だけに集中し、他はどうでもいいので、どんなに自分に価値があってもそれを活用しようと思わないのです。以前の侯爵は知り合ったときについて書いたことほぼそのままの姿でしたが、今はもうそういう人間ではありませんでした。今の私は侯爵を愛することの喜びに浸っていました。侯爵が私に愛を捧げるのを遠慮している理由がもう一つだけしか残っていないとわかってうれしく感じました。私のはっきりした態度からすれば侯爵に好意をもっているのは明らかだったのにそれに応えなかったので、前に私を怒らせたのではないかと侯爵は思っていたのです。後にわかったのですが、愛人がいなくなったのをいいことに、フェリシアも今度は自分に対して冷たくして絶望させるつもりなのではないかと侯爵は恐れていたのだそうです。これは自尊心を傷つけられた女がよくやる仕返しですが、私は全然そんなことを考えていなかったんですよ。侯爵の疑いを見抜いた私はこれまで以上に優しくしてあげました。そしてついに侯爵の口から熱い愛の告白を聞くという喜びを覚えたのです。それはいつかぶちまけなければならないという必要を感じていながらずっと長い間抑えていただけあって、なおさら熱い告白でした。

第十五章　私の苦難の終わり～結局私はいかにして報われたか

この新しい愛人にはこれまで私のことを口説いてきた男と似ているところがありましたが、それはいいところばかりでした。デーグルモンと同じくらいの美しい物腰と顔つきで、猊下とロード・シドニーと同じくらい優しく、モンローズと同じくらい人懐っこいけれど、あのおじと甥ほど軽薄ではなく、英国人ほど重々しくなく、私の若い生徒ほどうぶではありませんでした。侯爵は穏やかで優しく、自惚れがありませんでした。いつも嫌われることを恐れていましたが、場違いなことはしませんでした。世話好きでよく気がつくけれど面白くて、この他にもまだいくつも素敵な才能がありました。

それでもすぐに気づかないわけにはいきませんでした。確かに私はこの魅力的な男性のことが好きですが、侯爵の方では好きという感情以上の愛を私に示していて、私にはとても同じような愛を返すことができませんでした。侯爵を前にすると、私はあまり感情豊かではないんだなと残念に思いました。またこの問題を考えていました。

「深く愛さない軽薄な愛の方が幸せなのだろうか。しょっちゅう気紛れで相手を変えて楽しむのがいいのか。それともただ一人の人のために生きた方が幸せなのだろうか。一人の人間にすべてを尽くした方がいいのだろうか」

私は変化がある方がいいと思っていましたが、今度はできるものなら落ち着きたいと思っています。でもこの新しい欲望の深いところにどういう理由があるかを真面目に考えてみると、これもまた変化する愛の一種の変種でしかないと気づいて辛く感じました。そこでこう心に決めました。私は浮気から浮気へと飛んで回るように生まれついた女だ。全部つまみ食いしてひとつところにはとどまらないようにできている。若い侯爵の情熱に応えようと努力をしてもそれは無駄なこと。こんなに強い情熱を一人の人に対してだけもつなんてことは私にはできない。それに侯爵は美しい田舎婦人の裏切りからかなり簡単に立ち直ったのだから、私が侯爵だけのものではいられなくなっても、きっと同じように立ち直れるだろうと思いました。こういったことをいろいろ考えてから侯爵のことを幸せにしてあげたのです。私の方も幸せになってしまったのですが。

シルヴィーナは病気のせいで醜くなってしまったけれど、それだけでなくいろんなところが変わってしまいました。全くの軽はずみで愛欲の赴くまま羽目を外したことなどもう忘れてしまっていました。淑女ぶるところが残っていましたが、これは愚かなことに信心家だったことの不幸な名残で、現状の不運が生んだ苦い結果でした。そのために私も前ほど自由に行動できませんでした。気取っているシルヴィーナがショックを受けて怒ってしまうと思い、私はシルヴィーナの目の前では侯爵との関係を控えめにしていました。デーグルモンや他の愛人たちと以前していたようなことはしなかったのです。でもこの気詰まりな状況は必要なものでもありました。伯爵が家にいるのですから気配りをしなければなりませんでした。この気詰まりな状況のおかげで実は楽しみが増しました。侯爵が私と付き合っているのは隠していました。友だちのテレーズにだけ二人の愛について打ち明けていました。いつも侯爵は人の見ている前でお暇しましたが、鍵をもっていて、すぐに庭の小さな扉から戻ってきたのです。私は侯爵をベッドに迎え入れました。

言いたいことは山ほどありますが、二人の幸せな夜がどれほど素敵だったかは全部書けません。この愛人は無理をしたことがないので体力が落ちていないし、自堕落な生活をしたことがないので心遣いが豊かなままでした。このような男性こそ官能的な女の欲望を満たすのに適しているものなのです。いつでも快楽を与えることができて、この人が愛の行為をするときの目的はこれだけなのです。私に何度も絶頂を味わわせるためだけに、生命の源であるあのバルサムを上手に節約していました。ときにはこれを出し惜しみし、私が炎に激しく焼かれてもう耐えられなくなってこの炎を消すことができる唯一のものを流し込んでくださいとお願いするまで出してくれません。つまり二人の幸福のクライマックスを与えてくれるのは、私の官能が鈍くなってそろそろ私の欲望が消えそうになったときなのです。こうなったときに侯爵は欲望をたぎらせて私の欲望をよみがえらせて、さらに何度も恍惚を味わわせてくれるのです。そのときまで私の欲望にリズムを合わせていなかったからこそ、こんなに絶頂を味わわせてくれることができるのです。

こんなにも心遣いが豊かな男は数少ないものですね。これとは正反対に、ほとんどの男は女のことをしばらくの間楽しませてくれる機械か何かだと思っていて、急いで肉体的な欲求を満たすだけです。すると男は冷たくなって飽きてしまって、女は身体が炎に焼かれたままなのです。あるいは自分の精力を自慢に思い、力強さに自惚れて、女を無駄に疲れさせますが、快楽を与える素敵な技術を知りません。妖精のように繊弱な男で、気持ちよい前戯をたくさん重ねて燃え上がらせ、絶頂の瞬間を遅らせることができる人がいますが、いざというときになると全く目標を達することができないことがよくあります。あるいは出だしはとてもよかったのに最後の仕上げが全然駄目だったりします。最後にデーグルモンのような男がいます。本当は体力と技量を兼ね備えているのに、女は誰でも楽しませるのを仕事にしているのです。こういう共用の男もまたこの優しい侯爵には及びません。侯爵は抱いている相手に完全に魂を捧げるのです。侯爵のすべてが私のものでした。ちょっと秋波《しゅうは》を送られたら私のもとを離れて別の女のところに行く男がいますが、侯爵が相手だとそんなことはないと安心していられました。他の女にとられることも秘密が洩れることも心配の必要がありませんでした。一言で言って、私は完璧に幸せでした。私が本当に愛したのはたぶんこれが初めてでした。

第十六章　デュピュイの交渉～その結果～ケルランデック夫人の手紙

一方、策士のデュピュイはケルランデック夫人のところで働いて伯爵の手助けをしようとしていました。この使用人は愛想がよいので、女主人の信頼を難なく勝ち取りました。伯爵が説明してくれた通り夫人は愛想がよく人付き合いがよい人で、すぐにデュピュイとよくおしゃべりするようになりました。デュピュイがロード・シドニーを知っていたからです。夫人はこの英国人の物語の一部をデュピュイに知らせました。ボルドーの事件も忘れずに話したので、当然ロベールのことが問題になりました。デュピュイにはどういう役を演じるべきかが命じられていたので、このときはまずはっきりわからないふりをしました。登場人物の名前を聞いて、いつどのような状況で起きた事件かをあれこれするうちに、突然このロベールさんという人のことを知っているということになりました。こういう顔、こういう物腰、こういう性格の人ではありませんか、こんなことをしませんでしたか、あそこにいたんですか。頭がおかしな男で、誰だか美女に激しく恋をしているということでしたが……ではこの美女というのが奥様のことだったのですね。それなら私は間違いなくこの男のことを知っています。それでもこのロベールという男は奥様のおっしゃるようなろくでなしではありません。ちゃんとした紳士で称号もあります。間違いありませんよ。これはまた、このロベールさんはパリでとても有名に違いありません。奥さんがお望みならこの男がどうしているかをお知らせします。すぐによい知らせをお届けできると約束しますよ……実際この貴族は海軍士官、つまり奥様のご主人を殺したかどで告発されていました。でもこれは全くの中傷だったのです。ロベールさんはこの忌々しい告発の嫌疑を晴らしました。反対にこの士官の助太刀として闘って自分も殺されそうになっていたのです。相手は誰だと思いますか。ロード・シドニーその人の助太刀だったのです。

ここでケルランデック夫人がデュピュイの話に口を挟みました。ボルドーの事件で最初はロベールが罰せられましたが、この事件は突然宰相の権限によって終止符が打たれたということです。シドニー本人がケルランデック氏の死の原因だと自白したという秘密の通知を宮廷から受け取ったので、詳しくは言えませんが訴追をやめさせることにしたのです。それでもいったい本当のところはどうだったのかはまだ謎で、この謎を解き明かすのは困難なのです。それでももし本当にシドニーの手でケルランデックが死んだのだとすれば、私にはこの死が当然の罰だと思われます。ロベールに対する告発は不当なものなのできちんと正式に名誉を回復すべきであり、最大限の償いをするべきではないかと思います。ここにいたってデュピュイは女主人を説得しようとしました。

「奥様」デュピュイは言いました「ロベールさんのような方に償いをする方法は一つしかないと思います。これはもしロベールさんがまだ奥様のことを愛しているとすればの話ですが。これまで奥様のためにロベールさんは大変不幸な目に遭ってきたのですから」

「その方法というのは、デュピュイ、もしかして……」

「奥様、この紳士と結婚することです。間違いなくこの人にはこの名誉を求める資格があります。だってロード・シドニーは……」

「ロード・シドニーは不義理な男で、他の人と結婚して、自分にできる限りの不幸な思いを徹底的に私に味わわせるような男だということですね……」

デュピュイは困惑しました。そこまで破廉恥な人間ではないので、いかにも本当らしく嘘がつけなかったのです。この嘘のせいで自分も大変なことになるかもしれないのだからなおさらでした。ケルランデック夫人はこのときからこの打ち明け相手のことを疑うようになりました。それから秘密裏に正確を期した調査を行い、レディー・シドニーと呼ばれている女がロード・シドニーの愛人でしかないことをまもなく知りました。デュピュイはこの女の家に頻繁に出入りしている上に、その家には誰か客人がいて、その人となりを聞いてみるとどうやらあのロベールその人らしい……そういえば思い出したけど、リュクサンブール公園でロベールによく似た人を見かけたが、実際向こうでも自分に気づいたようだった。それに誰だか従僕がいかにも尾行するようにしてつけてきたことがあったことも思い出したけど、このおかしな男の制服もあの家の制服だったような気がする。こういった疑いは確信に変わりました。デュピュイに暇をやってから見逃さないように後をつけさせたのですが、間違いなくあの女の家に入っていったという報告を受けたのです。このときから夫人の不安と好奇心は極端に大きくなりました。ついに事情を明らかにしたくてたまらなくなり、シルヴィーナ様宛と書いた封筒に入れたレディー・シドニー宛の手紙を書いてきました。内容は以下の通りです。

拝啓、私はこの前小さな口実を捕まえてお宅に伺った者で、世界でいちばん不幸な女です。奥様に会いに伺ったのですが、残念ながらお会いできませんでした。今回単刀直入に奥様とお話する栄誉にあずかりたいと思った理由をお知らせします。私は使用人としてデュピュイという名前の男を雇いました。この男は以前奥様の家にいましたが、また最近お宅に戻ったようです。この青年は奥様とロード・シドニーに関することを何でもよく知っていました（私は奇妙な運命によって以前ロード・シドニーと深い関係にありました）。さらにロベールという名前の男についてもよく知っていましたが、私はこの男についても大きな関心をもっています。デュピュイが言ったことを聞いてかなりのことがわかりましたが、私は奥様自身からいろいろなことについての真相を伺いたいのです。奥様は間違いなく真相をご存知のはずですから。そこで一時間でいいですからお話しする機会を設けてほしいのです。奥様はお断りにならないものと思います。もしかしたら奥様は私がどのような状況でロード・シドニーのことを知ったかをご存知かもしれませんが、それが私たちが会って話すことの障害にならないことを望みます。私にはとてももう大それたことは望めません。もしあなたに聖なる権利があるのなら……でも……いいえ、今はこれ以上のことを申し上げられません。お会いしましょう、奥様。二人でお話ししましょう。私は正直にお話し申し上げますが、奥様も同様に正直にお話しくださることを疑っておりません。二人ともお別れするときにはお話しの機会がもてたことに満足することになるでしょう。二人でお話しするときに証人がいてもかまいませんので、この前私が伺ったときに応対してくださった女性に第三者として立ち会っていただいても問題ありません。お答えをお待ちしております。今から和解の精神をもって備えております。奥様についてはよいことばかり伺っておりますので、奥様に敬意と愛情をもちうる結果になることを心から期待しております。敬具

ゼイラ・ド・ケルランデック

第十七章　とても困惑した人々が登場する章

どう答えたものかと考えていたとき、ロード・シドニーの召使がやってきて、ご主人様が先程到着して、今晩こちらに伺うつもりだと伝えました。でももっと早く会う必要がありました。そこで非常に重要なことについてお話ししなければならないのですぐに来てほしいと手紙を書いてこの密使に伝えさせました。それからケルランデック夫人に何も意味がないような短い返事を書き、お願いされた会見の日取りは二日後にということに決めました。

それでも私は奇妙な困惑を感じていました。ロードが突然帰ってきて困ったと思ったのですが、それで侯爵が私にとってどれだけ大切な人なのかがわかりすぎるほどにわかりました……私はどういう風に振る舞ったらいいのでしょうか……何を言いましょう……愛人が二人とも満足するようにどうやったら調整できるのかしら。ロード・シドニーのことはとても尊敬しているし、大変にお世話になっていますが、侯爵のことを心から愛しているのです。侯爵を犠

牲にできるとは思えませんでした……長い間悩む必要はなく、心を決めました。この新しい恋人を捨てるくらいなら、地所や宝石や馬車を返した方がいいと思いました……でもロードからの直近の手紙で少し安心していたのです。昔の恋人に再会したので、たぶん私に自由をくれるかもしれません……でもその場合、哀れな伯爵はどうなるのでしょう。私は伯爵の愛の利害を損ねることになるのでしょうか。ケルランデック夫人が永遠に伯爵のものになるように願うべきなのでしょうか……伯爵のことは気になっていました。伯爵には幸せになる資格があります。この美女のために苦しんだけれども、そのすべてについて報われる資格があります。愛した者みんなにこの女は不幸をもたらすのです……

気配りのある侯爵はどうして私が裕福なのかについて一度も聞きませんでした。このことについて話さないのは、私には独自の富があるものと思っているということでした。誰かが私のとんでもない贅沢にかかる費用を払っているとは知らなかったのです。侯爵自身は生まれがよくて宮内府の一部隊の旗手でありながら、それに比べると裕福ではありませんでした。私がどんな立場にあるのかをどうやって侯爵に知らせたらいいでしょうか。どのような機会に言うべきでしょう。このどちらかを言わなければならないのです。「侯爵の愛人にはもう自由がありません。私は他人のもので、これからこの人のもとに連れて行かれるのです」と言うべきか、あるいは「侯爵とずっと一緒にいたいと思うなら、私はこの財産を全部失わなければなりません。でもためらったりはしません。私は愛に身を捧げ、財産よりも愛をとることにします」と言うべきか。

間違いなくどちらを言ったとしてもこの侯爵は悲しむことになるでしょう。侯爵は感じやすくて高潔なのです。もし侯爵がその高貴な考え方にふさわしい財産をもっていたとしたら、私のためにどんなに財産を犠牲にしても幸福を感じたことでしょう。でも侯爵には私に捧げられるような財産が全くないことを私は知っていました……ちょうどこういう辛いことを考えているときに侯爵がやってきました。その姿を見ると涙が堪えられませんでした。

「どうしたんだい、フェリシア（愛と怖れが混じった声を上げて侯爵は言いました）。泣いているのかい。何か突然の不幸の知らせでもあったのか……」

「侯爵、これ以上の不幸はありません。この不幸を分け合ってもらえますか」

「なんという恐ろしいことを言うんだ」

「お別れすることになるのよ」

この言葉の衝撃に打ちひしがれて、侯爵はぼうっとして肘掛椅子に倒れ込みました。伯爵は侯爵が私のところにいるのを知っていたので、いつものようにかいがいしく駆けつけました。私たちが目も当てられない状態だったので伯爵は驚き、一人の友だちとして大変に心配になりました……しかし黙っていてほしいと私は侯爵にはっきり目で知らせました。私が口を開いて伯爵に言ったのは、侯爵がたった今悲しい知らせを受け取ったので、私は侯爵と一緒に胸を痛めているのだということでした。

これは漠とした打ち明け話でしたが、これを聞いて伯爵はごまかされてそれ以上疑いませんでした。侯爵に同情し、もっと詳しく教えてほしいと言いました。でもこの話題はシルヴィーナが顔を出したのでまた先延ばしになりました。ロードが到着したと聞いて、私の部屋に来て場違いな喜びを爆発させたのです。伯爵は震えました。侯爵が鋭い目で見つめるので私は赤くなりました。このときになってようやく私が予告した不幸というのはシドニーが帰ってきたことだと侯爵は理解したのです……二人とも何も言いませんでした。侯爵は私たちがみんな困惑しているのが自分のせいだと思って出て行きました。二人の間の秘密がばれてはいけないと思って合図をすることは控えましたが、間違いなくいつもの時間に戻ってくるだろうと思っていました。侯爵とまた会わなければならないとこのときほど強く感じたことはありません。

第十八章　まだ隠しておこうとみんなで同意したことを私は伯爵にどうやって教えたか
～私たちの身に降りかかったこと～ロード・シドニーと私の最初の会見

「ついに（三人だけになると伯爵は私に言いました）ついに来るべきときがやってきた。僕の生死を決する瞬間だ。あの男が帰ってきたんですね。あの忌まわしい外国人、僕の幸福の邪魔をし続けるあの男が。ケルランデック夫人があの男を愛していることから目をそらそうと思っても無理です。フェリシアさん、ロード・シドニーはこの世に存在するあらゆるものよりもあなたのことが好きになることがあるのかもしれません。もしフェリシアさんが魅力と知性を存分に使ってくれなければ、シドニーはケルランデック夫人と再び関係をもって、僕にとっての唯一の幸福が永遠に手に入らないものになるでしょう。この幸福に対する期待があるから僕は生きていく勇気をもてるのに……」

伯爵はこう痛々しく嘆いて涙を流しましたが、それを見た私たちも涙をたっぷり流しました。

「伯爵（伯爵に優しい気持ちを感じていて大切な人だと思っているからこそ私は言いました）、ケルランデック夫人を自分のものにするという幸福は幻です。今はそれが伯爵の望みの中心であってはなりません。悲しみや嫉妬には心を閉ざしてください。冷たい女を自分のものにすることよりもずっと幸運なことがあります。今まで伯爵は不当な目に遭ってきましたが、運命は今それを償おうとしているのですよ」

「（伯爵は私の言葉を聞いて耳をそばだてました）何ですって。いったいどういう幸運の話ですか。早く言ってください……でも僕にどんな希望がもてるというのですか……僕のような人間に今さらどんな幸せがありえますか。いいえ、フェリシアさん、僕は騙されませんよ。僕が幸せになれるとすればそれは……」

「伯爵は幸せになれるんですよ。あなたにとってこの上ない出来事があるんです。冷たいケルランデックの手をとることと、この計り知れない幸せの間のどちらかを選ばなければならないとしたら……これはあなたにとって素晴らしく幸せなことになると言えますが……」

「言ってください。もう我慢できません……それがどんな幸せのことなのかすぐに言ってください。私はどうせ後もう数日しか生きられないのです」

「伯爵はもっと長生きします。お父様が……」

「父がどうしました」

「お父様は立派な方でしたが不幸な人でもありました。それでもお父様を中傷した連中が事実を告白して無実が立証されたのです。安心してください。お父様の名誉は回復されたのです。伯爵自身も公式に身分を取り戻し、名誉を回復することになるんですよ……」

やっぱり私たちが心配していた通りになりました。これを知らせたことで動転して、伯爵は突然意識を失ってしまったのです。家中が伯爵を救けようとてんてこ舞いでした。伯爵を部屋に運ばせました。それでも私は時期尚早にこのことを教えた自分が悪かったとは思いません。伯爵はどのみちロード・シドニーに会うことになる、少なくとも家に来ているのに気づくことになるのです。伯爵が情熱のためにどんな極端なことをするだろうかと恐れる理由が私にはありました。自殺しようとするかもしれませんし、ロード・シドニーを襲撃するかもしれません。悲劇的な場面に私たちを立ち会わせて、この家に大変な不幸を呼ぶ可能性もあるのです。だから伯爵の心に希望と慰めの種を吹き込むべきだと思ったのです。伯爵が動転したのはこの事実を知った瞬間の衝撃のせいでした。これには幸福が続くに違いありません。忌まわしいことが伯爵の心に取り憑き始めていたので、私は伯爵が想像して考えることをそこからそらそうとしたのです。嫉妬が猛威を奮うのを防ごうとしました。こういう私の考えにシルヴィーナも反対しませんでした。伯爵の信用する男が駆けつけて軽い瀉血をすると、すぐに伯爵はかなり落ち着いて眠りに就きました。

ついにロード・シドニーがやってきました。私を腕に抱きしめてどれだけ深く愛を感じているかを口にしましたが、私は冷たく答えました。もし努力して熱心に甘い言葉を言ったりしたら、後になって裏切ったことで恥ずかしくて赤面してしまうのではないかと思ったからです。一言で言うと、私はロード・シドニーに心からの愛着を感じているのだから、もしちゃんとした考えがなかったとしたら喜んで迎えたでしょうけれど、そうはしなかったということです。それでもシドニーはシルヴィーナの顔が全く変わってしまったのを見た驚きを隠すことができませんでした。シドニーが挨拶の口づけのために近づいたとき、シルヴィーナがそれに気づかないわけがありませんでした。「ロード」落ち着いているばかりか陽気でもあると見せかけようと努力をしてシルヴィーナは言いました「正直に言ってこの家の外で会ったら私だとわかったかしら」それから、女性というのものはおかしなもので、生まれつき偽りを好むのにそれと矛盾しない素直さをもっているもので、シルヴィーナはこう付け加えて言いました。「このお転婆は子供の頃にひどい目に遭って、しかも大したことがなくてよかったわね。私はこれのせいで何もなくなっちゃったもの」

この嫉妬の言葉にちょっとむっとしました。やっぱりどんなに偽りのない友情を感じていても、醜くなった女は美しさを保っている女のことを許さないものなのです。

第十九章　短いけれど面白い章

ロード・シドニーが夜の宴《うたげ》を催してくれました。親しげに話しかけてくるので私はすぐにほっとして、だんだん緊張が解けてきました。自分たちのことについて何でも自由に話し、この前よこした手紙についても話しました。

「フェリシアのことはよく知っているから」シドニーは言いました「率直に話しても気を悪くしないと思ったんだ。でもフェリシアは私のことを買いかぶり過ぎだとも思う。ゼイラに再会したらもうフェリシアには優しくしないと思っていたのではないかな。ゼイラのことは愛してもどうにもならないんだよ。ゼイラとともに生きる喜びのためには、もうフェリシアの友人ではなくなるという悲しみを感じなければならないのだとすれば、ゼイラには会わないようにしよう。フェリシアの財産のことも私が面倒を見る。私の財産を使えばフェリシアの家をいつでも最良の状態に維持しておくことができるし……」

「ロード（口を挟んで言いました）、本当にずっと友だちでいたいのなら、このデリケートな話題には触れないでください。こんな豪勢な生活を続けても意味がありません。だって軽蔑の目にさらされることにしかならないのです。嫉妬深い人々は自分の魅力を使って裕福になった女のことを軽蔑するものです。私も若い娘によくある無分別な虚栄心に負けて、派手な装いをしていたいとしばらく思っていたことがあるかもしれません。でも華々しく豪勢な暮らしをするのは全く私の幸福の本質ではないのです。平和な暮らし、厳選した仲間、きらびやかではないがゆとりのある暮らし、騒ぎ立てることがない快楽、私に必要なのはこれだけです。ロードに使ってもよいと言われた素敵なところを私の住まいにします。余計なものがたくさんあるのでそれを売ってしまうと資産ができます。この資産収入だけでもこれからの生活を快適に過ごすには十分過ぎるぐらいです……」

「それにロード（とシルヴィーナが口を挟みましたが、私の謙虚さを見て嫉妬と後悔が和らいだようでした）、私の財産もいつかフェリシアのものになるんですよ。そうなったらかなり裕福になるでしょう……」

一言で言って、利益のことがとても真剣な問題になっていました。でもロードは家にかかる費用の減額の話など全く聞きたくないので、また別の機会に話すつもりだった話題に突然移って、不幸な恋敵についての話に切り替えました。伯爵についての話を全部教えると、ロードはケルランデックの未亡人と結婚するつもりだが、この不幸はその障害にならないだろうと言いました。ロードと夫人の間には二人の子供がいるけれど、本当のところはいったいどうなったのか知らないということでした。夫人には愛されていました。ロードは裕福でハンサムで健康そのものでした。明後日はケルランデック夫人がどう言うかを聞かなければなりません。

真夜中になるとロードは帰り、私は落ち着くことができました。ロードがやってくるときに興奮していたのと正反対です。しばらく前から動揺していたのに、その動揺が全く収まっていました。侯爵が来るのを首を長くして待っていました。二人の幸せの妨げになるかもしれなかった障害は薄い霧程度のものだったと教えたくてしょうがなかったのです。この霧の陰に澄み切った光がようやくまた見えてきました。部屋にひとりきりの状態は長く続かず、夜の化粧を始めるとすぐに誰よりも優しい愛人がやってきましたが、目に輝きがなく、長い病気をした後の病み上がりであるかのようにげっそりしていました。テレーズも私と同様に侯爵の顔色が蒼白いことにびっくりしました。これは侯爵が私を愛していることの新たな証明で、私は大変うれしく思いました。でも、私のせいで侯爵はこんなに悲しむことになったけれど、私にはこれをちゃんと挽回《ばんかい》できたんですよ。侯爵はさっきまで不幸な時間を過ごしていただろうけれど、私は愛の言葉を言い、気持ちを高ぶらせて、そんなことは忘れさせてやったのです。侯爵はまるで命を取り戻したかのようでした。安心させる私の言葉を聞いただけでなく、私が情熱的な愛の言葉も繰り返したからです。二人は十五分以上しっかり抱き合っていて、何も言わずに甘い涙を流していました。テレーズも部屋の片隅で、つられて啜り泣いていました。こんな甘美な時間にまもなくこれよりもさらに甘い陶酔と快楽が続きました。この夜は間違いなく私の人生の中でも特に幸せな夜でした。

第二十章　金は天下の回りもの～テレーズがお金持ちになる　～どんな偶然の積み重なりで金持ちになったのか

驚いたことに翌日私の化粧台に千ルイ入った袋があるのを見つけました。テレーズは微笑んでいました。約束させられたのに黙っていられなかったのです。このお金は素敵な小間物の包みと一緒に届いたものでした。この包みの中に最新流行の黄金の箱が紛れ込んでいましたが、この箱の飾りつけがロード・シドニーの肖像画で、びっくりするほどに本人によく似ていました。それでもシドニーは口が軽い打ち明け相手の女に命令していたのです。フェリシアには包みのことだけを言って、お金はどこかに隠しておきなさいと。そうしたら何か他のものを探しているときに偶然見つけられるから。でもテレーズはこうした方が私は喜ぶだろうと思ったのでした。私は反対に恥ずかしくて赤くなりました。ロードはこんなに素晴らしいプレゼントをしてくれているというのに、私は熟慮の上でロードに対する不貞を犯していたのですから。このお金を送り返して、私は新しい選択をしましたと告白するというとんでもない過ちを犯すところでした。それでも良識を保って、こんなおかしな誘惑に負けるのは思いとどまりました。これはよかったと思いますが、別の誘惑にとらわれたのです。これもまた危険な結果を導くものなのに、私には抵抗できませんでした。それはこの千ルイをさらに秘密めかして侯爵に届けさせるということでした。侯爵が窮状にあることは知っていました。侯爵の使用人がうっかり私の使用人に言ったことには、ご主人様はしばらく前から、前に通っていた遊び場のほとんどに対して借金があって、賭けを続けることもできないので返済できなくなっているということでした。いつも負けていたのです。私はこれを口実にしました。侯爵は私の字を知っているのでうまく筆跡を変えて手紙を書きました。最近お顔を見せていただけないのが残念ですが、きっと賭けで負けが混んでいるので足が遠のいたのでしょう。またいらっしゃってください。この手紙と一緒にお金を送りますのでこれを使ってください。これを元金として賭けをして、勝ち負けを共にしましょう。そのうち時間が経ったら、私が誰なのかご紹介にあずかることにしましょう。今のところはいったい誰がこのちょっとしたサービスをしたのか探そうとしないでください。ただあなたのことをとても大切に思っている信頼に足る人間の仕業だと思ってください。

その翌日のことですが、この愛人は心遣いを知っているので、私のやり口の真似をしました。ちょうどくじ引きの日だったのです。侯爵が翌日書いてきた手紙には、半分ずつ分けようというつもりで何枚かくじを買っていたけれど、幸運なことに千ルイという大当たりだったので、フェリシアの分の五百ルイを受け取ってほしいとありました。このやり口は巧妙なものなのでとても私には断れませんでした。この女性を気遣った嘘が全く本当らしく見えるようにして、嘘とわからないように用心しているからこそなおさらでした。

侯爵の大当たりは罪のないごまかしでしかありませんでしたが、数日後にテレーズ嬢が手にした大当たりはこれと同じことではありませんでした……前にテレーズがラ・カファルディエール殿と分け合った悪意の大当たりのようなものではありません。本当の本当にテレーズは士官学校のくじで大当たりを当てたのです。事情はこのようなものでした。

ああ、運命よ、あなたが偶然にくじを引き当てるこの大きな壺の中はどうしてこんなにごちゃ混ぜになっているのでしょうか。大きな不幸がそれよりも大きな幸福の原因になることもよくあるのですね……でもそんなことがあると思っていたでしょうか。こんな大げさなことを言っていても始まりません。運命とその気紛れは放っておいて、テレーズの話に戻りましょう。

猊下のところから出発した後に強盗団に襲われた事件のことをたぶんご記憶でしょう。身ぐるみ剝がそうとする者もあり、スカートだけ剝がそうとする者もいました。後者の中にはテレーズを追い回している男がいましたが、テレーズは怖くて茂みに逃げ込んでいました。前にお話ししましたが、たった一目で特にテレーズの色気が殿方全員を打ちのめしたのです。いちばん虜になった男がどうやらいちばん最初に狩りを始めたようです。男はテレーズに追いつきましたが、姿が見えなくなったのでこの二人のことはみんな忘れてしまいました。

テレーズはこんなに危険が差し迫っているのでひざまずいて兵士に命乞いをしました。

「命だって。それは当然だ」兵士は答えました「でもかわい子ちゃん、その代わりと言っては何だが、ちょっと優しくしてくれないかな。だいたい全然惜しいものじゃないだろう」

するとすぐに手を出して乳房を乱暴にし、他の秘め所も触ってきました。

「絶対に叫ぶんじゃないぞ、お姫様」と男は続けて言いました「さもないと……」

「なんてこと……あなたは立派な紳士なのではありませんか……」

「そう、紳士だよ。でも急ごうじゃないか……え、そんな勇気があるのか。おお、これは間違いない。こいつは怖がっていないいんだ」

「もう、隠れて……早く……何をするつもりなの……（ペチコートが邪魔なので男はベルトを切りました）」

「さあ、これでいいだろう」

「なんてこと、殺してくれた方がましよ。ああ、ああ、痛い……ひどい。やめて……ああ、ちょっと違うでしょう、そこは……やめて……わからないの……」

「もうどうにでもなれ」

「ちょっと……ああ……これは……これはひどいわ……でも……どうしても駄目なの……ちょっともう、駄目だって……これはひどすぎ、だ、だ、駄目……」

「ちょっと待て……死ぬ」

第二十一章　テレーズに降りかかった大事件の続きと結末

読者のみなさんは思い違いをしないでください。おしゃべりな作家は千年も昔のことについてどんな状況も事細かに語って聞かせるものですが、私もこういう作家のように想像力を使って今お話しした場面の詳細を語ったわけではありません。少し待ってください。こんな細かいことについてどうして私が知っているのか後で教えてさしあげます。これは私の記憶に刻むのにちょうどよいものだったのです。その前にまずはさっきの話を続けましょう。

テレーズは無理やり犯され、呆然《ぼうぜん》としてしまったのか、征服者と戦っても無駄だと思ったのか、恐怖と快感にぴくぴく震えながら横たわっていました。もう一回お楽しみをするのも簡単だろうと思って、厚かましい軍人はテレーズをもう一度陵辱したくなりました。でもこのときテレーズは相手に対する憎らしさを増大させました。一回目は善意から相手に気をつけさせたのですが、今度はもうそうしませんでした。その反対に絶対に毒をうつしてやろうと思い、危険を物ともしない放蕩者に毒がうつるように一所懸命しました。

「この悪党め」テレーズは怒り狂って噛みついて言いました「このことは絶対に長い間思い出すことになるわよ……さあ……せいぜい頑張ることね……あなたが望んだのよ……さあ……これはこれは……これで絶対よ……」

シドニーの一行が恐ろしい銃声を響かせたので、まさにこの瞬間に幸せなカップルの別のことに気を取られていた器官が衝撃を受けました。二度目のぶっつけ本番の愛はここで終了となりました。兵士は毒婦の腕から逃れようと身もがきし、女の方は恐怖と愛欲が半々の状態で男を抱きしめて強く胸に押しつけていました。ところがピストルの音と怪我人の叫び声が聞こえてきたので、私たちの側に助けが来て、事態がとても深刻になっているのがわかったので、テレーズと一緒にいた兵士は突然臆病になり、仲間と合流せずに林を通って逃げてしまいました。愛の戦いの後に臆病になるのはかなり普通によくあることなのです。このときから男の心は決まっていました。もう軍隊には戻らず、回り道を通って急いで親戚の家に行き、そこに隠れることにしました。それは災難があった場所から半日かかる遠い村でした。

若者はこの善良な人々に、不幸なことに事件に巻き込まれていて、その事件でたくさん死人が出たんだと打ち明けて言いました（このとき男はきっとそうなったのだろうと思っていたのですが、そもそも何日もしないうちにこの喧嘩の噂が公然と語られていました）。この兵隊は親戚の同情を惹き、この親戚から父親に掛け合ってくれることになりました。この父親というのが厳しい男で、このちんぴらが金に手をつけて、これを使ってしまって兵隊になったことをよく思っていませんでした。犯罪に関わったとなっては最悪でした。それでもこの町民はかなり大きな後ろ盾をもった農場主で、お金をなげうって息子の問題を何とかし、退役できるようにしました。

この交渉をしている間、不幸な若者の病気の症状は日に日にひどくなっていきました。この病気特有のあらゆる症状が進んでいたのです。待っていた書類が届くとすぐに、父親がまたへそを曲げてひどいことになるかもしれないと思い、男は再出発してパリに来ました。ビセートルに収容されました。この施療院は愛の女神に騙された不幸な者に対していい加減な奉仕をしていますが、男はこの奉仕を受け、幸運にも治療を耐え抜いて病気を治しました。病み上がりの男は年老いた裁判長の下男のサン＝ジャンと知り合いになりました。この男もまた同じところに来ていたのですが、その理由も感染源も同じでした。

友だちになったばかりの二人は、一緒に恐ろしい煉獄から出ると、それぞれの道を行きました。サン＝ジャンは元の主人の家に戻り、ときどき供をして私の家に来て、私の従僕たちと親しく話すことがありました。そのうちかなり仲が良くなって、友だちが紹介できるようになりました。連れてきた友だちがそのル・フランさんで（これがこの男の名前でした）、テレーズは見てわかりましたが、男の方でもテレーズに再会してとても喜びました。この二人はお互いにとてもよい感情をもちつづけていたのです。二人の間にあったことにもかかわらず、心の底ではお互いに好意のようなものを抱いていました。ル・フランは思い出しましたが、テレーズのやり方はとても真面目なものでした。それにテレーズに言われた通り、これからは自分でもっと行動を慎むようにしなければならないと思いました。それにテレーズは素晴らしい快楽を味わわせてくれる女に見えました。この淫らな小間使いの腕の中で覚えた喜びが比類ないものだったために、あんなにひどい扱いをされたことも水に流してやることにしました。テレーズの方では相手がどんなに力強かったか、どんな風にしてきたかを思い出していました……頭がこんな具合にできている二人が出会うと最初から共感を感じてしまうものです。二人は熱烈に愛し合い、二人でうまくやっていくことにしました。

私が侯爵と付き合うようになってからも、テレーズはいつものようにル・フランさんのことを贔屓にしていました。ある日、二人の霊感がひらめいて、士官学校の一ルイのくじを半額ずつ出し合って買うことにしたのです。このくじが当たって二人は財産を手にしました。それからすぐ、恋する二人は本当に結婚の固い絆で結ばれました。このときル・フランが冗談好きな男で、林の中で起きた事件について細かく語って聞かせたのです。テレーズは真実を旨としているので、どういういきさつだったかについて全く反論しませんでした。

第二十二章　ケルランデック夫人との荒れ模様の会見

くじが当たったと侯爵が言ったので全く当然ながらテレーズの話を思い出してこの娘の話をしましたが、出来事をいくつか飛ばしてしまったので、今度は後戻りしてその話をしなければなりません。読者のみなさんに思い出していただきたいですが、ロード・シドニーの到着の二日後に会いましょうとケルランデック夫人に約束をしていました。帰ってきた翌日にシドニーが包みと千ルイを送ってきていました。その日の夜にこのお金を侯爵に渡しました。ケルランデック夫人との約束の日の朝に侯爵はお金の半分を送り返してきていました。その一方でケルランデック夫人から手紙を受け取ってそれに返事をしてからいろんなことがありました。

和解して友だちになるつもりだと言っていたのに、やってきた夫人は興奮していて、いらいらした身振りが内なる動揺と不機嫌を隠していました。これがそのうち爆発するだろうと私たちは身構えないわけにいきませんでした。場所は応接間でした。ロード・シドニーは鏡の扉のカーテンの陰にいて、会話が全部聞こえていました。

「挨拶は省略しましょう」私たちが挨拶すると美人のケルランデックは出し抜けに言いました「重要なことを話さなければいけないのです。時間は貴重なものですから」

それから私に向かって言いました。

「伺ってもよろしいですか。奥様はどうやってロード・シドニーとお知り合いになったのですか。いつからシドニーに愛されているのですか。結婚なさったのはいつですか。奥様は赤くなっていますね……結構でしょう。このことについてはもうはっきりしていると思います」

夫人は紙挟みから手紙を出してこのような手紙を読みました。

奥様……（これは昨日受け取った手紙です）、奥様、幸運なことにご子息の現状がわかりました。奥様とお父様にふさわしいご子息は（ここで問題なのはこの話ではありません……ここからちゃんと聞いてください）ご子息は大混乱の中、学校から逃げ出しました。この校長はひどい男でした……（ここも飛ばしましょう……ああ、ここですよ）奥様、私の聞いたところであり、間違いないと太鼓判が押せることですが、若いケルランデック氏は一文無しになったものの、そもそもその美しい心持ちにふさわしい気持ちによって兵士たちと合流し、兵役に就くこととしました。この兵隊たちは路上で羽目を外し、殺された者や逃げ出した者がいました。これは数人のふしだらな女を巡って起きた事件でした。旅行中の紳士がこの遊女たちを救いました。でもご子息が気に入った女たちはご子息をさらってパリに連れてきました。ご子息はしばらくこの女たちの家に住んでいましたが、きっと監視されていたのでしょう。しばらくするとこの美少年は姿を消しました。どう控えめに考えても、この悪い女たちがご子息をどこか植民地送りにしてしまおうと考えているということではないでしょうか……

私は激怒して立ち上がりました。

「奥様にこの手紙を書いた無礼者は誰ですか。奥様も奥様です。ずけずけとこんなものを読んで聞かせるだなんて。それが私たちのことだということを疑っていないでしょうに」

ケルランデック夫人は少し狼狽して言いました。

「奥様、できれば落ち着いて話しましょう」

「いいえ、奥様、誰もがそんなに落ち着いていられるわけではないのです。奥様は落ち着いて私たちのことを侮辱したいようですが。いいですか、奥様……」

「まず教えてください、奥様。この兵隊の事件はみなさんに関わりがあることなのですか。息子はみなさんに……」

「ええ、奥様、モンローズさんは息子さんなんですね。もう疑いありません。モンローズをパリに連れてきたのは私たちです。私たちを助ける側に回ってくれましたが、それはモンローズにとって名誉なことでした。悪党と一緒にいたので、私たちはモンローズをこのひどい仲間から引き離しました。私たちについて来たのは自分の意思です」

「息子はどうなったのですか」

「幸せですよ、奥様。ロード・シドニーの保護下にあります」

「何ですって、息子が父親を殺した男のものになっているなんて」

夫人は気を失いました。

「これは私のような心をもった男には耐えられないことだ」と小部屋から出てきたロード・シドニーは言い、疑り深い未亡人を私たちと一緒に介抱しました。夫人はようやく目を開きましたが、ロードがいるのを見ると、鋭い叫び声を上げて逃げようとしました。

「やめなさい、つれないゼイラ」とシドニーは言いました。夫人を捕まえて優しく話しかけていました。こんなときの優しさのおかげでこの人は穏やかで心が広いということがわかりました。

「私のことを侮辱するのはやめて、私をよく見てください。私は卑劣な男だったことはないし、卑劣になることはできないよ……」

「でも息子は、息子はどこにいるの」

「ゼイラ、君の息子は安全なところにいる。君がいると聞いて急いでパリにやってきたものだから、モンローズは英国に置いてきた。でもすぐに会えるよ。私と一緒に暮らせて幸せだとモンローズの口から聞けばいい」

「ロード……あなたが言うことを信じるべきなのかしら」

「疑ったりしたらそれは私に対する侮辱になるよ」

「でも私はどこにいるの。つまり周りにいる人みんなにとって、私は嘆きの種というわけね……みなさま……」

「最低な男め（私は突然叫びを上げました。ケルランデック夫人が読んで聞かせた手紙を拾って返そうとしたのですが、手紙の下にベアタンの名前があるのを意図せずして読んでしまったのです）」

「どうしたの（シルヴィーナは動転して言いました）。これはびっくりね……」

「あの卑劣なベアタンよ」と私は付け加えて言いました……

ケルランデック夫人は急いで紙を引きちぎろうとしましたがもう手遅れでした。

「お教えしますが（今度は私がケルランデック夫人に言いました）、お教えしますが、奥様に手紙を書いたこの化け物は……」

「手紙をくれた方は真面目な聖職者で、息子の学校の担任教師でした……」

シルヴィーナとロード・シドニーは私と一緒に叫び声を上げて、ケルランデック夫人の言葉を遮りました。

「ゼイラ」ロードが言いました「この悪党は君のことを騙していたんだよ。さっきこの女性たちに対して侮辱的なことを言っていたが、全くのお門違いだ。君の息子はこの二人に大変にお世話になっているんだ。この担任教師は極刑に値する男で、モンローズが学校から脱走した唯一の理由はこの男なのだ。この男がモンローズに辛く当たり、唾棄すべき情熱を抱き、恥ずべき嫉妬を爆発させたんだよ」

「なんてこと、ロード、みなさん」(夫人は泣きながら言って私たちに両手を伸ばしました)

こんな夫人を見て私たちはほろりとしました。不安に駆られた母親が人を責め立てたのですが、ひどく侮辱されたのもその不安ゆえと思うと許せるものでした。錯乱していたのだと思ってこの侮辱を許しました。

第二十三章　面白い会話

まもなくみんな心を落ち着けました。息子と愛人を取り戻したゼイラは生き返るような心地がしていました。可愛らしい顔に生まれつきの性格である優しさがよみがえってきました。ロードが礼儀正しい調子で話し、私たちに対して友情と敬意を示していたので、私たちが卑しい女ではないことが夫人にもかなりよくわかりました。さっきは私たちのことを侮辱しようとしていましたが、それと同じくらい熱心に今度は私たちの機嫌をとり、歓心を買おうとしていました。

紅茶をいただきました。ロード・シドニーはこの習慣をなくさずにいたのです。ケルランデック夫人も一緒でした。ロードは夫人にいろいろ説明してもらいたくて、聞きたいことがたくさんありました。何度もこう繰り返しました。この人たちの前で存分に説明してもいいんだよ、この人たちのことは信頼しているし、こうやって話してわかった秘密を濫用するような人たちではないからと。それでも女というものは生まれつき心を偽るようにできているもので、ケルランデック夫人はたぶん不幸な経験のせいで他の女よりも疑り深く、説明もぎこちない感じでした。シドニーには知りたいことがありましたが、なかなか言わせることができませんでした。特にパリでのロベールとの戦いとケルランデック氏が亡くなったボルドーの事件の間の時間に関する詳細が知りたかったのです。ゼイラはこの夫についてあまり快い記憶を保持していないようでした。この男は愛すべき男というよりも恋する男でした。もし他の人間に殺されたとしても、結局それほど惜しまれなかったでしょう。シドニーがサーだったときの自らの行いのせいで、以前はあんなに望んでいた結婚に障害ができてしまいましたが、この障害は世の偏見からすると乗り越えられないものに見えました。このデリケートな問題について話し合いました。

「ゼイラ（ロードは言いました）、このご婦人たちが、私が君のことをずっと愛するという誓いを守り、君のためだけを思っていたことの証人だ。でも正直に言うと、もう君は僕のことを覚えていないだろうと思ったんだ。君がもうこの世にいないのではないかと思うよりは、この不幸の方がまだいいと思っていたのだ。何の便りもないから……」

「シドニー、私だって想像できなかったわ。あの狂ったロベールと戦った後で、何かを疑って私のことを奪おうとしなかっただなんて。確かにその権利はないとはいっても……」

「いや、ゼイラ、君を疑いはしなかった。この不幸はただ自分の不幸の星のせいだと思っていて、君に対する敬意を失うことはなかった」

「父によってバス・ブルターニュの奥に閉じ込められました。そのとき私がどんな状態だったかはわかるでしょう。私は妊娠していたけれど、私たちの不幸はこの子供にとって致命的なものだったのです。死産でした。それから義父は死ぬまで私のことを監視していました。どうやって便りを差し上げられたでしょう。こういったことについての偏見はとても強いものなのに……」

「冷たい女だ。あの野蛮な男と結婚したとき、そんなにぼんやりした偏見でも大切にしようと君は考えていたのか。

あの男は君の目の前で私の人生を弄んだのだぞ……」

「恥ずかしいです、シドニー……でも……相手が厳しい目に遭ってあなたは無念を晴らすことができたではないですか」

「ああ、せめて運命がこんなに酷なものではなくて、二人の最初の愛の不幸な結晶が生き延びてくれていたらよかったのに。あの強い絆があったら、その後に生じた障害ももとのもせずにいられただろうに……どうしたんだ、ゼイラ。目に涙をためて……困っているようだね……言いたいことがあるのかい。それは私を悲嘆に暮れさせることか、それとも大喜びさせることか……ゼイラ、何か大切なことが言いたくてたまらないなら、ためらわずに言ってごらん」

「シドニー！」

「ゼイラ！」

「私たちの娘は間違いなく死んだと言ったけど、あれは嘘だったの」

「何だと、それは明るい期待がもてるじゃないか。生きているのか。そうだとするとどこにいるんだ」

「あまり喜ばないで。その喜びはすぐに虚しいものになるから。船に乗っている間は娘にお乳を飲ませていました。幸運なことに娘は丈夫だったのです。それなのにケルランデックはいつも残酷な男で、船を降りると同時に娘を奪ったのです。しばらくすると、娘は田舎で死んだと信じさせようとしました。しっかりした富農に娘を預けていたというのです。それでもこの村人の名前を言おうとしないし、どこに住んでいたかも言わないので、夫の報告が本当なのかどうか疑わしいと思いました。私はこっそり使用人に聞きました。贈り物で買収したのです。一人だけ娘の運命について知っている者がいました。事情を知らせたいところだけれども、それには条件を飲んでくださいと言ってきました。奥様に教えてもいいと私が思うことだけを言いますが、それ以上は要求しないでくださいと言うのです。私はそうしますと約束しました。この下男が言うには、自分自身の手で大事なお子さんを大変な孤児院に連れて行きましたということでしたが、その場所の名前を言わせることはできませんでした。それでもこう約束して安心させてくれました。ここでお仕えし続けるとしても、これから境遇が変わったとしても、少なくとも一年に一度は娘さんの近況をお知らせします、絶対に目を離すことはしませんというのです。事実、約束を破ることなく十二年間欠かすことなく便りをくれました。それでも私に対する約束を破らないのと同様に、ケルランデックに対する約束も破らず、子供が住んでいる場所についての秘密を破ることはありませんでした。それ以後この男がどうなったのかわかりません。それでもロードと再会したときにはまだ娘が生きているだろうと思えたのです。でもその頃私はまだ存命だったケルランデックの妻で……」

第二十四章　この本で一、二を競う面白さの章

この話を聞いているシドニーは期待と恐れの間を行ったり来たりしていました。私たちは興味津々で聞いていまし

た。

「結局（ケルランデック夫人は続けて言いました）、夫が亡くなってしばらくすると、幸運なことに夫の書類の中にメモを見つけたのです。それにはずっと前から私が愛おしく思い心配している子供を隠している場所が書いてありました。Pというところです」

夫人は私が育った場所の名前を言い、私は身震いしました。シルヴィーナも同じく驚いて目を上げましたが、他のみんなはそれに気がつきませんでした。

「すぐに出発しましたが（ケルランデック夫人は続けました）、私はなんと不幸なのでしょう。娘がいなくなってもう四年も経っていたのです。そのときから以前の使用人は私に手紙を書かなくなったのでした。悲しい発見をしました。不幸な娘の慰めにと渡したものをこの男は全く届けていなかったのです。この腹心の行動は卑劣さと誠実さが奇妙に混じり合ったもので、私は絶望しました。聞いた話では、私が探しに行った子供は育てるのが難しくて、この子供の面倒を見たいので引き取りたいという身元のしっかりした人に渡したということでした……」

私は胸が一杯になりました。シルヴィーナは話したくて仕方がありませんでした。その仕草と表情を見ると、何か面白いことを発表したいと思っていることがわかりました……私は動揺していました……シドニーはそれに驚いていました。

「ああ、奥様、その子供は目の前にいるんですよ。このフェリシアがそうなんです」

シルヴィーナは喜びを爆発させて言いました。

「その孤児院に生き別れになった子供を探しに行ったんです……私がこの子を見て引き取りたいと思ったのですよ……夫は後で調べられた嫌だと思ってヌーヴィルという偽名を名乗りました……」

「ヌーヴィルですって。それがまさに忌まわしい名前です。私にとっていちばん大切なものをさらった人の名前……ああ、これが私の娘なのね。シドニー、なんて幸せ《フェリシテ》なの」

電光石火のごとく私は素敵な母親の腕に飛び込みました。母は飽きることなく私に口づけ、涙を溢れさせました。ロードはテーブルに肘をついて、しばらく両手で顔を覆っていました。それから突然深い物思いをやめて、とても優しく抱き締めてくれました。シドニーの次はシルヴィーナのところに飛んで行って抱き締められました。シルヴィーナこそが私の幸福のいちばん最初の原因だったのです。私の大切な両親も私と同じくシルヴィーナに感謝を示し、あなたは二人の恩人で、私たちの幸せの立役者だと言いました。

私たちはみんな甘美な愛と喜びに耽溺していました。優しい母の心は愛人と二人の子供を再発見したことの喜びで圧倒されていました。私に対する嫉妬に駆られていたことも、私がロード・シドニーと親密過ぎる関係をもっていたことも母は忘れていました。このデリケートな問題は触れられず、これ以後も触れられることがありませんでした。母がモンローズの肖像画に口づけを浴びせている間に、シドニーはすぐに召使を出発させて、若い友人に手紙を書いて急いで母親と姉に挨拶しに来るように言いました。

これまで特に用心して伯爵の話はしないようにしていました。母は私たちの家にいる客人がきっと伯爵だろうと思っていました。いったいどのような驚くべき偶然によって、自分と深く関わる人間がこんな風に一所に集まっているのか、早く知りたくてたまらなかったでしょう。それでもこの説明はおあずけにしました。母は帰り際に、明日の朝にみんなで会いに来てください、明日は一緒に一日を過ごしましょう、と私たちと約束しました。父が母を送って行きました。

シルヴィーナと二人だけになると、どんなに私の運命が数奇なものかについていつまでも語り合いました。

「ロード・シドニーは勘違いをしていたのね……モンローズがフェリシアの弟だなんて……」シルヴィーナは言いました「とても信じられないわ」

シルヴィーナは溜め息をつきました。

「この話の中には幸福と不幸が混ざっているわね。フェリシアはきっと宗教をもっていないこと、信仰がないことを後悔することになるわよ。大きな過ちを犯したことになるんだもの。運がいいことにフェリシアはまだ若いからこの過ちを改められるのよ……信じてちょうだい。こういう出来事のおかげで神の摂理があるのがわかるでしょう。神の手はあなたの上にも伸びているの。今こそ神の摂理はあなたを優遇しているけれど、まもなく神の怒りに触れることを恐れなさい……」

あくびが出ました。大事な侯爵様が来る時間がそろそろだったので、退屈なお説教はおしまいにしてもらいました。自分の部屋に戻るとそこで楽しいことを考えていました。そろそろ大好きな愛人がやってきて、私の人生最良の一日を素敵な愛の高ぶりで締めくくってくれるでしょう。

第二十五章　何とも言えない章

侯爵がどんなに驚いて喜ぶだろうと思って私はわくわくしていました。私にとってどれだけ幸せなことがあったかを教えてあげるのです。ようやく侯爵がやってきました。熱い口づけを浴びせて、これからする面白い打ち明け話の前置きにしました。その話を聞いて侯爵がどれだけ喜んだかはとても言葉にできません。きっとまもなくロード・シドニーが私を認知して愛するゼイラと結婚するでしょうと言っても問題ありませんでした。「何ですって、夫を殺した男と！」とここで現代の感傷趣味の人々は叫ぶでしょう……いや、そうじゃないか。きっとこの本は読まないでしょう。これは最初からこの手の人々を怖気づかせるような本なのですから。こういう人と比べると感情の細やかさには欠けるけれども心が広い善き人々は、ここまで馬鹿話を何とか我慢して読んできたので、この結婚話には全然ショックを受けないでしょう。正直に言うと、ゼイラは目の前で愛人を溺死させた男と結婚したときに初めて気遣いを欠いたのです。そこには打算があったと言ってもいいでしょう。でも初めてシドニーと会ったときゼイラは奴隷で、シドニーのことをゼイラはむしろ快楽のために自分を買った主人と見なしていたのです。この愛人をなくした後、ゼイラは究極の選択を迫られました。ケルランデックか、あるいは貧困と死かです。このとき以来、教育を受けて経験を重ね、世のしきたりを身につけて、ゼイラは感じ方や考え方をフランスの生活様式に合わせるようになっていました。

今ひどい男に奪われたものを取り戻したのです。愛する子供を奪おうとした夫には愛着を感じたことがありませんでした。この冷たい男（敵と呼んでもいいかもしれません）の記憶のせいでゼイラは決して幸せになってはいけないとでもいうのでしょうか。今この機会をつかめばこれまでに失ったものをすべて取り戻し、心の傷をすべて癒やすことができるというのに。一般法則や既成の原理に対する例外になるような特別なケースが存在するものです。ゼイラとロード・シドニーの相互の立場はこのようなものでした。シドニーの私に対する立場もこのようなものでした（もうこのことは話さなくてもいいようにここで一言言っておきます）。私たちの関係は状況や共感や愛欲から生じた自然の産物でした。いったい誰にこれが恐ろしい罪だと証明できるでしょうか。血がつながった者同士は、私が父や弟と結んだような関係をもってはならないというのが正しいと認めたとして、それがこの罪の証明になるものでしょうか。でもこのデリケートな議論はとりあえず置いておきましょう。私はすべてがよいことだったと証明するつもりはありません。でも少なくともすべてが今さら取り返しがつかないことなのです。だから自分の境遇を悲しんだり、自分の行いに対して厳しい判断をしたり、永遠に不幸になったりしても意味がないことです。そうしたからといって何かいいことがあるでしょうか。

侯爵もこの問題について私と全く同じ考え方でした。ようやく気兼ねなくロード・シドニーについて私に話せるようになっていました。

「フェリシア」侯爵は私に言いました「正直言ってロードが戻ってくると聞いて落ち込んだよ。君たち二人の関係については疑いようがなかった。君を失うか、それとも君を誰かと共有するかという二者択一はもう耐えられなかった。

この男は年を取りすぎているということだけが問題で、事実君の父親なのだからしょうがないが、それでもとても好人物だということはわかっている……わからないわけにはいかなかったからな」

「もうそのことは考えないようにしましょうよ」

「愛していたのかい」

「否定はしないわ。たぶん血がつながっているせいで惹かれ合って、愛欲が決定的な要因になったのね」

「弟の美少年のモンローズの方は？」

「侯爵には驚くわね。誰からそんなにいろいろなことを聞いたの」

「君からだよ。知り合って最初の頃、隣で手紙を書いてもいいと言ってくれた日があったけど、あのとき弟さんの絵にやさしくキスをしてこう言っていなかったかい。『愛する悪い子ちゃん。きっと今頃は英国の美人とたくさん浮気をしているんでしょう。おとなしくしてなくちゃ駄目よ。ここにいるときよりも向こうでおとなしくしていないんだったら、あなたと離れる必要なんてなかったもの』」

「なんてお馬鹿さんなの。あれはあなたを確実に手に入れるために言ったのよ。ちょっと嫉妬させようとしたの。本当はこう言いたかったのよ。『氷のように冷たい侯爵様、少しは私のことを愛してくださいよ。私は全然男を絶望させるような高嶺の花じゃないのよ』」

「へえ、性悪女ね、騙されないぞ、わかってるんだから……」

「あら、侯爵、あなたもおとなしくしてなくちゃ駄目よ」と私は口を挟みました。あまりおとなしくしているとは言えない状態なのがわかったのです。

「いいえ、そんな気分じゃないの……嫌です……少なくとも聞こえないふりをするべきだったのよ……」

でも嫌がっているふりをしても侯爵は気圧《けお》されずに、私を腕に抱きました……もう私の方でも興奮して侯爵を抱きしめていました。二人で同じ欲望を感じて……侯爵は私に魂を注ぎ込み……私は侯爵に魂を返しました。二人は死にました……一瞬生き返り、また死ぬことを繰り返したのです。神様……これはなんという夜だったんでしょう……素晴らしい男……素晴らしい愛……

第二十六章　母との二度目の会見はどんな風だったか、またどうしてベアタン先生が気詰まりで奇妙な状況に置かれることになったか

侯爵が優しく熱く愛してくれたので、数時間しか眠れませんでしたが、いつもよりも早く目が覚めて、すぐに起床しました。素敵な母とまた会うのが待ち遠しくて、急いで朝の化粧をし、シルヴィーナを起こさずに出発しました。シルヴィーナにとっては眠ることが人生で一、二を競うほどの楽しみになっていたのです。ゼイラはまだ起きてきていませんでしたが、門番は命令を受けていたので、部屋に入れてもらいました。ベッドの中のゼイラはなんと美しかったことでしょう。素晴らしい血色の肌でした。もし頬紅や白粉やポマードをつけたそこらの女がゼイラの隣にいたら、

きっととても醜く見えたことでしょう。私の年齢でも、瑞々《みずみず》しさでわずかに勝っているような状態でした。心のうちで喜んでいることがわかりましたが、その満足心のために微笑みがとても優美でした。私はゼイラの望みを先回りして叶えることになりました。前の日私と二人だけで話す時間を設けたいと言うのを忘れていたので、ちょうどこのとき使いをやって私を呼ぼうとしていたのでした。

「今はいいことばかりになったのね」とゼイラは言って、私の方に真っ白な腕を伸ばし、私を引き寄せると口づけをしました。「いらっしゃい、ベッドに座って。おしゃべりしましょう。親子としてではなく、これからは誰にも引き離すことができない二人の友人として」

こんな風に親しげに話しかけられて私はとてもうれしく思いました。それでも少し気後れしないではいられませんでした。私が恐れていたのは、母はたぶん私が妾のように暮らしていることを知っていて、それを諫《いさ》めようと思い、私の自由と習慣を犠牲にするように言うのではないかということです。生まれつき独立独歩で、すべて自分で決めたことでなければ断ることも考えることも行動することもしないことに慣れていた私が自由に行動できないことに慣れることができるとは思えなかったのです……それでも私は両親の力のもとにあったのですよ。いったい私に何を要求するつもりでしょうか。でもこんな不安は長続きしませんでした。

母がまず知りたがったのは、私たちはどこでロベールと知り合って、どういうわけで私たちの家にいるのかということでした。伯爵の不幸の物語を手短に話して聞かせました。デュピュイはいろいろとほのめかしていたけれど、伯爵がそんなにいい生まれで、立派な心をもった人間だと母は全く信じていませんでした。どう見てもそう思えるはずがなかったのです。私の話を聞いてそれが間違いだったことがわかりました。悲劇的な物語を聞いて母は涙を流しました。不幸なロベールは激しい情熱と絶望のためにしばしば命すら危険にさらしていたのです……

従僕がやってきて、大変に重要な知らせを伝えなければならないと言っている聖職者が来ているのだが、ここにお連れしてもいいかと聞きました。

「お母さん」私は叫び声を上げました「きっとベアタン先生よ」

「間違いないわね」母は答えました。

「この方は」従僕は続けました「一昨日門番に手紙を渡したとおっしゃっています」

「ああ、やっぱり、ベアタンね」二人同時に言いました「お入れしなさい」

間違いなくあのならず者だとわかりましたが、衣装だけが前と違いました。以前着ていた普通の聖職者の服ではなくて、今はオラトリオ会の司祭の服を着ていたのです。少なくともベアタンが言うことはそうでした。白い襟と細い袖はどういう意味なのかとゼイラに聞いてもらったらそう答えたのです。そもそもこの男の物腰は前よりも偽善者そのものになっていました。目は悔い改めたような偽りの輝きをたたえ、腰は柔らかく、お辞儀を繰り返しているのがわかりました。ベアタンは母のそばに女性がいるのを見て少し驚いていました。二人だけで話ができるものと期待していたのです。私はフードをつけてベールを垂らしていたので顔が隠れていて、偽善者が疑って見つめても見えませんでした。何とかして私がどんな顔をしているのかベールの陰に見極めようとしているのがわかりました。もしかしたら私のことがわかったのかもしれません。それでももう長い間二人が会ったことはありませんでした。

「先生、こんなに朝早くいらっしゃるとはどんなに面白いお知らせをもってきてくださったのかしら」母は冷たい調子で言い、司祭はそれにびっくりしたようでした。

「お許しください、奥様……でも奥様にもうお知らせしたわけですが……あのですね……これからお話ししようとすることがもしもうお知らせしたことに似ているのならですね……たぶんこのお話の機会を先延ばしにできないことがおわかりではないかと……」

「いえいえ、先生。そんなに謎めいた話し方をされるのは嫌です。この奥様は私の親友で、何も隠しごとをしない仲なのです。息子についての秘密ですか。この奥様も息子のことを知っています。説明してください。特に嘘はつかないでくださいね」

ベアタンは赤くなりました。

「今日お話ししようとしたことは息子さんのことではなくて……」

「では何のお話ですか」

「ロード・シドニーについてです、奥様」

「ロード・シドニーですか……昨日会いましたよ。今朝もまた会うつもりです。でも先生、私たちのことを中傷するのがあなたの楽しみなのですか。息子が騙されて植民地送りになったですって。息子がどこにいるかはもうわかっています。数日後に会うことになっています。息子の世話をしてくださった真面目な方々にはこの上ない感謝の気持ちを抱いております」

「（裏切り者は皮肉っぽく微笑んだ）奥様、それでしたら私にはもう何も申し上げることはございません……途方に暮れてしまいます……奥様の方が私よりも事情に通じていらっしゃるのですから、これ以上の長居は無用でしょう」

「帰しませんよ、先生」と私は激しく言って、帰ろうとしたので立ち上がってベアタンの腕をつかんで引き止めました。母は呼び鈴を鳴らしました。

「お客様をお出迎えして」母は言いました「みなさんをこちらに連れてきてください」

口笛が聞こえました。すぐにシルヴィーナ夫人とロード・シドニーの到着が告げられました。

第二十七章　ベアタンがどんな人かわかっている人は全く驚かない章
～同じ計画がどのようにして別々の二カ所で立てられたか

罠にかかった狼が羊飼いと犬に取り囲まれ、犬が吠える声がお前はもうすぐ死ぬことになると告げています。泥棒が手下を引き連れた警官に現場を押さえられます。こんな狼や泥棒も卑劣なベアタンほどには愕然としなかったでしょう。耳に聞こえた名前はベアタンにとってそれほどにも恐ろしい名前でした。私はフードをとってロード・シドニーの首に抱きつき、「お父さん」と呼びました。シルヴィーナはおぞましい司祭を見て震えました。この男のことを紹介すると、ロードは憤りの目でこの男を睨《にら》みつけました。私たちは座りました。腹黒い男ベアタンは立ったままで震えていて、ここはどんなに荒れることになるのだろうと思っていました。

父が代表して話しました。

「あなたはご立派な方だ」父は言いました「あなたのことを上役に知らせて、数重なる卑劣な行動に対するちゃんとした罰を与えてもらうべきなのかもしれません。つまりあなたは宗教と人々の信用を代わる代わる弄ぶような人間なのですか。あなたはあらゆる種類の情熱をおもちだ。情熱というものはときに美徳を生むものなのに、あなたにとって情熱はおぞましい悪徳を生むものでしかなかったのですね。もう私たちには構わないで、真人間になるように努力してください。特に忘れないでいただきたい。もしあなたのせいで私たちが困るようなことが少しでもあったら……そのときはどんなことをしても私たちの恨みの報いを逃げられませんよ。下がりなさい」

坊主はここでこんなに安値で放免されたことを運がいいと思うべきだったのに、自惚れと怒りのせいで前後を忘れました。つまずいたふりをして母の子犬を残酷に踏みつけたばかりでなく、控えの間を通っているときに侮辱的なことをつぶやいたのです。従僕が耳ざとく聞きつけて、通せん坊をすると拳骨《げんこつ》で突き返しました。騒ぎを聞いた父がやってくると、ベアタンは複数の証人に責められてひれ伏しました。

「通してやれ」懐が深い人だけがもっている冷静さをもって父は言いました「帰してやりなさい。絶対に暴力を振るってたりしてはいけないよ。どうぞ、先生」

ベアタンのことは忘れられました。残った問題は私たちの問題だけでした。ゼイラにはすぐに自分と結婚することに心を決めてほしいと父は力説しました。

「フェリシアの境遇も確実なものにしなければならないね」父は言いました「そもそも私たちは自分の行動の責任は自分だけがとることにしている。これから英国に行こう。モンローズは父親の財産を手にすることになる。私も適切に支えられるだけの財産を付け加えよう。私たちがこんなことをしてやっても、それは自分がそれに値するからだとモンローズは理解してくれるはずだ……伯爵については……実は計画がないでもないんだ。伯爵はフェリシアに命を助けてもらった。その後のいきさつによってフェリシアに名誉も回復してもらうことになった。伯爵はフェリシアと結婚すればいいのではないか。伯爵には全く資産がないので、私が資産を与えて、さまざまな問題を伯爵にとって全部いい方向に解決してやり、生まれにふさわしい財産をつくってやりたいと思う」

このアイデアを母とシルヴィーナはとても気に入りましたが、それを聞いた私は震え上がりました。私が結婚するなんて……でも伯爵夫人になるのよ……ああ、どうして侯爵夫人じゃないのかしら……いいえ、でも、それはまた違う話ね。伯爵にできること、それはたぶん伯爵がしなければならないことでもあるけど、侯爵にはそれができない。すぐに嫌な考えは追い払いました……それでも伯爵と結婚するということは自由でいられるということではないかしら……伯爵は長生きできない……でも友人として死なれようと夫として死なれようと、私の後悔は同じものではないかしら。こういった考えが一度に頭に浮かびました。シルヴィーナが伯爵に最初の働きかけをしようと申し出ているので、早く同意するように急かされました。でもそれには及びませんでした。私たちが伯爵を私の夫にしようという風変わりな計画を練っている間に、伯爵が病床から次のような手紙をよこしたのです。

不幸なL伯爵から、ケルランデック夫人宅に集合しているこの世で私が大切に思っているみなさま方へ、そしてまたロード・シドニーへ。こんにちは。

　みなさん、僕は全部知っています。どんな障害にもできなかったことでも、友情と感謝には成し遂げることができるもので、今日の僕はその声に従わざるを得ません。美しいゼイラを自分のものにするという至上の幸福を僕はもう求めないことにしました。神様は不公平な人間が僕から奪ったものを返してくださいました。その神様が人のものは人に返せと教えてくれました。ロード・シドニーは幸せになってください。でもみなさん、僕も幸せを期待してもいいでしょうか。まだ僕に残っている短い人生の間でも幸せになってはいけないでしょうか。僕には恩人である優しいフェリシアに僕の名前をあげる資格があるでしょうか。僕がこの世でもっているすべてのもの、僕の生命さえもが僕のものであるというよりもフェリシアのものであるとも言えるのです。ロード、あなたの血を流そうとしたり、あなたのために自らの血を流したりしたことがある男のことをあなたの息子にしてください。ああ、フェリシア、ゼイラの娘、僕が君に愛着を感じているというのがちっぽけな理由だからといって僕の望みをはねつけないでください。みなさん、僕のところにいらっしゃってください。もう僕はあなた方の憎悪の対象ではいたくないのです。僕の望みを叶えてください。そうすれば哀れみの対象でもなくなります……ゼイラ、ロード・シドニー、今の僕ならあなたたちにお会いできます。ええ、そう感じています……息子の愛をもって首を長くしてお会いできるのを待っています。この愛はこれまでに決して何ものも弱く感じることがなかった男の愛です。この息子はあなたのことをもう恐れることなく、今や大切に思うことしかできないのです。さようなら。

この高揚した調子の手紙を読んで私たちは大変喜びましたが、同時に少し辛くも感じました。この伯爵の文体を見ると、さまざまな感情がぶつかり合っていて、なかなかまとまりがつけられないうちに書いているのがわかったのです。身体の方にも強い影響があっただろうと考えると不安になりました。私たちは手紙を書いて今晩会いましょうと約束しました。でも手紙を渡す前に伯爵は医者に診察してもらわなければなりません。私たちが訪問するとどうしても患者はショックを感じることになりますが、このショックに患者が耐えられると医者が診断してくれなければ、手紙を渡すのも控えた方がいいでしょう。

第二十八章　一種のエピソード

実際それから一時間後に、伯爵のところに来るには及ばないという知らせが来ました。高熱があるので休んでいなければならないのです。

同時にあのデーグルモンからの手紙も届きました。あの愛すべきお馬鹿さんのことがちょっと面白いと思っていた読者のみなさんは、きっともう一度あの人のことが聞けて、私たちが別れた後にあの人がどうなったかがわかるとうれしいのではないかと思います。ここに手紙を書き写しましょう。抜粋するよりもその方がいいと思います。

フェリシア、ようやく僕は安定することになった。それもものすごく安定することになったんだ（恋しているということではない。それよりもっとひどい状況だ）。僕は結婚したんだよ。金持ちの跡継ぎになり、侯爵にもなれた。それはいいが、結婚はどうだろう。この言葉がどんなに強烈か君にわかるかい。おじは人の気持ちを操るのが得意なので、この地方の優れた人々にこう信じ込ませたんだ。もしいつか財産が転がり込むことになっているような人を僕の妻にしてくれたら、それはこの地方の成功を決することになるとね。この話を通さなければならなかった。おじが保証して言うには、僕はパリで垂涎《すいぜん》の的になっていて、もし少しでもためらっていたら、僕はもう他の誰かに取られてしまうことになっていたからね。考えてもみてくれよ、フェリシア、みんなに狙われるようになったら人はどれほど不安を感じることか。このときから僕はこの不安を余すところなく感じていたんだよ。町でも田舎でも親という親に紹介され、僕のことを素敵だと思う父親もいれば、馬鹿者だと思う父親もいた。伊達男扱いする母親もいれば、思い上がって人を馬鹿にした男だと思う母親もいた。みんなに気紛れやそれぞれの利害に従って判断されたというわけさ……そればかりか陰険な敵意を抱くライバルが隠れていて、匿名の告発もあった。僕の金の使い方について説明する者もいたが、その中には全く正しい説明もあれば、誇張した説明もあった。それに対して僕は対抗策を講じ、いろいろほのめかしてみたり、勇気をもって接してみたり……僕の数々の戦い、恐れ、勝利から叙事詩がつくれるくらいだよ。最終的に合意ができて、後は未来の妻に会うだけというところまで来た。

そんなに魅力がある素敵な女性のことは想像していなかった。だって厳しい信心家のおば（醜さによって絶えず世間に嫌な思いをさせ、大変な不機嫌と自惚れのために迷惑をかけたことで十年前から苦行に励んでいた）によって修道院で育てられた娘だというので、この結婚相手はきっと付き合いが悪い若い気取った女で、僕の気に入るような女ではないと思っていたんだ。ところが全然そうじゃなかったんだよ。楽観的な性格で、変人の女とずっと付き合っていたのに全く駄目になっていなかった。僕はカエサルのようだったよ。来た、見た、勝った、だ。まもなく結婚話がまとまった。まさにこのおばのさもしい心が僕の幸福につながったというわけだ。このおばがすることは全部僕の望みと正反対で、僕に厳しい試験を受けさせようとしたり、僕についてたくさん情報を集めようとしたりするものだから、こんなおばを相手にせずに急いで話を進めたので、これがなんとか功を奏したというわけだ。若い侯爵夫人には才気と才能があり、踊りも音楽もできる。読書家でもあるが、特にそのうち（僕がもっている女性を教育する素晴らしい才能に助けられて）自らの責任で夫の名誉になるのにふさわしい極めて愛すべき妻になる素質を備えているんだ。

結婚というのはかなりいいものだと本心から思うよ。この可愛い妻は目の前にあるものはどんなものでも好きになるような人で、何よりも先に僕のことが大好きになった。それに申しわけないが僕も妻のことが大好きだと思う。僕たちはよく笑い、子供のような馬鹿なことをして、特に他の種類の馬鹿なことをたくさんするんだ。ある意味で僕は本当に運がよかったと言えるだろうね。義務を重んじる妻のことを本当に愛しているんだよ。僕の大切な伴侶に結婚生活の長きに渡って現れる義務を満たすことができますように。今結婚の最初の義務を満たそうと努力しているのと同じように。こういうわけで僕は貞節を守るようになったんだ……妻に仕えている魅力的な娘を見ても、二、三の可愛らしい親戚の娘たちを見ても何の誘惑も感じない（この娘たちは美徳に対する結婚当初の熱意がかなり弱まっていて、たぶん少しばかり退屈な一夫一婦制の気晴らしをすることしか願っていないのだろうが）。僕がこんな風に転向したなんて考えられるかい。これは名声の女神ファーマのラッパで告げるに値するものではないかな。

それからデーグルモンは私がどうしているか、シルヴィーナはどうしているかを聞いていました。デーグルモンにはほとんど手紙を書いていませんでした。私たちにどういうことがあったのか全部は知らなかったのです。伯爵のことも聞いていましたが、デーグルモンはいつも伯爵には早く亡くなってほしいと願っていました。この憂鬱な人物が私の精神を損ねたりするのではないか恐れていたのです。

猊下は甥の手紙の付け足しを書いてきましたが、そこにはもっと深刻なことが書いてありました。この粗忽者を結婚させるのにどれだけひどい苦労をしたかを猊下は語っていました。このおじは侯爵になった甥の借金を払って、ドルヴィル夫人に毎年二百ルイ支払うことにしたのです。この収入はこの女にとってちょうどいいものでした。この女は不品行の欠点を頂点まで極めた女で、実益のために快楽を諦められる女ではないのです。ハンサムな男に出会ってその男のことが欲しくなったら、どんなに当てになる金づるでも家から追い払ってしまうのです。この終身年金がなかったらドルヴィルはいつの日か施療院で死ぬことになったでしょう。

第二十九章　結末

寒気がします。結婚すると才気が衰えてしまうのは当然の結果なのでしょうか。もう書き続ける勇気がありません……ああ、きっと結婚のことを話したからなのね……読者のみなさんもあくびをしていることでしょう。もう終わりにしなければなりません。

侯爵は私のことをとても愛していましたが、私の身に降りかかったことを見て、慎みからなのか気遣いからなのか、それとも結局は羽をもたない人間には必ずある心変わりを起こすようなことがあったのか、突然自分の地所に旅立たなければならないと思って出発し、さまざまな事件と計画のいざこざの中に私をほったらかしにしたのです。それでもよく手紙を書いてきてくれていて、いつもとても優しい気遣いが感じられます。二人はずっと友だちのままでいました。

まもなくモンローズが親に対する愛と友情によって飛んできました。大きくなってさらに美しくなっていました。

これが弟だと考えると内心悔しさを感じました。素敵な母の優しい心についてはもうお知らせしたので、母がどんな風にモンローズを迎えたかは想像がつくと思います。モンローズはついにボルドーの事件について教えられましたが、その反応からきちんとした良識があることがわかりました。本当の感受性をもったモンローズは、自然を離れてその影を選ぶようなことはせず[044]、自分のことを愛してくれる父親、自分に対して義務を遂行する父親という父親しか知りませんでした。モンローズのことは近衛騎兵隊に入隊させました。今は騎兵隊長ですがさらに昇進するでしょう。

まもなくシドニーはゼイラと結婚しました。私たち以外にはロード・キンストンとロード・ベントリーだけがこの愛すべき夫婦の幸福の証人になりました。伯爵は少し持ち直しました。私たちは形だけの結婚をし、二人ともそれ以上のことは望みませんでした。

年老いた裁判長とその婿は私たちの結婚のことを知って、そつなく挨拶に来ましたが、喪に服していて喪章をつけていました。聞いたところでは、数日前に裁判長夫人が亡くなったのだそうです。シルヴィーナはまだ婀娜っぽいところを顔つきに残していて、一人で住むようになり、半分は信心深く半分は色ごとめいた一種の静寂主義者《キエチスト》になりました。シルヴィーナは自分の家で司祭や隠遁《いんとん》生活の女性などと会っていましたが、特に怪しげな独身男性と会っていました。これは特に気遣いをせずに取り柄などをもっていなくてもものにできるような女と喜んで手を打つような男たちでした。

家の問題のために夫は田舎に行かなければならなくなりました。父が一緒について行くことにしました。この旅行の目的はすべてうまく成し遂げることができました。それから伯爵は温泉治療をしましたが、かわいそうに全く効果がなく、帰ってきてまもなく亡くなりました。臨終にはケルランデック夫人の名前を何度も繰り返しました。この狂熱はここまで理性で抑えていたのですが、理性が衰えるとともによみがえったのです。

　レディー・シドニーは年末前に男の子を産み、誰よりも運命の恩寵にふさわしい夫婦の念願を叶えることになりました。

　二人の生みの親について私は英国に行きましたが、しばらくすると二人を離れて旅行することにしました。芸術好きの私には楽しいことがたくさんあるのでイタリアに足を止めました。もしかしたらいつかまた馬鹿なことを思いついてこの楽しい滞在の間に私の身に起きたことについてのお話を公開することもあるかもしれません。でももし私がもう書くことがないとしても、読者のみなさんには私がどうしているのかおわかりだと思います。かなり頭がいい男のように考え、とてももろい女のように感じる私は、毎日を楽しい勉強をして過ごし、自分で選んだ人々との付き合いを楽しみ、夜は官能の喜びに捧げています。官能の喜びについては、私は他のどんな女よりも芸を極めているのですのですから。友情については心変わりせず、愛については気紛れ、そんな私は幸せで、決して誰のことも不幸にしなかったことが自慢です。

　誰か厳しい人がこんなことはおしまいにするのがいいと思い、ここで私のことを叱責して、そんないかがわしい境遇は脱するべきだった、たぶんそこであなたが悪い振る舞いをしたことは許すことができるかもしれないけれど、心を入れ替えてもっと真面目に生きるべきだったと言われたとしたら、私はこうお答えします。当時はそうしようと考えていなかったし、そもそも努力をしたところで無駄だったでしょう。だって人間の心を知り尽くしたある天才[045]が、私や私と似た多くの女の慰めのためにこう言っているではありませんか。賢女にはなろうと思ったからといってなれるものではない。

完

註

001――小説（roman）は十八世紀のトレヴーの辞書によると「読者を楽しませる恋愛や騎士の物語や冒険譚」で、十八世紀においてしばしば小説を読むことは若者にとって有害だと考えられた。また、この本に書かれていることは事実だと主張するために、これは小説ではないと言って小説を始めるのはこの時代の小説の常套手段である。

002――アニェス・ソレルはシャルル七世の寵愛を受けた美女。豪商ジャック・クールあるいはシャルル七世の息子ルイ十一世に毒殺されたとも考えられている。

003――「迷信に満ちた教育」とはここでキリスト教に基づいた教育のこと。ネルシアは他の多くのリベルタン作家と同様に反キリスト教の作家である。

004――「偏見」は十八世紀の哲学的な作家にとっての最大の敵である。

005――実際にはフェリシアはこの小説の中で名前を変えない。

006――ベアタン（Béatin）は「行動、言葉、服装においてわざと自分のことを敬虔で慎み深い人間のように見せる人。この語は普通笑わせるために喜劇的で滑稽な文体のみで用いられる」という（béat）という単語に小辞をつけくわえ、さらに滑稽にした名前。

007――ルイはアンシアンレジーム下で用いられていた金貨。一ルイは八エキュ、一エキュは三リーヴルに相当した。ちなみにサド侯爵の小説『美徳の不運』の冒頭で、不幸な主人公のジュスティーヌは一月一ルイの給金を受け取っている。

008――ローマの詩人（前四三－後一七）だが、ここでは特に好色文学の祖と目される『愛の技法』が問題になっている。

009――ルクレチアは古代ローマの女性。第二部第二十五章の註027を参照。

010――Sentimenteurs はネルシアの造語だろう。第二部第二十六章の註028を参照。

011――トロイア戦争のもとになったとされるパリスの審判についての言及。ヘラ、アテナ、アフロディテーの三人の女神のうち誰がいちばん美しいかの審判がパリスに託された。

012――ヘラクレスとの戦いで巨人のアンタイオスは自分の母親である地面ガイアに触れるたびに力を取り戻した。ヘラクレスはアンタイオスを空中に持ち上げて窒息させて仕留めた。

013――フランスの作家、オノレ・デュルフェ（一五六七－一六二五）の十七世紀を代表する大河小説『ラストレ』(一六〇七－一六二四）の主人公。セラドンは甘くプラトニックで忠実な恋人の代名詞。ネルシアの小説はすべて貞節に基づく恋愛感情を軽蔑している。

014――フランスの作家、マドレーヌ・ド・スキュデリー嬢（一六〇七－一七〇一）の小説（一六五四－一六六〇）。「恋愛地図」で有名。十七世紀後半の「プレシオジテ」(過度の言語の洗練を目指す、女性を中心とした文学の風潮）を代表する。モリエールが『才女気取り』などの作品でこの風潮を揶揄した。

015――ボワロー『詩法』からの引用（三章四十八節）。

016――マリアの夫ヨセフのことを考えて差し支えないが、ここでは頭文字を小文字とした普通名詞（joseph）になっていて、「結婚によって聖ヨセフにあやかりたいと思うひと」を意味する。

017――イザヤ書三十四章八節。

018――ホラチウスの『頌歌』(三－十三）のなかの「バンドゥシアの泉」への暗示。

019――フォルラーヌ、ガボット、クーラントはすべて当時の民衆のダンス音楽。俗な音楽を趣味のよい音楽だと信じ込む裁判長の滑稽さをネルシアは強調している。

020――フランスの作曲家ジャン＝フィリップ・ラモーが英雄バレー《恋する印度》に一七三六年につけくわえた四番目の登場曲。この時代、ラモーの音楽はルソーと百科全書派の批判によって権威を失墜していた。自らもイタリア系であるネルシアは、イタリア音楽を称揚しフランス音楽を批判するルソーの意見に賛同している。

021――讃美歌。ダヴィデ王の詩篇五十一番で、「神よ、我を憐れみたまえ」ではじまる。

022――一七五二年のブッフォン論争を念頭に置いた記述。この年の八月一日に王立音楽院（後のオペラ座）でペルゴレージのオペラ・ブッファ《奥様女中》が上演されると、このフランス人から見ると新しいものであるイタリアの音楽を弁護するルソーらとフランス音楽の優位を主張するラモーらの間で論争が生まれた。

023――ラガルド作曲の一七五一年のオペラ《エグレ》。

024――ブッフォンは「道化」の意味で、オペラ・ブッフォンは喜劇やパロディの要素を重んじた新しいジャンルの音楽作品だった。十八世紀のオペラ・ブッフォンは十九世紀にオペラ・ブーフとして発展する。

025――舞台女優や舞台歌手が一種の娼婦のようにみなされる場合もあった。

026――神は悪徳のはびこる町ソドムとゴモラを滅ぼすが、正しいひとであるロト（アブラハムの甥）とその家族だけは救われる。

決して後ろを振り返ってはならないという言いつけにそむいて振り返ったロトの妻は塩の柱にされる。ロトと二人の娘は三人だけで隠れ棲むが、子孫を残したいと思った娘は父親を酔わせて交わり、子をつくる（創世記第十九章）。ここでは父と娘の間の近親相姦行為が想起されている。

027——古代ローマ王国最後の王となったタルクイヌス・スペルブスの息子セクストゥス・タルクイヌスは、親族であるタルクイヌス・コッラチヌスの妻ルクレチアを、「もし抵抗すれば、この女は自分から誘惑してきたのだと言ってお前のことを殺す」と脅迫して性行為を強要するが、翌朝ルクレチアは自らの潔白を証明するために自殺する。タルクイヌス・コッラチヌスは反乱軍を蜂起させ、ローマ共和国が成立する。当然デーグルモンはセクストゥスにたとえられている。

028——「センチメンタル」(sentimental) は、英国の小説家ローレンス・スターン（一七一三－一七六八）の小説『センチメンタル・ジャーニー』(一七六八) によって、当時の流行語だった。ロマン主義の到来の直前に活躍したネルシアの小説は、恋愛における「ロマンチック」な態度を徹底的に嘲笑することを特徴とする。

029——聖コスマスは医者の守護聖人である。この個所の記述はテレーズがカファルドに性病をうつしたということを意味している。

030——文法学者（grammairien）。トレヴー辞書によると、この文法学者という肩書は「昔文法を研究したり、文献学に秀でる者ばかりでなく、どんな学問の分野でも学者として通っている人に与えられた」。十八世紀の中頃には既に古い用法だったということである。

031——ゼウスに愛されたトロヤ（トロイ）の美少年の王子。好色文学のなかでは、よく少年愛の対象の「お稚児さん」の意味で用いられる。

032——「悪いのはいつもここにいないひと」ということわざ。

033——『女哲学者テレーズ』はボワイエ・ダルジャン侯爵が書いたとされる一七四八年の小説。十八世紀の好色文学を代表するものとされ、サド侯爵も『ジュリエットの話』(澁澤龍彦の抄訳『悪徳の栄え』の題名で知られる作品) の中で言及している。

034——戯曲『テュルカレ』(一七〇八) や小説『ジル・ブラス』(一七一五) などで有名な十八世紀フランスの作家アラン＝ルネ・ルサージュ（一六六八－一七四七）の小説『びっこの悪魔』(一七〇七) では、クレオファス・レアンドロ・ペレス・サンブロという名前の主人公が、悪魔アスモデウス（旧約聖書続篇「トビト記」に登場する色欲の悪魔）に導かれて、マドリードの家々のなかで起こっていることを屋根がなくなった家の上から見る。「びっこの悪魔」はアスモデウスの伝統的な別称。

035——ワルツに似たドイツ起源の舞踊。十七世紀に流行した。バッハ、ハイドン、ヘンデルなどがクラブサン用のアルマンドを作曲している。

036——十七世紀末のフランスの代表的詩人ジャン・ド・ラ・フォンテーヌ（一六二一－一六九五）の『物語集』収録の「金と宝石をふるい落とす仔犬」に関する言及。『物語集』は、イソップ寓話などに想を得た後の有名な『寓話集』とはちがって、十四世紀のイタリア人作家ボッカッチョの『デカメロン』やフランス十五世紀末の物語集（作者不詳）『新百物語』から引いた物語を集めたもので、好色文学の系譜を引くものである。モール人はムーア人ともいう。

037——第二部第一章註013参照。

038——十八世紀のフランスではグルジア人の美しさや性風俗の乱れが知られていた。

039——ケルランデックはブルターニュの特徴的な苗字。

040——スパルタの名前でも知られるラケダイモンでは、見つからない限りは盗みをすることが推奨されていた。

041——紀元前六世紀リュディアの王クロイソスは膨大な富で知られ、しばしば大金持ちはクロイソスにたとえられる。

042——紀元前四世紀のカリアの王マウソロスの王妃アルテミシアは夫の死を悼んで壮大な葬式を挙げ、世界の七不思議の一つとされるマウソロス霊廟をつくらせた。

043——実際に十八世紀にはオペラ座で舞踏会が催されていた。

044——「自然の影」とは自然を離れた宗教的感情のことだろう。宗教的な意味での血のつながりによる親子の感情を「本当の感受性をもった」モンローズは信じようとしなかったということ。

045——ヴォルテール（一六九四－一七七八）のこと。最後の一文はヴォルテールの劇詩『オルレアンの処女』（一七五二－一七六二）からの引用。

ネルシア［1739–1800］年譜

▼――世界史の事項 ●――文化史・文学史を中心とする事項 太字ゴチの作家『タイトル』――〈ルリユール叢書〉の既刊・続刊予定の書籍です

一七三九年

四月十七日、アンドレ＝ロベール・アンドレア・ド・ネルシアがブルゴーニュ地方の中心地ディジョンで生まれる。アンドレア・ド・ネルシア家はイタリアのナポリを起源とする家系で、父親はディジョンの高等法院の財務官だった。

一七四〇年 ▼ジェンキンスの耳戦争〔イギリス・スペイン戦争、～四八〕〔英〕●ヒューム『人性論』〔英〕●フリードリヒ二世『反マキャベリ論』〔序文ヴォルテール〕〔蘭〕

一七四八年 ▼オーストリア継承戦争〔～四八〕〔欧〕●リチャードソン『パミラ』〔～四一〕〔英〕●ダリーン『馬物語』〔スウェーデン〕

一七四九年 ▼ポンペイ遺跡発掘開始〔伊〕▼アーヘンの和約〔欧〕●モンテスキュー『法の精神』〔仏〕●ラ・メトリ『人間機械論』〔仏〕

一七五一年 ▼ビュフォン『博物誌』〔～八九〕〔仏〕●S・ジョンソン『願望の空しさ』〔英〕▼フィールディング『トム・ジョーンズ』〔英〕

一七五二年 ▼ディドロ、ダランベール『百科全書』刊行〔～七二〕〔仏〕▼グレイ『墓畔の哀歌』〔英〕▼ピラネージ《ローマの壮麗》〔伊〕

▼ブッフォン論争〔フランス音楽を代表する作曲家ラモーらとイタリア音楽を高く評価するルソーらの間の論争〕〔～五四頃〕〔仏〕●トレジアコフスキー『詩と散文による自作および翻訳』〔露〕

一七五五年　▼フレンチ・インディアン戦争（〜六三）〔米〕▼リスボン大地震〔葡〕●ルソー『人間不平等起源論』〔仏〕
一七五六年　▼七年戦争（〜六三）〔欧〕●バーク『崇高と美の観念の起原』〔英〕●アルカディア・ルジターナ創設（〜七四）〔葡〕
一七五九年　▼クネルスドルフの戦い〔欧〕▼カルロス三世即位〔西〕●ヴォルテール『カンディード』〔仏〕●大英博物館創設〔英〕●スターン『トリストラム・シャンディ』（〜六七）〔英〕●ハーマン『ソクラテス回想録』〔独〕●ヘンデル歿〔独〕
一七六一年　▼カラス事件（〜六五）〔仏〕▼パーニーパットの戦い〔印〕●ジャン＝ジャック・ルソー『新しきエロイーズ』〔仏〕●ディドロ『ラモーの甥』〔仏〕●リチャードソン歿〔英〕●ゴルドーニ『避暑地三部作』〔伊〕
一七六三年　▼パリ条約〔欧〕●ヴォルテール『寛容論』〔仏〕●スマート『ダビデ賛歌』〔英〕
一七六四年　▼ポニャトフスキ、ポーランド国王スタニスワフ二世として即位〔波〕▼ハーグリーヴズ、ジェニー紡績機発明〔英〕●ウォルポール『オトラント城奇譚』〔英〕●ベッカリーア『犯罪と刑罰』〔伊〕●ヴィンケルマン『古代美術史』〔独〕
一七六八年　▼露土戦争（〜七四）〔露〕●ケネー『フィジオクラシー』〔仏〕●レチフ・ド・ラ・ブルトンヌ『堕落した百姓』〔仏〕●スターン『センチメンタル・ジャーニー』、スターン歿〔英〕●ヴィンケルマン、暗殺される〔独〕
一七七四年　▼ルイ十六世即位〔仏〕●ウルマン『日記』〔米〕●ゲーテ『若きウェルテルの悩み』刊行、観相学者ラヴァーターと知り合う〔独〕●レンツ『家庭教師』〔独〕●ヴィーラント『アブデラの人々』（〜八〇）〔独〕●杉田玄白ほか『解体新書』〔日〕

（学業を終えたアンドレ＝ロベールは外国に旅立ち、イタリアやドイツを経てデンマークにたどり着き、そこで軍人になる。フランスに帰国後は宮内府に仕える近衛兵になる。この頃から音楽の才能を発揮していたと思われる）

一七七五年〔三十六歳〕

最初の長篇小説『フェリシア、私の愚行録 *Félici, ou Mes fredaines*』が匿名で出版されるが、これは作者の了解を得ないもので、誤りが多い杜撰な出来にネルシアは不満を抱くことになる。

十二月十八日、『ドリモン、クラルヴィル侯爵 *Dorimon, ou Le Marquis de Clarville*』という戯曲が上演されるが、不評に終わる〔★01〕。

この頃、中佐の位で退役する。

▼四月十九日、アメリカ独立戦争開始〔米〕▼第一次マラータ戦争(〜八二)〔印〕●ボーマルシェ『セビリアの理髪師』初演〔仏〕●シェリダン『恋がたき』初演〔英〕●ラヴァーター『観相学断片』〔瑞〕●**アルフィエーリ『フィリッポ』**〔伊〕

一七七六年〔三十七歳〕

ベルギー(当時はオーストリア領ネーデルラント)で著名な軍人・文人のリーニュ公と出会って親交を結び、公に対する献辞がある『新しい物語集 *Contes nouveaux*』を発表する。

この頃、再び旅を始める。

▼七月四日、アメリカ合衆国独立宣言〔米〕●ギボン『ローマ帝国衰亡史』(〜八八)〔英〕●アダム・スミス『国富論』〔英〕●アルフィエーリ『アガメンノネ』『アンティゴネ』『オレステ』〔伊〕●アダム・ヴァイス・ハウプト、秘密結社「イルミナティ」創設〔独〕

●レンツ『ツェルビーン、あるいは昨今の哲学』『軍人たち』［独］●平賀源内、エレキテル製作［日］●上田秋成『雨月物語』［日］

一七七七年［三十八歳］

この頃以前に、後に出版される戯曲風のリベルタン小説『取り憑かれた肉体 *Le Diable au corps*』を執筆したと思われる。

▼ラ・ファイエット、アメリカ独立戦争に参加［米］●ラヴォアジエ「燃焼一派に関する報告」［仏］●シェリダン『悪口学校』［英］●アルフィエーリ『ヴィルジニア』［伊］●ヴェッリ『拷問に関する諸考察』［伊］

一七七八年［三十九歳］

ストラスブールで上述の戯曲『ドリモン』を再演する。

不満をもっていた『フェリシア』の修正版をリエージュで印刷し出版する。

▼ベンジャミン・フランクリン、米仏和親通商条約および同盟条約締結に成功［仏］●ディドロ『運命論者ジャックとその主人』（～七九）［仏］●ヴォルテール歿［仏］●ルソー歿［仏］●ピラネージ歿［伊］●リンネ歿［スウェーデン］

一七八〇年［四十一歳］

軍人時代の知己リュシェ侯爵によってドイツのヘッセン＝カッセル方伯領に呼び寄せられ、方伯付きの司書助手の職に就く。

カッセルで自作のオペラ・コミック『コンスタンス、向こう見ずがうまく行き *Constance, ou L'Heureuse Témérité*』を上演する。ヘッセン＝カッセル方伯フリードリヒ二世（プロシア王とは別人）はドイツ文化を軽蔑してフランス文化を尊重し、宮廷ではフランス語を話していた。ネルシアを呼び寄せたリュシェ侯爵はカッセルのフランス劇場の監督だった。

●フラゴナール《愛の泉》〔仏〕●コンディヤック歿〔仏〕●エーヴァル『漁師たち』〔デンマーク〕

一七八二年〔四十三歳〕

カッセルを離れ、単身ヘッセン＝ラインフェルス＝ローテンブルク方伯領に行って建造物管理官の職を得る。

▼アミアンの和約〔欧〕▼天明の大飢饉〔日〕●サド『ソドムの百二十日』（〜八五）〔仏〕●ラクロ『危険な関係』〔仏〕●ルソー『孤独な散歩者の夢想』〔仏〕●**アルフィエーリ『サウル』**『メロペ』〔伊〕●モーツァルト《後宮からの逃走》ほか〔墺〕●シラー『群盗』初演〔独〕

一七八三年〔四十四歳〕

ドイツを離れてパリに帰って結婚する。軍人に戻る。おそらくこの頃からスパイ活動を始める。

▼エカテリーナ二世、ウクライナに農奴制を導入〔露〕▼ロシア、オスマン帝国の属国クリム・ハーン国を併合〔露〕●モンゴルフィエ兄弟、熱気球飛行実験に成功〔仏〕●ウェブスター『英語の文法的構造』（のちの『ウェブスター綴り字教科書』）〔米〕

一七八五年［四十五歳］

後に出版される小説『取り憑かれた肉体』の一部がネルシアに無断で印刷出版される。

▼マリー・アントワネット首飾り事件［仏］●ラヴォアジエ、水が水素と酸素の結合物であることを発見［仏］▼ゲーテ、人間に顎間骨があることを発見［独］

一七八六年　▼フリードリヒ・ヴィルヘルム二世即位［独］●フリノー『野生のすいかずら』［米］●ベックフォード『ヴァテック』［英］●ビュルガー『ほらふき男爵の冒険』［独］●スウェーデン・アカデミー設立［スウェーデン］

一七八七年［四十七歳］

オランダ総督に抗して蜂起した愛国派を支援する任務でオランダに派遣される。この後、オーストリアにも謎めいた任務を帯びて派遣されている。

ボヘミアに赴き、プラハで二篇の戯曲を印刷させる。この二篇の戯曲は古いカタログに載っているものの未発見であり、上演の記録もない。

▼財務総督カロンヌが失脚［仏］▼松平定信、老中になり倹約令を出す［日］●ベルナルダン・ド・サン＝ピエール『ポールとヴィルジニー』［仏］●**シラー『ドン・カルロス』**初演［独］●ゲーテ『タウリスのイフィゲーニエ』（初演八九）［独］

一七八八年〔四十八歳〕

聖ルイ勲章を受ける。

代表作の一つである短い書簡体小説『一夜漬けの博士号 *Le Doctorat impromptu*』を発表する。

●スタール夫人『ルソーの著作ならびに性格に関する著作』〔仏〕●レチフ・ド・ラ・ブルトンヌ『パリの夜』(〜九四)〔仏〕

一七八九年〔四十九歳〕

フランス革命勃発。革命が起きてすぐネルシアは国外に移住したようだ。

▼七月十四日、フランス革命勃発〔仏〕▼ベルギー独立宣言〔白〕▼ジョージ・ワシントン、アメリカ合衆国大統領就任〔米〕
●シエイエス『第三身分とは何か』〔仏〕●ホワイト『セルボーンの博物誌』〔英〕●ゲーテ『トルクアート・タッソー』〔独〕

一七九〇年 ●E・バーク『フランス革命についての省察』〔英〕●アダム・スミス歿〔英〕●ゲーテ「植物のメタモルフォーゼを説明する試み」〔論文〕〔独〕●カント『判断力批判』〔独〕●シェルグレン『新しい創造、または想像の世界』〔スウェーデン〕●ベルマン『フレードマンの書簡詩』〔スウェーデン〕●ラジーシチェフ『ペテルブルクよりモスクワへの旅』が発禁処分に〔露〕

一七九一年 ▼六月二十一日、フランス王ルイ十六世が捕らえられる〔仏〕●四月二日、ミラボー歿〔仏〕●サド侯爵『ジュスティーヌ』〔仏〕
●シャトーブリアン、アメリカ旅行〔仏〕●エラズマス・ダーウィン『植物の園』〔英〕●ボズウェル『サミュエル・ジョンソン伝』〔英〕●カサノーヴァ『回想録』執筆(〜九八)〔独〕●ゲーテ、ヴァイマル宮廷劇場監督に〔独〕●ティーク『リノ』〔独〕

一七九二年［五十二歳］

二篇のリベルタン小説、『私の修練期、ロロットの喜び *Mon Noviciat, ou Les Joies de Lolotte*』、『フェリシア』の続篇『モンローズ、宿命でリベルタンになった男 *Monrose, ou Le Libertin par fatalité*』を出版する。

ネルシアはプロシア軍の大佐になっていて、フランス王ルイ十六世の救命を嘆願する任務をブランシュヴァイク公に命じられるが、この任務は徒労に終わる。

▼九月二十一日、王政廃止。第一共和政の成立（国民公会）［仏］●スタール夫人、コッペ滞在（〜九五）［仏］

一七九三年［五十三歳］

戯曲風のリベルタン小説『アフロディテーたち *Les Aphrodites*』が出版される。これは『取り憑かれた肉体』の一種の続篇である。この頃ネルシアは『取り憑かれた肉体』の原稿を売ったと思われる。

この頃ネルシアの表向きの職業はフランスでの警官だったようだ。

▼一月二十一日、ルイ十六世が処刑される。恐怖政治の始まり［仏］●シャトーブリアン、イギリス滞在（〜一八〇〇）［仏］●ジャン・パウル『陽気なヴッツ先生』［独］

一七九五年 ▼恐怖政治の終わり。総裁政府の成立［仏］▼パタヴィア共和国成立［蘭］▼ポーランド王国滅亡（オーストリア、プロイセン、ロシアの第三次ポーランド分割）［波］●**スタール夫人『三つの物語』**（『断片集』所収）［仏］●J・ハットン『地球の理論』［英］●シュレーゲ

ル兄弟『素朴文学と情感文学について』〔独〕●ゲーテ『ヴィルヘルム・マイスターの修行時代』（〜九六）〔独〕

一七九六年　▼ナポレオン、イタリア遠征〔伊〕●ラプラス『宇宙体系解説』〔仏〕●スタール夫人『情熱の影響について』〔仏〕●M・G・ルイス『マンク』〔英〕●ヴァッケンローダー『芸術を愛する一修道僧の心情の披瀝』〔独〕

一七九七年〔五十七歳〕

「ボナパルト夫人の監視役はネルシア男爵です。自分のことをイタリア人だと言ったりフランス人だと言ったりする男で、非常に出来の悪い卑猥な小説の作者です」との報告がナポレオン・ボナパルトに送られている。

▼カンポ・フォルミオ条約締結〔墺〕●サド『悪徳の栄え』〔仏〕●ウォルポール歿〔英〕●エドマンド・バーク歿〔英〕●ゲーテ『ヘルマンとドロデーア』〔独〕●ヘルダーリン『ヒュペーリオン』（〜九九）〔独〕●ティーク『民話集』〔独〕

一七九八年〔五十八歳〕

この頃、共和国のスパイとして先祖の出身地であるナポリに派遣されるが、ここで寝返ってナポリ側につくことになる。ナポリ王妃マリア・カロリーナ（フランス王妃マリー・アントワネットの姉）の信頼を得たネルシアは反乱が起きたローマに送られるが、このときローマがフランス軍に占拠され、裏切り者であるネルシアは捕らえられてサンタンジェロ城に収監される。

▼ナポレオン、エジプト遠征〔仏〕●サド『ジュリエットあるいは悪徳の栄え』〔仏〕●マルサス『人口論』〔英〕●コールリッジ、

ワーズワース合作『抒情民謡集』〔英〕●ラム『ロザマンド・グレイ』〔英〕●フォスコロ『ヤコポ・オルティスの最後の手紙』〔伊〕●カザノヴァ歿〔伊〕●シュレーゲル兄弟ほか「アテネーウム」誌創刊（〜一八〇〇）〔独〕●ノヴァーリス『ザイスの弟子たち』〔独〕

一七九九年〔五十九歳〕

ナポリ王国がサンタンジェロ城を奪回した九月におそらくネルシアが釈放される。

▼ブリュメール十八日のクーデター。統領政府の成立〔仏〕●**Fr・シュレーゲル『ルツィンデ』**〔独〕

一八〇〇年〔五十九歳〕

一月、長きにわたる収監で健康を損ね、死去（一八〇一年三月の説あり）。

▼ナポレオン、フランス銀行設立〔仏〕●スタール夫人『文学論』〔仏〕●**シラー『メアリー・ステュアート』**初演〔独〕●ノヴァーリス『夜の讃歌』〔独〕●ジャン・パウル『巨人』（〜〇三）〔独〕

一八〇一年　▼大ブリテン・アイルランド連合王国成立〔英〕●シャトーブリアン『アタラ』〔独〕●ヘルダーリン『パンとぶどう酒』〔独〕

一八〇二年　▼ナポレオン、フランス終身第一統領に〔仏〕▼イタリア共和国成立〔伊〕▼アミアンの和約〔欧〕●シャトーブリアン『キリスト教精髄』〔仏〕●スタール夫人『デルフィーヌ』〔仏〕●ノディエ『追放者たち』〔仏〕●ノヴァーリス『青い花』〔独〕

一八〇三年
●ラクロ歿〔仏〕●スタール夫人、ナポレオンによりパリから追放、第一回ドイツ旅行（〜〇四）〔仏〕●アルフィエーリ歿〔伊〕
●クライスト『シュロッフェンシュタイン家』〔独〕●ポトツキ『サラゴサ手稿』執筆（〜一五）〔ポーランド〕
『取り憑かれた肉体』が死後出版される。

一八〇四年
▼十二月二日、ナポレオン、皇帝になる。第一帝政〔仏〕●セナンクール『オーベルマン』〔仏〕●スタール夫人、イタリア旅行（〜〇五）〔仏〕●**シラー『ヴィルヘルム・テル』**初演〔独〕●ジャン・パウル『美学入門』〔独〕

一八〇五年
▼トラファルガー海戦〔欧〕▼アウステルリッツ会戦〔欧〕●シャトーブリアン『ルネ』〔仏〕●ワーズワース『序曲』〔英〕●モラティン『娘たちの「はい」』〔西〕●A・フンボルト『植物地理学試論』〔独〕

一八〇七年
▼ティルジット和約締結〔欧〕●スタール夫人『コリンヌ』〔仏〕●フォスコロ『墳墓』〔伊〕●**クライスト『チリの地震』**〔独〕●フィヒテ『ドイツ国民に告ぐ』〔独〕●ヘーゲル『精神現象学』〔独〕●エーレンシュレーヤー『北欧詩集』〔デンマーク〕

一八〇八年
▼フェートン号事件〔日〕●Ch・フーリエ『四運動および一般的運命の理論』〔仏〕●ゴヤ《マドリード市民の処刑》〔西〕●**クライスト『ミヒャエル・コールハース』**〔独〕●Fr・シュレーゲル『古代インド人の言語と思想』〔独〕●A・フンボルト『自然の諸相』〔独〕●フリードリヒ《山上の十字架》〔独〕●ゲーテ『ファウスト第一部』〔独〕●フィヒテ『ドイツ国民に告ぐ』〔独〕

一八一〇年
▼オランダ、フランスに併合〔蘭〕●**シャトーブリアン『殉教者たち』**〔仏〕●スタール夫人『ドイツ論』〔仏〕●スコット『湖上の美人』〔独〕●W・フンボルトの構想に基づきベルリン大学創設（初代総長フィヒテ）〔独〕

一八一三年　▼ライプツィヒの決戦で、ナポレオン敗北〔欧〕▼カラジョルジェのセルビア第一次蜂起〔セルビア〕▼モレロス、メキシコの独立を宣言〔墨〕●オースティン『高慢と偏見』〔英〕

一八二二年

『フェリシア』が公序良俗に反する罪で有罪判決を受ける。ネルシアの多くの作品が禁書処分になる。

▼ギリシア独立宣言〔希〕●スタンダール『恋愛論』〔仏〕●ド・クインシー『阿片常用者の告白』〔英〕●マンゾーニ『アデルキ』〔仏〕

一八二三年　▼モンロー宣言〔米〕▼スペイン干渉戦争〔西〕▼ペルー独立〔ペルー〕▼アヘン禁止令〔中〕●ラム『エリア随筆』〔英〕●マンゾーニ『ショーヴェ氏への手紙』〔伊〕●エッカーマン、ゲーテ訪問〔独〕●**ティーク**『**絵画**』〔独〕

一八二四年　▼シャルル十世、即位〔仏〕▼第一次ビルマ戦争〔英〕●**ティーク**『**旅人たち**』〔独〕●ベートーヴェン交響曲《第九交響曲ニ短調》ウィーン初演〔墺〕●J・コラール『スラーヴァの娘』〔スロヴァキア〕

一八二五年　▼ロバート・オーエン、米インディアナ州にコミュニティ「ニュー・ハーモニー村」を建設〔米〕▼盲人ルイ・ブライユ、六点式点字法を考案〔仏〕▼世界初の蒸気機関車、ストックトン〜ダーリントン間で開通〔英〕●ブリア＝サヴァラン『味覚の生理学（美味礼讃）』〔仏〕●マンゾーニ『婚約者』（〜二七）〔伊〕●プーシキン『ボリス・ゴドゥノフ』『エヴゲーニー・オネーギン』（〜三三）〔露〕

一八二六年　▼ボリーバル提唱のラテン・アメリカ国際会議を開催〔南米〕●**シャトーブリアン**『**ナチェズ族**』〔仏〕●ヴィニー『古代近代詩集』『サン＝マール』〔仏〕●クーパー『モヒカン族の最後の者』〔米〕●ハイネ『歌の本』（〜二七）〔独〕

一八三〇年　▼七月革命〔仏〕▼ベルギー、独立宣言〔白〕●ユゴー『エルナニ』初演、古典派・ロマン派の間の演劇論争に〔仏〕●スタンダール

『赤と黒』〔仏〕●メリメ『エトルリアの壺』〔仏〕●フィリポン、「カリカチュール」創刊〔仏〕●コント『実証哲学講義』（〜四二）〔仏〕

一八三二年　▼第一次選挙法改正〔英〕●ガロア、決闘で死亡〔仏〕●パリ・オペラ座で、バレエ「ラ・シルフィード」初演〔仏〕●テプフェール『伯父の書棚』〔瑞〕●ゲーテ歿、『ファウスト第二部』（五四初演）〔独〕●クラウゼヴィッツ『戦争論』（〜三四）〔独〕

一八三五年頃

スタンダールがこの頃執筆した未完の自伝的作品『アンリ・ブリュラールの生涯』（一八九〇年発表）の中で、『フェリシア』について言及する。

▼モールス、電信機を発明〔米〕●トクヴィル『アメリカのデモクラシー』〔仏〕●ヴィニー『軍隊の服従と偉大』〔仏〕●バルザック『ゴリオ爺さん』〔仏〕●ゴーチエ『モーパン嬢』〔仏〕●スタンダール『アンリ・ブリュラールの生涯』（〜三六）〔仏〕●**ティーク『古文書と青のなかへの旅立ち』**〔独〕●**ビューヒナー『ダントンの死』『レンツ』**（／三九）〔独〕●シーボルト『日本植物誌』〔独〕●アンデルセン『即興詩人』『童話集』〔デンマーク〕●レンロット、民謡・民間伝承収集によるフィンランドの叙事詩『カレワラ』を刊行〔フィンランド〕●ゴーゴリ『アラベスキ』『ミルゴロド』〔露〕

一八三九年　▼ルクセンブルク大公国独立〔ルクセンブルク〕▼オスマン帝国、ギュルハネ勅令、タンジマートを開始（〜五六）〔土〕●フランソワ・アラゴー、パリの科学アカデミーでフランス最初の写真技術ダゲレオタイプを公表〔仏〕●スタンダール『パルムの僧院』〔仏〕●ポオ『グロテスクとアラベスクの物語』〔米〕●C・ダーウィン『ビーグル号航海記』〔英〕●**ティーク『人生の過剰』**〔独〕

一八四二年　▼カヴール、農業組合を組織〔伊〕▼南京条約締結〔中〕●**シュー『パリの秘密』**（〜四三）〔仏〕●スタンダール歿〔仏〕●バルザック

一八四五年　〈人間喜劇〉刊行開始（〜四八）［仏］●**マンゾーニ『汚名柱の記』**［伊］●ゴーゴリ『外套』『死せる魂』（第一部）［露］▼第一次シーク戦争開始［印］●メリメ『カルメン』［仏］●ポオ『盗まれた手紙』『大鴉その他』［米］●マルクス、エンゲルス『ドイツ・イデオロギー』［独］●**A・フォン・フンボルト『コスモス』**（第一巻）［独］●**レオパルディ『断想集』**［伊］●キルケゴール『人生行路の諸段階』［デンマーク］●**ペタル二世ペトロビッチ＝ニェゴシュ『小宇宙の光』**［モンテネグロ］

一八六四年

ボーマルシェやレチフ・ド・ラ・ブルトンヌなどとの書簡を含むネルシア全集の刊行が予告されたが、日の目を見ることがなかった。

▼ロンドンで第一インターナショナル結成［英］●テーヌ『イギリス文学史』［仏］●ゾラ『テレーズ・ラカン』［仏］●ヴェルヌ『地底旅行』［仏］●テニソン『イーノック・アーデン』［英］●ロンブローゾ『天才と狂気』［伊］●ヨヴァノヴィッチ＝ズマイ『薔薇の蕾』［セルビア］●レ・ファニュ『アンクル・サイラス』『ワイルダーの手』［愛］●ドストエフスキー『地下室の手記』［露］

一八六六年　▼普墺戦争［独］▼薩長同盟［日］●**オルコット『仮面の陰 あるいは女の力』**［米］●メルヴィル『戦争詩集』［米］●ヴェルレーヌ『サチュルニヤン詩集』［仏］●『現代高踏詩集』（第一次）［仏］●E・ヘッケル『一般形態学』［独］●ドストエフスキー『罪と罰』［露］

一八六七年　▼オーストリア＝ハンガリー二重帝国成立［欧］▼大政奉還、王政復古の大号令［日］●ゾラ『テレーズ・ラカン』［仏］●マルクス『資本論』（〜九四）［独］●〈レクラム文庫〉創刊［独］●ノーベル、ダイナマイトを発明［スウェーデン］●ツルゲーネフ『けむり』［露］

一八六八年　▼九月革命、イサベル二世亡命［西］▼アメリカ、ロシア帝国からアラスカを購入［米］▼五箇条の御誓文、明治維新［日］

●オルコット『若草物語』〔～六九〕〔米〕●コリンズ『月長石』〔英〕●**シャルル・ド・コステル『ウーレンシュピーゲル伝説』**〔白〕●ヴァーグナー《ニュルンベルクのマイスタージンガー》初演〔独〕●ドストエフスキー『白痴』〔～六九〕〔露〕

一八六九年

▼**立憲王政樹立**〔西〕▼**大陸横断鉄道開通**〔米〕●M・アーノルド『文化と無秩序』〔英〕●ゴルトン『遺伝的天才』〔英〕●ヴェルヌ『海底二万里』〔～七〇〕〔仏〕●**ユゴー『笑う男』**〔仏〕●ボードレール『パリの憂鬱』〔仏〕●ドーデ『風車小屋だより』〔仏〕●フローベール『感情教育』〔仏〕●ジュライ『ロムハーニ』〔ハンガリー〕●サルトゥイコフ＝シチェドリン『ある町の歴史』〔～七〇〕〔露〕

一九一〇年

アポリネールが『アンドレア・ド・ネルシア騎士の作品 *L'Œuvre du chevalier Andrea de Nerciat*』を刊行する。

▼リスボンで革命、王政廃止、共和政成立〔葡〕▼メキシコ革命〔～二〇〕〔墨〕▼大逆事件〔日〕●アポリネール『異端教祖株式会社』〔仏〕●ルーセル『アフリカの印象』〔仏〕●E・M・フォースター『ハワーズ・エンド』〔英〕●バーネット『秘密の花園』〔米〕●ボッチョーニらミラノで『未来派画家宣言』〔伊〕●リルケ『マルテの手記』〔墺〕●『シュトゥルム』誌創刊〔～三二〕〔独〕

★01――アポリネールはClairvilleと綴っているが、後の研究によるとClairvilleが正しいと思われる。

訳者解題

十八世紀フランスの小説

フランス文学史を多少なりともかじったことがある人であれば、小説は以前マイナージャンルだったということを聞いたことがあるだろう。ルネサンス以後フランス革命期にいたるまでの文学の主要ジャンルは詩と戯曲であって、小説は低俗なジャンルとみなされていたが、十九世紀以後は小説が文学を代表するジャンルになったと言われる。しかしフランス革命の頃まで小説が実際にどのようなものとみなされ、いかにこのジャンルが軽視されていたのかについてはあまり知られていないのではないか。

十八世紀のフランス人作家は小説が未熟なジャンルであるからこそさまざまな小説スタイルを試み、小説論をものした作家も数多い。ここでこの時代の小説観を概観することはできないので、この時代に小説というジャンルがフランスでどのようにみなされていたのかを端的に教えてくれる文章を紹介しよう。十八世紀フランス文学を代表する著述家の一人であるジャン＝ジャック・ルソー（一七一二－七八）の当時のベストセラー小説『新しきエロイーズ』（一七六一）の短い序文は「大都市には見世物が必要で、堕落した人民には小説が必要だ」という言葉で始まるが、その中にこの一節がある。

この古臭いスタイルの書簡集〔『新しきエロイーズ』は書簡体小説〕は哲学書よりも女性の読書に向いている。自堕落な生活をしているがまだ誠実さに対する愛を保っている女性にとっては有益なものであるかもしれない。未婚の女性についてはまた別の話だ。純潔な娘は絶対に小説を読むものではない。私はこの書簡集にかなりはっきりした題名をつけたので、この本のページを開く人はこれがどういう本なのかわかっているはずだ。こんな題名がついているのに一ページでも読もうとする娘は堕落した娘である。でも自分が堕落したのをこの本のせいにしないでほしい。もう読む前から堕落していたのだ。一度読み始めたのだから最後まで読んでほしい。もう何も危険はないはずだ。

つまり小説というものは特に若い女性が読むのにふさわしくない悪書であると考えられていたよ

うだ。それと同時にルソーは読者を悪徳から美徳へと導くことが小説の使命であると考えている。小説のページを開く者は既に悪徳の中にあるが、そのような人を美徳の方へと導くような小説を書くことを『新しきエロイーズ』においてルソーは目論んだのである。

しかし我々現代人が多く馴染んでいるのはルソーよりも後の十九世紀のロマン主義以後の小説であり、ルソーと同時代のフランスの小説については残念ながらあまり多くを知らないと言っていい。以前は不道徳な悪書とされていた十八世紀の小説についても、多少詳しい人でもなければせいぜいアベ・プレヴォーの『マノン・レスコー』(一七三一)、ラクロの『危険な関係』(一七八二)、サド侯爵の『ジュスティーヌ、美徳の不幸』(一七九一) ぐらいしか思いつかないのではないだろうか。それでももし不道徳と考えられる小説がこの時代に稀少だったとすれば、ルソーは『新しきエロイーズ』の序文にこのようなことを書かなかっただろう。

ルソーは『告白録』で、三十歳を過ぎるまでは「幸運にも猥褻な書物を読むことはなかった」と言い、猥褻な書物のことを「片手だけを使って読む本」と呼んでいる。十八世紀に小説が低俗なものと考えられたのは、多くが奇想天外で信じられないような物語であったからだが、低俗なばかりでなく猥褻ですらある小説もかなりの数がこの時代に存在した。たとえ猥褻な小説が数多かったとして、そのほとんどが歴史の淘汰《とうた》によって忘れ去られたとしてもそれは全く驚くべきことではないと言えるかもしれない。しかしこれが驚くべきことではないのは、我々現代人がこれらの「不道徳」

な書物を禁じた十九世紀社会の感性の延長上に生きているからなのだと言える。十九世紀にはフランス国会図書館に「地獄」という分類が設けられ、多くの不道徳な図画や書物がここに収められた。国会図書館の「地獄」そのものはもう存在しないが、整理番号には「地獄」の呼称が今も残っている。

十八世紀末の市民革命は絶対王政を終わらせて新しい市民社会を作り出したと言われる。革命前のアンシアンレジームと呼ばれる社会においては、貴族が特権を享受していたために罪を犯しても罰せられないことが実際にあった。日本の時代劇における「試し斬り」のようなことが本当にあり、ゲームのように市民を撃ち殺して罰せられなかった有力貴族が存在したという。つまり平民にとっては罪であるような行為を貴族が行ってもその罪は罰せられなかった。これと並行するような形で、キリスト教を掲げる権威が謹厳な性道徳を平民に要求する一方で、支配階級の方では放縦《ほうしょう》な性を楽しんでいた。性の乱れは堕落した貴族に特有のものと考えられた。市民革命以後、謹厳な性道徳の側から見れば堕落したものであるような性描写をこととする小説の取り締まりは徐々に厳しくなり、十八世紀の不道徳な書物は公的に禁止されるようになる。もちろん十八世紀においてもそれらの書物は表向き不道徳なものであり、取り締まりを免れていたわけではなかったのだが、不道徳を享受することができる人々に読まれていた。十九世紀以後、十八世紀の不道徳な書物の多くは公式の文学史上では忘れ去られることになった。フランス革命以後に識字率が上昇したことや出版が盛んになったことも不道徳な書物の禁書処分と無縁ではないだろう。

リベルタン小説とは何か

とはいえ、公式の文学史の上では不道徳な書物が忘れ去られたとしても、それはずっと一部でこっそり読まれ続けていたと考えられる。十八世紀文学の研究者ジャン＝マリー・グールモは、ルソーの言葉を題名に冠した著書『片手だけを使って読む類の本』(一九九一)の中で、十九世紀以後の小説が十八世紀の不道徳な小説の枠組みを継承したものであることをほのめかしている。小説という文学ジャンルは十九世紀以後に隆盛を極めるとはいえ、当然のことながら十九世紀の小説は突然変異的に生まれたわけではなく十八世紀の小説を祖先とするものだが、ヴォルテールやディドロなどのよく知られた哲学的小説よりもむしろ十九世紀以後に忘れ去られた不道徳なリベルタン小説やエロチックな小説の方が近代小説の祖型であると考えられるかもしれないというのだ。たとえば十九世紀の小説では登場人物が覗き見や盗み聞きによって真実を知ることがよくあるが、このような窃視の場面は十八世紀のリベルタン小説が好んで描いたものである。

十八世紀の不道徳な書物の中で、リベルタン小説と呼ばれるものが近年研究の対象になっている。このリベルタン小説というジャンルは当時のエロチックな小説な小説、さらにはポルノグラフィ的な小説を含むものだ。ジャン＝マリー・グールモの画期的な研究が火つけ役となり、この約二百年の間忘れ去られていたジャンルが注目をあびるようになった。

多くの日本の読者にとってリベルタン文学という用語は聞き慣れないものであろうから説明が必要だろう。フランス語のリベルタン（libertin）という単語は自由《リベルテ》（liberté）と語源を共にし、十七世紀には特に「自由思想家」の意味で用いられた。自由思想とは当時のフランスにおいてキリスト教の教義や規範に縛られない思想のことだった。つまり単に自由であるだけではなく、キリスト教が規範とされる世界においては反社会的だと考えられることもあり、たとえば十七世紀の代表的リベルタンである詩人テオフィル・ド・ヴィオーはフランスを追放された上に死刑を宣告されている（処刑は免れている）。プレイヤード叢書の『十七世紀リベルタン集』にはテオフィル・ド・ヴィオーの他にガブリエル・ノーデ、ピエール・ガッサンディ、フランソワ・ド・ラ・モット・ル・ヴァイエ、サヴィニアン・ド・シラノ・ド・ベルジュラックなどが収録されている。非常に幅広い作家がリベルタンと呼ばれ、なかなか共通する傾向を捉えるのが難しいが、キリスト教を意に介さない態度、さらには反キリスト教の態度、無神論的態度が通底していると言えるだろう。

十八世紀のリベルタン文学はこれと多少趣を異にする。反キリスト教的であり無神論的であるという特徴は引き継いでいるが、十七世紀のリベルタンの作品がどちらかといえば思想的なものだったのに対して、十八世紀のリベルタンの作品は猥褻とも考えられる性愛の描写に重点を置いているのが特徴的である。現代フランス語においてlibertinという単語は「（性的な意味での）好色な人物」

を指すが、この意味は十七世紀の用法よりもずっと十八世紀の用法に近い。十七世紀のリベルタン文学の中にも匿名作品の『娘たちの学校 *L'École des filles*』などのエロチック文学があるが、十八世紀においてエロチックな傾向が非常に強くなる。このリベルタン文学と呼ばれるジャンルの中で特にエロチックな傾向の強いものこそがまさにルソーが「片手だけを使って読む本」と読んだものであろう。現代において littérature libertine（リベルタン文学）や romans libertins（リベルタン小説）などの言葉はもっぱら十八世紀のリベルタン文学に由来する意味で理解され、「好色文学」、「好色小説」を意味する。

それではたとえば十八世紀末を代表する作家、サド侯爵はリベルタン作家なのだろうか。ここにジャンルに関する問題があり、明快な答えは得られない。サドはリベルタン作家だと言う人もいるだろうし、そうではないと言う人もいるだろうが、ここではサドをリベルタン作家の中に含めないことにする。ここでサドをリベルタン作家から除外する理由は作品の性格によるものではなくて、一九九三年のアンソロジー『十八世紀リベルタン小説集』の編者レーモン・トルーソンの意見に従い、アベ・プレヴォー、ラクロ、サド侯爵などの大作家は、マイナー作家によって構成されるリベルタン文学の中には含まれないと考えるのである。もちろん作品の傾向からするとサド侯爵の作品もリベルタン文学だと考えておかしくはないのだが、ここでは「リベルタン文学」はずっと文学史の教科書から排除されてきたマイナー作家の作品であると考えることにする。

スタンダールと『フェリシア』

今回訳出したアンドレ＝ロベール・アンドレア・ド・ネルシア（André-Robert Andréa de Nerciat 一七三九－一八〇〇）という作家の小説『フェリシア、私の愚行録 *Felicia ou Mes fredaines*』（一七七五）はこのマイナージャンルである十八世紀リベルタン文学の代表作の一つである。フランス十八世紀リベルタン文学の愛好者の中ではよく知られた作品ではあるが、かといって一般に知られている作品ではない。ネルシアという作家についても同様で、おそらく日本の読者のほとんどが名前を聞いたこともないだろう。先程言及したように、リベルタン文学はフランスでもつい二、三十年前まであまり顧みられることがなかったので、ネルシアに関する研究も今のところ極めて数が少なく、その全体像は今も謎に包まれている。

この十八世紀の後半を生きたネルシアという作家の作品の多くは十九世紀の間は不道徳な書物として禁書とされ、フランス国会図書館の「地獄」の中に埋もれていたが、二十世紀の初頭にギヨーム・アポリネールによって再発見された。二巻にわたる『アンドレア・ド・ネルシア騎士の作品』は一九一〇年に第一巻、一九一一年に第二巻が「好事家文庫」から刊行され、『フェリシア』は第二巻に収録された。

それでも百年以上の間ネルシアが全然読まれていなかったわけではない。たとえばスタンダールは死後発表の自伝的作品『アンリ・ブリュラールの生涯』（一八三五年頃執筆）の中で『フェリシア』

に言及している。この作品の語り手（スタンダール）は少年の頃祖父に読むことを禁じられていた悪書をこっそりと盗み出して読むようになっていたが、その中に『フェリシア』があった。語り手はこう言っている。

僕は全く夢中になってしまった。当時は恋人がほしいとばかり願っていたものだが、もし本当に恋人が自分のものになったとしても、これほどまでに激しい官能を感じることはなかっただろう。

面白いことに、このスタンダールの自伝的作品の語り手が特に惹きつけられた小説はネルシアの『フェリシア』とルソーの『新しきエロイーズ』だった。そしてスタンダールは『フェリシア』を熱中して読んだことを認めながら、ルソーの表現を使ってこれを「片手だけを使って読む類の本」と呼び、この本を読んで感じた喜びは文学的喜びではなかったと言っている。それでもこの自伝的作品のところどころでスタンダールはこの二冊の小説の題名を並べている。十九世紀前半の小説の頂点に立つスタンダールは若い頃に、美徳を奉じるルソーの恋愛小説と、悪書とされていたネルシアのリベルタン小説に同時に惹かれていたのである。

しかしスタンダール以後は、ネルシアの小説を読んだという作家の証言が途絶えてしまう。ボードレールはラクロに関するメモの中に「ネルシアの書物の有用性」という言葉を書きつけていて、ネルシアを読んだことは確かなようだ。『悪の華』を出版したボードレールの友人プーレ＝マラシが、ネルシアの小説も非合法の形で再出版していて、ボードレールがプーレ＝マラシにネルシアの本などについて問い合わせる手紙が残っている。『フェリシア』は一八二二年に禁書として処分され、十九世紀末まで有罪判決が相次いだが、それにもかかわらず一部の作家に読まれていたのである。

ネルシアの生涯

アンドレ＝ロベール・アンドレア・ド・ネルシアという作家の生涯については多くのことが知られていないが、十八世紀後半を生きた人間の例に漏れずなかなか興味深い人生を送ったようだ。

アンドレ＝ロベールは一七三九年四月十七日にフランス、ブルゴーニュ地方の中心都市ディジョンに生まれた。アンドレア・ド・ネルシア家はイタリアのナポリに起源をもつ家系だが、イタリアのシチリア島、フランスのラングドック地方やブルゴーニュ地方に子孫が住んでいた。アンドレ＝ロベールはまれに男爵とされることもあるが普通は騎士の称号で呼ばれている。職業は軍人で、若い頃にイタリア、ドイツ、デンマークなどを旅して回り、フランスに帰国後は宮内府に仕える近衛兵になる。処女小説『フェリシア』が匿名出版されたのはだいたい退役した頃、一七七五年のことだ。退役後は再びフランス国外に向かい、ドイツのカッセルで司書助手の役職を得る。若い頃から音楽に対する情熱をもっていたネルシアは、カッセルで自作のオペラを上演させる。一七八三年にフランスに帰って軍人に戻るが、この頃から密使、一種のスパイの任務を負うことになったのではないかと考えられている。音楽好きのネルシアはスパイ活動の際の暗号に楽譜を使ったことがあるとも言われている。フランス革命が勃発するとネルシアは再び国を出たようで、一七九二年には前年に革命政府に捕らえられたフランス王ルイ十六世の救命を嘆願する任務をプロシアのブランシュヴァイク公に命じられるが、この任務は徒労に終わる。その後はまたフランスに戻り、ナポレオンの妻ジョゼフィーヌの監視役（これもスパイ活動に類したものだろう）などを担当したようだ。一七九八年頃には共和国の密使として先祖の出身地であるナポリに向かうが、革命政府のことを快く思っていなかったらしいネルシアはフランスを裏切ってナポリ王国側につく。ナポリ王妃マリア・カロリーナ（フランス王妃マリー・アントワネットの姉）の信用を得たネルシアは、反乱が起きたローマに送られるが、折悪しくローマがフランス軍に占拠され、裏切り者のネルシアは捕らえられて投獄される。一七九九年頃には釈放されるが、獄中で健康を損なったネルシアは一八〇〇年一月に亡くなる（一八〇一年三月の説もある）。

このようにネルシアの生涯は数奇なものではあるが、ルイ十六世の救命の嘆願やジョセフィーヌの監視などの任務、さらに密使の任務は些末《さまつ》な任務だったと思われ、この動乱の時代において重要な役割を担ったとはとても言えない。おそらくネルシアの情熱はこのような政治よりもむしろ文学であり音楽だっただろう。詩は十七世紀末に乗り越えられたと考えられ、演劇が文学の第一ジャンルであった十八世紀において、ネルシアは自分の戯曲や自作のオペラを上演させているが、好評を得ることは出来なかった。本当は戯曲で成功したかったのに自分の得意は好色文学であることを認めざるを得なかったサド侯爵と同様に、ネルシアもまた好色文学によって後世に名を残すことになったのである。

ネルシアは生前からいかがわしい小説の作者として知られていた。たとえばジョゼフィーヌの監視役がネルシアであることを報告するためにナポレオンに宛てた手紙の中でネルシアは「非常に出来の悪い卑猥な小説の作者」と呼ばれている。しかしネルシアの息子は父親について「確かに放埒《ほうらつ》な書物をものしましたが、父は素晴らしい夫、父親であり、忠実な友人で、世代を代表する快活な精神の持ち主であり、愛すべき人間でした」と書いている。たとえ好色文学の作者ではあっても一応の信用を得たのは、その人柄のためだったのだろう。

ネルシアの名前について一言付け加えておこう。苗字《みょうじ》はアンドレア・ド・ネルシア（Andréa de Nerciat）だが、アンドレアはAndréaともAndreaとも書かれる。ネルシアの名はナポリの先祖の苗字になく、フランスに定住したアンドレア家の領地の名前から来ていると考えられる。よって苗字の核はネルシアではなくてアンドレアにあるが、慣習上この作家はネルシアと呼ばれている。

ネルシアが残した作品群

　ネルシアの小説の中で最も有名なのはここに訳出した『フェリシア』だが、『取り憑かれた肉体 *Le Diable au corps*』と『アフロディテーたち *Les Aphrodites*』という連作も好事家には知られている。この二篇は戯曲体小説の連作で、十八世紀のリベルタン小説の中でもきわめて生々しい性行為の記述によって知られている。自由な性行為を楽しむクラブのようなものを舞台とした作品で、ネルシアがそのようなクラブに通った体験を基にしたものではないかとも推測されているが、その具体的な根拠は存在しない。この露骨な性を描いた連作小説は現代の良識派の読者の眉をしかめさせるのに十分な力を今も失っていない。戯曲体の好色小説は珍しいものだと思われるかもしれないが、近世好色文学の祖とされる十六世紀のイタリア人作家アレティーノの対話篇『ラジオナメンティ』を祖とするものだ。十七世紀フランス好色文学には匿名作品『娘たちの学校』、ニコラ・ショリエがラテン語で書いた『婦人たちのアカデミー』などの対話篇があり、ネルシアと同時代ではサド侯爵の『閨房哲学』が対話形式で書かれた好色文学として知られている。ネルシアの連作小説はこの系譜に連なるものだ。

　一方ここに訳出した『フェリシア』は若い女性の主人公の独白であり、読者を少年少女ではない成人に限定すべきではあるが、性愛に関する記述は現代の読者の目にはもはやさほど破廉恥なものとは見えず、むしろ明るくユーモラスな語りと十八世紀社会の風俗の豊かな記述が興味を惹くだろう。特に自らも音楽家であったネルシアの音楽についての記述や、パリと田舎の違いについての記述などが楽しい。確かに語り手のフェリシアは模範的な賢女とは正反対の「馬鹿なこと」をするのが大好きな女性なのだが、サド侯爵の作品に登場するジュリエットのような悪徳の化身とは程遠い心優しい女性である。十八世紀当時のキリスト教の美徳を奉じない女性だが、残酷行為をすることなど考えもしない、単に享楽的な女性である。その語りは通俗的な下品さをもたず、一種の品の良さをたたえている。

この小説『フェリシア』は最初一七七五年に匿名出版されたが、作者の同意を得ないものだったので、不満をもったネルシアは三年後に修正版をつくらせる。ここには『フェリシア』がかなりの好評をもって迎えられたことが背景にあると考えられる。もしよく売れていなかったらわざわざ修正版を出そうとはしなかっただろう。一八〇〇年までに二十二種類の版の『フェリシア』が出版されていて、当時としてはかなりのベストセラーだったようだ。この小説の成功に味をしめたネルシアは一七九二年に続篇『モンローズ、宿命でリベルタンになった男』を発表するが、これは凡作であり、『フェリシア』のような成功を収めることはなかった。

『モンローズ』の翌年の一七九三年に、先に挙げた連作のうち二作目に当たる『アフロディテーたち』が出版され、一作目の『取り憑かれた肉体』は作者の死後の一八〇三年になって初めて出版された。『取り憑かれた肉体』の執筆時期は一七七七年以前と考えられるが、アポリネールはネルシアが『フェリシア』の発表前に既にこの連作小説を書いていたと考えている。いずれにせよ、『フェリシア』とこの連作小説の執筆時期はそれほど離れていないのではないだろうか。『フェリシア』の語り手は自分の作品について「貞淑ぶった女や信心深い人はこの本に憤慨するかもしれないし、逆に下品な放蕩者には大した刺激にならないかもしれません」（第二部第一章）と言っているけれど、もしかしたらこれはネルシアが既に下品な放蕩者の刺激になるような連作小説をものした後に書いた言葉だったのだと考えることもできるかもしれない。アポリネールが執筆時期を特定した根拠を示していないのは残念だが、何か決定的な資料をもっていたのだろうか。

ボードレールの友人のプーレ＝マラシは一八六四年にネルシア全集の刊行を予告し、最終巻には新しい資料に基づいたネルシアの伝記と、ネルシアとボーマルシェ、レチフ・ド・ラ・ブルトンヌらとの書簡集も収録されると書かれていた。残念ながらこの全集は刊行されることがなかったが、この資料と書簡がいつか再発見されることを期待したい。

現在ネルシアのものとされる作品は音楽作品を除いて二十五篇が存在したことが知られているが、その中には未発見のものもある。十五篇の小説のうち九篇は告白体のもの、四篇は戯曲体のもの、二篇は書簡体のものだ。喜劇の戯曲が五篇、物語集が二冊あり、その他のジャンルの作品が存在するとされる。これらの作品のうち約半分が確実にネルシアのものだとされていて、残りの半分はネルシアの筆によるものであるのかどうか疑わしい。ネルシアの作品であることが確実であるのは戯曲が四篇で、そのうちの二篇が未発見（存在が確認されているのは『ドリモン、クラルヴィル侯爵 *Dorimon ou Le Marquis de Clarville*』〔一七七五年初演〕と『コンスタンス、向こう見ずがうまく行き *Constance ou l'heureuse témérité*』〔一七八一年初演のオペラ・コミック〕）、告白体の小説三篇（『フェリシア』、『モンローズ』、『私の修行時代、ロロットの喜び *Mon noviciat ou les joies de Lolotte*』〔一七九二〕）、戯曲体の小説二篇（『取り憑かれた肉体』、『アフロディテーたち』）、書簡体小説一篇（『一夜漬けの博士号 *Le Doctorat impromptu*』〔一七八八〕）、物語集一冊（『新しい物語集 *Contes nouveaux*』〔一七七七〕）、未発見の芸術論一篇である。

十八世紀末のリベルタン小説の成功作であるルーヴェ・ド・クーヴレーの『フォーブラ騎士の恋愛遍歴』は『フェリシア』と趣向を同じくするもので、三部作の一作目が一七八七年に出版されている。ネルシアに関する書誌の多くは、この翌年にネルシアがフォーブラ騎士を題名に冠した作品を発表したとしているが、実物を見た者はないそうで、おそらくそのような作品は存在しなかったのではないかと思われる。

『フェリシア』、『取り憑かれた肉体』、『アフロディテーたち』の三篇がネルシアの代表的な長篇小説で、ごく短い書簡体小説『一夜漬けの博士号』を除くとその他の作品は凡作だと考えられている。もしこの三篇の長篇小説を同時期に書いたのだとすれば、一七七五年の退役の頃にはもう代表作をすべて書いてしまっていたことになる。サド侯爵全集など好色文学を数多く出版したジャン＝ジャック・ポヴェールは、ピエール・ルイスなどごく一部の例外的な作家を除くと、生涯を通じて好色文学の傑作を書き続けた作家は数少なく、多くの作家は生涯でただ一度だけ恩寵を受けるという好色文学の謎があると言っているが、ネルシアもその例に漏れず、生涯のある短い時期だけ好色文学の恩寵を受けたのだろうか。

ネルシアはサド侯爵のような書くことの狂気にとりつかれた天才作家ではない。たとえ何かにとりつかれているとしても性にとりつかれているに過ぎない。『取り憑かれた肉体』と『アフロディテーたち』がポルノ小説だとして批判されても、「これは猥褻ではなくて芸術である」という反論は通用しないだろう。この二篇は「地獄」らしい呪わしさを感じさせる作品だが、『フェリシア』は禍々しさをもたず、それがこの小説の魅力となっている。

「愛においてよいものは肉体的なものだけだ」（ビュフォン）

一七七五年に発表された小説『フェリシア、私の愚行録』は主人公のフェリシアが語る物語だ。このフェリシアという名前は「至福」を意味する名詞 félicité から来ていて、フェリシアは幼少期を除くと一貫して幸福な人生を送る。

簡単なあらすじは以下の通りである。美しいフェリシアは孤児だが、シルヴィーノとシルヴィーナという画家夫婦に引き取られ、キリスト教道徳に縛られない自由な雰囲気の中で育てられる。芸術の才能があるフェリシアは特に歌の才能を発揮するようになる。その家では「愛の女神ヴィーナスが熱心にかしずかれていた」と言うフェリシアは自然に性愛に対する関心を高めていき、聖職者「猊下」やデーグルモン騎士などの複数の男性によって性愛へのイニシエーションを受ける。その後フェリシアはパリから地方に招かれて楽団の主席歌手になり、田舎の野暮ったい風俗が滑稽に描かれる。ここで乱交の宴が開かれ、村でスキャンダルになる。この田舎からパリに戻ってくるときにフェリシアの一団は盗賊集団に襲われ、助けてくれた男たち（シドニーとモンローズ）と知り合い、フェリシアは彼らとも関係をもつ。さらにロマンチックな感性を備えた「伯爵」という男性も登場し、最後にはフェリシアの生い立ちの秘密が明らかになる。この小説は性愛をテーマにした一種の教養小説であると考えることもできる。

この小説が一八〇〇年頃まで二十以上の版を重ねた背景には、この小説が不道徳なものとみなされながらも当局からは大目に見られていたということがあるだろう。面白いことに、この題名の「愚行（fredaine）」という単語も、「大目に見られるような愚行」を意味する言葉だ。この小説はフェリシアという若い女性が自分の犯した愚行を面白おかしく語る物語で、その愚行の多くは性に関わるものだが、そこに禁忌を侵犯するというような哲学的な意図は介在しない。サド侯爵の小説とは全く違って、幸せなフェリシアはあまり哲学を語ることがなく、ただ享楽的な人生を送るのだ。しかもその語りは自分本位のものですらなく、フェリシアは他人に対する思いやりや気配りを忘れることもない。おそらくネルシアが十八世紀フランスの哲学者の中で最も自分に近いと感じていたのは理神論者のヴォルテールであり、ヴォルテールのような諧謔《かいぎゃく》精神とバランスがとれた思想を自らのものとしていたのだろう。フェリシアの態度は反教権主義的なものだが、それを声高に語ることはない。フェリシアの語りには教義に凝り固まったキリスト教信者に対する嫌悪がはっきり感じ取られるが、それはあくまで表面だけを取り繕う偽善者に対する嫌悪であり、この小説に出てくる偽善者の霊的指導者ベアタンはモリエールのタルチュフのような俗物の聖職者だ。『フェリシア』は不道徳であるという理由で十九世紀に禁書になったが、この小説に現れるのはモリエールの喜劇の系譜に連なる諧謔であり、同世代の作家サド侯爵が繰り広げるような無神論の側からの激越なキリスト教批判を期待すると肩透かしを食うことになる。

そしてまたこの小説は他の十八世紀の傑作小説『マノン・レスコー』、『新しきエロイーズ』、『危険な関係』とも趣を異とする。フェリシアの語りは常にユーモラスであり、決して盲目的な情熱に支配されることがない。フェリシアは「思いつめた恋心」を嫌い、デーグルモンから受け取った手紙の中にお決まりの「永遠の熱い愛の誓い」が書いていないことに喜ぶ。これは一種の反恋愛小説なのだ。フェリシアが求めるものはただ直接的な快だけであり、愛による救済のようなものには何の関心ももっていない。「愛は短く、友情は長く」というフェリシアの原理は十八世紀の博物学者ビュフォンの言う「愛においてよいものは肉体的なものだけだ」という言葉と通底するものであり、ラ・メトリの『人間機械論』の延長上にあるものなのだ。

しかしネルシアは新しいロマン主義的な感性の擡頭《たいとう》を知らないわけではなかった。この小説『フェリシア』の中に登場する「伯爵」という人物は『新しきエロイーズ』の主人公のサン・プルーを思わせるような情熱的な人物で、自分の激情によって自分を不幸にしてしまう。一貫して明るく快活な調子であるこの小説の中で、ただ伯爵に関するエピソードのトーンだけが他に比べると暗い。しかしフェリシアはこの人物に対しても思いやりを欠かさない。『取り憑かれた肉体』においては、登場人物がみな快楽のための性行為に興ずるばかりで、この伯爵と同様のロマンチックな感性をもつ人物がからかわれて滑稽な存在として扱われるのと対照的だ。ネルシアの本心は『取り憑かれた肉体』の方に表れていて、このフェリシアの伯爵に対する優しい態度は、露骨ではない比較的に穏健な小説の中での仮面だと考えるべきなのかどうかはわからないが、ネルシアが自身の感性とは違う新しいロマンチックな感性も甘受しようとしているということを示す態度であるとは言えるだろう。十九世紀初頭のロマン主義は中世の騎士道風の恋愛観を復活させたが、それがこの伯爵の人物像の中に予感される。この『フェリシア』という小説の魅力の一つは、ある種の貴族的な感性が消え去るのを懐かしみ、新しい市民の感性が支配的になるのを少し寂しく思いながらも引き受けた十八世紀後半のある小貴族の証言という性質をもっているというところにあるかもしれない。ただ明るい若い女性がユーモラスに物語を語るだけであれば軽薄な小説に終わっただろうが、この伯爵のエピソードが厚みを与えている。

十八世紀の精神を代表するヴォルテールは、『新しきエロイーズ』の主人公サン＝プルーのジュリーに対する一途な激情をからかった。ルソーをロマン主義の先駆者として捉え、ロマン主義の延長上の感性をもつ現代人はヴォルテールではなくてルソーの肩をもつかもしれないが、同時代人のネルシアはヴォルテールの側だった。それでも将来はルソーに軍配が上がることをネルシアは自ら意識することなく予感していたのだろうかとこの小説『フェリシア』は思わせる。

ユーモラスな語り

十八世紀は小説というジャンルが軽視されている時代で、十九世紀のように小説が栄えていなかったからこそ、作家はさまざまな実験を試みた。ルソーの『新しきエロイーズ』やラクロの『危険な関係』のような手紙で構成される書簡体小説は十八世紀に多く見られるもので、短いものではあるがネルシアも『一夜漬けの博士号』という書簡体小説を書いている。『取り憑かれた肉体』と『アフロディテーたち』は戯曲のような書き方の小説だが、いわゆるト書きでは書ききれないところがあると長い描写が挟み込まれるという特殊な形式をとっている。

『フェリシア』は主人公が一人称で語る告白体の小説で、この形式も十八世紀フランスの小説に数多い。この小説は全体が四部に別れ、各部がそれぞれ約三十の章からなる。読者が目次を読んでまず目を引かれるのは、そのユーモラスな章題である。たとえば「読者には退屈かもしれなくて申しわけない章」、「あまり面白くないけど無駄ではない章」、「一部を除いてほぼ脇道」、「読まなくてもいいし書かなくてもよかった章」、「短いけれど面白い章」などの章題がとぼけたユーモアを醸し出している。この章題が醸し出す雰囲気が小説全体に貫かれていて、積極的に笑わせようとする冗談話があるわけではないが、語りそのものに読者をからかうようないたずらっぽさがある。おそらくこの物語の語りの時点で、語り手のフェリシアはまだ十代後半だと推定できるが、この小説は陽気ないたずらっぽい女性がくすくす笑いながら語っているような物語で、若きスタンダールはこのような女性に恋をしてしまったのだろう。

基本的にこの小説は最初から最後までフェリシアによる一人称の語りだが、第三部を除く各部の最初の章にフェリシアと侯爵と呼ばれる人物の対話がある。第二部と第四部では侯爵がそれまでの物語について批評を加えるという形になっていて、この作品の価値についてネルシアがどのように考えているのかがわかるようになっている。この小説は若い女性の「愚行録」だが、「恋多き若者たち」と「愚行の愛好家」に捧げた作品であり（第一部第一章）、臆病な女、宗教を掲げる偽善者に責められている女、嫉妬深い夫、純粋な恋愛感情を大切にする純朴な青年などが、この小説を読むことで変わることができるのではないかと期待されている（第二部第一章）。第四部第一章ではこの小説が真実であることが強調されていて、たとえ退屈だとしても他の小説とは違って本当のことが書いてあるのだと主張している。

「この小説に書いてあることは事実だ」と語るのはこの時代の小説の常套《じょうとう》手段だ。その際に事実を描いたものとは程遠い小説として槍玉《やりだま》に上がるのは頻繁に、純朴な青年セラドンを主人公にしたオノレ・デュルフェの大河小説『ラストレ *L'Astrée*』と「恋愛地図 *la carte du Tendre*」で有名なスキュデリー嬢の『クレリー *Clélie*』という十七世紀の小説であり、ネルシアも例に漏れず第二部第一章でこれらの小説を揶揄《やゆ》している。十八世紀の作家の多くは、とても信じられないような物語を語る小説を一種の仮想敵とし、この小説は本当の話だと主張したのである。

ここで問題になるのが一種の語りの経済だ。本当のことを事細かに語った物語は当然長くなる。やはり自分が書いた小説は事実であると主張したサド侯爵は、自分の作品を飛ばし読みしないこと、全部読むことを読者に繰り返し要求したが、それは当時の小説の読者が飛ばし読みをするのが当たり前のことだったからだろう。サドと同じ時代を生きたネルシアもまた当時の読者について同様の傾向を感じ取っていたと思われる。先程言及したようなこの小説『フェリシア』のユーモラスな章題はおそらくこの傾向と関係があり、小説のクライマックスに「この本で一、二を競う面白さの章」という題名をつけるおかしさは、小説のことを長大で退屈なものだと考えて飛ばし読みを習慣にしている当時の一般の読者層を念頭に置いて理解するべきだろう。小説というジャンルが軽視されていたために、読者にはあまり真剣に小説を読む習慣がなかったからこそ、サド侯爵は自分の小説を飛ばし読みしないで全部読むように読者に繰り返し要求し、ネルシアはその反対に性急な読者のために読書の指標をユーモラスな章題に仕立てたのではないか。
また、著作権思想の基礎をつくったのはボーマルシェだとされるが、ボーマルシェと同時代人のネルシアのこの小説の冒頭から書物が商品として語られていることが興味深い。

『フェリシア』はどのような言葉で書かれた小説か

十八世紀末のフランス人作家の中で、印刷所をもっていたレチフ・ド・ラ・ブルトンヌは言語の実験的改革を試み、サド侯爵は「ベールをかけない言語」で書こうとして多くの卑語を用い、直接的で暴力的な言語を創造した。レチフも多くの新語をつくったが、ルイ＝セバスチアン・メルシエは『ネオロジー』でフランス語の語彙がアカデミーによって制限されていることに反抗して新語集をつくった。このようにこの時代のフランス人作家はさまざまな仕方で新しい言語を想像しようとしていた。

ネルシアもまた新語を使う作家として知られているがその使用は控えめで、この『フェリシア』ではほとんど新語を使っていない。ただしcafardという「えせ信心家」という単語からつくった名前カファルド（Caffardot）のように、一部の人名が一種の滑稽な新語だと考えられる。ネルシアの文体は明晰で、曖昧なところがほとんどなく、知性を感じさせる。無造作で稚拙とも考えられるが思考と言葉のスピードが一致した文体で、練り上げられた文章ではないが簡素な文章の魅力がある。

『新しきエロイーズ』や『危険な関係』のような同時代の書簡体小説と比べると、十九世紀以後の近代小説の語りに近いスピード感をもった文体だ。十八世紀末にこの小説は女性にも人気があったと言われている。

アポリネールはネルシアのことをこう評価している。

細かい心理の機微をとらえることができて、偏見を全くもたない素敵な作家。新語の使い方がほとんどの場合うまく、いかがわしくも心惹かれる人物。『フェリシア』の作者である魅力的な作家は十八世紀が終わるのと同時に亡くなったが、この世紀を誰よりもデリケートで官能的な仕方で表現した。

しかしネルシアのことをアポリネールのように高く評価した人は数少なく、十八世紀当時からネルシアの評判は芳しくなかった。もっともネルシアの小説について言われたような「うまく書けていない出来の悪い作品」というのはすべての好色文学作品に共通した一般的な評価だろう。これからの時代にこのような一般的評価がすぐさま変わっていくとも思えず、悪書が良書になることもないだろうが、それでもこの『フェリシア』という作品の生き生きとした魅力が知られないままでいるのも残念だ。

この小説の魅力を理解してもらうために、第二部に登場するエレオノールという人物についての描写の原文を紹介しよう。エレオノールは田舎の裁判長の娘で、この裁判長が音楽愛好家なので歌を得意としている。フェリシアとは対照的な気取った感じの悪い女性として描かれている。

Je suis minutieuse, et ne puis me corriger de ce défaut, qui conduit à la prolixité. Il faut que je trace le portrait de cette demoiselle Éléonore. C'était une belle fille, un peu brune à la vérité, mais pourvue des attraits que comporte cette couleur. Une stature au-dessus de la médiocre, des yeux beaux, mais durs ; une bouche dédaigneuse et déplaisante, quoique régulièrement bien formée. La taille était ce qu'on avait de mieux, mais un maintien guindé, théâtral en diminuait l'agrément. En tout, Éléonore était une de ces femmes dont on dit, *pourquoi ne plaît-elle pas?*

［訳］私の話は細かいですが、この欠点はどうにも直せなくて、饒舌になってしまいます。このエレオノール嬢がどういう人か書かないわけにはいきません。エレオノールは美しい娘で、確かに少し色黒だけど、この肌の色ならではの魅力をもっていました。身長は普通より高く、美しい目をしているけれどきつい目つきでした。口つきは人を馬鹿にしたような嫌な感じだけど、それでも均整のとれたよい形の口でした。スタイルは最良でしたが、気取っていて芝居がかった物腰のために魅力が少なく感じられました。つまるところ、「この娘はいったい何がい

けないんだろうね」と言われるような女がいますが、エレオノールはその一人でした。

フェリシアは小説の冒頭で「すべてを言わなければならない」と言い、ところどころでこのように自分の語りが饒舌であることを断りながら詳しい描写をする。興味深いことにこの態度はサド侯爵のジュリエットにも共通しているので、この百科全書の世紀においてはすべてを語り尽くすことが一つの目標だったと考えられるだろう。ジュリエットの語りにユーモアがないわけではないが、フェリシアの語りにはより屈託のないユーモアがある。これはパリから田舎にやってきたフェリシアの一行の前でエレオノールが歌を披露したときの反応だ。

Le premier cri d'Éléonore nous fit faire à tous un mouvement sur nos sièges. Le président, nous croyant déjà saisis d'admiration, nous disait d'une mine : « Eh bien? vous ne vous attendiez pas à des sons comme ceux-là ? — Assurément, monsieur le président, personne ne s'y attendait. »

[訳] エレオノールの叫び声が一声聞こえると、私たちはみんな椅子の上で飛び上がってしまいました。裁判長は私たちがもううっとりしているものと信じて、その顔はこう言っていました。「どうですか。こんな音色は思ってもみなかったでしょう」「もちろんですとも裁判長、こんなことは誰も思ってもみませんでしたよ」

Le chevalier, pour marquer plus de recueillement dans cette importante occasion, cachait son visage dans sa serviette. Lambert avait l'air de souffrir d'un grand mal de tête. Sylvina se composait un peu mieux. Le détestable air finit enfin. Alors tout le monde se ruina en applaudissements ; quant à moi, soulagé enfin, j'eus autant que personne l'air d'être fort content. Le président ne tarit plus sur la musique et sur l'indulgence des gens à vrais talents, etc.

［訳］騎士はこの大切な機会にさらに精神を集中して聞いていることを示そうとして、ナプキンで顔を隠していました。ランベールはひどい頭痛に苦しんでいるようでした。シルヴィーナはもう少しうまく体裁を繕っていました。ひどいアリアがようやく終わりました。このときみんな割れんばかりの喝采をしました。私はようやくほっとして、誰にも負けないぐらいの満足を見せました。裁判長は音楽について、本当の才能をもった人は寛大だということなどについて話し、もうとどまることがありませんでした。

このようにフェリシアは裁判長とその娘のエレオノールのことを馬鹿にした書き方をするが、ひたすら残酷なからかい方をすることはなく、滑稽ではあっても善良な人であるがゆえに寛大に接する。このフェリシアのバランスがとれた態度がサド侯爵のジュリエットとの大きな違いだ。

フェリシアはどのような遊女なのか

はっきりと示されていないが、フェリシアは一七五六年から一七六三年にわたる七年戦争中に生まれていてこの小説は一七七五年に発表されているので、語りの時点でのフェリシアはまだ二十歳になっていないだろう。第三部第十六章の時点でフェリシアはまだ十六歳である。フェリシアは歌手だが、第三部第六章など三カ所で自分のことを「遊女（femme de plaisir）」と呼んでいる。しかし後に「ふしだらな女（femme de mauvaise vie）」（第四部第二十二章）と呼ばれるとそのことに激怒している。これを理解するためには当時の歌手や女優がしばしば曖昧な存在と考えられていたことを知っておかなければならないだろう。

モーリス・ルヴェールのサド伝（一九九一）の中に若きサド侯爵に関する面白いエピソードが紹介されている。一七四〇年生まれのサド侯爵は一七六三年に結婚するが、一七六四年にコメディー・イタリエンヌで二十歳の女優コレ嬢に紹介され、この女優に熱を上げる。この女性は米国人富豪やさまざまな貴族に次々に養われるばかりでなく、同時期に二人の貴族からそれぞれ月額二十ルイ、三十ルイを受け取った上に借金を肩代わりしてもらったりしている。それればかりでなく、三十ルイで英国人騎士と一夜を過ごしたりすることもあった。『フェリシア』に登場するシルヴィーナやドルヴィル夫人のような女性がこの時代には実在したのである（「猊下」のようなリベルタンの高位聖職者も実在した）。このコレ嬢にサド侯爵は「もうあなたなしでは生きてゆけない」などと書いた情熱的な手紙を出している。ルヴェールはサド侯爵の言葉遣いを相手がどんな女性であるかがわかった上で用いているシニカルな言語だと考えているが、それが当を得ているかどうかは疑わしい。

この小説『フェリシア』の中でも女主人公は情熱に満ちた手紙を多くの男性から受け取っている。おそらく十八世紀のフランス社会にはこのような女性たちに対する社会のコードがあったのであり、サド侯爵もそのコードに従ったまでのことだろう。ここでサド侯爵の「本心」を問題にするのは不適当だと思われる。サド侯爵が手紙の中でコレ嬢の「美徳」を語るのを見てルヴェールはこれがアイロニーだと考えているが、事情はそれほど単純ではないだろう。コードに従った言語を用いることが要求されているところでは、考え方や感じ方もそのコードによって影響を受ける。自分が関係をもちたいと思う女性の美徳を讃えなければならないという決まりが社会によって要請されている限り、その美徳を称える言葉を書いている男性は、社会のコードを完全に客観視しているのでもなければ、自分の言葉を全く信じていないというわけではないだろう。若い頃のサドはまだ社会のコードと距離をとることができていなかったと想像する方が、若い頃から全くシニカルな考え方をしていたと考えるよりも自然ではないだろうか。

フェリシアに情熱的な手紙を送った男性たちも「フェリシアは娼婦同然の女性だ」と割り切って考えていたわけではないと想像される。フェリシアが自分は遊女だと言うときも、それは娼婦と同様だという意味ではなく、この時代のフランス特有の曖昧な存在を意味していると考えられるだろう。フェリシアのような遊女は「不道徳」な存在だが、この不道徳を享受しうる階級のために存在したのである。『フェリシア』に先行するフジュレ・ド・モンブロンのリベルタン小説『修繕屋マルゴ』(一七五三)は、やはり娼婦と同一視されることが多かったお針子が男性客を利用してしたたかに生きていく話だが、フェリシアはこれとはまた違う誇り高い遊女の類型をつくり出したと言える。

ネルシアの作品が現代にもちうる意義

ジャン＝ジャック・ポヴェールによると、世界でいちばん好色文学が豊かなのは間違いなくフランスだという。中にも十八世紀はリベルタン小説が多く、二十世紀後半からそれまでよく知られていなかったリベルタン文学が発掘されるようになっている。その中でもネルシアの作品に特徴的なのは、性に対する屈託のなさである。これに対し、サド侯爵の作品を筆頭として、放縦な性が侵犯と結びつけられる好色文学があり、そしてそのようなものとして描かれる暗い性がしばしば文学愛好家の興味を惹いてきた。

しかしこのような発想においてしばしば性的逸脱が犯罪と結びつけられてきたことを無視するわけにはいかない。サド侯爵の小説の登場人物のジュリエットは性欲の塊であると同時に決して改悛することなく犯罪を繰り返す化け物でもある。ジュリエットがフランス文学史の中でも際立って魅力的な人物であることは確かだが、それでもジュスティーヌとジュリエットの物語を完読した人がジュリエットに心から共感することはおそらくありえない。

十九世紀のドイツの匿名作品『ドイツ人女性歌手の手記』の中に興味深いエピソードが綴られている。これが本当にドイツ人女性歌手によって書かれた手記なのかどうかは詳らかにしないが、この手記の語り手が出会ったフランス人女性が、自分の夫はサド侯爵の本を読んだがために放蕩に溺れて死んだのだと語る。しかしこの男にサドを読むことを勧めた人は善意からそうしたのだった。

　私も激しい肉欲に苛まれていたのに、サドの本を読んでそれが治ったのです。反対にあなたの夫はさらにひどくなってしまった。私の方は自然に反する欲望から救われました。「禁欲主義者」になったとは言いませんが、羽目を外して快楽に溺れる人々とは違います。うんざりして目が覚めたんですよ。あなたの夫は魅力に屈してしまった。

このフランス人女性は絶望して自分も夫のようにサドの本を読んで放蕩の末に死のうとするが、逆にうんざりして快楽を求めなくなる。この女性にサドを読むことを勧められた手記の語り手もまた、サドを読んだために性にうんざりしてしまうのだ。

サド侯爵の哲学的な小説作品はキリスト教の謹厳な性道徳と相性がいいものではないが、性と逸脱が常に密接に結びついているがゆえに、性が抑圧されたものにとどまってしまっている。これに対して特に哲学的ではないネルシアの作品は抑圧も屈託もない性を語ることができた。後に精神医学によって病理ととらえられるような性の逸脱を描いたサドと違って、ネルシアは大目に見てもらえる「愚行」として性を描いたのである。

ボードレールは短いメモの中で「ネルシアの書物の有用性」について語ったが、そこで「革命は享楽主義者によってなされた。〔…〕よってリベルタンの書物が革命を注釈し説明する」と言っている。『フェリシア』が革命を予感させる書物であると言ったら大げさに過ぎるが、フェリシアはそのくすくす笑いで常に謹厳な道徳から身をかわしている。ささやかな「愚行」すら許そうとしない顰めっ面の道徳が大手を振り、マゾヒスト風の謹厳な道徳が今か今かと復活を狙っている時代だからこそ、真面目な文学らしい陰鬱さを笑い飛ばす享楽主義者フェリシアのいたずらっぽい語りに耳を傾けたい。

しばらく前まで、ネルシアと同時代の十八世紀末の作家、レチフやメルシエなどについては文学的価値よりも史料的価値の方が高いと思われていた。この『フェリシア』についてもやはり音楽や当時の風俗についての記述がまず現代人の関心を惹くだろう。しかしこれからリベルタン文学の価値が見直されて、天才とインスピレーションの神話から解放された今後の文学史においては道徳的意図も哲学的意図ももたない作品の文学的意義が再評価されるようになることを期待したい。

『フェリシア』の翻訳について

本書は、André-Robert Andréa de Nerciat, *Félicia ou Mes fredaines, orné de figures en taille-douce*, Londres [Paris, Cazin], 1782を訳出したものである（原書の扉にはロンドンが出版地として記載されているが、これは法的問題を避けるためであり、実際にはパリのカザン社が出版したものである）。翻訳にあたり、二〇〇五年に出版されたガリマール社プレイヤード叢書のパトリック・ヴァルド・ラゾフスキー編『十八世紀リベルタン作家集』（全二巻）の第二巻を参考にした（*Romanciers libertins du XVIIIe siècle*, Patrick Wald Lasowski éd., Gallimard, coll. « Bibliothèque de la Pléiade », 2000-2005, 2 vol.）。このアンソロジーと一九九三年出版のレーモン・トルーソン編『十八世紀リベルタン小説集』には共通して収録されている小説が数篇あり、ネルシアの『フェリシア』も両方に収録されている。トルーソン編アンソロジーに収録されているのはアポリネールが一九一一年に出版した『アンドレア・ド・ネルシア騎士の作品』のテキストを基にしたものだが、プレイヤード版はフランス国立図書館収蔵の一七八二年の版を基にしている。一七七五年の初版を所蔵する図書館は存在しない。アポリネールが用いたのはカッセルの図書館に収蔵されていた一七七八年の版で、七五年の初版に不満をもったネルシアがリエージュで印刷させ、自らカッセルの図書館に献呈したものだ。このことからもネルシアは『フェリシア』に自信をもっていたことが感じられる。カッセルの図書館は第二次世界大戦中に爆撃にあったので、この版はもはや存在しない。

ネルシアは『フェリシア』の続篇『モンローズ』の中で、世に出ている『フェリシア』には章が二つ欠けていると言っている。『モンローズ』は『フェリシア』の続篇でフェリシアが語り手だけれども、語られる物語はフェリシアの物語ではなくてモンローズの物語だ。『フェリシア』には元の手稿にはあった章が欠けているためにフェリシアのシドニーやモンローズとの家族関係について誤解を生むことになったとネルシアは弁解しているのだが、これはこの小説が批判を受けたための苦し紛れの言いわけで、実際にはネルシアが言うような欠落はなかったと考えられる。よって今回訳出したプレイヤード版に収録のテキストがネルシアの発表時の意図に近いものだと思われるが、第一部第五章の末尾のフェリシアの名前に関する記述など論理的に不整合である個所があり、もしかしたら実際に欠落があったのかもしれないと思わせる。今後の研究がこの点を明らかにすることを期待したい。

プレイヤード版が依拠するフランス国立図書館収蔵の一七八二年版には整理番号「地獄」四四二〜四四五（以下A）と四四六〜四四九（以下B）の二種類がある。Aには十四枚の挿絵が収められ、Bには二十四枚の挿絵が収められている。Aの第四部には文章の欠落があるという。Aの十四枚の挿絵はすべてBに含まれているが、Bに載っている二十四枚の挿絵のうちきわどいもの十枚がAでは省かれている。プレイヤード版はBに従って二十四枚の挿絵を掲載しているが、ここではAに掲載の十四枚の挿絵だけを収めることとした。これはアントワーヌ・ボレル（一七四三－一八一〇）がシャルル・アイゼン（一七二〇－七八）の原画を基にしてつくった版画だと推定される。当時のリベルタン小説の挿絵には粗悪なものも多いが、『フェリシア』の挿絵はかなりよくできたものだと思われる。当時の風俗がわかる面白いもので、特に第四部のフェリシアが町中で田舎からパリに上京してきた二人の男と出会う場面の挿絵が印象的だ。

この小説は女性の一人語りだが、語りを書き写したという設定ではなくてこの女性が書いた一種の手記という設定だ。だから不必要に話し言葉に近い訳文にするべきではないと考えたが、この語りの明るさ、いたずらっぽさ、品のよさを損なわないようにできるだけ努めたつもりである。それでも訳者の力量不足のために生硬な個所が残ってしまったことについては慚愧《ざんき》に堪えない。この『フェリシア』はフラゴナールやブーシェの絵画の軽妙で官能的な世界、健康的で粋な好色を思わせる稀有な小説だが、もしこの翻訳がその雰囲気をいくらかでも日本語に移すことができたとしたら幸いである。

原書では話し手が変わっても段落を変えずに会話文が続くが、これはまだ小説の形式が定まっていなかった十八世紀の小説によくあることであり、この時期の小説についてはフランスの現代のエディションでも会話の発話者ごとに改行を加えたものがよくある。読みやすさを考慮して、会話の部分については訳者の判断で適宜改行を加えたことをご承知いただきたい。

最後に、この小説の翻訳出版の機会を与えてくれた幻戯書房の中村健太郎氏に感謝したい。

［著者略歴］

ネルシア［Nerciat 1739–1800］

ブルゴーニュ地方ディジョン生まれのフランスの小説家。本作の他に、過激な性描写で知られる連作小説『取り憑かれた肉体』『アフロディテーたち』などを発表。十九世紀の間、不道徳な書物として禁書となっていた著作は、二十世紀初頭に詩人アポリネールによって発見された。

［訳者略歴］

福井寧［ふくい・ひさし］

一九六七年、青森市生まれ。東京外国語大学外国語学部フランス語学科卒業。東京都立大学人文学部研究科仏文専攻博士課程単位取得中退。モンペリエ第三大学でDEA取得。全国通訳案内士（フランス語・英語）。

〈ルリユール叢書〉

フェリシア、私《わたし》の愚行録《ぐこうろく》

二〇一九年七月八日　第一刷発行

著者　ネルシア
訳者　福井 寧
発行者　田尻 勉
発行所　幻戯書房
郵便番号一〇一-〇〇五二
東京都千代田区神田小川町三-十二　岩崎ビル二階
電話　〇三(五二八三)三九三四
FAX　〇三(五二八三)三九三五
URL　http://www.genki-shobou.co.jp/
印刷・製本　美研プリンティング

ISBN978-4-86488-172-2 C0397

〈ルリユール叢書〉発刊の言

厖大な情報が、目にもとまらぬ速さで時々刻々と世界中を駆けめぐる今日、かえって〈遅い文化〉の意義が目に入りやすくなってきました。例えば、読書はその最たるものです。それというのも読書とは、それぞれの人が自分のリズムで本を読み、日々の生活や仕事、世界が変化する速さとは異なる時間を味わう営みでもあります。人間に深く根ざした文化と言えましょう。

本はまた、ページを開かないときでも、そこにあって固有の時間を生みだすものです。試しに時代や言語など、出自を異にする本が棚に並ぶのを眺めてみましょう。ときには数冊の本のなかに、数百年、あるいは千年といった時間の幅が見いだされるかもしれません。そうした本の背や表紙を目にすることから、すでに読書は始まっています。

気になった本を手にとり、一冊また一冊と読んでいくと、目には見えない書物同士の結び目として「古典」と呼ばれる作品があることに気づきます。先人の知を尊重し、これを古典として保存、継承していくなかで書物の世界は築かれているのです。かつて盛んに翻訳刊行された「世界文学全集」も、各国文学の古典を次代の読者へと手渡し、共有する試みでした。

古今東西の古典文学は、書物という形をまとって、次代や言語を越えて移動します。〈ルリユール叢書〉は、どこかの書棚でよき隣人として一所に集う――私たち人間が希望しながらも容易に実現しえない、異文化・異言語・異人同士が寛容と友愛で結びあうユートピアのような――〈文芸の共和国〉を目指します。

また、それぞれの読者にとって古典もいろいろです。私たちは、そのつど本を読みながら、時間をかけた読書の積み重ねのなかで、自分だけの古典を発見していくのです。〈ルリユール叢書〉は、新たな古典のかたちをみなさんとともに探り、育んでいく試みとして出発します。

Reliure〈ルリユール〉は「製本、装丁」を意味する言葉です。
ルリユール叢書は、全集として閉じることのない
世界文学叢書を目指し、多種多様な作品を綴じながら、
文学の精神を紐解いていきます。
一冊一冊を読むことで、読者みずからが〈世界文学〉を
作り上げていくことを願って――

［**本叢書の特色**］

❖名作の古典新訳から異端の知られざる未発表・未邦訳まで、世界各国の小説・詩・戯曲・エッセイ・伝記・評論などジャンルを問わず紹介していきます（刊行ラインナップをご覧ください）。

❖巻末には、外国文学者ならではの精緻、詳細な作家・作品分析がなされた「訳者解題」と、世界文学史・文化史が見えてくる「作家年譜」が付きます。

❖カバー・帯・表紙の三つが多色多彩に織りなされた、ユニークな装幀。

〈ルリユール叢書〉刊行ラインナップ

［既刊］

アベル・サンチェス	ミゲル・デ・ウナムーノ［富田広樹＝訳］
フェリシア、私の愚行録	ネルシア［福井寧＝訳］

［以下、続刊予定］

従弟クリスティアンの家で　他五篇	テーオドール・シュトルム［岡本雅克＝訳］
呪われた詩人たち	ポール・ヴェルレーヌ［倉方健作＝訳］
アムール・ジョーヌ	トリスタン・コルビエール［小澤真＝訳］
マクティーグ　サンフランシスコの物語	フランク・ノリス［高野 泰志 訳］
聖伝	シュテファン・ツヴァイク［宇和川雄・籠碧＝訳］
仮面の陰　あるいは女性の力	ルイザ・メイ・オルコット［大串尚代＝訳］
ニルス・リューネ	イェンス・ピータ・ヤコブセン［奥山裕介＝訳］
三つの物語	スタール夫人［石井啓子＝訳］
エレホン	サミュエル・バトラー［小田透＝訳］
不安な墓場	シリル・コナリー［南佳介＝訳］
聖ヒエロニュムスの加護のもとに	ヴァレリー・ラルボー［西村靖敬＝訳］
笑う男［上・下］	ヴィクトル・ユゴー［中野芳彦＝訳］
ミルドレッド・ピアース	ジェイムズ・M・ケイン［吉田恭子＝訳］
パリの秘密［1〜5］	ウージェーヌ・シュー［東辰之介＝訳］
名もなき人々	ウィラ・キャザー［山本洋平＝訳］
コスモス　第一巻	アレクサンダー・フォン・フンボルト［久山雄甫＝訳］
ボスの影	マルティン・ルイス・グスマン［寺尾隆吉＝訳］
ナチェズ族	シャトーブリアン［駿河昌樹＝訳］

＊順不同、タイトルは仮題、巻数は暫定です。＊この他多数の続刊を予定しています。